Gunna Wendt

Franziska zu Reventlow

atb aufbau taschenbuch

Gunna Wendt, geb. 1953, lebt als freie Schriftstellerin und Ausstellungsmacherin in München. Neben ihren Arbeiten für Theater und Rundfunk veröffentlichte sie Kurzgeschichten, Essays und Biographien, u.a. über Maria Callas, Helmut Qualtinger, Clara Rilke-Westhoff, Paula Modersohn-Becker und Liesl Karlstadt.

Im Aufbau Verlag ist ebenfalls lieferbar: »Die Bechsteins. Eine Familiengeschichte«.

Ein ungewöhnliches Frauenschicksal im Fin de Siècle: Als Fanny Gräfin zu Reventlow wurde sie 1871 in einem Schloss bei Husum geboren. Das eigenwillige Mädchen rebellierte gegen eine Gesellschaft, welche die Frauen zu heiratsfähigen Porzellanpuppen dressieren wollte, und entdeckte für sich eine Fluchtlinie: das Schreiben. Zeitlebens führte sie Tagebuch und eine umfangreiche Korrespondenz. 1893 ging sie nach München, um sich als Malerin ausbilden zu lassen und in der Boheme ein Leben in Freiheit zu führen: ungebundene Liebe, erotische Abenteuer, freie Schriftstellerexistenz, Wohngemeinschaft, ein Kind ohne Vater. Sie bereute nichts – der permanenten Geldnot, der Einsamkeit und den Selbstzweifeln zum Trotz. Anhand der aufschlussreichen autobiographischen Zeugnisse und bisher unveröffentlichter Briefe aus der Jugendzeit erzählt Gunna Wendt ein Leben, das vor allem eins war: eine kompromisslose Suche nach Freiheit und Glück, die bis heute nichts von ihrer Brisanz und ihrem Zauber verloren hat.

»Mit viel Empathie und großer Liebe zum Detail. Gunna Wendt zeigt Franziska zu Reventlow als eine Frau, die unerschütterlich war.« *NDR Kultur*

Gunna Wendt

Franziska zu Reventlow

Die anmutige Rebellin

BIOGRAPHIE

atb aufbau taschenbuch

Mit 26 Abbildungen

MIX
Papier aus verantwortungsvollen Quellen
FSC® C083411

ISBN 978-3-7466-7084-3

Aufbau Taschenbuch ist eine Marke der
Aufbau Verlag GmbH & Co. KG

3. Auflage 2018

Die Erstausgabe erschien 2008 bei Aufbau
Umschlaggestaltung Originalcover hißmann, heilmann, hamburg
unter Verwendung eines Motivs von Monacensia
Literaturarchiv und Bibliothek München
grafische Adaption capa, Anke Fesel
Druck und Binden CPI books GmbH, Leck, Germany
Printed in Germany

www.aufbau-verlag.de

Inhalt

F.
DIE SCHRIFTSTELLERIN
1910–1918

ANHANG

I drink and I take drugs,
I love sex and I move around a lot.

Marianne Faithfull, »Vagabond Ways«

Franziska zu Reventlow, um 1911

Prolog

Ein Pfarrhaus in der norddeutschen Provinz, Ostersonntag 1893, kurz vor Tagesanbruch: Im ersten Stock öffnet sich ein Fenster, zwei Hände schieben einen Koffer durch den Rahmen und lassen ihn langsam an einem Seil hinab. Kaum ist er auf dem Boden gelandet, schleicht eine zierliche junge Frau aus der Tür. Sie greift den Koffer und rennt los. Ziel ist der Bahnhof der nahen Kleinstadt. Der Weg führt über Felder und Wiesen. Als die Ausreißerin endlich am Bahnsteig steht und den ankommenden Zug hört, atmet sie auf. »Frühling«, heißt es in Franziska zu Reventlows autobiographischem Roman »Ellen Olestjerne«, »und draußen wartet das Leben«.

Wie anders als unter dem Bild des Aufbruchs ließe sich über Franziska zu Reventlow sprechen? In der rigiden Welt des Deutschen Kaiserreichs, in der die Männer ihre Ehre noch im Duell verteidigen und die Frauen »bleichsüchtige, spitzenklöppelnde, interessenlose Geschöpfe« sind, behauptet sich bereits die Heranwachsende als radikale Nonkonformistin. In der Münchner Boheme führt sie später ein Leben in Freiheit: ungebundene Liebe, erotische Abenteuer, eine freie Schriftstellerexistenz, Wohngemeinschaft, ein Kind ohne Vater. Sie gehört zu denen, die sich nicht begnügen und jedes Tabu brechen. Ihr Glücksanspruch ist geradezu maßlos: »Ich will überhaupt lauter Unmögliches aber lieber will ich das wollen, als mich im Möglichen schön zurechtlegen« – diese Maxime ist Bestandteil einer ebenso unkonventionellen wie anspruchsvollen Selbstinszenierung, die ihr in den

Schwabinger Künstlerkreisen Aufmerksamkeit und Bewunderung sichert. Heidnische Madonna, moderne Hetäre, Virtuosin des Lebens, grande Amoureuse, Schleswig-Holsteinische Venus, tolle Gräfin, Königin der Boheme, the woman who did, Ikone moderner Weiblichkeit – die Liste der Zuschreibungen, mit denen die Reventlow bedacht wurde, ist lang, und sie wird ständig fortgeführt. So gilt es jenseits der Bilder und Klischees ein Leben zu erzählen, das vor allem eins war: eine kompromisslose Suche nach Freiheit und Glück, die bis heute nichts von ihrer Brisanz und ihrem Zauber verloren hat. Rainer Maria Rilke mag dies empfunden haben, als er schon 1904 über die Reventlow schrieb, dass ihr »Leben eins von denen ist, die erzählt werden müssen, und ich glaube, daß man es vor allem jungen Menschen erzählen muß, die das Leben anfangen wollen und nicht wissen, wie«.

FANNY
DIE REBELLIN
1871–1896

Kinder-Sommersonntagnachmittags-Gefühle

In Franziska zu Reventlows Kindheit spielt die lieblose Mutter die tragende Rolle. Folgt man den Schilderungen in ihrem autobiographischen Roman »Ellen Olestjerne«, fühlte sie sich als Kind geradezu verfolgt von mütterlichen »Feuerblicken«, die Strafen verhießen, oder – schlimmer noch – von »Abscheu-Blicken«, die sie zu vernichten drohten. Es graute ihr vor der eisigen Stimmung, die herrschte, sobald sie mit der Mutter allein im Zimmer war. Von der Gefühlskälte der Mutter ist auch in vielen Gedichten der jungen Reventlow die Rede. So schrieb die Vierundzwanzigjährige im Jahre 1895 – zu einer Zeit, als sie die Arbeiten an »Ellen Olestjerne« begann: »Wieder schließt mich eine Mutter / in die Arme – liebeleer. / Und kalt sind meiner Mutter Lippen, / ich habe keine Heimat mehr.« An anderer Stelle heißt es: »Da erwachen in mir der Kindheit Tage, / ich denke der einsamen, freudlosen Zeit. / Aufs neue erwacht im Herzen die Klage, / des einsamen Kindes einsames Leid. / Zurückgestoßen vom Mutterherzen / mit kalter Hand und nie geliebt, / von unverstandnen, sehnenden Schmerzen / die kaum erwachte Brust durchbebt.« Am 18. Februar 1895 entwarf sie in ihrem Tagebuch eine düstere Zukunftsvision: »Mein Schicksal wird vielleicht ungleich trauriger sein. In voller Körperkraft, mit großen Fähigkeiten, einen alles niederwerfenden Willen stehen, das Gefühl haben, alles erreichen zu können – und an kranken Nerven, erblicher Belastung und einer zertretenen Jugend zu Grunde gehen.« Franziska zu Reventlow wollte ihr eigenes Leben – gegen alle Widerstände einer Welt, die ihr das nicht zugestehen wollte.

Sie wurde am 18. Mai 1871 im Schloss vor Husum als fünftes von sechs Kindern geboren und auf den Namen Fanny Sophie Auguste Liane Adrienne Wilhelmine Comtesse zu Reventlow getauft. Ihre Lebensdaten sind mit denen des Deutschen Kaiserreichs identisch: 1871 bis 1918. Das Land erfreute sich – bis zum Ausbruch des Ersten Weltkriegs – einer nie dagewesenen politischen Stabilität, auch wenn der Boom der Gründerzeit schon bald in einem Börsenkrach endete und der Fortschrittsoptimismus jäh einer pessimistischen Grundeinstellung und der Angst vor sozialen Revolten wich. In Franziska zu Reventlows Kindheit fallen Bismarcks Kulturkampf, die Sozial- und die Sozialistengesetze. Traditionelle Moralvorstellungen hatten Hochkonjunktur, man legte Wert auf Ordnung, Fleiß, Autorität und Gehorsam. Das gesellschaftliche Leben war stabil, manchen erschien es freilich steril. Die Geisteswelt entwickelte sich so rasant wie die Städte und die Industrie. Gegen Ende des Jahrhunderts entlarvte Friedrich Nietzsche – stellvertretend für die jüngere Generation – die transzendenten Werte als Fiktion. Und Henrik Ibsen brachte die Ordnung und Enge der bürgerlichen Familie auf die Bühne und ließ sie dort in ihrer Verlogenheit und Scheinheiligkeit implodieren. Die Söhne revoltierten gegen die Väter – und manche Tochter rebellierte gegen die öde Tugendhaftigkeit ihrer Mutter.

Die protestantische Adelsfamilie, in die Franziska zu Reventlow hineingeboren wurde, lebte noch in der »guten alten Zeit«. Die Eltern waren der Königlich-Preußische Landrat Ludwig Christian Detlev Friedrich Graf zu Reventlow und Emilie Julia Anna Luise Gräfin zu Reventlow, geborene Gräfin zu Rantzau. In »Ellen Olestjerne« schildert Franziska zu Reventlow die Mutter als schöne stattliche Frau, die einen großen Haushalt führte, diese Aufgabe perfekt meisterte, sich jedoch ständig überlastet fühlte. Die Tochter vermisste Leichtigkeit und Lebensfreude. Jedes anstehende Ereignis wurde zunächst einmal als Belastung empfunden. Immer wurde eine negative Wendung befürchtet. Die Mutter wollte auf die Schattenseiten des Lebens vorbereitet sein. Leicht war das Leben für Emilie zu Reventlow sicher nicht. Als Ehefrau eines preußischen Landrats und Mutter von sechs Kindern trug sie eine große Verantwortung – für die Familie und für das rege gesellschaftliche Leben, das mit dem Landratsamt verbunden war.

Ein berühmter Freund der Familie, der ebenfalls in Husum lebende Dichter Theodor Storm, berichtet, dass zwei- bis dreimal in der Woche größere Soireen im Schloss stattfanden, an denen manchmal bis zu zwanzig Personen teilnahmen. Nach dem Essen las er gern aus seinen Werken vor. Emilie zu Reventlow nahm ihre Rolle als Gastgeberin ernst. Sie wollte es allen recht machen, was durchaus allgemeine Anerkennung fand. Theodor Storm schwärmte 1882 in einem Brief an den Dichter Paul Heyse: »Aber meine Gräfin ist nicht bloß eine ›schöne‹ Gräfin, das ist eine Frau auf Noth und Tod für Alle, die sie liebt, sonst ginge sie auch mich nichts an.« Sie sei ihrem Mann geistig ebenbürtig, versicherte er, und so habe er im Haus der Reventlows vielfache Anregung empfangen.

Man muss sich die Beziehung, die die Familien Storm und Reventlow seit vielen Jahre verband, als eine sehr enge und freundschaftliche vorstellen. Die Frauen tauschten sich über die Alltagssorgen aus, die Männer verhandelten Politik, Kunst und Wirtschaft. Aber noch weit darüber hinaus scheint der Dichter für die Frau des Landrats eine ganz besondere Vorliebe gehabt zu haben. In dem ihr gewidmeten Gedicht »Mit einer Handlaterne« heißt es:

Die Mutter
Emilie Gräfin zu Reventlow,
geb. Gräfin zu Rantzau (1834–1905)

»Kleine freundliche Latern, / Sei du Sonn und Stern; / Sei noch oft der Lichtgenoß / Zwischen Wasserreih und Schloß, / Oder – dies ist einerlei – / Zwischen Schloß und Wasserreih.« In der Wasserreihe, einer »engen stillen Straße«, die sich dicht am Hafen entlangzog, wohnte Theodor Storm mit seiner Familie.

Emilie zu Reventlow verkörperte das Frauenideal des 19. Jahrhunderts. Das Glück, das sie für sich und ihre Töchter ersehnte, beschränkte sich auf die häusliche Arbeit, die Freuden der Mutterschaft und die Pflichten der Ehefrau. Es war ein Leben, das den gesellschaftlichen Konventionen des Kaiserreichs ganz und gar ergeben war. Zu den weiblichen Tugenden der Selbstlosigkeit und Anpassung wollte sie auch ihre Töchter erziehen. Agnes, die älteste, erfüllte die mütterlichen Vorgaben mühelos, doch Fanny, die jüngere, das phantasiebegabte eigenwillige Kind, widersetzte sich diesem Erziehungsprogramm schon früh. Der Konflikt war vorprogrammiert. Fanny, von der Mutter gemaßregelt und von deren Engherzigkeit verletzt, fühlte sich vernachlässigt und ungeliebt. Sie war das »unmögliche Kind«, von dem in »Ellen Olestjerne« die Rede ist. Ihrem späteren Jugendfreund Emanuel Fehling berichtete die Heranwachsende eindringlich über das zutiefst gestörte Verhältnis. In einem Brief vom 16. April 1890 klagte sie über die Mutter: »Sie kann mich nicht leiden, seit frühester Kindheit bin ich immer ein Stiefkind gewesen. Besonders ist sie in steter Angst, daß ich etwas tue, was sie nicht mögen. Sie können sich denken, wie grausam schwer diese häuslichen Verhältnisse sind, wenn man sich nach Liebe sehnt und immer zurückgestoßen wird; ich habe früher meine Mutter leidenschaftlich geliebt und förmlich danach gelechzt, von ihr geliebt oder wenigstens freundlich wie die anderen behandelt zu werden, aber allmählich hat sich das abgestumpft und erkaltet und es ist beinahe Krieg zwischen uns [...].« Drei Tage später gesteht sie ihm: »Ich habe Ihnen unser Verhältnis durchaus nicht übertrieben, was Mutterliebe ist, weiß ich kaum; ich habe sie fast nie gefühlt, nur Kälte. Im höchsten Fall ist es eine gleichgültige Freundlichkeit, die Uneingeweihte vielleicht täuschen kann.« In »Ellen Olestjerne« heißt es: »Das Kind fühlte sich wie geborgen, wenn es nur dem Bereich der Mutter entfliehen konnte – mit Mama war es beständig, als ob man auf Eiern tanzte, jeden Augenblick ging eins kaputt.« Die Unsicherheit und Angst des Kindes manifestieren sich in einem Alptraum, in dem die Mutter mit einer großen Schere hinter der Tochter herläuft und sie umbringen will. In solchen Szenen erscheint die Mutter als unheimliche und unberechenbare Gewalt, die das Leben der Tochter radikal beschneiden will. Zeitlebens hat sich Franziska zu Reventlow als dieses »unmögliche«, unglückliche und ungeliebte Kind empfunden, das gezähmt werden sollte – sich dieser Zurichtung aber strikt verweigerte.

Was die Kindheitserinnerungen in »Ellen Olestjerne« vor allem schildern, ist das Empfinden der eigenen »Mangelhaftigkeit«. Fanny fühlte sich unter den Geschwistern – Agnes (1861–1947), Theodor (1862–1878), Ludwig (1864–1906), Ernst (1869–1943) und Karl, genannt Catty (1874–1961) – verloren. Nicht nur, dass sie sich überflüssig vorkam, sie wusste eine Zeitlang überhaupt nicht, wo sie ihren Platz finden und wie sie zu ihren Geschwistern in Beziehung treten sollte. Die ältere Schwester Agnes konnte ihr in ihrer Angepasstheit kein Vorbild und keine Hilfe sein; die Brüder gingen ihrer Wege, wurden von den Eltern gefördert und geliebt. Nur dem jüngeren Bruder Catty war Fanny nahezu symbiotisch verbunden; ihren frühverstorbenen Bruder Theodor bewunderte sie.

In »Ellen Olestjerne« beschreibt Franziska zu Reventlow, wie sich das unglückliche Kind auf seinen sechsten Geburtstag freut. Schließlich hatte das Kindermädchen eine große Überraschung versprochen. Wie die kleine Ellen im Roman mag auch Fanny am 18. Mai 1877 aufgewacht sein. Vielleicht stellte sie enttäuscht fest, dass noch kein Lichtschein durch das hohe Schlossfenster fiel. Also war es immer noch nicht Morgen. Immer noch nicht Geburtstag. Warum verging die Zeit manchmal überhaupt nicht? Genau wie in den endlosen Stunden, die sie gestern im Kinderzimmer verbringen musste, nachdem ihre Mutter entdeckt hatte, dass sie mit Catty auf die Rotbuche geklettert war, ihren Lieblingsplatz im Schlosspark. Dort war die Zeit nur so davongeflogen. Sie hatten sich ein Nest im Baumwipfel bauen wollen und waren eifrig bei der Arbeit, als sie die Stimme des Kindermädchens hörten. Konnte es sein, dass schon wieder zum Mittagessen gerufen wurde? Sie hatten doch gerade erst gefrühstückt und waren nur ganz kurz ins Freie gerannt. Irgendetwas stimmte nicht. Sie warf die Bettdecke von sich und sprang aus dem Bett. Es musste längst Morgen sein. Und das bedeutete: ihr ersehnter Geburtstag. Heute würde etwas Wichtiges geschehen. Sie war darauf vorbereitet, hatte sich bereits vor einigen Tagen Hose und Hemd ihres großen Bruders besorgt, schon mehrfach anprobiert und sich jedes Mal glücklich gefühlt. So würde sie in Zukunft herumlaufen. Die Zeit der schrecklichen rosa Kleider und weißen Schürzen würde ein für alle Mal vorbei sein. An ihrem sechsten Geburtstag – das hatte ihr die Kinderfrau versprochen – würde sie ein Junge werden.

Fröhlich lief sie die Wendeltreppe hinunter, konnte aber bald der Versuchung, das Geländer als Rutschbahn zu benutzen, nicht widerstehen. Hosen machten so etwas möglich. Sie jubelte laut, sogar nachdem sie etwas unsanft auf den Steinfliesen gelandet war. Catty, Agnes, Ludwig, Theodor, die Eltern und die Kinderfrau standen um sie herum. Ernst, der etwas später kam, schnauzte sie an, weil sie seine Kleider trug. Auch die Mutter blickte streng und fragte, was die Maskerade solle. »Ich bin sechs Jahre alt, jetzt werde ich ein Junge«, lautete ihre Antwort. Dabei schaute sie das Kindermädchen hilfesuchend an. Ernst begriff als Erster, was geschehen war, und lachte laut. Nach und nach stimmten alle in das Gelächter ein, sogar der Vater. Dann erklärte er ihr, dass sie ihr Leben lang ein Mädchen bleiben würde. Der herbeigesehnte Geburtstag geriet zum Desaster.

Und dann begann für Fanny auch noch der Unterricht bei der Mutter. Diese lehrte ihre Tochter das Lesen, Schreiben und Rechnen. Zuerst sträubte sich das Mädchen, war unkonzentriert und zeigte sich unbeteiligt. Das Stillsitzen fiel ihr schwer, und sie beneidete den jüngeren Bruder Catty, der, während sie den Dressurakt über sich ergehen lassen musste, das tun konnte, was sie auch am liebsten getan hätte: draußen spielen und herumtollen. Aber die Mutter blieb streng, hatte kein Erbarmen mit der Tochter. Das Quälende war nicht der Unterrichtsstoff – Wörter und Zahlen lernte Fanny schnell –, sondern die Strickarbeiten, die zu einer Mädchenausbildung unbedingt dazugehörten – jener »Strumpf, der nie ein Ende nahm und auf den viele, viele Tränen hinunterliefen«, wenn die ungehorsame Schülerin zur Strafe das Strickzeug zur Hand nehmen musste.

Zu allem Übel erschienen die Brüder viel begabter als sie, vor allem Theodor, der älteste, der schon früh wusste, was er einmal werden wollte – Naturforscher –, aber auch Catty, der eine schnelle Auffassungsgabe besaß. Fanny fühlte sich ihnen unterlegen. Doch die schwerwiegende Kränkung und Zurückweisung erfuhr sie durch die Mutter. In »Ellen Olestjerne« heißt es sogar: »Mama und Prügel kriegen waren so ziemlich die ersten Begriffe, die ihr Bewußtsein zu fassen vermochte und die für sie in eins zusammenfielen.« Und an anderer Stelle: »[…] nicht einmal die Hunde bekamen so viel Prügel. – Mama hatte wohl die Hunde auch viel lieber.« Die Mutter wird angeklagt, sie – die die Wahrheit doch so liebe – zur Verstellung gezwungen zu haben. Dieser Vorwurf taucht in den Selbstzeugnissen der Reventlow immer wieder auf. Auch später musste sich die Unkonventionelle gegen Reglementierungen und Forderungen wehren, die ihr Verhaltensweisen aufdrängten, die sie als ihr wesensfremd heftig ablehnte. Ihre Kindheit kam ihr wie ein Umerziehungsprozess vor. Alles, was sie an Talenten, Fähigkeiten und Sehnsüchten besaß, sollte erstickt werden. Stattdessen wollte man aus ihr eine langweilige »höhere Tochter« machen, sie zähmen und ruhigstellen. Es ist das Drama des begabten Kindes, die seelische Not eines eigenwilligen Mädchens, das gegen den Zwang gesellschaftlicher Konventionen rebelliert, das Franziska zu Reventlow in ihrem autobiographischen Roman, in ihrem Tagebuch und in den Briefen an Emanuel Fehling schildert. An diesem Prozess waren letztlich alle Familienmitglieder beteiligt, denn die älteren Brüder versuchten, in Verlängerung der elterlichen Gewalt, schon bald erzieherisch auf die Schwester einzuwirken.

Auch das Verhältnis zum Vater gestaltete sich zwiespältig. Ludwig zu Reventlow übte in Husum zunächst das Amt des preußischen Landrats aus, nachdem er in Heidelberg und Kiel Jurisprudenz studiert hatte. In dieser Zeit engagierte er sich in der schleswig-holsteinischen Frage. 1868 wurde er zum Königlich-Preußischen Landrat in Husum ernannt – zwei Jahre zuvor war im Frieden von Prag der Anschluss der Herzogtümer Schleswig und Holstein an Preußen erfolgt. Das Amt beinhaltete die Verwaltung der Kreisstadt einschließlich der Polizeibefugnisse, wobei die Gerichtsbarkeit davon ausgeschlossen war. Mit Amtsantritt bezogen die Reventlows das Schloss vor Husum, dort wurden die drei jüngeren Kinder, darunter Fanny, geboren.

Die Kreisstadt Husum im preußischen Regierungsbezirk Schleswig – Theodor Storm nennt sie in einem Gedicht »graue Stadt am Meer« – zählte damals etwa 6000 Einwohner und wuchs stetig. Von wirtschaftlicher Bedeutung waren die regelmäßig stattfindenden Märkte, vor allem der berühmte Viehmarkt, und die Austernreservoirs. Der kleine pittoreske Hafen verband das Festland mit den Nordfriesischen Inseln.

Ludwig Graf zu Reventlow war nicht gerade der Inbegriff eines preußischen Beamten, dazu fehlte ihm – so Theodor Storm, der als Amtsrichter in Husum tätig war – die »korrekte Genauigkeit«. Ein gemeinsamer Freund der Familien Storm und Reventlow, Wilhelm Jensen, beschrieb ihn als »frei von jedem thörichten Adelshochmut, doch durch und durch aristokratisch, schneidig und sarkastisch, von ungemein scharfer Denkkraft und politischer Befähigung« und meinte, er sei »fraglos zu einer weit bedeutenderen Stellung als der eines Landrats in Husum« befähigt gewesen. Doch einer politischen Karriere standen vermutlich sein Eigensinn und seine mangelnde Verbindlichkeit im Weg. »Ein kühner, durch keine Illusion beirrter Ironiker, sah er die Dinge wie sie sind und durchschaute die Menschen, mochten sie sich noch so effektvoll drapieren und maskieren«, urteilte der Jurist und Politiker Christoph Tiedemann in seinen »Schleswig-Holsteinischen Erinnerungen« und hob hervor: »Besonders geschärft war sein Auge für die kleinen Schwächen der Eitelkeit und Wichtigtuerei. [...] Erbarmungslos konnte er unklare, im Gefühlsnebel entstandene Anschauungen in ihr Nichts auflösen.« Nach außen hin schützte sich Ludwig zu Reventlow durch eine zur Schau gestellte Verschrobenheit und Schroffheit. Sein Amt übte er nicht sehr sorgfältig aus, in seiner Stellung und durch das Leben in der Provinz fühlte er sich eingeengt. »Stark verbittert«, urteilte Wilhelm Jensen.

All das gestaltete die Beziehung zu seinen Kindern, vor allem zu seiner zweiten Tochter Fanny, nicht gerade einfach. Einzig zur älteren Tochter hatte er ein enges, vertrautes Verhältnis. Agnes erfüllte ihre Pflichten: Sie half im Haushalt, vermittelte zwischen den jüngeren Geschwistern und den Eltern, entsprach ganz den väterlichen Vorstellungen. Sie verehrte ihren Vater, dem sie jeden Wunsch von den Augen ablas. Anscheinend war das

Der Vater
Ludwig Graf zu Reventlow (1824–1893)

Verhältnis zwischen den Eheleuten nicht immer ungetrübt, so dass der Vater bei seiner Tochter Zuspruch und Unterstützung suchte. Folgt man den Schilderungen in »Ellen Olestjerne«, war es Agnes, die innerhalb der Familie für das notwendige Gleichgewicht sorgte. Sie agierte in der Welt der Erwachsenen, während sich die jüngeren Geschwister noch unbeschwertem »Nachmittagsglück« hingeben konnten. Von diesen Abenteuern ist in »Ellen Olestjerne« ausführlich die Rede. In Reventlows Roman einer Kindheit, die reich an Verwundungen und Zurückweisungen ist, erscheinen immer wieder

Momentaufnahmen eines kindlichen Glücks. In ihnen behauptet sich gegen die mütterlichen Verbote und Zurichtungen eine eigene verheißungsvolle, sinnliche Welt.

So ziehen die Kinder mit ihrem Kindermädchen zu der einsamen Graskoppel hinter dem Garten. Das Kindermädchen vergnügt sich mit dem blonden Knecht. Manchmal gesellt sich auch dessen Freund dazu, der seit kurzem aus dem Zuchthaus entlassen worden ist – eine »Räuberberühmtheit«, so ganz nach dem Geschmack der aufgeweckten Ellen, Reventlows Alter Ego. Genau wie der Teufel. Mit dem älteren Bruder, auf den sie oft eifersüchtig ist, weil er von den Eltern bevorzugt wird und diese Position mit Arroganz und Gewalt gegen sie ausspielt, trägt Ellen einen Wettkampf aus: Wer zeichnet den schönsten Teufel? Die Freundin der großen Schwester, eine Pastorentochter, ist entsetzt, und die Älteste verbietet ihren jüngeren Geschwistern weitere Teufelszeichnungen. Das Malen verliert für Ellen vorerst seinen Reiz. Nicht so der Teufel. Eines Abends fragt sie die Kinderfrau, wer der Teufel denn eigentlich sei, und erhält eine Antwort, die sie noch neugieriger macht: Er sei ein böser Geist, die Ursache aller Übel. Und dann erzählt sie ihr die Geschichte eines Mannes, der sich dem Teufel mit Leib und Seele verschrieb und dem im Gegenzug alle Wünsche erfüllt wurden. Natürlich forderte der Teufel seinen Tribut, als der Mann im Sterben lag: Er nahm ihn mit sich in die Hölle. Diese Gutenachtgeschichte bleibt dem Mädchen im Gedächtnis.

Bald danach reißt sie mit ihrem kleinen Bruder aus. Unbemerkt laufen die Geschwister vom Garten auf die Koppeln. Obgleich es ihnen strengstens verboten ist, überqueren sie den Wall. Zu verführerisch ist das »verlangende Hinüberschauen« gewesen, wie es in »Ellen Olestjerne« heißt: »Drüben auf der ›Freiheit‹ war Schützenfest, die Musik und die vielen Leinwandzelte lockten unwiderstehlich.« Im Gedränge vor der Schießbude begegnen sie ihrem Freund, der »Räuberberühmtheit«, und feiern das Wiedersehen übermütig. Er führt sie über den Jahrmarkt, schenkt ihnen Lebkuchenherzen und lädt sie zum Karussellfahren ein. Besonders faszinierend sind die Seiltänzer, fünf kleine Jungen, die sich in der Luft überschlagen, auf Stelzen laufen und Kunststücke vorführen. Doch da ist noch etwas anderes Reizvolles: ein Wohnwagen mit Blumen in den Fenstern. Wie schön musste es sein, in einem solchen Gefährt durch die Welt zu reisen, jeden Morgen an einem anderen Ort aufzuwachen und immer wieder Neues kennenzulernen. Zigeuner, Artisten, Zirkus, Jahrmarkt – sie blieben für Franziska zu Reventlow zeitlebens gleichbedeutend mit Freiheit. Noch die 45-Jährige überlegte ernsthaft, ob sie nicht als Zielscheibe für einen Messerwerfer arbeiten sollte.

In »Ellen Olestjerne« werden die Kinder jäh aus ihrer Traumwelt gerissen: Die Mutter erwartet sie an der Gartentür mit der vorwurfsvollen Frage, wo sie so lange gesteckt hätten. Der kleine Junge kann seine Begeisterung nicht im Zaum halten, plappert drauflos. Ellen weiß, dass es zwecklos ist zu lügen, und schweigt. Das Schöne, das sie erlebt hat und das von nun an ihre Träume bestimmt, will sie einem so verständnislosen Menschen wie der Mutter nicht preisgeben: »Den Triumph sollte Mama nicht haben, die jedesmal ganz außer sich geriet über diesen Eigensinn.« So holt Ellen das Instrument ihrer Bestrafung, die Rute, unter dem Klavier hervor und lässt die Schläge lautlos über sich ergehen. Das gezüchtigte Kind klammert sich an den bunten Bildern der »Freiheit« fest. Derartige »Kriegsbilder« zählen zu dem Eindrücklichsten der Reventlow-Memoiren. Immer wieder kehrt sie zu dem Schauplatz eines Kampfes zurück, der umso erbitterter geführt wird, je größer das Unvermögen der Mutter wird, auf die willensstarke Tochter einzugehen. Jede mütterliche Strafaktion stärkt den Freiheitsdrang und den Willen des Kindes. In »Ellen Olestjerne« nimmt das Kind nach einem besonders schlimmen Zusammenstoß mit der Mutter einen seiner »schönsten bunten Briefbogen« aus der Schublade und verschreibt sich dem Teufel mit Leib und Seele. Die Bedingung: Er solle ihr helfen, mit den Zigeunern, die sie auf dem Schützenfest gesehen hat, auf Reisen zu gehen. Die junge Franziska zu Reventlow sehnte sich gewiss hinaus in die Welt, immer den Deich entlang, der für sie den Fluchtweg in die Ferne symbolisierte. Den Briefbogen steckte sie in ein Kuvert und legte ihn vor dem Schlafengehen auf den Kaminsims. Ihre liebsten Sachen hatte sie vorsorglich in eine Schachtel gepackt. Nun musste sie nur noch etwas Geduld haben.

Als sie einige Tage später entdeckte, dass der Brief verschwunden war, erschrak sie ein wenig. Jetzt gab es also kein Zurück mehr. Der Teufel hatte den Brief gefunden und mitgenommen. Bald würde er seine Forderungen stellen. Sie hatte es so gewollt, sie war bereit.

Ein Schloss mit Besitzanspruch

»Schloß Nevershuus lag grau und schwerfällig unter hohen Bäumen mit seinen breiten Seitenflügeln und dem viereckigen Turm, der kaum das Dach überragte. Aber von seiner Plattform aus konnte man weit über Meer und Heide sehen und auf die kleine Küstenstadt hinunter, die sich zwischen Deichen und grünen Wiesen hinzog. […] Es konnte immer noch einen melancholisch unheimlichen Eindruck machen, das alte Schloß, wenn die Herbststürme durch alle Kamine heulten wie geängstigte arme Seelen, oder wenn der Nebel vom Meer heraufstieg und alles in seine wogenden grauen Schleier einhüllte.«

Diese symbolische Beschreibung des elterlichen Schlosses ist der Anfang des autobiographischen Romans »Ellen Olestjerne«. Mit ihr erweist Franziska zu Reventlow dem Ort ihrer Kindheit Reverenz. Im Husumer Schloss wurde sie geboren, hier verbrachte sie die ersten achtzehn Jahre ihres Lebens. Es war ein exponierter, geradezu besitzergreifender Ort, an dem sie aufwuchs. »Schloss Nevershuus« symbolisiert die Mächte der Vergangenheit, die sich in den Mauern eingenistet haben und auf die Gegenwart einwirken. Sie schließen die Bewohner ein, beschränken das Leben, versuchen sogar, eine wirkliche Lebendigkeit zu verhindern. Um nicht in den Mauern zu versteinern, übertreibt die junge Heldin die Bewegung, tobt und tollt herum, kann ihren Weg nicht normal gehen, sondern schlägt Purzelbäume.

Das Schloss, ein Reservoir von Geschichten, ließ Franziska zu Reventlow nicht so schnell los. Es blieb – auch später – Sehnsuchtsort. Eine »Kleine Frau in Braun« sollte dort spuken. Ihr Vorbild war Herzogin Augusta, die zur Zeit des Dreißigjährigen Krieges im Schloss vor Husum ihren Witwensitz hatte. Der besonderen Ausstrahlung des Ortes konnte sich auch Theodor Storm nicht entziehen. Seine Novelle »Im Schloß« beschreibt das Interieur detailliert und erwähnt auch die Porträts »verschollener Menschen«, die an den Wänden hängen und in deren Gegenwart man sich »nicht ohne Scheu« bewegen mag. Es schwingt Verwunderung mit über ihr immerwährendes Schweigen. Der schwarze Teppich erscheint wie ein Schatten, der in den Raum führt, in dem sich der Erzähler am liebsten aufhält: den großen Rittersaal im ersten Stock. Es ist der Prachtkamin des Schlosses, der so anziehend ist, der »Todeskampfkamin«, dessen Fries den Streit zwischen Leben und Tod abbildet. »Wie oft habe ich davor gestanden und mit neugierigem Finger die steinernen Rippchen des Todes nachgefühlt!«, heißt es in der Novelle.

Das Husumer Schloss beherbergt noch heute sechs weitere prunkvolle Kamine, auf denen der Triumph der Liebe, der Keuschheit, des Ruhmes und der Triumph der Zeit dargestellt sind. Auf dem Fries des Fortuna-Kamins, den zwei kniende Putten zu tragen scheinen, verteilt die Glücksgöttin ihre Gaben. An den Schmalseiten treten die Allegorien Freude und Schmerz auf. Die eine spielt Laute, die andere wird von einer beißenden Schlange attackiert. Der Gesetzes-Kamin zeigt Moses mit den Zehn Geboten, der Sagen-Kamin ist antiken Mythen gewidmet wie dem Raub der schönen Helena und dem Paris-Urteil. Der Augusta-Kamin, nach der Herzogin benannt, trägt die Inschrift: »Glück und Glas, wie bald bricht das. Alles, wie es Gott gefällt.«

Als Kind muss sich Fanny winzig vorgekommen sein, wenn sie sich durch das Schloss mit seinen hohen Räumen, großen Sälen, langen düsteren Gängen und gewaltigen Türen bewegte. Die Vergangenheit, alles, was sich im Schloss ereignet hatte, bestimmte die Atmosphäre stärker als die unmittelbare Gegenwart. Mächtig teilte sich die Geschichte mit und behauptete ihren Platz. Obwohl die Mauern undurchdringlich schienen, gab es Hinweise auf ein Leben draußen. Die Räume waren belebt von gemalten und modellierten Figuren aus vergangenen Zeiten und fernen Orten, die für Fanny so gegenwärtig waren wie lebende Menschen. Sie begleiteten ihre gesamte Kindheit: Männer mit gelockten Perücken und scharfgeschnittenen Gesichtszügen, die Entschlossenheit ausstrahlen, eine Frau mit einem Doppelkinn und merkwürdig zuckendem Mund. Sie scheint sich gerade von ihrem prächtigen Stuhl erheben zu wollen, während ihr Schoßhündchen an ihrer Schleppe schnuppert. Auch das Bild einer Mutter, die ein Kind in ihren Armen hält und es liebevoll anschaut, konnte Fanny hier sehen. Viele Jahre später – 1897 – ließ sich Franziska zu Reventlow mit ihrem eigenen Sohn in dieser Haltung fotografieren.

Ein Bild wird sie, wenn möglich, gemieden haben. Es zeigt einen Körper ohne Kopf. Aus dem Hals sprudeln Blutfontänen, die Arme sind schützend vor der Brust verschränkt. Es dauert eine Weile, bis man den Kopf entdeckt. Er passt überhaupt nicht zum Rumpf, wie er da auf einem Teller ruht und von den Umstehenden betrachtet wird. Vertraut waren ihr sicherlich die Reliefs am Augusta-Kamin, auf denen Glück und Unglück dargestellt sind: Das Glück als eine tanzende Frau in fließenden Gewändern, die durch das Leben zu schweben scheint. Die Frau, die das Unglück symbolisiert, scheint sich dagegen nicht von der Stelle bewegen zu können und blickt reglos auf den Scherbenhaufen vor ihren Füßen.

Auch wenn die Reliefs manchmal unheimlich schimmerten, hatte Fanny keine Angst, weder vor Augusta, der kleinen Frau in Braun, noch vor den anderen Gestalten, die von den Wänden auf sie herabblickten. Ganz anders der Familienfreund Theodor Storm, der »trotz seiner rationalistischen Lebensauffassung an alle möglichen Geister« glaubte, wie Franziska zu Reventlow in ihren »Erinnerungen an Theodor Storm« (1897) berichtet. Als Kind habe es ihr und ihren Geschwistern gefallen, wenn er bei seinen Besuchen Geistergeschichten erzählte. Vor allem weil es ihn selbst zum Schluss am meisten gruselte, so dass er sich strikt weigerte, in einem der Zimmer zu übernachten, in denen es angeblich spukte – und das waren nicht wenige. Doch damit nicht genug, ließ er sich jedes Mal von einem der Kinder zu seinem entlegenen Zimmer begleiten – sehr zur Erheiterung der Familie.

Franziska zu Reventlow träumte später noch oft von diesem spektakulären Zuhause. Das Schloss und der Garten bildeten die bevorzugte Kulisse für ihr zeitweise intensives nächtliches Traumleben und erschienen dabei manchmal in geheimnisvoller, seltener in bedrohlicher Beleuchtung. Sie war froh, ihre Kindheit auf diese Weise festhalten zu können – vor allem deren glückliche Momente. So beschwört sie diese Kindheitsidylle eindringlich in ihrem Roman »Ellen Olestjerne«; etwa wenn sich die Geschwister, Ellen und Detlev (Fannys Bruder Catty), mitsamt ihrem Spielkamerad Geerd – dessen Vorbild der Vetter Viktor von Levetzow war – durch das geheimnisvolle Gebäude zu ihren Spielen inspirieren lassen. Wie die Geschwister interessiert sich Geerd für das, was verboten ist. Deshalb lehren sie ihn alles, was sie sich selbst heimlich angeeignet haben: wie man das verrostete Türschloss zum alten Gefängnis öffnet und wie man vom Garten durch eine verborgene Luke in den Keller einsteigt. Zum Zeichen ihres Zusammenhalts beschließen

Das Husumer Schloss, der Wohnsitz der Reventlows

sie, ihre kostbare Freundschaft mit einem Blutbund zu besiegeln. An einem Abend, an dem die Eltern fort sind, ziehen sie, in Phantasiegewänder aus Betttüchern gehüllt und mit heimlich erbeuteten Kerzen in den Händen, durch den großen Rittersaal, flankiert von den Gestalten der Ahnengalerie an den Wänden, vorbei am Todeskampf-Kamin. Dabei murmeln sie vor sich hin und lassen immer wieder das Wort »Blut« in ihre Litanei einfließen. Über die dunklen Bodenräume gelangen sie zur Wendeltreppe, die in die frühere Kapelle führt, das Ziel ihrer Wallfahrt. Schweigend vollziehen sie ihren Blutbund. Sie ritzen sich Arme und Beine auf und sammeln das Blut in einem Glas. Weil es ihnen nicht genug erscheint, verdünnen sie den Trank mit Wasser, bevor sie ihn ausleeren. Dann schwören sie einander ewige Treue und bei Verrat furchtbare Rache. Sie setzen sich um den Altar herum, essen Kuchen und trinken Wein. Nun haben sie ein Geheimnis, das sie jeden Sonntagabend mit einem Bundesmahl in der Kapelle oder an einem anderen dunklen Ort im Schloss feiern.

Als der Winter zu Ende geht, heißt es in »Ellen Olestjerne« weiter, erobern sie den riesigen Schlosspark. Gemeinsam durchstreifen sie den Garten, »diese unerschöpfliche Märchenwelt von Abhängen, Gebüschen und halbverwachsenen Wegen, wo man immer wieder etwas entdeckte: Plätze, wo sie noch nie gewesen waren, Pflanzen, die sie nicht kannten, Ameisenhaufen, Vogelnester und so vieles andere«. Besonders anziehend ist der breite Schlossgraben »mit seinem geheimnisvollen, grünen Wasser, auf dem sonderbare große Spinnen wie auf Schlittschuhen hinglitten«.

An einem »Bundestag« beschließen die Kinder, im Garten ihr eigenes Königreich zu gründen – einen Gegenentwurf zum Nachbarreich, in dem die Mutter ihr autoritäres Regiment führt. Die »grimme Fürstin«, ihre Feindin, wollen sie entmachten. Mit großem Eifer bauen sie ihr Reich auf: Hütten aus Pfählen, Zweigen und Moos. Sogar der Vater hilft ihnen, ohne zu wissen, dass man seiner Frau den Krieg erklärt hat. Sie legen Straßen an und stecken Felder und Bauplätze ab. In der Mitte errichten sie eine Kultstätte, auf der ein Tempel, eine große Hütte aus Brettern und Backsteinen, thront. Dort zelebrieren sie ihre neue Religion, denn vom Christentum haben sie sich heimlich abgewandt. Der Tempel beherbergt die Bundeslade, in der sie ihre Schätze aufbewahren, bewacht von einem Götzen aus Holz, den sie selbst geschnitzt und dem sie den Namen »Mohu« gegeben haben. Mit Opfern, wilden Gesängen und Tänzen huldigen sie ihm. Und wenn die Dorfkinder in die Koppel einbrechen und Blumen pflücken, werden sie eingefangen und bestraft, mit verbundenen Augen den Wall hinuntergerollt oder in einen Brennnesselbusch geworfen.

Das Königreich der glücklichen Kinder, in dem Phantasie und Eigensinn regieren, ist schon bald dem Untergang geweiht. Der Freund soll das Schloss verlassen, um an einem anderen Ort die Schule zu besuchen. Ellens Leben wird im Sinne einer standesgemäßen Mädchenerziehung stärker reglementiert. »Die Kinder gingen nur noch engumschlungen und waren traurig – ihnen war zumut, als ob eines von ihnen sterben sollte«, heißt es im Roman. Als der letzte Tag ihres Zusammenseins anbricht, verwandelt sich die Trauer in Wut. Die Kinder reißen die mit Eifer, Spaß und Sorgfalt errichteten Hütten und den geliebten Mohutempel nieder und ertränken ihren hölzernen Götzen im Schlossgraben. Beim Abschied spürt jedes, dass »die beste Freude« ihrer Kinderzeit »verloschen« ist.

Trauer war für Franziska zu Reventlow das schlimmste Gefühl, wie sie später in unzähligen Tagebuchaufzeichnungen gestand. Es machte sie starr und hilflos. Sobald sie es in Wut verwandeln konnte, ging es ihr besser. Dann fühlte sie sich wieder lebendig. Als ihr ältester Bruder Theodor starb, war das allerdings nicht möglich. Theodor war unter den Geschwistern der »Wissenschaftler«: groß, blass, von Erkenntnisdrang getrieben. Er wollte Naturforscher werden und hatte sich sein Zimmer als Labor eingerichtet. Seine naturkundliche Sammlung bestand aus Steinen, Schmetterlingen und ausgestopften Vögeln. Im hinteren Teil des Gartens befand sich eine Außenstation: ein verdorrter Baum, an dem er tote Tiere für seine Skelettsammlung aufhing. Als er so krank war, dass er nicht mehr aufstehen konnte, brachten seine kleinen Geschwister verendete oder ertrunkene Katzen, Hunde und anderes Getier zu diesem Platz – es sollte eine Überraschung für den Bruder werden. Mit seiner schweren Krankheit – die Rede ist sowohl von Diphtherie als auch von Gelenkrheumatismus – veränderte sich das Familienleben dramatisch. Die Mutter kümmerte sich in erster Linie um ihren kranken Sohn, Fanny und ihr kleiner Bruder Catty konnten relativ ungehindert und unbeaufsichtigt ihren wilden Spielen nachgehen. Am 21. Mai 1878 starb Theodor im Alter von fünfzehn Jahren. Seine Schwester Fanny war gerade sieben geworden.

In »Ellen Olestjerne« sind der furchtbare Schrecken und die große Verunsicherung, die sich mit der Todesnachricht verbanden, eindringlich geschildert. Das Wort »tot« erzeugt in der Schwester ein Gefühl von »kalter, beklemmender Angst, wie sie es noch nie am hellen Tage gehabt hatte«. Weil sie dafür keinen eigenen Ausdruck findet, weint sie mit den anderen. Bald stellen sich existentielle Fragen: Warum musste gerade der Bruder sterben? Alle sprachen davon, dass er so viel gebetet habe, ein so guter Junge gewesen und gewiss in den Himmel gekommen sei. Die Schwester war sich da nicht so sicher und wunderte sich über die Gewissheit der Erwachsenen. Der tote Bruder lag im Bett vor ihr – wie konnte er da im Himmel sein? »Sie wußte sich nichts darunter vorzustellen, und dann kamen andere bange Gedanken: wenn sie selbst stürbe – sie käme gewiß nicht in den Himmel, weil sie so schlecht war.«

Am meisten litt die Mutter. Sie würde den Tod ihres ältesten Sohnes nie ganz überwinden können. Lange Zeit war sie leidend und melancholisch. Mit Fassungslosigkeit reagierte die Familie auf den Verlust. Auch für Theodor Storm war dieses Ereignis einschneidend. Nicht nur, dass er mit seinen verzweifelten Freunden mitfühlte, der Tod des Jungen griff ihn selbst an, erschütterte ihn tief, wie das Gedicht »Geh nicht hinein« aus dem Jahr 1878 zeigt: »Dort, wo er gelegen, / Dort hinterm Wandschirm, stumm und einsam liegt / Jetzt etwas; – bleib, geh nicht hinein! Es schaut / Dich fremd und furchtbar an; für viele Tage / Kannst du nicht leben, wenn du es erblickt.« Theodor Storm war Atheist und unversöhnt. Er konnte in diesem Tod keinen Sinn erkennen und weder Frieden noch Ruhe finden. Der Tod hatte eine hässliche Gestalt und war nichts anderes als eine grauenvolle Katastrophe.

Für Franziska zu Reventlow war diese frühe Konfrontation mit dem Tod eine prägende Erfahrung. In das mehr oder weniger wohlgeordnete Leben der Familie brach mit Gewalt ein Schicksalsschlag ein, auf den man nicht vorbereitet war und der alle Regeln und Vorschriften außer Kraft setzte. Eine Weile herrschte extreme Verunsicherung und Orientierungslosigkeit. Fanny bekam das zu spüren: Ihr großer Bruder war der Stolz der Eltern gewesen, intelligent, gehorsam und wohlgeraten. Er hatte – anders als sie – stets das getan, was von ihm erwartet wurde und sogar noch ein bisschen mehr. Wofür wurde er bestraft? Zuerst mit der schweren Krankheit und dann mit dem Tod? Das schienen nicht einmal die Erwachsenen zu wissen. Jedenfalls stimmten ihre Gewissheiten nicht oder nur bedingt; Wohlverhalten war keine Garantie für ein langes und glückliches Leben. Auch die Gebete hatten nicht geholfen, weder die des Bruders noch die der Familie. Fanny erfuhr drastisch, wie fragil das Leben war und dass in seiner Nähe der Tod lauerte. Was also war wichtig im Leben, wenn es doch offensichtlich an einem so seidenen Faden hing? Auf wen oder was sollte sie sich verlassen?

28 Jahre später notierte die 35-Jährige nach dem Tod ihres Bruders Ludwig in ihr Tagebuch, sie könne nicht begreifen, dass er tot und damit unwiederbringlich von ihr getrennt sei. »Wie soll ich mich denn auch damit abfinden und warum? Das Leben ist göttlich und der Tod entsetzlich. Zum erstenmal hab ich ihn so nahe gesehen, und mir ist als ob man sich nie von dem Entsetzen

erholen könnte. Und wie soll man den Gedanken lernen, selber einmal zu sterben? [...] Ich arbeite so viel ich kann und denke viel ans Malen und die Zukunft. Ach Gott, es könnte jetzt alles so blühen – Aber mit mir ist nichts wenn ich nicht froh bin. Dazu bin ich geschaffen, aber mein Leben ist immer voller Schatten.«

Fluchtwege werden Sackgassen

Die Mutter wollte sich nach dem Tod ihres Sohnes verstärkt um die Erziehung ihrer widerspenstigen Tochter kümmern, doch die Trauer hatte ihr einen wesentlichen Teil ihrer Energie geraubt, so dass sie auf Hilfe und Unterstützung angewiesen war. Gouvernanten wurden eingestellt. Eine von ihnen hat Franziska zu Reventlow in ihrem Roman verewigt. Die bedauernswerte Gestalt heißt dort Cläre Huhn und ist ihrem Zögling in keiner Weise gewachsen: »Vier Jahre hindurch hatten sie sich Tag für Tag an dem großen runden Schultisch gegenübergesessen, und vier Jahre hindurch hatte Ellen das arme, bleichsüchtige Geschöpf buchstäblich gemartert mit allen Schikanen, die der rücksichtslose Haß eines Kindes ersinnen kann. Sie ließ sich kein Lächeln, keinen Fleiß, kein Eingehen auf irgend etwas abgewinnen, begegnete aller Freundlichkeit und aller Strenge mit derselben steinernen, ablehnenden Hartnäckigkeit und betete allabendlich, daß Gott Cläre Huhn mit seinem Zorn treffen möge.« »Gütige Strenge« lautete das Erziehungsprinzip, mit dem die Gouvernante der eigensinnigen Comtesse begegnete. Fanny waren die eindringlichen Blicke, die demonstrative Güte und das anbiedernde Verständnis unangenehm. Das »Werkzeug ihrer Qual« wollte sie nicht an sich, vor allem nicht an ihre Seele heranlassen. Schon sehr früh verspürte sie die Notwendigkeit, ihr Innerstes vor anderen in Sicherheit zu bringen. Das Motiv der Seelenrettung sollte sie ein Leben lang begleiten.

Als Fanny vierzehn Jahre alt war und Catty auf das Husumer Gymnasium kam, wurde der Druck noch einmal erhöht. Das, was der Mutter bisher nicht gelungen war, sollte nun mit aller Konsequenz betrieben werden: die Erziehung Fannys zu einem braven Mädchen aus adeligem Hause. Dazu gehörten die obligatorischen Näharbeiten und der Tanzunterricht, vor allem aber das ständige Disziplinieren. Fanny leistete unermüdlichen Widerstand und wählte nun Gott zu ihrem Verbündeten. Sie ging in die Kirche, betete, hielt nachts einsame Gottesdienste unterm Sternenhimmel, errichtete einen Altar, indem sie ihren Lieblingskanarienvogel auf einen Stuhl stellte und ringsherum Blumen streute. Folgt man der Darstellung in »Ellen Olestjerne«, steigerte sich die Heranwachsende geradezu in fanatische Renitenz und verzweifelten Mut. Jede Strafe, jedes Verbot und jede ungerechte Behandlung erlebte sie als Stärkung ihres Willens und Freiheitsdrangs. Später würde sie sich einmal als Phönix bezeichnen, der nie zerbricht. Als junges Mädchen im Kampf gegen die Mutter erfand sie für sich eine Rolle, die sie ihr ganzes Leben in verschiedenen Kulissen und mit unterschiedlichen Akteuren spielen würde: die Rebellin.

Und sie entdeckte noch etwas anderes: die eigene Weiblichkeit. Zur Erziehung einer Comtesse gehörten nämlich auch Tanzstunden. Nun tollte Fanny nicht mehr mit den Jungen herum, auch der Wunsch, ein Junge zu sein, war verflogen. Sie fühlte sich den anderen Mädchen unterlegen, weil sie so schlecht angezogen war. Schon jahrelang trug sie dieselben alten Kleider, die immer wieder ausgebessert und geflickt wurden. Für die sparsame Mutter spielte es keine Rolle, ob sie hübsch oder gar modern waren und ihrer Tochter standen. Fanny hatte das bisher auch nicht interessiert, aber jetzt war es anders, »jetzt konnte sie stundenlang vor dem Spiegel stehen und über ihr Äußeres nachdenken«. Sie wollte nicht als zurückgebliebenes Schlossfräulein gelten. Sie wollte gut aussehen. Sie wollte schön sein.

Das Tanzen machte ihr Freude. In »Ellen Olestjerne« hat Franziska zu Reventlow ein skurril-bezauberndes Bild von diesen Stunden gezeichnet: In der Mitte des Saals spielt der langbeinige, immer etwas angetrunkene Tanzlehrer auf seiner Geige, und um ihn herum bewegen sich die jungen Paare. Musik, Flirt, Rendezvous, Rausch – von einigen bisher unbekannten Dingen erfuhr Fanny nun durch die Stadtkinder, und sie schienen ihr sehr verlockend. Viele Jahre später, 1912, berichtete sie in ihren Amouresken »Von Paul zu Pedro« davon und bekannte, schon als Vierzehnjährige der Monogamie ratlos und skeptisch gegenübergestanden zu haben. Sie erinnerte sich an ihre Tanzpartner, die ihr Komplimente machten und sie wie eine Dame behandelten. Sie wiederum bewunderte die elegante Kleidung der jungen Kavaliere, besonders die modernen Stehkragen und die Zwicker. »Zwei waren brünett und einer blond. Die beiden Brünetten gefielen mir beinah noch besser, aber ich liebte auch den Blonden. Und ich weiß noch so gut, wie ich damals dachte, daß man doch immer nur einen Mann heiraten könnte; wenn man nun aber drei liebt – was dann?« Diese Frage, eine ironische Aufkündigung der »heiligen« Institution der Ehe, stand am Anfang der Suche nach neuen, freieren, ungebundeneren Lebensformen.

Damals erlebte Fanny einen Perspektivwechsel: Sie hatte bisher »nur in sich selbst hineingelebt in dem engen Kreise, den man um sie zog«. Mit der Erfahrung, dass es ein Leben außerhalb dieses Radius gab, weitete sich die Welt. Und es eröffneten sich Möglichkeiten, diese zu entdecken: Zum Ende des Sommers 1885 verreisten die Eltern für länger, die Gouvernante erkrankte, und Fanny und ihr Bruder Catty nutzten die Gelegenheit, um sich mit Gleichaltrigen herumzutreiben. Dabei taten sie nichts

Fanny als Internatsschülerin, 1886

anderes als das, was für Jugendliche ihres Alters üblich ist: gemeinsam durch die Straßen zu ziehen, an Häusern zu klingeln und wegzulaufen, Steine gegen Fensterscheiben zu werfen. Die Abenteuer der jugendlichen Streuner blieben in der kleinen Stadt nicht verborgen. Nach ihrer Rückkehr erfuhren die Eltern zu ihrem Entsetzen, dass sich ihre Tochter mit Jungen amüsiert hatte. Folgt man den Schilderungen in »Ellen Olestjerne«, kam es zu einer heftigen Auseinandersetzung mit der Mutter, in der die Tochter »den Mut zu offener Auflehnung« fand. Der Ausbruch gipfelte in der Empfehlung, die Mutter möge ihr doch am besten gleich eine Zwangsjacke anlegen. Sie schrie sie der Mutter ins Gesicht. Und diese reagierte wie erwartet: mit Härte und wachsendem Misstrauen. Fanny erhielt Hausarrest, durfte nicht mit den Brüdern zum Schlittschuhlaufen und litt darunter besonders, weil sie den rothaarigen Primaner, in den sie sich verliebt hatte, nicht treffen konnte. »Die gärende Unruhe, die sie in sich fühlte«, heißt es in »Ellen Olestjerne«, »machte sich manchmal in überlauter Lustigkeit Luft und häufiger noch in wilden Wutausbrüchen.« Das ging so weit, dass sie mit dem Kopf gegen die Wand rannte, bis Funken sprühten und erst der Schmerz eine Entspannung bedeutete. »Von früh bis spät fuhr die Mutter sie an, jeder Blick sagte: Wozu bist du überhaupt auf der Welt?« Der Zorn der Mutter auf die missratene Tochter entlud sich irgendwann in einem heftigen Schlag ins Gesicht und der Aufforderung: »Geh mir aus den Augen, ich hab's satt, mich mit dir zu quälen.«

Es gab nur eine Lösung: Fanny musste fort, aber nicht, wie sie es sich erträumt hatte, »in die Welt hinaus, in die unbekannte verheißungsvolle Welt«, sondern in ein anderes Gefängnis: nach Thüringen in das Freiadelige Magdalenenstift zu Altenburg. Die Mutter setzte ihre ganze Hoffnung auf die erfahrenen Lehrkräfte dieses protestantischen Pensionats.

Von ihrer Zeit im Internat – der Aufenthalt war ursprünglich für zwei Jahre geplant, es sollte aber nur ein freilich bitteres Jahr werden – berichtet Franziska zu Reventlow sowohl in ihrem Roman »Ellen Olestjerne« als auch in einer autobiographischen Skizze mit dem Titel »Im Freiadeligen Magdalenenstift zu Altenburg«, die sie unmittelbar nach der Entlassung aus dem Stift verfasste und offensichtlich später als Quelle für ihren Roman benutzte.

Zu Ostern 1886 erhielt Fanny einen Platz im Magdalenenstift als »Freiherrlich Löw'sche Freistelle« von

Emma von Stockhausen, geb. Freiin Löw von und zu Steinfurth, zur Verfügung gestellt – die Familien Löw, Stockhausen und Reventlow waren miteinander verwandt. Eine Freistelle bedeutete nicht, dass der Aufenthalt völlig kostenlos war, sondern von den Eltern monatlich bezuschusst werden musste. Der Name des Stifts geht auf die Herzogin Magdalene Sibylle zu Sachsen zurück, die das Barockschloss im 17. Jahrhundert als Witwensitz errichten ließ. Da sie vor ihrem Mann starb, wurde der Bau nicht vollendet. Das geschah erst Anfang des 18. Jahrhunderts, als ein »freiadeliges«, das heißt von Steuern befreites Stift gegründet wurde. Die Stifter waren protestantische Adelsfamilien, die ein evangelisch-lutherisches Gegenmodell zu den katholisch-jesuitischen Institutionen schaffen wollten und ihr besonderes Augenmerk auf die Erziehung der weiblichen Jugend richteten. »Der Unterricht umfaßt außer den gewöhnlichen Gegenständen der höheren Jugendbildung auch die Erlernung der französischen und englischen Sprache. Im Schönschreiben, Zeichnen, Malen, so wie in der Musik, im Gesang und im Tanz wird Unterricht ertheilt. Der gesammte Unterricht wird von dem Stiftspfarrer, einem bei dem Stifte angestellten Candidaten, den Erzieherinnen und von Lehrern aus der Stadt gegeben«, heißt es in einem Prospekt der Erziehungsanstalt aus dem Jahr 1881.

Die Unterweisung im evangelischen Glauben gehörte zu den wesentlichen Elementen der Internatserziehung. »Der Pfarrer hatte damit angefangen, ihnen die Grundlagen und das Wesen des Christentums zu erzählen, dann kamen die einzelnen Gebote und ihre Beziehung auf das Leben – der ganze schwerwiegende Ernst, der in all den Drohungen und Verheißungen lag – Gottes Zorn und Gnade. Als die Sünde wider den Heiligen Geist besprochen wurde – die Sünde des Gläubigen, der mit vollem

Bewußtsein die Gnade verscherzt, die furchtbarste, äußerste Sünde, für die keine Vergebung ist, folgten sie angstvoll jedem seiner Worte und zitterten bis in die tiefste Seele hinein unter demselben Gedanken: und wenn ich sie nun begangen hätte?« Es war eine »strenge Zucht«, in die die ratlosen und überforderten Eltern ihre rebellische Tochter gaben.

Die Leitung des Stifts oblag der Pröbstin, zu Fannys Zeit war es Gräfin Zedlitz-Trützschler. Wenn Franziska zu Reventlow über sie schreibt, fühlt man sich unwillkürlich an ihre Mutter Emilie zu Reventlow erinnert. Wie diese hatte sie kein Verständnis für ihren eigenwilligen Zögling, auch sie war zu keinem Zeitpunkt fähig, sich in das lebhafte junge Mädchen hineinzuversetzen. Die Pröbstin, eine über 60-jährige Frau, erscheint in Reventlows Erinnerungen energisch und von eiserner Disziplin: »das harte, blanke Gesicht mit den tiefgemeißelten Augenhöhlen«. Wenn sie die Schülerin maßregelte, ertönte eine »gestrenge Stimme [...] mit ihrem harten, scharfklingenden S«. Es ist das Bild einer Furie, einer kalten Rachegöttin, das Franziska zu Reventlow in ihrem autobiographischen Roman gezeichnet hat: »Sie war in großer Toilette, wie sie nachmittags an Hof gehen wollte, die lange Seidenschleppe knisterte wie eine zornige, schwarze Schlange hinter ihr her.«

Gräfin Zedlitz-Trützschler genoss in der Öffentlichkeit einen guten Ruf. Sie galt als kluge, gelehrte Frau mit poetischem Talent, die den protestantischen Geist der strengen Pflichterfüllung und Selbstzucht verkörperte und ihre Zöglinge Bescheidenheit, Fleiß und Ordnung lehrte. Auf einem Porträt ist sie als würdige Dame dargestellt. Von Anfang an richtete sie ihr besonderes Augenmerk auf Fannys Benehmen, so wie sie es mit den Eltern abgesprochen hatte. Fanny war keine schlechte Schülerin, was sich schon im ersten Halbjahr zeigte. Nur

Handarbeit und Gesang schienen ihr nicht zu liegen. Wahrscheinlich fühlte sie sich von dem häuslichen Strickstrumpf ihrer Mutter bis ins Internat verfolgt. Anlass zur Klage lieferte jedoch ihr Betragen, das als »leidlich« beurteilt und mit der besonderen Bemerkung »Sie ist zerstreut und vergeßlich« näher ausgeführt wurde.

Ihre Einweisung in das Pensionat erlebte Fanny als Strafe, sie fühlte sich, wie sie später ihrem Freund Emanuel Fehling anvertraute, »ins Exil« verbannt. In der autobiographischen Skizze »Altenburg« heißt es: »Man ist eingesperrt wie im Zuchthaus und kommt gar nicht heraus, außer bei dem langweiligen Spaziergang, wo man in Reih und Glied geht und vor jedem Hofwagen knicksen muß.« Fanny fühlte sich im Magdalenenstift gänzlich fehl am Platz und wehrte sich vehement gegen die herrschenden Erziehungsprinzipien. Etwa fünfzig Schülerinnen befanden sich im Internat, die auf vier Schlafsäle verteilt waren. Die Mädchen waren angehalten, Vergehen ihrer Mitschülerinnen zu melden. Verbote und Maßregelungen gab es in Hülle und Fülle: Es war strengstens untersagt, das Obst zu essen, das im Garten wuchs – ein Vergehen, das sogar als Diebstahl deklariert wurde. Harmlose Streiche und Eskapaden wurden schwer bestraft und von der Pröbstin moralisch scharf verurteilt: »Die Sünde ist unter euch wie ein fressender Eiter.« Die Post der Schülerinnen wurde gelesen. Fanny versuchte, die Zensur zu umgehen, indem sie die Briefe an ihre Brüder heimlich in der Stadt in den Briefkasten warf. Die Pröbstin erfuhr davon durch eine Bemerkung im Antwortbrief der Familie, den sie natürlich auch las. »Am Sonntag«, heißt es in Fannys Tagebuch, »mussten wir vor der Kirche einzeln zur Pröbstin hereinkommen, und sie beurgrunzte dann unsere Zeugnisse«, und dann erhielt Fanny »eine donnernde Rede über den Betrug mit den Briefen«. Es sollten Zucht und Ordnung herrschen. Übliche Strafen waren der sogenannte »Katzentisch« und die »Silence«, welche die Übeltäterin dazu verurteilte, einen Tag lang mit niemandem zu sprechen. Bei einem Verstoß wurde die Strafe verlängert und auf diejenige ausgedehnt, mit der sie gesprochen hatte.

Unter den Zöglingen gab es eine klar definierte Hierarchie: Die Klassenerste hatte die Pflicht, ihre Mitschülerinnen zu beaufsichtigen und über die Einhaltung der Hausordnung zu wachen. Sie hatte zu melden, wenn Schimpfwörter wie »cochon« (Schwein) benutzt oder zwei Unterröcke statt einem getragen wurden. Zudem waren alle verpflichtet, sich auf Französisch zu unterhalten – in der Sprache, die durch französische Erzieher und Gouvernanten in die adligen Häuser eingeführt wurde und als Zeichen einer feinen Lebensart galt. Sprach ein Mädchen deutsch, bekam sie die »Kette«, die sie nach der Abendandacht mit tiefem Knicks der Pröbstin überreichen musste. Diese zog ihr daraufhin eine Mark vom Monatsgeld ab. »Ich habe meistens überhaupt keins zu sehen bekommen, weil es für lauter Strafen weggegangen war«, heißt es lakonisch in Franziska zu Reventlows Aufzeichnungen aus Altenburg.

Natürlich begehrten die Mädchen auf, sie nutzten jede Gelegenheit, um sich auszutoben, wie an dem »tumultarischen« Abend vor den Ferien. Selten hatte Fanny etwas so Wildes erlebt: Kissen, Pantoffeln und Waschkannen aus Blech flogen durch die Luft, von wildem Kriegsgeheul und den Schmerzensschreien der Getroffenen begleitet. Zu fünft balgten sie sich in einem Bett herum, keine hielt sich abseits. Versuchte eine sich schlafend zu stellen, wurde sie kurze Zeit später mit Wasser übergossen. Schließlich tobte und schrie alles durcheinander. Erst gegen Morgen setzte eine allgemeine Erschöpfung ein, so dass die meisten doch noch etwas Schlaf fanden. Überflüssig zu bemerken, dass der Schlafsaal einem

Schlachtfeld glich. Bei der Morgenandacht artete das Knien beim Vaterunser zur allgemeinen Prügelei aus, so dass die Pröbstin einschritt. »Aber keine hatte Ohren für irgend etwas, die Freude über die bevorstehende Befreiung war zu mächtig. Gegen 9 Uhr zogen wir truppweise zum Bahnhof«, berichtet Franziska zu Reventlow in ihrer autobiographischen Skizze.

Fanny befand sich in einem Dilemma: Sie war zwar endlich fort von Zuhause, aber der Ort, an dem sie jetzt lebte, war um nichts besser. Auch hier herrschte die mütterliche Ordnung, wurde sie reglementiert und getadelt. Der einzige Vorteil bestand darin, dass Fanny den Repressionen nicht allein ausgesetzt war. Sie hatte Leidensgenossinnen. In eine verliebte sie sich schließlich. Üblicherweise verkehrten die Mädchen in »recht herzlicher Rohheit« miteinander. Fanny fühlte sich verunsichert und unterlegen, weil sie den lockeren Umgang unter Mädchen nicht gewohnt war. Sie hatte nie eine öffentliche Schule besucht, ihre Kindheit hatte sie unter den Brüdern verbracht. Daher kannte sie weder vertrauliche Mädchenflüstereien, albernes Gekicher, Heimlichkeiten noch das Konkurrieren um die beste Freundin. Das holte sie nun nach. Um dem Stiftsalltag wenigstens etwas Positives abzugewinnen, erwählte sie ein Mädchen zum Objekt ihrer Zuneigung und Schwärmerei. Leony von Massow wurde ihre erste »Flamme« und der Freundin zu dienen Fannys Lebenszweck. Sie übernahm Arbeiten für die Angebetete und trank zum Zeichen ihrer Ergebenheit sogar deren Medizin – auf die Gefahr hin, Bauchschmerzen zu bekommen. Die glühend Verehrte dankte es ihr mit Verachtung und immer neuen Aufträgen.

Nachdem Fanny ihr Examen glänzend bestanden und in die erste Klasse versetzt worden war, zerstritten sich die Freundinnen. Fanny tauschte Leony von Massow gegen Editha von Wartensleben, die schön und eigenwillig war und damit genau das passende Objekt, um Fannys schwärmerische Liebe auf sich zu ziehen. Editha war eine Gefährtin, die wilde Spiele liebte. »Seit die beiden so eng befreundet waren, schien eine ganze Horde von Teufeln in dem ehrwürdigen alten Gebäude zu spuken. Die ganze erste Klasse war außer Rand und Band, trotz Konfirmationsstunde und quälenden Gewissensfragen«, heißt es in »Ellen Olestjerne«. Die Freundinnen schlossen Wetten ab, ob man Tinte trinken oder vom höchsten Schrank herunterspringen würde, und taten dann beides – zum Schrecken ihrer Mitschülerinnen. Doch dem Treiben wurde bald ein Ende gesetzt.

Nach einem belanglosen Jungmädchenstreich, der wieder einmal mit nächtlicher Unruhestiftung verbunden war, wies die Pröbstin Fanny sofort die Hauptschuld zu und versuchte, sie damit in die Rolle der Außenseiterin zu drängen. Sie warf ihr vor, Editha und die anderen zu einer groben Ordnungswidrigkeit verführt zu haben. Weil die Anschuldigungen so ungerechtfertigt und absurd waren, konnte sie nicht mit Fannys Reue rechnen, sondern entfachte stattdessen deren Belustigung. Fannys Schwärmerei für ihre »Flamme« steigerte sich zur fiebrigen Aufregung. Sie wollte Editha unbedingt etwas zur Konfirmation schenken, lieh sich das Geld zusammen und beauftragte eine Mitschülerin, den Gedichtband mit dem Titel »Edelweiß. Für Frauensinn und Frauenherz«, eine populäre, mit Stichen und Vignetten versehene Anthologie zeitgenössischer Lyrik, für sie zu bestellen. Sie war auf die Hilfe der anderen angewiesen, weil die Pröbstin die finanziellen Verhältnisse der Mädchen genau kannte und also wusste, dass Fanny nicht in der Lage war, das Buch selbst zu bezahlen. Das Geldleihen war natürlich strengstens verboten.

Zunächst war der Erfolg groß: Editha freute sich so sehr über das Buch und Fannys Widmungsgedicht, dass sie die Freundin aufforderte, den Unterricht zu schwänzen, um sich zu verstecken und gemeinsam zu lesen. Die Mädchen wurden entdeckt, das Buch gefunden, die Pröbstin durchschaute den »gemeinen Betrug« – und der Skandal war da. Die Schulleitung sah sich gezwungen, Fanny als ehrlos zu betrachten und so bald wie möglich aus dem Internat zu entlassen. Bis Ostern wurde sie geduldet, um der Familie die Schande zu ersparen. Doch nur als Geächtete. Unmissverständlich erklärte die Pröbstin der Klasse: »Ihr habt sie von jetzt an als ehrlos zu betrachten und ich warne jede, die noch mit ihr verkehrt.«

Die Pröbstin erreichte ihr Ziel: Aus Angst hielten sich die meisten Mädchen von der Verfemten fern, sogar Editha. Von allen gemieden, wurde Fanny zur Außenseiterin. Sie lernte auf schmerzliche Weise das opportunistische Verhalten anderer kennen – und das Gefühl der Isoliertheit. Hinzu kamen die vorwurfsvollen Briefe der Eltern. Eine nahezu ausweglose Situation, aus der sich Fanny nur durch noch stärkeren Widerstand zu retten wusste. Auf keinen Fall gab sie auf, machte nicht einmal einen Rückzieher, obwohl sie Angst hatte – vor allem vor den Eltern. Sie verwandelte ihre Traurigkeit wieder einmal in wütende Rebellion. Die Trauer wollte sie für sich behalten, um nicht kapitulieren zu müssen. Die Wut auszuleben fiel ihr bedeutend leichter, als die Trauer auszuhalten. Sie steigerte sich in einen Auflehnungsrausch, morgens beim Wasserholen balancierte sie die Schüssel auf dem Kopf, beim Mundspülen gurgelte sie Melodien, abends im Bett, wenn alle schlafen wollten, heulte sie wie ein wildes Tier. Sie begann zu überdrehen, zeigte sich selbst an, sprach bei der Pröbstin vor, um ihr mitzuteilen, dass sie im Unterricht verbotenerweise gelacht habe. Das habe die Lehrerin wohl versäumt zu melden. Sie geriet außer Rand und Band. Die Pröbstin wusste nicht, wie sie ihr Einhalt gebieten sollte.

Endlich war Ostern, Fanny musste das Magdalenenstift verlassen. In ihrem Zeugnis wurde ihr Betragen mit »ungenügend« benotet und als »Besondere Bemerkung« fand sich das Urteil: »Durch Mangel an Pflichttreue und Gewissenhaftigkeit war sie ein nachteiliges Beispiel für Andere.« Bei der Zeugnisvergabe, der die ganze Schule sowie Honoratioren der Stadt beiwohnten, sagte die Pröbstin in ihrer Rede, sie habe in ihrer zweiunddreißigjährigen Amtszeit noch kein Jahr wie dieses erlebt. Der Geist des Aufruhrs sei in die Anstalt eingedrungen. »Derartige Elemente müssen schonungslos ausgemerzt werden – es sind Krebsschäden, die nur durch einen raschen Eingriff beseitigt werden können.« Es war ein letzter Akt der Ausgrenzung, Bestrafung und Stigmatisierung. In »Ellen Olestjerne« gerät er am Ende zum heimlichen Sieg der Eigenwilligen: »Sie wollte die Augen nicht niederschlagen und empfand es beinah wie einen Triumph: ›Ja, mit mir seid ihr doch nicht fertig geworden.‹« Und so lässt die Reventlow ihr Alter Ego in Riesenbuchstaben an die Innenseite ihrer Schranktür schreiben: »Ich habe nie das Knie gebogen – den stolzen Nacken nie gebeugt.«

Aber der Körper reagierte. Fanny brach zusammen, wurde ohnmächtig vor Kopfschmerzen. Sie konnte es nun kaum erwarten, nach Hause zu fahren. Am Schluss ihrer Altenburger Aufzeichnungen steht ein bitteres Resümee: »Ich dachte, ich hätte dort etwas gelernt. Gewiß hatte ich das auch, aber was! Meine Weltanschauung war noch eine sehr harmlose, als ich hingekommen war. Ich hatte gelernt, daß das Leben und vor allem die Menschen nicht so seien, wie ich es damals geglaubt. Es war jetzt so vieles im Leben, was bedrückend war. Außerdem hatte ich das Gefühl, daß mir sehr Unrecht geschehen wäre und daß ich jetzt noch mehr wie früher immer ungerecht, immer wie ein Stiefkind behandelt worden sei.«

Es war unbegreiflich, wieso man ihrer Wildheit, ihrer Lebensgier und ihrem Übermut kein Verständnis entgegenbrachte. Der einzige Mensch im Internat, der sich in sie einfühlen konnte und zu ihr gehalten hatte, war der Pastor gewesen. Doch auch er hatte ihr empfohlen, ihren Widerspruchsgeist abzulegen, weil sie sonst immer wieder in missliche Situationen geraten und Unverständnis hervorrufen würde. In ihren Aufzeichnungen fasste Fanny einen anderen Vorsatz: »Jetzt wollte ich so ernsthaft werden, daß mich niemand mehr erkennen sollte, wenn das Lachen dann ja doch eine Todsünde war.«

Aufstand im Puppenheim

Am Ostermontag 1887 reiste Fanny mit ihrer Mutter nach Husum zurück. Nachdem sie das Gefühl, endlich wieder zu Hause zu sein, ausgekostet und das Wiedersehen mit ihren Geschwistern gefeiert hatte, kehrte bald der Alltag ein – und das hieß, dass die Auseinandersetzungen mit der Mutter von neuem begannen beziehungsweise sich fortsetzten, als sei sie nie fort gewesen. Dieses Mal war es ein Vertrauensbruch der Mutter, der den Streit auslöste: Emilie zu Reventlow durchsuchte das Zimmer ihrer Tochter, als diese ausgegangen war, und fand neben blumengeschmückten Fotos von Editha einen Brief an die Freundin sowie ein dickes, in Leder gebundenes Buch mit selbstgeschriebenen Gedichten. Nach der Lektüre schleuderte sie es ihrer heimkommenden Tochter vor die Füße, zusammen mit dem Brief, in dem Fanny ihre unglückliche Situation im Elternhaus beklagte. Von nun an wolle sie die Briefe der Tochter lesen. Schlimmer als diese Drohung empfand Fanny das vernichtende Urteil über ihre Gedichte: »Du hättest es verdient, daß ich es dir um die Ohren schlage. Was ist das für ein unerhörtes Zeug? Schämst du dich denn nicht, so was zusammenzuschmieren? Das hört jetzt auf, verstanden?« Zunächst war Fanny wie versteinert, dann fühlte sie sich entblößt und schämte sich, ihr war, als habe man ihr »alle Hüllen von der Seele gerissen«, heißt es in »Ellen Olestjerne«. Schließlich kam »eine sinnlose Wut über sie. – Sie schrie der Mutter alles ins Gesicht, was an Groll in ihr aufgespeichert war.« Die Mutter begriff, dass sie zu weit gegangen war.

Der Vater erkannte schließlich die Bedrängnis seiner jüngsten Tochter. Zwar war er ihr kein Gesprächspartner, denn er blieb meistens stumm und unbeteiligt, aber jetzt signalisierte er seine Unterstützung, wohl auch weil ihn Agnes auf die Not der kleinen Schwester aufmerksam gemacht hatte. Agnes versuchte zu vermitteln und dem Vater zu erklären, was Fanny ihrer Meinung nach brauchte: Liebe, Verständnis und seine Führung. Diese Forderung wies er zurück, aber er nahm die Fürsprache der älteren Schwester für die jüngere dennoch ernst.

So war es vor allem Ludwig zu Reventlow zu verdanken, dass Fanny zu Verwandten aufs Land kam. Ab Juni 1887 hielt sie sich abwechselnd bei ihrem Onkel auf dem Gut in Kaltenhofen, bei ihrer Tante Liane von Qualen, geb. Reventlow, in Wulfshagen und schließlich in Preetz in der Holsteinischen Schweiz auf. Dort lebte die jüngere Schwester der Mutter, Fanny Gräfin zu Rantzau, als Konventualin im Kloster. Sie war an Kunst und Literatur interessiert und der erste Mensch, der Fannys Begabung erkannte und förderte. Sie hatte nicht nur Verständnis, sondern auch Freude an der »rastlosen Lebendigkeit« ihrer Nichte – ganz im Gegensatz zu ihrer Schwester Emilie. Für Fanny wurde ein Zimmer als Atelier eingerichtet, und bald erhielt sie Unterricht bei »Fräulein« Heine, einer Malerin und Bildhauerin, die in Paris und München gelebt hatte – einem »Wesen aus einer ganz anderen Welt«. In ihr lernte Fanny zum ersten Mal jemanden kennen, der sein Leben der Kunst geweiht hatte – eine Existenzform, die ihr ungemein imponierte. Es war das Gegenmodell zu allem, was ihr die Erwachsenen – allen voran ihre Mutter und die Pröbstin im Magdalenenstift – bisher als Norm und Vorbild aufdrängen wollten. In ihrer Tante und der Zeichenlehrerin fand Fanny erstmals glaubwürdige weibliche Autoritäten, die sie zu einem eigenständigen Leben ermutigten.

Ein Ausweg, eine neue Fluchtlinie tat sich verlockend vor ihr auf: die Kunst. Und damit endlich eine Aufgabe, die Fanny mit Fleiß und Eifer verfolgen konnte. Es war der Beginn einer neuen Lebensphase, in der sie sich glücklich fühlte, ohne Unterlass zeichnete und so gut wie nie Müdigkeit verspürte. Über den verheißungsvollen Sommer 1887 heißt es in »Ellen Olestjerne«: »Es war eine Zeit, wo sich ihr alles in einen Traum von immer währender Glückseligkeit verwandelte, der ganze Tag war ein ernstes Spiel mit frohen Kräften [...].« Im Dezember 1888 fuhr sie, ganz erfüllt von diesen neuen Erfahrungen, voller Lebensfreude, Zuversicht und guter Vorsätze nach Hause. Die Siebzehnjährige nahm sich fest vor, mit der Mutter auszukommen, sie wusste nun, worauf sie ihre Kräfte konzentrieren musste. Sie hatte erfahren, dass es weibliche Lebensmöglichkeiten abseits des vorgezeichneten Weges – Ehe, Familie, Kinder, Haushalt – gab. Zwei große, prall gefüllte Zeichenmappen dokumentierten ihre Veränderung. Damit wollte sie die Eltern überzeugen, ihr eine Malerinnenausbildung zu ermöglichen.

Doch Weihnachten 1888 beherrschte ein anderes Thema die Tagesordnung der Reventlows: der Auszug aus dem Schloss. Er wurde notwendig, weil der Vater im kommenden Jahr in Pension gehen sollte und seinen Amtssitz dem neuen Landrat überlassen musste. Die Familie war betrübt – bis auf den Vater selbst, der das Leben in Husum und das Anwesen stets als Belastung und Einengung empfunden hatte. Er schien verjüngt und befreit angesichts der bevorstehenden Veränderungen und konnte den Umzug in eine größere Stadt kaum erwarten. »Ach, ihr solltet euch doch freuen, einmal in andre Umgebung zu kommen. Hier versimpelt ihr auf die Länge, seht nichts von der Welt, wißt nichts von der Welt«, lässt Franziska zu Reventlow den Vater in »Ellen Olestjerne« sagen. »Versimpeln« wollte auch Ludwig zu Reventlow nicht länger. Und weil er sich nach einem städtischen Leben sehnte, fiel die Wahl auf Lübeck.

Lübeck genoss den Status eines souveränen Bundesstaats im Deutschen Reich und zählte 50000 Einwohner. Seine kulturelle Bedeutung ließ sich schon an der beeindruckenden Architektur – den Kirchen und den Patrizierhäusern – ablesen. Die Hansemetropole verfügte über eine große Zahl von angesehenen Schulen, Lehrinstituten und Bibliotheken; das Theater in der Beckergrube war über die Stadtgrenzen hinaus bekannt. Und außerdem war der Weg nach Kiel nicht weit, wo Ludwig zu Reventlow studiert, als junger Rechtsanwalt gearbeitet und seine Familie gegründet hatte.

Währenddessen machte sich seine jüngste Tochter Gedanken über ihre Zukunft. Sie wollte ihre Träume verwirklichen, ihr Leben selbst planen. Doch dazu benötigte sie zuerst die Hilfe der Eltern. Sie wollte Malerin werden, zugleich war ihr bewusst – wahrscheinlich auch durch Gespräche mit ihrer Tante in Preetz –, dass ihr der Vater weder die Erlaubnis dazu erteilen noch die Kosten für ein entsprechendes Studium übernehmen würde. Also entschied sie sich für einen Kompromiss und bat den Vater, ein Lyzeum besuchen oder ein Lehrerinnenseminar absolvieren zu dürfen. Ludwig zu Reventlow lehnte den Wunsch seiner Tochter in einem Brief vom 26. September 1889 ab. Er habe nicht die Mittel, um eine derartige Ausbildung finanzieren zu können. Rechtlich war er nur verpflichtet, die Berufsausbildung der Söhne, nicht aber die Weiterbildung der Tochter zu bezahlen. Er tröstete Fanny mit dem Hinweis: »Vieles leichter wird es uns allen in der neuen Wohnung machen, die in der That sehr hübsch und bequem ist [...] und worin Du auf Deinem Zimmer die hübscheste Aussicht hast über die Alleebäume auf die hohen Türme der Stadt.« In seinen Worten: »Sei nicht mutlos, es wird Dir hier doch noch man-

Die Geschwister
Agnes, Fanny, Karl (Catty), Ernst und Ludwig, um 1888 (v. l. n. r.)

ches geboten werden«, schwang die eigene Vorfreude auf das geistige und kulturelle Leben in Lübeck mit.

Leicht würde es auch in Zukunft nicht werden, seine finanziellen Bedenken waren nicht ganz grundlos, denn die drei Söhne befanden sich noch in der Ausbildung. Da blieb der Tochter nichts anderes übrig, als sich in das Unvermeidliche zu fügen. Doch so schnell gab Fanny nicht auf! Sie entschloss sich, nicht weiter zu drängen, zu ihren Verwandten aufs Land zu fahren und erst einmal den Umzug abzuwarten. Dieser wurde im Wesentlichen von ihrer Schwester Agnes und den Brüdern organisiert. Die Mutter war krank. Das große Haus, in das die Familie übersiedelte, befand sich in der Moislinger Allee 30 in Lübeck. Fanny bezog im Oktober 1889 ihr neues Zimmer.

Erst ein dreiviertel Jahr nach dem entschiedenen Nein des Vaters bat Fanny erneut um die Finanzierung einer Lehrerinnenausbildung. Davon berichtete sie ihrem neuen Brieffreund Emanuel Fehling. Außerdem teilte sie ihm am 21. Juni 1890 mit: »Ich habe den Plan gefaßt, mir durch Übersetzen aus dem Englischen und Französischen für Verleger und solche Leute Geld zu verdienen, dessen ich sehr benötigt bin. Ich muß meinen Tatendurst mal etwas austoben und mich durch wirkliche Arbeit etwas sammeln.« Damals konnte sie nicht ahnen, dass das Übersetzen später einmal ihre Haupterwerbsquelle sein würde, eine Tätigkeit, die sie in einer solchen Geschwindigkeit ausübte, dass sie – laut Verleger und Lektor – sogar Temporekorde darin aufstellte.

Fanny hatte Emanuel Fehling durch ihren Bruder Catty kennengelernt, die beiden waren Klassenkameraden. Der Sohn eines angesehenen Rechtsanwalts und Senators und Enkel des damals berühmten Dichters Emanuel Geibel war, wie Catty und bald auch Fanny, Mitglied des Lübecker Ibsenclubs. Solche Clubs waren um die Jahrhundertwende in Mode. Der Dichter aus dem Norden schien einen Ton zu treffen, der die oppositionellen Jugendlichen begeisterte. In den ihm gewidmeten Lese- und Diskussionszirkeln wurde der wilhelminischen Gesellschaft der Kampf angesagt: Lebenslügen, Doppelmoral, Heuchelei, Unterwürfigkeit lehnte die progressive Jugend ab. Sie wandte sich gegen eine Gesellschaft, in der die materiellen Werte höher angesehen waren als die ideellen. Ibsen sprach ihr aus der Seele und gab die Zielrichtung ihrer Rebellion vor: Gegen die alte Ordnung, für eine neue Welt, einen neuen, freien Menschen! Er löste in der deutschen Kulturszene heftige Diskussionen aus und wurde schnell zu einem einflussreichen und umstrittenen Theaterautor. Die Analogie zu Ingmar Bergman in den 1950er und 1960er Jahren ist unübersehbar. Auch dieses unbequeme Theater- und Filmgenie provozierte und kalkulierte den Protest und die Zensur der etablierten Kunstszene.

Henrik Ibsen enthüllte in seinen Dramen die verdrängten und verschwiegenen Konflikte in Staat, Familie und Individuum, die traditionellen Lebensformen stellte er radikal in Frage. In den Lebensgeschichten und -katastrophen, die er auf die Bühne brachte, erschien die Kleinfamilie als Keimzelle der bürgerlichen Gesellschaft, die der Frau keine Entfaltungsmöglichkeiten bot und das Glück aller, auch das des Mannes, erstickte. Ihr sei, schrieb Franziska zu Reventlow an Emanuel Fehling am 22. April 1890, seit sie Ibsen kennengelernt habe, »eine neue Welt aufgegangen von Wahrheit und Freiheit; ich möchte ins Leben hinaus und für diese Ideen leben und wirken; aber bei diesem Zuhauseleben sind mir ja die Flügel geschnitten«. Zwei Tage zuvor hatte sie dem Freund gestanden: »In diesen Tagen habe ich ›Die Frau vom Meer‹ und ›Die Wildente‹ von Ibsen gelesen. Kennen Sie es? Sonderbar ist es im höchsten Grade. Ich verdanke Ibsen sehr viel, seine Ideen und seine Menschen sind begeisternd und man hat so das Gefühl, als ob er einem klar sagt, was man unklar gefühlt hat.«

Damit war sie nicht allein: Ludwig Klages sprach von einem »Ibsenzeitalter«, Karl Wolfskehl erinnerte sich an seine »Ibsenjugend«. Emmy Hennings, die sich als »Weglaufsüchtige« bezeichnete, aus Flensburg stammte und – wie Franziska zu Reventlow – eine Protagonistin der Schwabinger Boheme wurde, äußerte ihre Ibsen-Begeisterung in einem ihrer bekanntesten Gedichte: »Betrunken taumeln alle Litfaßsäulen / Dir gelten meine glühendsten Ekstasen! / Wie wir einst fromm die Frau vom Meere lasen! / Und alle Regenwinde deinen Namen heulen!« Paula Modersohn-Becker gestand im Juni 1899 ihrem Bruder: »Ich habe im Augenblick eine Ibsenperiode. Da mein Gefühl durch meine Arbeit in Anspruch genommen ist, kommt mir Ibsen, der doch zu einem großen Teil mit dem Verstand genommen werden will, gerade recht.« Anfang Oktober 1900 notierte sie in ihr Tagebuch über ihre Ibsen-Lektüre: »Ich bin doch wieder ganz unter dem Einfluß dieses Großen, ich hatte ihn vom vorigen Jahr nicht so groß im Gedächtnis behalten. Und etwas Nobles hat er und eine Gedankentiefe.«

Die konstatierte auch Fanny, selbst wenn sie den Dichter von Anfang an nicht nur bewundernd, sondern auch kritisch las. So monierte sie bei der »Frau vom Meer« den etwas künstlichen und übermäßig konstruierten Konflikt der Hauptfigur Elida. Was ihr hingegen einleuchtete, war die moralische Aussage des Dramas: »Die Lösung dagegen ist schön und wahr, daß sie durch die Freiheit des Handelns, die ihr Mann ihr gibt, selbständig wird und sittlich handelt. Darin liegt doch unendliche Wahrheit und man fühlt sich tief von derselben berührt. Ich glaube auch fest, daß man eher durch Freiheit wie durch moralischen Zwang – unter welchem sich fast alle Frauen und Mädchen sich unterjochen lassen – zur wahren Sittlichkeit gelangt, wenn auch diese verschrobenen lächerlichen Sittengesetze dabei flöten gehen.«

Ibsen wurde für Fanny wie für viele ihrer Generation der Stichwortgeber ihrer Revolte. In seinen Dramen fand sie ihre eigenen Konflikte dargestellt, seine Forderung nach einem freien, selbständigen Individuum war auch ihre Maxime. In einem Brief vom 2. Juni 1890 formulierte sie etwas Wesentliches zur Funktion von Literatur, indem sie eine Gedichtzeile von Ibsen zitierte: »Ich bin kein Arzt, ich bringe nicht Genesung«, allein mit dieser Aussage, erklärte sie dem Freund, könne man Ibsens Gegnern den Mund stopfen. Literatur war für sie kein Allheilmittel, wohl aber ein Erkenntnisbeschleuniger.

Fanny war schon seit früher Jugend eine begeisterte Leserin, in ihrem Elternhaus hatte sie – vor allem durch Theodor Storm – wertvolle Anregungen erfahren. Zu den wichtigen Gesprächspartnern zählte der Soziologe Ferdinand Tönnies, der als Freigeist und Verderber der Jugend verschrien war und dessen Büste heute im Husumer Schlosspark steht. Er lehrte als Professor an der Universität Kiel und lebte im ehemaligen Kavaliershaus der Husumer Schlossanlage. Fanny begegnete ihm gelegentlich, wenn sie mit den Hunden spazieren ging. Während sie als Kind, genau wie ihre Geschwister, Theodor Storms Geschichten liebte, fand sie als junge Frau in seinen Werken zwar eine große Schönheit der Form und der Sprache, aber nicht die Themen, die sie bewegten. Sie las nun lieber Autoren wie Dostojewski, Tolstoi, Turgenjew, Hamsun, Strindberg, Maupassant, Zola, Fontane, Hauptmann, Jean Paul, Lord Byron, aber auch Geibel, Conradi, Schopenhauer, Feuerbach und August Bebel, dessen Werk »Die Frau und der Sozialismus« sie ausdrücklich erwähnt. Von Mark Twains Skizzenbuch war sie begeistert, ebenso von »Niels Lyhne«, dem Kultbuch des dänischen Autors Jens Peter Jacobsen. Die Tagebücher der russischen Malerin Marie Baschkirtseff, eine Art Geheimbibel der jungen Frauen, verschlang sie regelrecht. »Ich lese wieder Marie Baschkirtseff«, heißt es in Reventlows Tagebuch 1901, »das möchte die einzige Frau gewesen sein mit der ich mich ganz verstanden hätte, vor allem auch in der Angst etwas vom Leben zu verlieren, und in dem unerhörten Prügelbekommen vom Schicksal.« Und dann war da noch Friedrich Nietzsche – eine Offenbarung. Fanny tauchte tief in die literarischen Welten ein und konnte jedes Mal nur schwer wieder in den Alltag finden. »Das Hinuntergehen ist mir immer eine Überwindung, ich hause außer den Mahlzeiten und dem Ausgehen fast ausschließlich oben; um circa ½ 9 muß ich mit dem Greis [so bezeichnete sie den Vater] gehen; bis dahin mache ich krampfhafte Versuche unter Schelten von Mama, Quieken von Bello und vielen anderen Geräuschen, ein italienisches Buch zu lesen«, berichtete sie am 27. April 1890 Emanuel Fehling.

Dieser war ihr heimlicher Vertrauter. Der Briefwechsel mit ihm begann im März 1890. In der ersten Zeit schrieb sie ihm beinahe täglich, manchmal sogar morgens und abends. Schon im ersten Brief machte Fanny eine programmatische Aussage zu der verabredeten Korrespondenz. Der Gedanke, sich mit ihm auf diese Weise unterhalten zu können, bereite ihr große Freude. »Sehen Sie, für mich ist es sehr viel, oder vielmehr würde es sehr viel sein, eine gegenseitige Mitteilung von allem Möglichen zu erhalten. Ob es nun Apokryphen, Psalmen oder andere Lebensfragen sind, das ist mir bisher nie möglich gewesen. Wenn Sie nun also *keine* Bedenken tragen, die bis jetzt nur auf Landstraßen und in Zimmern begonnene Freundschaft fortzusetzen, vielleicht mit Rücksicht auf den Bruder, an den Sie sich angeschlossen haben, dann lassen Sie mich einige Worte so bekommen, daß ich dieselben Mittwoch auf der Post abholen kann, das ist die einzige ganz sichere Gelegenheit, wo ich allein zur Stadt gehe. Nun also größte Vorsicht, Diskretion Ehrensachen! Kennen die Postleute Sie? Ist das nicht gefährlich?« Die Freundschaft musste strikt geheim gehalten werden, denn Fannys Eltern hätten den Kontakt ihrer Tochter zu einem gleichaltrigen Jungen, noch dazu einem Mitglied des gefürchteten Ibsenclubs, niemals geduldet.

Fehling schenkte Fanny das »Kindersommersonntagnachmittagsgefühl«, das sie in Husum mit dem Bruder Catty erlebt hatte. Sie setzte unbegrenztes Vertrauen in ihn und gestand ihm sofort, dass sie sich zu Hause überhaupt nicht wohl fühle. »Alle Lebensfreude und Schwungkraft, oder wie soll ich's nennen, wird erdrückt und ich atme auf, wenn ich die Haustür hinter mir habe. Es ist, als ob das Leben an mir vorüberginge, und ich kann es nicht erfassen, nicht leben, liegt das an mir? Und dann bin ich wieder so unsinnig lebenslustig, daß ich mich gar nicht zu lassen weiß, und ich sehne mich hinaus ins Freie, ins Leben, um alles zu lernen und wirklich einmal zu leben.« Der Freund war »die einzige Seele«, der sie sich anvertrauen konnte. Von ihm fühlte sie sich nicht nur verstanden, sondern zu existentiellen Reflexionen inspiriert. In einem Brief vom 29. November 1890 verteidigte sie ihre Auflehnung gegen die Eltern. Sie sei nicht streitsüchtig, wolle nicht um jeden Preis ihren Willen durchsetzen, aber wenn es notwendig sei, halte sie sich für berechtigt, ihr »geistiges Leben« zu retten und sich freizumachen. Der Brief kulminiert in einem pathetischen Schrei nach Freiheit: »Ich will und muss einmal frei werden; es liegt nun einmal tief in meiner Natur, dieses maßlose Streben, Sehnen nach Freiheit. Die kleinste Fessel, die andere gar nicht als solche ansehen, drückt mich unerträglich, unaushaltbar und ich muß gegen alle Fesseln, alle Schranken ankämpfen, anrennen. Ich habe das mein ganzes Leben gefühlt – und dann dieser kleinliche, unaufhörende Druck aller Verhältnisse. Muss ich mich nicht freimachen, muss ich mein Selbst nicht retten – ich weiß, dass ich sonst daran zugrunde gehe.« Ähnlich radikal hatte sie sich etwa um dieselbe Zeit in einem Brief an Anna Petersen, die gleichaltrige Tochter des Schleswiger Regierungsrats Wilhelm Petersen, geäußert: Sie sei schließlich ein Mensch mit eigenem Willen, eigenem Gewissen und eigenen Zielen. Ihre Eltern seien indessen der Auffassung, sie habe ihnen unbedingt zu gehorchen, auch wenn sie anderer Auffassung sei, »dagegen lehne ich mich auf u. werde es immer tun«. Franziska zu Reventlow und Anna Petersen hatten schon als kleine Kinder zusammen gespielt; die Petersens waren mit den Familien Storm und Jensen eng verbunden und ab und zu auch im Husumer Schloss zu Gast. Von 1884 bis 1890 führten die beiden Mädchen eine unregelmäßige, aber dennoch lebhafte Korrespondenz. Mal schwärmte Fanny, »eine so gute Freundin wie Dich werde ich nie finden«, dann wieder klagte sie: »Du Monstrum, warum schreibst du nie?«

Emanuel Fehling war dagegen ein zuverlässiger Briefpartner. Vermutlich waren einige der Eigenschaften, die sie an ihm schätzte, ihre Projektionen: Er stand für alles, was sie brauchte, um existieren zu können. »Oft kommt es mir vor, als ob wir uns kennen müssten, als ob wir uns schon früher gesehen hätten«, gestand sie ihm. Am 2. Juni 1890 erklärte sie: »Du erinnerst mich oft an meinen vor 12 Jahren verstorbenen Bruder, ich weiß nicht wodurch und wie es kommt; aber ich muß immer daran denken. Ich war damals erst sieben Jahre, aber ich erinnere mich seiner noch so deutlich, besonders an seinen Todestag, wie wir Kleinen hinaufgeführt wurden in sein Zimmer, wo er tot mit gefalteten Händen lag, diese Szene hat sich mir unauslöschlich eingegraben. Er war gegen uns Geschwister so rührend gut, besonders mit mir so liebevoll, wie es später niemand wieder gewesen ist, was ich damals und später immer wieder empfunden habe.«

Aus geschwisterlichen Zuneigungsbriefen wurden bald Liebesbriefe, in denen Fanny ihre Gefühle oft voller Pathos und Dramatik, dann wieder voller Witz, Lakonie und Ironie mitteilte. Gleichzeitig wuchs die Furcht vor Entdeckung: »Zuweilen male ich mir aus, wie schrecklich und doch wieder wie komisch es sein würde, wenn unsere Korrespondenz herauskäme, was für Ungewitter würden über uns hereinbrechen; ich verschließe Deine Briefe immer mit Todesangst, aber im Fall, daß einer von uns ohne das Wissen des anderen krank werden könnte!« Es lag aber sicherlich auch ein Reiz darin, dass die Korrespondenz einer konspirativen Aktion glich.

Fanny entdeckte neben dem Lesen nun das Briefschreiben als Gegenwelt, ja als die eigentliche Welt, in die sie sich zurückziehen konnte. Das machte den familiären Alltag erträglicher. Der quälende Gedanke, das Leben zu versäumen oder um das eigentliche Leben betrogen zu werden, verlor seine Macht über sie. Fehling schrieb sie am 2. Oktober 1890: »Ich lebe ein vollkommen erheucheltes Leben mit meinen Eltern und allen Menschen und das einzige wahre Leben mit Dir, Else und Catty.«

Die »wirklichen« Menschen waren die Freunde aus dem Ibsenclub, ihr Bruder Catty, Emanuel Fehling und Else Gutschow, die aus einer Lübecker Freidenkerfamilie stammte, zu der die Reventlows keinen Kontakt duldeten. Außerdem gehörten dazu Karl Schorer, der später von Fanny zum »zweiten Zarathustra« erhoben wurde, und Käthe Wohlert, eine Klassenkameradin aus dem Lehrerinnenseminar, die auf Fannys Anregung in den literarischen Zirkel eintrat. Fannys Eltern durften auf keinen Fall erfahren, dass ihre Tochter an den Treffen des Ibsenclubs teilnahm. Sie zog ihren Bruder Ludwig ins Vertrauen, bat ihn um strengste Verschwiegenheit. Sie fürchtete, »es würden bei einer Entdeckung Umstände herrschen, daß ich unmöglich hier bleiben könnte«. Ludwig hatte zwar Bedenken und ermahnte die Schwester zur Vorsicht, um ihre Ausbildung nicht zu gefährden, versprach aber, ihr zur Seite zu stehen.

Die »Ibsenjugend«
Franziska zu Reventlow mit ihrem Bruder Catty, um 1890

Natürlich waren die Ibsenclubs in konservativen Kreisen gefürchtet, ja verrufen: Junge Leute, die ihren Weg suchten und sich nicht mit den Vorstellungen der Eltern arrangierten, galten als unberechenbar. In den Clubs wurde nicht nur die neueste Literatur aus dem Norden gelesen, auch sozialkritische Themen standen zur Diskussion. Die Mitglieder betrachteten sich als Avantgarde, die einen »neuen Menschen« schaffen sollte. Das Gerücht von konspirativen Zusammenkünften aufrührerischer Jugendlicher kursierte in Lübeck und war auch Emilie zu Reventlow zu Ohren gekommen. Sie hatte gehört, dass sich in den Häusern Schorer und Gutschow, die für ihre freizügige Einstellung bekannt waren, junge Leute trafen, um moderne Autoren zu lesen, die mit Sicherheit für das Wohlverhalten adliger Mädchen gänzlich ungeeignet waren. Die Befürchtung war nicht grundlos: Ibsens Dramen bestärkten Fanny in ihrer Auflehnung gegen die eigene Familie und die Gesellschaft, die ihr als Frau ein bestimmtes Schicksal diktieren wollten. Auch in »Ellen Olestjerne« findet sich dieses neue, durch Ibsen vermittelte Selbstbewusstsein: »Früher empfand ich es immer als eine Art Unrecht gegen meine Eltern, mich so dagegen aufzulehnen und heimliche Sachen zu tun, aber nun ging es mir plötzlich auf, daß jeder ein unveräußerliches Recht auf sein Ich und sein eigenes Leben hat.« Ibsens moralische Forderungen nach dem Recht auf freie Entfaltung für Männer wie Frauen tauchen auch in den Briefen an Emanuel Fehling immer wieder auf.

Am 1. Mai 1890, um halb zehn Uhr morgens, setzte sich Fanny an ihren Schreibtisch und verfasste einen Essay über die Situation der Frau, den sie in einen Brief an Emanuel Fehling kleidete. Sie beklagt darin die ungleichen Bildungschancen von Männern und Frauen, nennt sie unerträglich, »himmelschreiendes Unrecht« und »unter aller Menschenwürde«. Schlimmer noch: »die weibliche Erziehung ist eben das Unsinnigste, was es gibt«. Sie führt sich selbst als Beispiel an und berichtet, wie sie nach einer schönen, mit dem jüngeren Bruder gemeinsam erlebten Kindheit plötzlich in die Schranken einer weiblichen Sozialisation gewiesen worden sei. Nichts als unnötige Kenntnisse sollten ihr wie allen jungen Frauen eingetrichtert, die sinnlosesten Fertigkeiten vermittelt werden, um auch sie zu einem dieser »bleichsüchtigen, spitzenklöppelnden, interessenlosen Geschöpfe« zu machen, die, »wenn sie sich verheiraten, in Haushalts- und Kindergeschichten aufgehen und ihrem Mann unmöglich etwas sein können, als eben seine Hausfrau«. Die Alternative, ledig zu bleiben, wäre das Leben einer »alten Jungfer«, der man keinen anderen Wirkungskreis zugestehe als »Kaffeeklatsch und Diaspora«. Der Grund für diese Diskriminierung liege darin, »dass man die Frau nicht als Selbst, nur als wesenloses Geschöpf« betrachte. Sie zitiert ein populäres zeitgenössisches Gedicht, das den Lebenszweck der Frau auf den Punkt bringt: »Sie geht entgegen ihm, trocknet ihm / das Gesicht. / Macht ihm den Sitz zurecht und bringt / sein – Leibgericht!« Und sie appelliert an Fehlings Solidarität: »Wie schwer, ja fast unmöglich es ist, sich gegen dieses Schablonen-Verfahren zu wehren, sich selbst geistig zu erziehen und weiterzubilden, das können Sie sich denken; aber ich kann mich dem nicht fügen, das ist mir unmöglich. Was ich bei Ibsen besonders liebe, ist seine schöne, edle Auffassung des Weibes und der Ehe. In unserer Gesellschaft findet man es fast nie, daß Mann und Frau wirklich innerlich zusammenleben, das ist ja auch unmöglich, wenn die Frau einen so weit geringeren Bildungsgrad hat.«

Fanny verlangte »Freiheit des Verkehrs und die Möglichkeit einer wissenschaftlichen und künstlerischen Bildung« für sich und alle Frauen. Sie war sich sicher, auf dem besten Weg zu sein, auch wenn sie selbstkritisch einräumte, manchmal etwas zu ungestüm vorzugehen bei dem Versuch, sich aus dem »Schein- und Lügenwesen« herauszuarbeiten. Ihr Ton war fordernd, energisch und kompromisslos. Längst hatte sich ein anderer Autor in ihr Denken gedrängt: Friedrich Nietzsche – der Weg von

Ibsens »Volksfeind« zur »Umwertung aller Werte« war nicht weit gewesen. Im Ibsenclub wurde Nietzsches radikale Kritik an Politik, Staat, Kirche, Wissenschaft, Religion, Kunst und Philosophie begierig aufgenommen. Den 1883 erschienenen »Zarathustra« bezeichnete Fanny als ihre Bibel, ohne die sie nicht existieren könne. Sie kaufte sich das Buch gleich zweimal: Nachdem sie ihr Exemplar schweren Herzens verliehen hatte, fehlte es ihr so sehr, dass sie sich unbedingt – wieder einmal mit geliehenem Geld – ein weiteres besorgen musste.

In »Ellen Olestjerne« schildert sie die nächtliche Nietzsche-Lektüre wie einen Liebesakt: Der Bruder ließ sich zu den Füßen der auf dem Sofa liegenden Schwester nieder und las vor: »Sie bebten beide – der Himmel tat sich über ihnen auf in lichter blauer Ferne – jedes Wort löste einen Aufschrei aus tiefster Seele, band eine dumpfe, schwere Kette los, sagte etwas, was kein Mensch sagen konnte oder je gesagt hatte, wonach man im Dunkeln herumgetappt hatte und geglaubt, es nie zu finden. Das war nicht mehr Verstehen und Begreifen – es war Offenbarung, letzte äußerste Erkenntnis, die mit Posaunen schmetterte – brausend, berauschend, überwältigend. Und alles andere, der Alltag, das Alltagsleben und -empfinden schrumpfte in eine öde, farblose Masse zusammen, verlor sein Dasein – nur das wahre, heilige, große Leben leuchtete, lachte und tanzte.«

Nietzsches »Zarathustra« wurde die »geweihte Quelle«, die sie »wie ein Heiligtum verehrten«. Und wenn sie mit den Freunden zusammen war, reizte sie das Buch zu Gesprächen, »bei denen sie alle fieberten: die alte morsche Welt mit ihrer Gesellschaft und ihrem Christentum fiel in Trümmer, und die neue Welt, das waren sie selbst mit ihrer Jugend, ihrer Kraft, mit allem, was sie schaffen und ausrichten wollten. Es war wie ein gärender Frühlingssturm in ihnen, jeder träumte von einem ungeheuren

Lebenswerk, und sie alle hätten sich jeden Tag für ihr Lebensrecht und ihre Überzeugung hinschlachten lassen [...].« Fanny setzte sich mit »Zarathustra« intensiv auseinander, widmete dem Buch ein genaues Studium und dosierte ihre Lektüre, weil sie nicht zu viel auf einmal davon lesen konnte. Denkpausen waren erforderlich, nach denen sie sich wieder dem Text zuwandte. Parallel dazu las sie die Werke einiger Naturalisten. Die Literatur zeigte ihr, »wie das Leben in Wirklichkeit ist«. Bei Nietzsche fand sie – genau wie bei Ibsen – all das wieder, was sie selbst heftig bewegte. »Zarathustra« lieferte ihr Erklärungen, die sie befähigten, sich selbst zu verstehen. Eine Aussage wie »Aber ihr zu Tiefen, ihr leidet auch zu tief an den kleinen Wunden« schien exklusiv für sie geschrieben. Nietzsche benannte ihre Probleme und Konflikte, und so entwickelte sich die Lektüre zu einer alltäglichen Stütze, mit deren Hilfe sie zuversichtlich in die Zukunft blicken konnte: »›Zarathustra‹ wird immer himmlischer«, schwärmte sie Fehling vor, »den wollen wir später als Andachtsbuch gebrauchen, jeden Morgen und jeden Abend draus lesen [...].«

Was ihr an »Zarathustra« besonders gefiel, war der Anspruch, etwas Großes zu schaffen und sich über Hindernisse hinwegzusetzen – darin war sie sich mit Paula Modersohn-Becker einig, die einige Jahre später, im Dezember 1898, ihrem Tagebuch anvertraute: »Ich lese jetzt den Zarathustra. Neben viel Verworrenem und Dunklem, welche Perlen! Dies Umschaffen und Neuschaffen der Werte! Dies Predigen gegen die falsche Nächstenliebe und Aufopferung seiner selbst. Falsche Nächstenliebe lenkt ab vom großen Ziele. Mit dieser Auffassung als Rüstzeug wäre manche große Seele nicht vom Alltagsleben in kleine Teile zerstückelt.«

Fanny wollte sich auf eigene Füße stellen und von ihrer Familie unabhängig sein. Der Vater nahm die Pläne seiner Tochter zunehmend ernster. Außerdem schaltete sich die Tante aus Preetz ein, und Ende August 1890 konnte Fanny Emanuel Fehling endlich mitteilen, dass sie im Herbst in das Lübecker Privat-Lehrerinnen-Seminar eintreten würde. Mit einem erfolgreichen Abschluss könnte sie an mittleren und höheren Mädchenschulen unterrichten. Endlich schien ein eigenständiges, selbstbestimmtes Leben möglich.

Eine Weile waren nun das Seminar und die Aufnahmeprüfung, die sie zuvor bestehen musste, Hauptthema ihrer Briefe. »Warum lehnt Iphigenie den Antrag des Thoas ab? Wirkliche und angebliche Gründe« lautete das Thema einer Probearbeit, die sie innerhalb von vierzehn Tagen verfassen musste. Außerdem wurde sie in Rechnen, Französisch und Englisch getestet. Sie bestand mit gutem Ergebnis, obwohl sie ausschließlich von der Mutter und den Gouvernanten unterrichtet worden war und nur ein Jahr die höhere Mädchenschule in Altenburg besucht hatte – üblicherweise hatten die Bewerberinnen eine achtjährige Schulausbildung hinter sich. Das zeugt sowohl von Fannys Begabung als auch davon, dass sie allen Widerständen zum Trotz eine solide Ausbildung erhalten hatte.

Im Oktober 1890 trat Fanny in das Lübecker Privat-Lehrerinnen-Seminar in der Glockengießerstraße 37 ein. Ihr gefiel das Lernen, sie machte Fortschritte, fühlte sich sicher und plante schon im November, die Seminarzeit von zwei auf anderthalb Jahre zu verkürzen. Über die Direktorin Amélie Roquette, die allgemein großes Ansehen genoss, äußerte sie sich meistens abfällig: In Fannys Briefen erscheint sie als »alte Schachtel« und »vertrocknetes Ungeheuer«. Zu einer Konfrontation wie im Magdalenenstift kam es diesmal nicht, obwohl Fanny sich eigenwillig und extravagant gebärdete. Korfiz Holm, der aus Lübeck stammende Lektor des Albert Langen

Verlags, für den die Reventlow viele Übersetzungen aus dem Französischen anfertigen sollte, berichtet in seinen Erinnerungen, eine der Mitschülerinnen aus dem Lehrerinnen-Seminar habe ihm damals von der exzentrischen Comtesse erzählt, die einmal mit verschiedenfarbigen Schuhen zum Unterricht erschienen sei, einem schwarzen und einem gelben. Er selbst beschreibt sie als »zierlich gewachsenes, knapp mittelgroßes Ding [...]. Gekleidet war sie wie ein norddeutsches Gutsbesitzerstöchterlein aus vornehmer Familie, in der man streng auf Striktheit der Gewandung sieht und jede Hervorhebung weiblichen Körperreizes als unpassend gilt. Nur sprach vielleicht aus der Zerzaustheit ihrer Löckchen, aus dem Schwung, den sie dem Rande ihres Huts gegeben hatte, und daraus, daß sie ohne Handschuhe daherkam, heimlicher Protest gegen die Grundsätze, die ihres Vaters Haus beherrschten.«

Das Bildungsniveau des Instituts war hoch, Fanny erwies sich als gelehrige Schülerin, die ihre Ausbildungszeit tatsächlich verkürzte. Ostern 1892 fanden die Abschlussprüfungen für die zehn Schülerinnen statt. Auch Lehrproben gehörten dazu. Fanny erhielt am 9. April 1892 ein gutes Zeugnis, das sie »für den Unterricht an mittleren und höheren Mädchenschulen für befähigt« erklärte. Sie hatte die Ausbildung nicht aus pädagogischem Interesse gewählt, sondern weil es damals eine der wenigen Möglichkeiten für eine Frau war, einen bürgerlichen Beruf auszuüben und Geld zu verdienen. Ihrer Freundin Anna Petersen hatte sie, noch bevor ihr der Vater den Eintritt ins Lehrerinnen-Seminar erlaubte, anvertraut, sie wolle auf keinen Fall an einer Schule unterrichten, allenfalls Privatstunden geben, um sich das Kunststudium zu finanzieren. Im Gegensatz zu den Reventlows förderten die Petersens die künstlerischen Talente und Neigungen ihrer Tochter, was Fanny mit der Feststellung kommentierte: »Ich glaube deine Eltern sind in diesem Punkt sehr vernünftig; meine leider nicht.« 1889 ging die achtzehnjährige Anna Petersen allein nach Berlin und besuchte eine private Kunstschule. Nach der Ausbildung zur Zeichen- und Turnlehrerin, die ihr finanzielle Unabhängigkeit verschaffen sollte, wollte sie sich auf die Bildhauerei konzentrieren. Fanny ermutigte sie mit Nachdruck: »[...] ich würde mich so freuen, wenn Deine Wünsche erfüllt würden«, schrieb sie ihr im Mai 1890, »ich finde auch, Du bist es Deinem Talent schuldig, ich wollte ich hätte halb so viel wie Du.«

Als Fanny erfolgreich ihr Examen ablegte, hatte sich die Beziehung zu Emanuel Fehling schon gelöst. Er war Ostern 1891, gemeinsam mit Catty, zum Studium nach Berlin gegangen und im Herbst zum Militär eingezogen worden, was bei ihm eine Verhaltensveränderung bewirkte. In der Folge wurde er bedrückt, schweigsam, verschlossen und schrieb immer seltener. Fanny reagierte mit einer Mischung aus Zurückhaltung und sporadischen Vorwürfen. In ihren Briefen tauchte nun Karl Schorer, genannt Schluse, immer häufiger auf. Schon am 11. April 1891 hatte sie Emanuel Fehling mitgeteilt, sie habe dem gemeinsamen Freund aus dem Ibsenclub von ihrem Verhältnis erzählt. Sie bat Fehling, ihr nicht böse zu sein. Es sei ihr einfach unmöglich gewesen, Schluse zu belügen: »Ich habe in ihm einen Menschen gefunden, der mir sehr viel ist, eine Brücke zum Nietzsche-Menschen, kurz einen Freund, und fühlte deshalb die moralische Notwendigkeit, reine, klare, wahre Beziehungen zwischen uns herzustellen, und dazu war dies erforderlich.« In einem späteren Brief erklärte sie: »Der Verkehr mit Schluse ist mir sehr viel und Du glaubst gar nicht, wie sehr er in dieser Zeit dazu gedient hat mich aufzuraffen.« Sie berichtete von ihren Treffen mit Schluse, erinnerte Fehling gleichzeitig an das einjährige Jubiläum ihrer Korrespondenz, blickte zurück auf den Auszug aus dem

Husumer Schloss, der sich gerade zum zweiten Mal jährte, und schloss am 12. April 1891 mit dem Satz: »Überhaupt betrachte ich jetzt alles von dem Gesichtspunkt, den Du mich gelehrt hast, nämlich alles Schwere, Unangenehme, Trennende als Durchgangsstufen zu betrachten.« Vielleicht wollte sie – zumindest unbewusst – schon auf das mögliche Ende ihrer Beziehung hindeuten. Mit seiner Antwort – »es stand sehr wenig darin« – war sie mehr als unzufrieden. Nicht so mit Schluse. An ihrem 20. Geburtstag, dem 18. Mai 1891, schwärmte sie: »Von Schluse habe ich jeden Freitag einen Brief. Das ist mir unendlich viel. Solche Freiheit und Klarheit habe ich noch bei keinem Menschen gefunden.«

Es dauerte nicht lange, bis der Austausch der Freunde vollzogen war, Schorer Fehlings Platz einnahm und Fanny all das, was sie suchte und brauchte, auf ihn projizierte. Die Beziehung zu Emanuel Fehling musste sie zu einem Abschluss bringen, der für beide Seiten zufriedenstellend war. Am 6. Juli 1891 vermutete sie: »Wir haben uns wahrscheinlich gegenseitig über langes Nichtschreiben gewundert.« Und zwei Wochen später, am 18. Juli, antwortete sie ihm erleichtert auf den Brief, in dem er ihr seine Situation erklärt hatte. Sie sei froh, endlich ins Vertrauen gezogen worden zu sein, ermutigte ihn, versprach, zu ihm halten zu wollen. Davon war drei Monate später keine Rede mehr. Ihr letzter Brief ist auf den 30. Oktober 1891 datiert. Darin heißt es: »Ich weiß, daß Dein gegenwärtiger Zustand, der mir sehr unsympathisch und unverständlich ist, nur eine vorübergehende Reaktion ist – ich gehe meine eigenen Wege und hoffe, daß wir uns noch einmal begegnen und dann beide mit herzlicher Freude der Zeit, die jetzt ihren Abschluß gefunden hat, gedenken werden.« Etwas später forderte sie sogar ihre Briefe – fast zweihundert – zurück, und er kam dem Wunsch nach. Die depressive Stimmung des Freundes hatte ihr anscheinend Angst gemacht. Sie wusste nicht, wie sie darauf reagieren sollte – ihre Abwehr war so heftig, als befürchtete sie, selbst in den Strudel der Hoffnungslosigkeit gezogen zu werden. So hielt sie sich lieber fern von ihm. In loser Form bestand der Kontakt zu Emanuel Fehling weiter. Erfahren hatte Fanny, dass sich Beziehungen verändern, dass die großen Gefühle zuweilen kleiner werden und mitunter ganz verschwinden können.

Während dieser Trennungszeit geschah etwas, das schon einige Male passiert war: Die Mutter unternahm einen gewaltsamen Versuch, die Geheimnisse der Tochter in Erfahrung zu bringen. Es begann damit, dass die Eltern zufällig einen Brief von Karl Schorer fanden. Fanny, die sich gerade bei Verwandten auf dem Land aufhielt, hatte ihn in einem Lexikonband vergessen. Daraufhin brach die Mutter ihren Schreibtisch auf und stieß auf die für Fanny so bedeutsame Korrespondenz mit Karl Schorer und Emanuel Fehling. Emilie zu Reventlow vertiefte sich nicht nur in die philosophischen Liebesbriefe, sondern ging auch den Spuren der Mitgliedschaft ihrer Tochter im Lübecker Ibsenclub nach. Überraschend war dieser Vertrauensbruch nicht. Fanny lebte mit den Eltern wie auf einem Pulverfass, das jederzeit zu explodieren drohte. Gründe dafür gab es genug. Sie fühlte sich nicht respektiert. Schließlich war die Mutter schon häufiger in ihre Intimsphäre eingedrungen, hatte ihr das Buch mit den eigenen Gedichten höhnisch vor die Füße geworfen und sich nicht um die Gefühle und Belange der Tochter gekümmert.

Käthe Wohlert, die Freundin aus dem Ibsenclub, war maßlos entsetzt, nannte das Vorgehen ungerecht und verurteilte den »mittelalterlichen Standpunkt, der den Eltern die weitgehendsten Rechte bis zur völligen Unterdrückung der Kinder einräumt«: »Es würde mir eine große Freude sein, wenn ich Ihrem Vater gelegentlich meine Hochachtung über das Auffangen meines Briefes aussprechen könnte. Man sollte wenigstens den Takt wahren, und nicht fremde Sachen durchstöbern.« Sie kündigte ferner an, »zum Dank« Ibsens gesammelte Werke an Fannys Vater zu schicken, um ihm dessen Ideen von der Freiheit der Persönlichkeit und des Handelns vorzuführen. Die Eltern reagierten hilf- und sprachlos auf dieses solidarische Aufbegehren. Ihr Entsetzen war so groß, dass sie Georg zu Reventlow, Fannys Onkel, beauftragten, die Unterredung mit ihrer Tochter zu führen. Sich selbst sahen sie dazu nicht mehr in der Lage. Sie drohten Fanny mit einem Entmündigungsverfahren und kündigten an, sie für tobsüchtig erklären zu wollen – eine keineswegs seltene Disziplinierungsmaßnahme gegen selbstbewusste und eigenwillige junge Frauen. Auch über Paula Modersohn-Becker schwebte diese Drohung, als sie ihre Pariser Arbeitsaufenthalte nicht aufgeben wollte.

Die Reventlows entschieden, die missratene Tochter zur Strafe in ein Pfarrhaus in Adelby bei Flensburg zu stecken. Dort sollte sie endlich in den Dingen unterwiesen werden, in denen sie offensichtlich große Defizite hatte: Moral und Haushalt. So konnte jedenfalls die Contenance gewahrt werden. Außerdem entschloss man sich, Fannys Verhältnis zu Karl Schorer als Verlobung anzusehen – in einem der Briefe hatten die beiden etwas Derartiges erwähnt – und einen wöchentlichen Briefwechsel zu gestatten. Man stellte in Aussicht, in sieben Jahren einer Heirat zuzustimmen, allerdings nur, wenn sich beide musterhaft verhielten und Karl Schorer eine angemessene berufliche Stellung vorweisen konnte. Fanny fühlte sich von der Absurdität der Situation überfordert und reagierte mit Fassungslosigkeit. Zum Glück empfing sie im Pfarrhaus eine ebenso friedliche wie wohlwollende

Atmosphäre, in der ihr Freiräume zugestanden wurden. Nachdem sie wie ein »sibirischer Sträfling« nach Adelby gebracht worden war, hatte sie dort neue Quälereien befürchtet: Verhöre, Predigten und eine permanente Überwachung. Es kam anders. Der Pfarrer, der Pfarrkandidat und die anderen Bewohner begegneten ihr mit Takt und Freundlichkeit. Dennoch kam ihr gleich nach der Ankunft der Gedanke an eine Flucht.

Fanny befand sich in einer schwierigen Situation: Obwohl mittlerweile volljährig und mit dem Examen in der Tasche, besaß der Vater nach preußischem Landrecht die Verfügungsgewalt über sie, da ihre finanzielle Existenz noch nicht gesichert war. Sie würde erst dann voll geschäftsfähig sein, wenn sie keinen Unterhalt mehr von ihm benötigte – etwa durch Heirat. Anfang 1893 schrieb sie einen kurzen Brief an den Vater, den sie mit den Worten begann: »Ich habe Dir einiges zu sagen.« Dann zählte sie auf: Erstens wolle sie sich zu Ostern eine Stelle als Lehrerin suchen, um selbständig zu werden – »pekuniär und auch sonst«. Ob die Eltern etwas dagegen hätten? Zweitens forderte sie ihn auf, Karl Schorer von dem erzwungenen Eheversprechen zu entbinden. Dieser hatte sich verpflichtet, eine Verbindung zu Fanny nur mit Einwilligung der Eltern aufzunehmen. Fanny war das repressive Verhalten ihrer Familie mehr als unangenehm. Zudem hatte sie keinesfalls vor, sich fest an Schluse zu binden. Sie kündigte dem Vater an, zwar weiterhin mit dem Freund korrespondieren, sich aber nicht auf ein gemeinsames Leben festlegen zu wollen. Überhaupt wolle sie »freistehen« und sich selbst erhalten. Mittlerweile sei die Distanz zu Eltern und Geschwistern so unüberbrückbar, »daß es keinen großen Unterschied mehr machen kann, wenn ihr mich ganz loslaßt und meinen Weg gehen laßt«. Es liege nicht in ihrer Absicht, ihnen Unannehmlichkeiten zu machen oder Skandale hervorzurufen. Sie wolle einfach frei sein. Der kurze Brief, der in jeder Zeile Ernst und Entschlossenheit ausdrückt, endet mit der Formel: »Ich kann nicht finden, daß das unmäßige Forderungen für ein Leben sind, das vielleicht noch Jahre dauern kann.« Der unkontrollierten Schrift nach zu urteilen, scheint sie ihn in äußerster Erregung verfasst zu haben. Unterzeichnet ist er mit »F.«.

Der Vater stimmte den Vorschlägen, die eher im Ton einer Ankündigung vorgebracht worden waren, nicht zu. Er schwieg und ließ seinen ältesten Sohn Ludwig antworten. Dieser versicherte der Schwester am 1. März, er habe ihre Bitten unterstützt, um ihr drei Wochen später mitzuteilen, dass der Vater nach wie vor die Loslösung seiner Tochter von der Familie ablehne – obwohl er sich inzwischen mit dem Pastor von Adelby beraten und dieser sich für Fanny eingesetzt hatte. Ludwig schrieb knapp und kühl, er könne sich die Entscheidung des Vaters nicht erklären.

Es gab also nur noch einen Ausweg: Flucht. So wie sie es von Anfang an geahnt hatte. Am frühen Morgen des 1. April 1893, sechs Wochen vor ihrem 22. Geburtstag, verließ sie heimlich das Pfarrhaus. Ins Vertrauen gezogen war der Pfarrkandidat Johannes Jansen, der ihr Geld und einen Koffer lieh und mit dem sie später noch eine Weile korrespondierte. In den Koffer packte sie ihre liebsten Sachen, vor allem Briefe und Bücher, und beförderte ihn an einem Strick die Hauswand hinunter. Dem Pfarrer hinterließ sie die triumphierenden Zeilen: »Ich gehe jetzt. Ihr seid die Besiegten. Macht, was ihr wollt, ich gehe.« Mit dem ersten Morgenzug fuhr sie nach Wandsbek. Dort erwarteten sie Else Gutschow und Catty am Bahnhof. Die Freundin nahm die Geflohene für eine Weile bei sich auf.

Der Vater schien zu resignieren. Er schrieb, er wisse nun, dass er die Tochter nicht vor dem Verderben retten könne. Fanny wandte sich an Ludwig, doch der wehrte ihre Versuche ab, mit ihm zu korrespondieren, und kündigte an, er werde sie in Zukunft ignorieren. Um die neue Distanz zu betonen, siezte der Bruder sie sogar. Zu diesem Zeitpunkt wusste Fanny noch nicht, dass der Vater schwer krank und diese Erkrankung der eigentliche Grund seiner Zurückhaltung war. Die Gefahr für sie war vorerst gebannt: Als Reaktion auf ihre Flucht aus Adelby sollte nämlich ursprünglich das Entmündigungsverfahren gegen sie eingeleitet werden. Der Vater unterließ es nur deshalb, weil ihn sein labiler Gesundheitszustand zwang, sich und seine Kräfte zu schonen.

Fanny begann bald mit der Suche nach einer Anstellung, was sich schwieriger erwies als gedacht. Die Vorstellungsgespräche verliefen erfolglos: Mal fand man sie zu jung, dann wieder äußerte man Skepsis bezüglich ihrer Familienverhältnisse. Die junge Comtesse in ihren abgetragenen Kleidern schien nicht gerade Vertrauen zu erwecken. In »Ellen Olestjerne« schildert Franziska zu Reventlow eine eigenartige Begegnung, die sich aus ihrem Stellengesuch als Reisebegleiterin ergeben hatte: Sie erhielt Antwort eines gewissen Louis Michel aus Straßburg, der sie zu einem Vorstellungsgespräch nach Köln einlud. Trotz einiger Bedenken machte sie sich auf den Weg. Die Neugier war größer als die Angst – wie später so oft in ihrem Leben. Michel bot ihr ziemlich bald und unverhohlen an, sie für ihre Gesellschaft und ihre Liebesdienste zu bezahlen, wenigstens für eine Nacht. Sie verneinte, wollte sich nicht verkaufen. Dabei war die Versuchung groß, das Geld für ihre Malausbildung zu nehmen. Was sie zurückhielt, war weniger ein Zugehörigkeitsgefühl zu Karl Schorer als die Tatsache, dass Louis Michel einfach nicht attraktiv genug war. Moralische Bedenken hatte sie keine.

Karl Schorer war von ihrem Abenteuer nicht gerade begeistert, und in Fanny wuchs die Gewissheit, dass sie das Verhältnis zu ihm lösen musste. Mittlerweile hatte sie durch Else Gutschow einen Mann kennengelernt, der sie viel mehr interessierte: Walter Lübke. Er war Gerichtsassessor in Hamburg, in »Ellen Olestjerne« erscheint er als hochgewachsener Mann »mit raschen, jugendlichen Bewegungen und klugen, blauen Augen, die etwas Forschendes im Blick hatten« und Respekt einflößten, genau wie sein überlegenes Lächeln.

Walter Lübke stand ihr zur Seite, als ihr die Familie den wohl schwersten Schlag versetzte. Alles begann mit einem furchtbaren Brief des Bruders. Ludwig arbeitete als Rechtsanwalt in Kiel, wo er vor allem Werftarbeiter, darunter naturgemäß viele Sozialisten, vertrat. Oft verzichtete er auf sein Honorar. Fanny bewunderte seine Haltung. Doch so eigenständig und sozial der Bruder in politischen Fragen und in seinem gesellschaftlichen Engagement auftrat, so angepasst und engstirnig verhielt er sich in nahezu allen familiären Konflikten, seit er 1892 die zehn Jahre ältere Cousine Benedikta geheiratet hatte. Er war durch die Verbindung zum Miterben des Gutes Wulfshagen geworden, das seiner Tante, der Schwester seines Vaters und Adoptivmutter seiner Frau, gehörte. Schließlich hatte er sich dem Wunsch der Familie gefügt, nachdem er zwei Jahre zuvor noch eine andere Beziehung hatte eingehen wollen. Damals war es zu einem Zerwürfnis mit dem Vater gekommen. Der Bruder hatte lange Zeit in der Familie eine ähnliche Stellung eingenommen wie Fanny. In ihrer Auflehnung gegen die Eltern und die Welt, die sie repräsentierten, hatte sie sich gerade mit Ludwig eng verbunden gefühlt. Diesen Bund kündigte der Bruder jetzt auf: Er machte sie für die schwere Erkrankung des Vaters verantwortlich. Ihr unmoralisches Verhalten habe den Schlaganfall provoziert.

In Ludwigs Brief vom 26. Mai 1893 fielen grobe, verletzende Worte. »Hüte Dich, mir vor die Augen zu kommen«, warnte er Fanny. Dann drohte er: »Und denke ja nicht, daß Du jetzt ›frei‹ bist. Wirst Du zu schamlos, so werde ich, wenn Papa es nicht mehr kann, den Antrag auf Entmündigung wegen Geisteskrankheit gegen Dich stellen. Moral insanity wird sich erweisen lassen, das Material liegt bereit.« Aber damit nicht genug, Ludwig ließ es sich nicht nehmen, hasserfüllt in die Zukunft zu blicken: »Und hast Du mit Hülfe Deinem hundsföttischen Betragen Papa abgeschlachtet, so verlaß Dich darauf, die Strafe soll Dich treffen, die Strafe durch mich; sie soll Dich mit Brutalität und Bosheit da fassen, wo Du es am schmerzhaftesten empfindest.«

Es sollte dreieinhalb Jahre dauern, bis die Geschwister wieder miteinander reden konnten. Fanny muss der Hass des Bruders tief getroffen haben. Der Schock war so groß, dass sie kaum in der Lage war, sich darüber zu äußern. Hilfesuchend wandte sie sich am 2. Juni 1893 an Ferdinand Tönnies, den väterlichen Freund, und erklärte: »Ich kenne den Teil der Schuld, der auf mich fällt sehr wohl u. er drückt oft schwer, aber er muß getragen werden.« Gleichzeitig wies sie die massiven Anschuldigungen ihrer Familie als ungerechtfertigt zurück. Die Erzählung »Vater«, die sie 1896 im »Simplicissimus« veröffentlichte, lässt ahnen, wie groß der Schmerz gewesen war. »Da lag ich an der Erde in dem kleinen Gehölz und wußte, daß mein Vater starb, daß es vorbei war. Mein Kopf war wie leergebrannt. Die Gedanken schwirrten wie Mücken in dem öden Schädel herum, und ich vermeinte es zu fühlen, wie sie summend gegen die Innenwände stießen.«

Ab jetzt wusste Fanny, dass es für sie gefährlich werden konnte: Ludwig war als ältester Sohn befugt, im Krankheits- und Todesfall des Vaters die Familieninteressen zu vertreten. Und als Jurist kannte er sich in Entmündigungsverfahren aus.

Der Tod
und die Grenzgängerin

Am 3. Juni 1893 erhielt Fanny ein Telegramm ihres Bruders Catty: Der Vater liege im Sterben. Catty, der einzige der Geschwister, der auch in dieser Zeit zu ihr stand, bat Fanny eindringlich, nicht nach Lübeck zu kommen. Als sie – entgegen seiner Empfehlung – doch anreiste, holte er sie, in Begleitung einer Schwester Karl Schorers, vom Bahnhof ab. Auch Pastor Bernhard war erschienen, der Freund der Eltern, den Fanny gut kannte, weil er bei verschiedenen Gelegenheiten als Ratgeber hinzugezogen worden war. Im Auftrag der Familie teilte er ihr sogleich mit, dass sie den sterbenden Vater nicht mehr sehen und ihr Elternhaus nicht mehr betreten dürfe. Am liebsten hätte er sie sofort wieder in den Zug gesetzt, aber Fanny ließ sich nicht so leicht abweisen. Sie wohnte einige Tage bei Schorers, wo sie von Catty über den Zustand des Todkranken informiert wurde. Fanny versuchte alles, um mit dem Vater noch einmal zu reden.

Das Verhältnis zu ihm war stets ein ambivalentes gewesen, auf eine unbestimmte Weise hatte sich Fanny dem Vater oft nahe gefühlt. »Es ängstigt mich immer, wenn ihm was fehlt«, hatte sie Emanuel Fehling einmal geschrieben, »er ist ja herzleidend und macht gleich einen ganz kranken Eindruck.« Jetzt wandte sie sich in ihrer Verzweiflung an den behandelnden Arzt, der ihr empfahl, es doch noch einmal bei der Mutter zu versuchen. Vergebens, Emilie zu Reventlow blieb hart. Ihr Mann starb am 14. Juni 1893, ohne seine jüngste Tochter noch einmal gesehen zu haben.

Fanny gewährte man nur den Anblick des Toten. In »Ellen Olestjerne« ist die Szene eindrücklich geschildert: »Da drüben auf dem weißen Bett lag er kalt und starr – eingefallen und verändert. Das war nicht mehr ihr Vater, es war etwas Furchtbares, Unheimliches, das ihr einen eisigen Schauer nach dem anderen durch die Seele trieb. Sie kniete vor ihm nieder, versuchte ihn anzusehen, etwas von ihm wiederzufinden – immer wieder stieg das eine Bild vor ihr auf, wie sie ihm zum letztenmal gegenübergestanden hatte im Kampf um ihre Jugend und ihre Freiheit. Jetzt hatte sie gesiegt, und er lag tot.«

Mit dem Tod des Vaters war auch die Verbindung zur Mutter und zu den Geschwistern abgeschnitten. Es war, als sei ein Bann über Fanny verhängt worden. Zwar begab sie sich am nächsten Abend noch einmal zu ihrem Elternhaus, aber sie betrat es nicht. In ihrer autobiographischen Skizze »Vater« schildert Franziska zu Reventlow, wie sie durch die erleuchteten Fenster die Familie um den Teetisch sitzen sah. Während sie äußerlich wie erstarrt vor dem Haus stand, wurde sie von Selbstmordphantasien überwältigt: Sie wollte sich am Zaungitter aufspießen, in Raserei verfallen oder sich mit dem Revolver erschießen, den sie bei sich trug. Aber sie tat nichts von alldem, sie tötete sich nicht, und sie wurde auch nicht wahnsinnig, sie blieb starr und leblos stehen. »Die letzte weiche Saite in mir sprang klirrend entzwei«, lautet der Schluss der Erzählung.

Der Tod des Vaters löste einen Selbstverlust aus, von dem sie sich schon lange bedroht fühlte: Es gab Momente, in denen sie sich nicht spürte, sich allmählich selbst entglitt. Ihre Empfindungsfähigkeit schien sich davonzustehlen. Sie war gefühllos: »Rings um mich her nur totes Schweigen, / kein Leben, so weit das Auge reicht«, sollte sie 1895 in einer ähnlichen seelischen Krise schreiben.

Die innere Leere wurde zuweilen von einem unerträglichen Spannungsgefühl abgelöst. Schon als Vierzehnjährige hatte sie ihren Kopf gegen die Wand geschlagen. Damals war es Wut gewesen, die sie nur mit dem Schmerz, den sie sich selbst zufügte, bezähmen konnte. Sie war besessen von dem Gedanken, sich die Pulsadern aufzuschneiden – besonders wenn sie spitze, scharfe Gegenstände sah. Sie träumte davon, sich mit einer Axt ein Loch in den Kopf zu schlagen, dieses mit den Händen zuzuhalten, um wieder klar denken zu können. Ein anderer Traum, in dem die Verletzung ihres Kopfes eine entscheidende Rolle spielte, suchte sie regelmäßig heim: Man schlug ihr Nägel in den Kopf. Das nächtliche Grauen verwandelte sich bald in Horrorphantasien des Tages. Sie fürchtete Angriffe auf ihren Kopf, auf ihren Geist, auf ihre Seele. Dafür hatte sie allen Grund. Schließlich hatte die Mutter mit Gewalt versucht, sich ihrer Gedanken zu bemächtigen, indem sie ihre Briefe und Tagebücher las und nicht davor zurückschreckte, Siegel und Schatullen zu öffnen. Aber es war nicht nur die Mutter, die sie domestizieren wollte. Der Vater und der älteste Bruder hatten ernsthaft in Erwägung gezogen, sie zu entmündigen und als Geistesgestörte internieren zu lassen. »Muss ich mein Selbst nicht retten?«, hatte sie in einem Brief Emanuel Fehling gefragt. Er war der Erste, dem sie ihre Angst vor der Erstarrung, der Empfindungslosigkeit und ihre Gegenmaßnahme – die Selbstverletzung – schilderte.

Am 16. Dezember 1890 hatte sie ihm geschrieben, sie müsse ihm etwas so unsagbar Dummes erzählen, dass sie sich nur schwer dazu entschließen könne. Weil sie sich jedoch vorgenommen habe, ihm alles anzuvertrauen, Feigheit und Eitelkeit zu überwinden, werde sie es tun: »Also ich warf vorhin meinen Bilderrahmen entzwei, sammelte das Glas auf und legte es auf meinen Schreibtisch. Darauf lockte es mich unwiderstehlich, mich mit den spitzen Glasstücken zu schneiden. Ich ging zu Tisch hinunter und mußte immer wieder dran denken, wie herrlich man sich damit schneiden könnte, konnte dann auch schließlich nicht widerstehen und ritzte mir mit wahrer Wollust erst den Finger, dann die Stirn auf, bis das Blut herunterlief und mir auf einmal klar wurde, daß es schon mehr Verrücktheit sei, und jenes entsetzliche Gefühl – ich weiß nicht, ob Du es kennst –, daß man vor sich selbst bange wird und fühlt, daß man in eben dem Moment nicht ganz zurechnungsfähig ist.« Ein Hilferuf, wie jede Selbstverletzung. Von nun an würde sie sich als Grenzgängerin durch die Welt bewegen. Doch nach außen würde sie stets ihre Haltung bewahren.

In der leuchtenden Stadt

Gedemütigt, abgewiesen und voller Trauer kehrte Fanny zu ihrer Freundin nach Wandsbek zurück. Walter Lübke stand ihr in dieser Zeit bei. Er kümmerte sich auf selbstverständliche Weise um sie, begleitete sie auf ausgedehnten Spaziergängen und vermittelte ihr ein Gefühl der Sicherheit. Für Fanny war er genau der Mensch, den sie in dieser Lebenssituation brauchte: ein verlässlicher Freund, der zudem eine subtile erotische Ausstrahlung besaß. Sie mochte seine Wachheit und sein Selbstbewusstsein. Bei aller Fürsorge schien er unabhängig, und das gefiel ihr und zog sie an. Die Beziehung zu Karl Schorer trat mehr und mehr in den Hintergrund, daher war es nur konsequent, dass die Verlobung, die unter so zweifelhaften Umständen zustande gekommen war, schließlich gelöst wurde.

Fanny fühlte sich als Rekonvaleszentin, die sich von einem schweren Leiden erholen musste. Sie entschloss sich zu einem Sommerurlaub in Büsum an der Nordsee. Es waren glückliche, unbeschwerte Wochen, die sie in dem »kleinen Badeort« verbrachte – »mit dem wundervollen Gefühl, daß kein Mensch auf der weiten Welt ihr mehr dreinredete«. Die zusammengewürfelte Reisegruppe, der sie sich anschloss und die sie in »Ellen Olestjerne« so ausführlich schildert, hat nichts von dem Restriktiven der eigenen Familie. In ihrem Mittelpunkt steht »Leon«, ein junger Mann aus dem Rheinland, dessen Lebenslust und Charme sich niemand entziehen kann. Auch Ellen, Reventlows Alter Ego, lässt sich von ihm verführen und löst den Konflikt, in den sie gerät – zu Hause der Mann, den sie liebt, und hier, in unmittelbarer Nähe, ein Mann, den sie begehrt –, wie es Franziska zu Reventlow später noch oft tun wird: Sie gibt dem Begehren nach, ohne zu bereuen, und wundert sich nur, wie klein ihre Gewissensbisse sind.

Fanny fuhr erholt und gestärkt nach Hamburg zurück. Es hatte ihr gut getan, als »tolle Fanny« gefeiert und geliebt zu werden. Wenige Tage nach ihrer Rückkehr verlobte sie sich mit Walter Lübke – eine Verbindung, die mit Wohlwollen und Erleichterung aufgenommen wurde: von ihrem Bruder Catty und von Emanuel Fehling, der froh war, dass sein Freund Schluse nicht den Sieg über ihn davongetragen hatte. Sogar Emilie zu Reventlow zeigte sich zufrieden. Nachdem ihr Fanny – von Catty ermutigt – die Nachricht übermittelt hatte, schrieb ihr die Mutter am 3. August 1893 einige Zeilen, die neben Bitterkeit und Trauer auch die Hoffnung auf Annäherung und Versöhnung enthielten.

Seit dem Tod ihres Mannes lebte Emilie zu Reventlow mit ihrer ältesten Tochter Agnes im Adeligen Kloster Preetz. Dort hatte Ludwig zu Reventlow seine Frau und seine Töchter schon früh einschreiben lassen, um sie als Witwen oder Unverheiratete einmal versorgt und abgesichert zu wissen. In den wenigen Briefen, die Fanny und ihre Mutter wechselten, diskutierten sie die Ereignisse und Verstimmungen der letzten Jahre, ohne dass eine der beiden nachgab und Fehler einräumte. Aber der Ton war jetzt milder, der zeitliche und räumliche Abstand hatte die Gefühle etwas beruhigt. Der Wille, die andere unbedingt vom eigenen Standpunkt zu überzeugen, war schwächer geworden. Der Blick der Mutter richtete sich auf die Zukunft, und sie nahm Walter Lübke herzlich und ohne jeden Vorbehalt auf, genau wie Fannys Geschwister. Doch Fanny misstraute der familiären Idylle. Sie wusste, wie schnell sie in Ungnade fallen konnte. Es war ihr daher gar nicht recht, dass sich ihr Verlobter so eng an ihre Familie anschloss.

Wieder brach sie aus, dieses Mal noch umsichtig-diplomatisch: Im August 1893 machte sie sich nach München auf, um sich – endlich! – zur Malerin ausbilden zu lassen. In »Ellen Olestjerne« heißt es zum Auftakt der neuen Lebensepoche: »In München –. Ich kann immer noch nicht begreifen, daß es kein Traum ist.« Wenn sie durch die Straßen spazierte, die »ganz weiß von dem flimmernden Kalkstaub« waren, fühlte sie sich frei und unbeobachtet, umschmeichelt von Sonne und südlicher Luft. Ihre erste Wohnung fand sie in Schwabing, in der Theresienstraße 66 im vierten Stock – in den kommenden siebzehn Jahren folgten noch mehr als zwanzig Adressen, alle in Schwabing. Fanny machte die Erfahrung, dass man gerade dort besonders gut untertauchen konnte, wo viele Menschen lebten, und dass sich die Metropolen als Flucht- und Rückzugsorte besser eigneten als einsame Landschaften.

Doch was hatte sie nach München gelockt? Dass ihr die staatlichen und künstlerisch anerkannten Akademien als Ausbildungsstätten verschlossen waren, wusste sie. Erst 1900 wurden Frauen an Universitäten und staatlichen Akademien zugelassen. Ende des 19. Jahrhunderts standen ihnen lediglich private Einrichtungen offen. Das dürfte kein Problem für Fanny gewesen sein, schließlich galt der Besuch von Privatschulen in der Aristokratie als üblich. Auch das Lehrerinnen-Seminar, das sie in Lübeck absolviert hatte, war ein privates Institut gewesen.

Von München hatte ihr »Fräulein« Heine in Preetz erzählt, eine Frau, die sie bewunderte, weil sie ihre Existenz konsequent nach ihren Grundsätzen gestaltete. Oberste Priorität hatte darin die Kunst. Sie bestimmte Aufenthaltsort und Lebensform. Die Zeichenlehrerin hatte mit ihr Zukunftspläne geschmiedet und Empfehlungen für die Ausbildung gegeben. Sie selbst hatte eine Zeitlang in Paris und München gelebt, und es ist anzunehmen, dass sie Fanny ausführlich von ihren Erfahrungen berichtete. Auch Karl Schorers Schwester Maria, die als Malerin unter dem Namen Maria Slavona bekannt wurde, hatte Ende der 1880er Jahre eine private Malakademie in München besucht und der Freundin ihres Bruders vermutlich davon berichtet. Ein Kenner der Stadt fand sich zudem in der eigenen Familie: Fannys Bruder Ludwig hatte 1883/84 in München Jurisprudenz studiert. Und Emanuel Fehling war 1892 nach München gegangen, wo er das in Berlin begonnene Jurastudium fortführte.

Doch es gab noch andere Wegweiser in die große Stadt: Zeitschriften wie die »Freie Bühne für modernes Leben«, die Fanny aufmerksam las und in denen die Münchner Theaterszene häufig und ausführlich besprochen wurde. Natürlich wusste sie, dass Ibsens »Nora« in München ihre deutsche Uraufführung erlebt hatte.

Im ausgehenden 19. Jahrhundert war München die leuchtende Stadt, der Thomas Mann in seiner Erzählung »Gladius Dei« mit einer subtilen Mischung aus Ironie und Schwärmerei huldigt: »Die Kunst blüht, die Kunst ist an der Herrschaft, die Kunst streckt ihr rosenumwundenes Scepter über die Stadt hin und lächelt. [...] München leuchtete.« Als lebendige, flirrende Kunstmetropole war München damals so bedeutend wie Paris, Wien und Berlin und in permanentem Aufschwung und Wachstum begriffen. In den Jahren von 1890 bis 1914 verdoppelte sich die Zahl der Einwohner beinahe: Sie stieg von 350 000 auf 645 000. Zu keiner anderen Zeit gab es so viele Künstler in der Stadt. Berühmte Maler wie Franz von Lenbach, Franz von Stuck und Wilhelm von Kaulbach zogen zahlreiche Kollegen und mehr und mehr auch Kolleginnen an. Wegen großer Nachfrage wurden schon bald neue Institute gegründet.

Fanny entschied sich für die Malschule von Anton Ažbé, die schon Wassily Kandinsky besucht hatte. Das kleine, von einem Garten umgebene Holzhaus, in dem der Schulleiter auch wohnte, befand sich in der Georgenstraße in Schwabing, einem dörflichen Stadtteil, der erst 1891 eingemeindet worden war und in dem die Mieten noch bezahlbar waren. Anton Ažbé war ein berühmter Lehrer mit internationalem Renommee; dementsprechend überlaufen war seine Schule. Ihn selbst interessierten vor allem die Kunst und ein freies Leben. Übersicht über sein Institut und dessen Finanzen hatte er nicht. »Er fragte nicht«, heißt es bei Leonhard Frank, »ob ein Schüler bezahlen konnte, und wusste auch nie, wer Schulgeld bezahlt hatte und wer nicht. Solange Geld für die Modelle und für Kognak in seiner Nachttischlade lag, war die Buchführung in Ordnung.«

In München versuchte Fanny schon bald, mit dem Schreiben Geld zu verdienen, denn die finanziellen Zuwendungen ihres Verlobten reichten nur knapp. Ihr erster erhaltener Brief aus München stammt vom 30. Dezember 1893 und ist an den Publizisten und Romancier Michael Georg Conrad gerichtet, der die Literaturzeitschrift »Die Gesellschaft« herausgab, das damals wichtigste Organ des Naturalismus. Nachdem sie ihm ihren Entschluss mitgeteilt hat, sich fortan ausschließlich auf die Malerei zu konzentrieren und die Bildhauerei an den Nagel zu hängen, die sie weder finanziell noch körperlich bewältigen könne, bekennt sie: »Aber schreiben muß ich doch. Es gibt so vieles, was man gerne künstlerisch gestalten möchte und es wenigstens noch nicht in der Malerei ausdrücken kann. Da drängt es mich mächtig dazu, es zu schreiben. Und wenn man es schreibt, so will man es auch nicht liegen lassen, einmal aus gemeiner Vernunft und praktischer Überlegenheit und dann kommt einem, wenigstens mir, auch oft das Bedürfnis, das, was man vom Leben und von den

Die Malschule von Anton Ažbé

Menschen gelitten hat, hinauszuschreien, um sich Luft zu machen, damit die gleichgültigen Menschen sich einmal umdrehen, um zu sehen, wer da geschrien hat.«

Um auf eine Absage vorbereitet zu sein, äußert sie gleich selbst die Befürchtung, dass die Zeitungen ihre

»Sachen« wahrscheinlich nicht haben wollen. Sie könne jedoch nicht anders schreiben. Sie wolle nur wissen, wie sie es anstellen könne, einen Sammelband mit ihren Texten zu veröffentlichen. Und sie fragt an, ob Conrad nicht das eine oder andere ihrer Gedichte in der »Gesellschaft« abdrucken wolle. Gleichzeitig bittet sie ihn um seine Einschätzung, da ihr an seinem Urteil sehr gelegen sei, und vertraut ihm an: »Es ist sonderbar, aber ich kann oft lange Zeit absolut nichts produzieren, überhaupt nicht ans Schreiben denken, dann sammelt sich allmählich ein ganzer Haufen ungeschriebener Romane in meinem Kopf, und dann muß ich mich schließlich hinsetzen und es schreiben, nur um es loszuwerden.« Anfang des Jahres 1894 wird ihre Erzählung »Ein Bekenntnis« in der »Gesellschaft« veröffentlicht.

Zuvor, am 17. März 1893, hatte sie sich bereits an Albert Johannsen, den Mitherausgeber verschiedener schleswigholsteinischer Jahrbücher gewandt: »Es liegt mir daran, mir allmählich etwas Geld zusammen zu verdienen und da ich zum Schreiben Lust und wie meine Freunde behaupten, etwas Talent habe, so scheint mir dieser Weg gewiesen.« Im November 1893 erschien in den »Husumer Nachrichten« die Skizze »Warum?«, die Geschichte eines jungen Selbstmörders, dessen Vorbild Fannys Cousin Georg zu Reventlow war, der sich mit sechzehn Jahren erschossen hatte. Geschildert wird ein Tag, der zunächst wie jeder andere scheint: Der junge Mann verhält sich wie immer, scherzt und liest am Abend den Roman zu Ende, den er am Vortag angefangen hat. »Als sie die Treppe hinaufstiegen, tönte sein helles Lachen noch einmal durch das abendstille Haus, und niemand wußte, daß er zum letztenmal hinauf gestiegen sei und daß man nur sein zerstörtes Leben wieder herabtragen werde.« Das Thema Selbstmord, dem sie auch ein Gedicht widmete, sollte sie nicht mehr loslassen und später den Stoff für einen Roman liefern.

Ihr literarisches Debüt hatte Franziska zu Reventlow bereits Anfang 1893 gegeben: Als sie im Pfarrhaus von Adelby unter Kuratel stand, veröffentlichten die »Husumer Nachrichten« ihre Prosaskizze »Eine Uniform«. Die kurze Erzählung handelt von der heimlichen Liebe eines jungen Mädchens. Während sich der Angebetete mit Freunden beim Tennisspielen vergnügt, schleicht sich das Mädchen in den dunklen Billardsaal des Schlosses, wo er sich zum Sport umgezogen hat. Sie liebkost seine Uniform und weint. »Und er wusste nichts davon«, lautet der Schluss.

Bald nach Fannys Flucht aus dem Pfarrhaus, im Mai 1893, erschien der Artikel »Nach Jahren«. Er schildert die Reise der Ich-Erzählerin in ihre Heimatstadt, die sie jahrelang nicht mehr besucht hat. Sie hofft, »es sei noch alles wie früher«, aber sie wird enttäuscht. Obwohl das Schloss und die Kastanienallee unverändert und vertraut erscheinen, will sich das ersehnte Gefühl nicht einstellen. »Und ich Tor hatte geglaubt, es hier wieder zu finden und glücklich werden zu können. In namenloser Sehnsucht war ich hierher gekommen – und nur, um zu fühlen, daß ich heimatlos war, jetzt völlig heimatlos, wo ich auch noch die Illusion von meiner alten Heimat verlieren mußte.« Die Suche nach der verlorenen Kindheit taucht als Motiv in den frühen literarischen Werken der Reventlow immer wieder auf. Es sind vor allem die traumatischen Ereignisse, die sie im Schreiben zu bewältigen sucht. Sie will sie »loswerden«, den lähmenden Gefühlsballast abschütteln, um sich endlich der Zukunft zuwenden zu können.

Fanny genoss das neue Leben in »Freiheit«, das ihr Walter Lübke finanzierte. Er stand schützend und stabilisierend im Hintergrund. Es war verabredet, dass sie nach einem halben Jahr zu ihm zurückkehren sollte. Sie hatte es ihm versprochen, und er stellte seine beruflichen und privaten Pläne darauf ein. Fanny war bewusst, dass er sich auf ihr Wort verließ, konnte aber trotzdem nicht verhindern, dass die Münchner Kunstszene in ihr ein Selbstgefühl weckte, das dieser Vereinbarung widersprach und alle früheren Verpflichtungen bedeutungslos erscheinen ließ. In München empfand sie sich als vollkommen frei und ungebunden.

Ähnliche Empfindungen sprechen aus jeder Zeile, die die sechzehnjährige Clara Westhoff Mitte der 1890er Jahre an ihre Eltern in Bremen schickte. Auch sie war in den Süden gezogen, um sich als Künstlerin ausbilden zu lassen, und verkündete bald stolz: »Jetzt bin ich ein richtiges Malweib geworden.« In München besuchte sie die private Malschule Fehr/Schmid-Reutte und setzte sich couragiert für ihre Interessen ein. Den bayerischen Minister für Cultus und Unterricht, Robert Ritter von Landmann, bat sie, an den Anatomiekursen teilnehmen zu dürfen, die für Studenten der staatlichen Akademie und Gewerbeschule wöchentlich abgehalten wurden. Sie kämpfte sich tapfer und schlagfertig durch die bürokratische Hierarchie und wurde dennoch abgewiesen – wegen Platzmangel, so die damals gängige Begründung. Dennoch klingt Begeisterung aus ihren Briefen: »Oh, München! Diese göttliche Freiheit!« Sie berichtet von ihren künstlerischen Fortschritten, verschweigt Misserfolge und Zweifel, um nicht wieder nach Hause beordert zu werden. Und sie schwärmt von den Museen und Galerien, die ihr ein intensives Kunststudium ermöglichen. Oft führt sie ihr Weg in die Alte Pinakothek, wo sie die Werke Hans Holbeins besonders beeindrucken. Und natürlich schaut sie sich neben den aufsehenerregenden Ausstellungen der Münchner Sezession auch die Ausstellung im Glaspalast an, die die Arbeiten der unbekannten Worpsweder Maler 1895 mit einem Schlag in das Licht der Öffentlichkeit rückte.

Von solchen Aktivitäten und Erfahrungen ist bei Franziska zu Reventlow nichts zu lesen. Ganz selten äußert sie sich über die Werke bedeutender Künstler. Während sie mit der literarischen und philosophischen Avantgarde bestens vertraut war, lässt sich eine intensive Auseinandersetzung mit der zeitgenössischen Malerei nicht belegen. Es war das Leben der Boheme, das sie begeisterte. Sie genoss es mit allen Sinnen: das Arbeiten im kühlen Atelier und die warme Sonne, wenn sie Pause machte und hinausging. Manchmal erschien es ihr wie ein Traum, dass sie jetzt tatsächlich ihr »eigener Herr« war und den ganzen Tag das tun und lassen konnte, was sie wollte, nur sich selbst verantwortlich und niemandem Rechenschaft schuldig: »So habe ich mir's geträumt, das ist endlich die Luft, in der ich leben kann. Mein Gott, und jetzt muß ich arbeiten, arbeiten bis aufs Blut [...].« Ihr »Heißhunger nach der Kunst« sollte gestillt werden. Jetzt, wo ihr alle Möglichkeiten offenstanden, hatte sie beinahe Angst, zu versagen und zu verzagen vor der großen Aufgabe, die sie sich gestellt hatte.

In den Passagen, die der autobiographische Roman »Ellen Olestjerne« dem ersten München-Aufenthalt widmet, teilt sich die Furcht vor der neuen Freiheit deutlich mit, das Bewusstsein, sich – endlich! – auch beweisen zu müssen. Jetzt, da es keine Verbote mehr gab, hing es allein von ihr ab, ob sie etwas leistete oder nicht. Das erzeugte einen gewissen Erfolgsdruck, der aber die Überzeugung, das Richtige getan zu haben, niemals ins Wanken bringen konnte. Im Dezember 1893, drei Monate nach ihrer Ankunft in München, schrieb sie Michael Georg Conrad: »Und doch ist dieses Künstler-Bohemeleben das Beste von meinem ganzen bisherigen Leben gewesen. Es ist wenigstens frei, ganz frei und man sieht hinter den Kulissen ungleich viel wahrer, und an den Menschen lernt man in der Not viel Gutes kennen, an das man sonst nur als Kind glaubt.«

Einen Monat zuvor, im November 1893, hatte sie mit einem Kreis polnischer und russischer Künstler Bekanntschaft geschlossen, der große Anziehungskraft auf sie ausübte. Man traf sich im Café Luitpold in der Brienner Straße und feierte ausgelassen. Adolf Herstein, ein galizischer Pole, der in Warschau aufgewachsen war, beherrschte die Szene. Jung, gebildet, belesen, mit guten Umgangsformen, zog er sowohl Männer als auch Frauen in seinen Bann. Es dauerte nicht lange, bis Fanny ihm verfiel. Sie hielt ihn für einen »begnadeten Künstler«, bat ihn, ihre Arbeiten zu korrigieren, und schloss sich bedingungslos seiner Philosophie an, die von dem, der Überzeugendes leisten wollte, absolute Hingabe an die Kunst forderte. Herstein proklamierte Nietzsches Idee des »Übermenschen« und beeindruckte damit viele der jungen Künstler, die ehrgeizig und schaffensfroh nach Schwabing gekommen waren. Fanny unterwarf sich dem charismatischen Lehrer, der etwas ganz anderes repräsentierte und verkündete als ihre Mutter und – in deren Verlängerung – die Gouvernanten und Lehrerinnen im Internat. Kunst war die Gegenwelt, mit der man sich von den gesellschaftlichen Zwängen befreien konnte. Das hatte sie schon als junges Mädchen in Preetz erfahren. Aber Herstein war nicht mit »Fräulein« Heine zu vergleichen, der es stets um die angemessene Förderung ihres Zöglings ging. Herstein fühlte sich nur einem Menschen verpflichtet: sich selbst.

Es ist erstaunlich, dass sich Franziska zu Reventlow, die autoritärem Verhalten so wachsam und widerständig gegenübertrat, mit einem Charakter wie Herstein einließ. Ihre Talente und Bedürfnisse interessierten ihn nicht. Genau wie ihre verhassten Lehrerinnen wollte er ausschließlich das durchsetzen, was er für richtig hielt. Und genau wie diese duldete er keinen Widerspruch. Seine Kritik war allgemein gefürchtet. Wenn er etwas verwarf, dann mit scharfen Worten, nicht diplomatisch, konstruktiv oder gar umsichtig, sondern sarkastisch und verletzend. In »Ellen Olestjerne« heißt er Henrik Walkoff, die Zeichnungen seiner Schülerin kritisiert er erbarmungslos: »Das taugt alles nichts [...]. Wozu malst du überhaupt, wenn du nichts dabei fühlst? Eine Zeichnung kann noch so schlecht sein, wenn nur eine Linie darin Empfindung hat.« Seine Schülerin ist tief erschüttert: »Auf den Knien hätte sie dem Himmel danken mögen, daß sie diesen Menschen gefunden hatte, und wenn er ihr auch noch so wehe tat. Erbarmungslos nahm er das Messer und legte ihre innersten Wunden bloß, schnitt alles hinweg, was darüber wucherte.« Der Meister fordert sie auf, hart zu arbeiten. Sie müsse stark werden, sich für sich selbst einsetzen, ja sich wieder zusammensetzen, wenn sie sich durch Kritik auseinandergenommen fühle. Er werde das nicht tun, ihr nicht einmal dabei behilflich sein. Wenn sie sich schwach zeige, sei es ihm nicht der Mühe wert, sich mit ihr weiter zu beschäftigen.

Der Appell an ihre Stärke provozierte Fanny, forderte sie heraus. Endlich wurde sie ernst genommen in dem, was sie tat: »Fast alle Nachmittage war sie jetzt bei ihm, er ließ sie mit nach seinem Modell arbeiten und lehrte sie sehen. Bisher war sie nur wie im Finstern umhergetappt, hatte sich mit verbohrtem, hartnäckigem Fleiß gequält, durch den undurchdringlichen Nebel zu kommen, und es hatte nichts geholfen, bis er ihn mit seinem Zauberstab zerteilte und sich plötzlich eine lichte Weite vor ihr auftat. Sie saß zu seinen Füßen und ließ sich lehren.« Diese Szene aus »Ellen Olestjerne« erinnert an die Schilderung der gemeinsamen »Zarathustra«-Lektüre von Schwester und Bruder. Was die Reventlow beschreibt, ist – durchaus zeittypisch – ein nietzscheanisches, erotisch konnotiertes Erweckungserlebnis. In Herstein suchte und fand die Zweiundzwanzigjährige ihren leibhaftigen Zarathustra.

Aber die erotischen Momente beschränkten sich nicht nur auf die Kunst. In »Ellen Olestjerne« schildert Franziska zu Reventlow den ersten Liebesakt zwischen der Schülerin und ihrem Meister. Es ist die einzige freizügige Beschreibung in ihrem literarischen Werk. Sie stellt Traum und Realität nebeneinander. Hier die ersehnte feenhafte Umgebung: »leuchtende Farben, schimmernde Gläser mit glühendem Wein – Schleier, durch die rotes Licht und Geheimnisse funkelten, wollüstige Musik in der Ferne«. Daneben »das verwahrloste Atelier im dämmernden Abendschein – sein unschönes Gesicht mit dem wirren schwarzen Haar«. Doch ist sie weit davon entfernt, enttäuscht zu sein, denn sie fühlt alles, was für sie zu diesem Ereignis gehört, in sich: »das Leuchten und Schimmern, und das rote Glühen« sowie das unmittelbare Nebeneinander von Schmerz und Glück, von Tod und Leben. Dieses elementare Erlebnis des ekstatischen Verschmelzens zweier Körper wird sie immer wieder suchen, um sich ihres Lebendigseins zu versichern.

Weihnachten 1893 erhielt Fanny Besuch von ihrem Verlobten. In ihr Schwabinger Leben brach etwas ein, das sie als »zweite Welt« bezeichnete. Sie hatte sich fest vorgenommen, ehrlich zu sein, Lübke über das Verhältnis mit Herstein in Kenntnis zu setzen und die Verlobung zu lösen. All diese Vorsätze schwanden in dem Moment, als ihr Walter gegenüberstand. Seine Wiedersehensfreude steckte sie an. In ihr existierten zwei Formen von Liebe nebeneinander: die leidenschaftlich-triebhafte zu Herstein, die sie gar nicht als solche bezeichnen würde, die jedoch Besitz von ihr ergriffen hatte, ob sie wollte oder nicht, und die zu ihrem Verlobten, die sich vor allem auf Geborgenheit und Schutz gründete: »Bei ihm überkam sie immer ein Gefühl von Schutz und Heimat, er war der, an den sie sich anschmiegen konnte, der alle weichen und sehnsüchtigen Saiten in ihr zum Klingen brachte.« Es war ihr unmöglich, Walter in ihr neues Leben einzuweihen. Nicht nur weil sie Angst vor seiner Reaktion hatte, ihn nicht verletzen wollte und seinen Zorn und seine Traurigkeit fürchtete. Es war vielmehr so, dass die beiden Welten so wenig miteinander zu tun hatten, dass es ihr gar nicht schwerfiel, parallel in ihnen zu leben. Walter drängte sie, bald nach Hamburg zurückzukommen, damit sie endlich heiraten und zusammenleben könnten. Das war ihre gemeinsame Zukunft, die für ihn außer Frage stand. Fanny widersprach nicht, setzte jedoch eine Verschiebung ihrer Abreise durch: Er drang auf den nächsten Sommer, sie vertröstete ihn auf das Ende ihrer Studien.

Wieder allein, stürzte sich Fanny umso heftiger in den Schwabinger Trubel und in ihre Affäre mit Herstein. Das Verhältnis wurde intensiver, vertraulicher, auch wenn er kein Mann war, »mit dem man an ›Glück‹ hätte denken können«, vor allem kein Mensch für eine feste Bindung. Aber das war sie schließlich auch nicht, wie ihr mittlerweile klar war. Immer neue Abenteuer warteten auf sie. Die Zeit der Künstler-, Atelier- und Faschingsfeste brach an. So etwas hatte sie noch nie erlebt: ein völliges Aufgehen im kollektiven Rausch und Maskentreiben. Sich verkleiden und sich vergessen. Walter vergessen, Herstein vergessen, nur noch im Augenblick leben und sich an diejenigen halten, die gerade da sind. »If you can't be with the one you love, love the one you're with«, lautete die Devise der Hippie-Bewegung siebzig Jahre später. Bindungslos, beziehungslos und dennoch zu einer großen Gemeinschaft gehörend, die durch die Straßen tanzte. Das Café Luitpold, ein gleichermaßen luxuriöser wie illustrer Ort, bildete eine der zahlreichen Kulissen für das wilde Treiben: Eine prunkvolle Halle mit Deckengemälden, ein Palmengarten, ein Tanzsaal mit der Büste des Prinzregenten und ein Billardsaal – damals der größte in Deutschland – gehörten zum Luitpold, wo die feine Gesellschaft und die Boheme verkehrten. Dichter wie Frank Wedekind, Henrik Ibsen, Ludwig Thoma und Ludwig Ganghofer liebten das Café. In »Ellen Olestjerne« lässt Franziska zu Reventlow die als Clown verkleidete Heldin mit einer Zufallsbekanntschaft über das Leben und die Liebe philosophieren. Dabei fällt der Satz: »Glauben Sie mir, die Boheme kriegt jeder einmal satt.«

Fanny wurde schon ziemlich bald mit den ungewollten Folgen ihres unbekümmerten Hedonismus konfrontiert. Es begann mit einem körperlichen Unwohlsein. Nachdem sie es eine Zeitlang verdrängt hatte, funktionierte die Methode nicht mehr. Die Anzeichen wurden massiver, unübersehbar, dramatischer. Sie fiel ab und zu in Ohnmacht, und im März 1894 hatte sie Gewissheit: Sie war schwanger. Nach anfänglicher Irritation überwog die Freude auf »ein Kind von ihm – ein Kind ihrer Leidenschaft«. Herstein war der Vater. Nun gab es kein Zurück mehr. Sie musste Walter alles gestehen und die Verlobung lösen.

Doch der Geliebte reagierte anders als erhofft. Herstein war weder bereit, sie zu unterstützen, noch fühlte er sich für sie und das Kind verantwortlich. Er tat so, als ginge ihn das Ganze nichts an, redete sich heraus, sah sich außerstande, für eine Familie zu sorgen. Es widersprach seinem Lebensplan, er fühlte sich zu Größerem berufen. Daran dürfe ihn niemand hindern, auch sie nicht. Und Fanny, die sein Künstlerethos verinnerlicht hatte, wollte nichts von ihm fordern, glaubte, es nicht verantworten zu können, sein Werk zu behindern, er musste frei bleiben. Sie stand ganz unter seinem Einfluss.

In einem nachträglich verfassten geheimen Polizeibericht – um 1900 wurden vor allem die in München lebenden Slawen, in Schwabing liebevoll »Schlawiner« genannt, regelmäßig überwacht – heißt es über Adolf Herstein: »Er hatte den Glauben zu verbreiten gewußt, daß er die in tiefer Not lebende Reventlow unterstütze, was er auch gekonnt hätte, da er eine monatliche Einnahme von ca. 240 M. von seinen Eltern bezog. Statt dessen stellte es sich heraus, daß die Reventlow geradezu Hunger litt, während Herstein schwelgte. Außer diesem ist mir aber noch ein zweiter Fall bekannt geworden, in welchem Herstein ein Mädchen verführte und sie vermochte, in dem Glauben, daß er völlig arm und verfolgt sei, auf jederlei Anspruch an ihn zu verzichten.«

Fanny stand unter einer ungeheuren physischen und psychischen Belastung, die dadurch wuchs, dass sie sich niemandem anvertrauen konnte. In »Ellen Olestjerne« schildert sie, wie sich die Situation mehr und mehr zuspitzte. Erst als ihre Verzweiflung einen Grad erreicht hatte, dass sie keine andere Möglichkeit mehr wusste, als sich umzubringen, wurde ihr Geliebter aktiv. Er erriet ihre destruktiven Pläne und bestürmte sie, zurück nach Hamburg zu gehen und ihren Verlobten Walter Lübke zu heiraten, der ihr und dem Kind eine sichere Existenz bieten könnte. Seine Begründung: »Er liebt dich, und ist es nicht besser, wenn einer glücklich wird, als dass wir alle drei zugrunde gehen?« Der Verführer erwies sich als Pragmatiker, der vor Täuschung und Manipulation nicht zurückschreckte. Doch Fanny hatte seinen Blick auf die Dinge übernommen, und damit stand außer Frage, wie sie sich verhalten würde: Sie würde Walter schreiben und ankündigen, dass sie so bald wie möglich zu ihm zurückkehren und ihrer Hochzeit nun nichts mehr im Weg stehen würde. Nachdem sie diesen Entschluss gefasst hatte, begann sie Abschied zu nehmen von München und damit von einem Leben, wie sie es immer hatte führen wollen. Es kam ihr vor, als stürbe ein wichtiger Teil von ihr. »Ihr Schmerz war keiner, den man ausrasen oder ausweinen konnte, mit eiserner Wucht lag es auf ihr, drängte sich mit tausend glühenden Fangarmen in ihre Seele hinein und preßte sie zu einem fühllosen Etwas zusammen«, heißt es in »Ellen Olestjerne«. Ihr war, »als ob sie einen Sarg mit sich führte, in dem ihre Jugend, all ihr Glücksverlangen und ihre Liebe lag, während sie dahinfuhr, einer fremden, gleichgültigen Zukunft entgegen –«.

Ein Knäuel wilder Schlangen

Die Trauung fand am 22. Mai 1894, wenige Tage nach Fannys 23. Geburtstag, in Berlin statt – der Heimatstadt Walter Lübkes. Die Familie Reventlow nahm an dem Fest nicht teil. Ludwig zu Reventlow hatte seiner Schwester angeboten, auf Gut Wulfshagen, seinem Wohnsitz, zu heiraten, aber das wollte Fanny auf gar keinen Fall. Zu tief waren die Wunden, die er ihr vor dem Tod des Vaters zugefügt hatte. Auch Catty, der zu vermitteln versuchte, konnte sie nicht umstimmen. Überhaupt wollte sie nicht, dass ihr Bräutigam und ihre Familie sich zu eng zusammenschlossen. Sie hatte ein gut funktionierendes Warnsystem aufgebaut, das sie vor Bevormundung schützte. Hier drohte eine kollektive familiäre Vereinnahmung, und die wollte sie bereits im Keim ersticken. Lieber verzichtete sie auf diese Gäste.

Die Hochzeit hat Franziska zu Reventlow sowohl in ihrem autobiographischen Roman als auch in ihrem Tagebuch geschildert. Die erhaltenen Aufzeichnungen setzen zwar erst acht Monate später ein, am 18. Februar 1895, doch am 22. Mai 1895, ihrem ersten Hochzeitstag, erinnert sie sich an den »wahnsinnigen Tag«: »Konnte je ein Mensch einsamer sein? Meine Eltern und Geschwister verloren, von mir gestoßen, den verlassen, den ich geliebt hatte mit der Leidenschaft, die es unwiderruflich nur einmal im Leben geben kann, und nun mit dem Kind von ihm unter dem Herzen zu dem fremden Mann, den ich nicht geliebt hatte, mit dem mich nur ein flüchtiger Sommerrausch zusammengeworfen, von dem bei mir nichts, bei ihm eine Illusion von weiterem Glück zurückgeblieben war.«

Wäre da nicht das neue Leben gewesen, das sie immer deutlicher in sich spürte, hätte sie das Drama, das sie nun selbst inszenierte, wahrscheinlich nicht durchgestanden. Sie spielte die Rolle der Braut perfekt, trug Myrtenkranz und Schleier und sah »brautmäßig aus und beinahe schön« mit ihrem kurzen Haar. Sie habe sich lange im Spiegel betrachtet, weil ihr »zweites Ich« sehr interessiert daran gewesen sei, wie sich das »erste Ich« verhalten würde. Diese innere Aufspaltung taucht im Tagebuch immer wieder auf, die Methode der Selbstbeobachtung war etabliert. Sie war zumeist begleitet von hilfreicher Ironie, die sich ab und zu in bewundernswerten Galgenhumor und selten in selbstquälerischen Sarkasmus verwandelte. Und ein weiterer Perspektivwechsel schleicht sich in die Erinnerung ein: »Und da hat sie auf dem Bett gelegen und noch einmal, zum letzten Mal so sinnlos über das Vergangene und über das Jetzt geweint – und in die Zukunft hinein, und so trostlos gleichgültig sogen die verschwiegenen weißen Betttücher den letzten verzweifelten Jammer ein.« Eine Weile lockerte die Braut ihre Selbstbeherrschung, doch eine halbe Stunde bevor man sie zur Trauung abholte, hörte sie mit dem Weinen auf, um rechtzeitig wieder ordentlich und glücklich auszusehen. Niemand sollte von ihrer Verzweiflung erfahren. Die Zeremonie mit der »übermodernisierten Traurede« erschien ihr absurd: Als der Priester sich mit den Worten »Ich frage dich, du Jungfrau«, an sie wendet, fällt ihr »das fremde Kind« in ihr ein »mit seiner ahnungslosen Gegenwart«. Es ist erstaunlich, wie Franziska zu Reventlow in ihrem Tagebuch diese seelische Not umdeutet. Sie gibt sich als Spielerin, als Hasardeurin, vor allem als Kämpferin – für sich und das Kind: »Eine Art Freude in mir bei alledem, ein Stolz, so va banque zu spielen, so ganz allein und so ganz stark, die Kraft, die niemand ahnte, schwoll in mir empor. Fort comme la mort, jetzt für immer und nie mehr und nie wieder schwach.«

Nach der Heirat bezog das junge Paar in Hamburg eine Wohnung im Erlenkamp 8. Walter Lübke ging seiner Tätigkeit als Jurist nach, Fanny richtete sich ein Atelier ein, denn sie wollte sich in häuslicher Ruhe, und so weit wie möglich von der Schwabinger Kunst- und Bohemeszene entfernt, auf ihre Malerei konzentrieren. Der Alltag gestaltete sich ruhig und unspektakulär. Lübke hatte Verständnis für sie, respektierte ihre Bedürfnisse, nahm sie ernst, akzeptierte ihre künstlerischen Ambitionen. Eigentlich eine ideale Situation, doch für Fanny nicht genug. Rückblickend heißt es über diese Zeit in einer Tagebuchnotiz vom 16. Juni 1895, Walter sei der erste Mensch, vor dem sie eine unbegrenzte Achtung habe. Sie habe ihn nie schwach erlebt und verspüre eine tiefe, stille Liebe für ihn, aber Geliebte könne sie ihm nicht sein.

Am 14. Juni 1894 erlitt Fanny eine Fehlgeburt, nachts, heimlich und auf sich gestellt – ihr Mann sollte es auf keinen Fall erfahren. Sie berichtet davon nur in ihrem Roman »Ellen Olestjerne«, in einer kurzen ergreifenden Szene: Das Ehepaar sitzt sich im Arbeitszimmer am Schreibtisch gegenüber. Der Mann diktiert seiner Frau, sie erledigt die Schreibarbeit, um ihn, der manchmal an Augenschmerzen leidet, zu entlasten. Dann zieht sich jeder in sein Zimmer zurück, man schläft getrennt. Die Frau ist froh, endlich ihre mühsam aufrechterhaltene Beherrschung aufgeben zu können. Sie hat schon seit einigen Tagen starke Unterleibsschmerzen, die im Lauf des Abends immer heftiger geworden sind. Ihr Mann hatte bemerkt, dass sie müde und blass war und ihr empfohlen, schlafen zu gehen. Allein in ihrem Zimmer, nebenan der ahnungslose Mann, bricht der blanke Horror über sei herein: »Was sie während dieser langen Nachtstunden durchlebte, erfüllte sie mit solchem Entsetzen, daß sie glaubte, ihre Haare müßten weiß werden oder eine sichtbare Spur auf ihren Zügen zurückbleiben. Stundenlang lag sie alleine da in der Nachtstille unter unerträglichen Qualen, die nicht laut werden durften, und ließen die Schmerzen nach, so kamen all die Gedanken, die sie fast noch mehr folterten.«

Als Fanny erkannte, dass ihr Kind nicht zu retten war, zog sie eine bittere Bilanz. Ihr Opfer – die traurige Rückkehr nach Hamburg und die ungewollte Eheschließung – war vergebens gewesen. Das Einzige, für das sich ein geordnetes Eheleben lohnte, hatte sie verloren: ihr Kind. Noch dazu an einem Tag, der für sie ohnehin von großer Bedeutung war: am Todestag ihres Vaters. Dieser war vor einem Jahr gestorben. Damals hatte sie um Einlass gebettelt und war von ihrer Familie abgewiesen worden. Man hatte sie behandelt, als existiere sie nicht. Es war vermutlich kein Zufall, dass sie die Fehlgeburt gerade an diesem emotional stark belasteten Tag erlitt.

Aus ihren Tagebuchnotizen geht hervor, dass ihr die wichtigen Daten ihres Lebens stets bewusst waren und dass sie Jahrestage auf besondere Weise beging. Die glücklichen feierte sie – manchmal nur für sich allein –, an den traurigen stellte sie sich ihrer Vergangenheit. Den zweifach verhängnisvollen 14. Juni resümiert sie 1895: »Vor zwei Jahren Todestag meines Vaters, vor einem der meines Kindes, und dazwischen ist mein ganzes früheres Leben gestorben.« Was diese Aufzeichnungen offenbaren, ist ein krisenhafter Weg – das Bewusstsein, immer wieder das Glück der anderen und das eigene zu zerbrechen. Selbstanklage wechselt mit Selbstbehauptung. Der Tod des Vaters und des Kindes wirft die Frage von Verantwortung und Schuld auf.

Mit aller Gewalt versuchte sie zunächst, das katastrophale nächtliche Ereignis, den Verlust des Kindes, zu ba-

Das Ehepaar
Franziska zu Reventlow und Walter Lübke, um 1894

gatellisieren, bis es nicht mehr ging. Am nächsten Tag wartete sie noch ab, bis ihr Mann das Haus verlassen hatte, dann rief sie den Arzt. Dass sie sich seiner Schweigepflicht sicher sein konnte, beruhigte sie genauso wie die Tatsache, dass sie Zeit gewonnen hatte. Die brauchte sie dringend, um ihr weiteres Leben planen zu können. »Ich möchte mehrere Leben nebeneinander haben«, lässt sie ihr Alter Ego in »Ellen Olestjerne« sagen, »eines dürfte dann meinetwegen tragisch sein und entsagend mit einer großen stillen Liebe – ›gut und glücklich‹ sein – aber das andere – nur hineinstürzen und alles über sich zusammenschlagen lassen.« Fanny schätzte Lübke, war ihm eng verbunden, ohne ihn jedoch leidenschaftlich zu lieben. Sie fühlte sich bei ihm geborgen und zu Hause. Konnte man darauf eine gemeinsame Zukunft aufbauen? Um eine Entscheidung treffen zu können, musste sie erst wieder zu Kräften kommen. Sie blieb ein Jahr in Hamburg. Walter Lübke arbeitete als Assessor, sie malte und schrieb.

In diesen Monaten entstanden einige kurze Texte, »Moment-Aufnahmen«, die alle in den »Husumer Nachrichten« veröffentlicht wurden: »Nachtarbeit« und »Frühschoppen« sind in München angesiedelt und in einem sozialkritischen Ton verfasst. Die Szene in »Nachtarbeit« beginnt unten an der Isar, wo zwei Arbeiter bis zur Erschöpfung an den Kanalisationswerken schuften. Sie unterwerfen sich den Erfordernissen der Dampfmaschine. Über ihnen, am Isarhochufer, tauchen elegant gekleidete Spaziergänger auf: Theaterbesucher in Pelz und Abendrobe, die beklagen, wie sehr sie das lange Sitzen während der Vorstellung angestrengt hat. Sie plaudern über den Sozialismus, da entdeckt ein junger Mann die Arbeiter und macht seine Begleiterin auf sie aufmerksam: »Sehen Sie, Fräulein, ein interessantes Motiv.«

In der kleinen Erzählung »Frühschoppen« feiert ganz München »salvatortoll« das junge Frühlingsbier, auch die »mehr oder weniger vielversprechenden Genies der Malschule«. Unter ihnen ist einer, der sich dem ausgelassenen Treiben nicht hingibt, weil er schon seit Wochen hungert. Auch »Mein Fenster« setzt sich mit dem Künstlerleben kritisch auseinander, den unproduktiven Tagen, die nur so dahinfliegen, der Einsamkeit und den quälenden Obsessionen, die sich nicht vertreiben lassen: »Ich will an nichts denken, aber wenn ich die Gedanken zur einen Tür hinauswerfe, kommen sie zur andern wieder herein.« In »Leben« schildert die Ich-Erzählerin ihre Konfrontation mit dem Tod. Ein Besuch am Krankenlager einer Morphinistin lässt sie das alltägliche Geschehen auf der Straße in einem anderen Licht sehen. Sie fühlt sich von elementaren Fragen bedrängt: »Wozu das alles, wozu ein ganzes Leben? Da oben hatte ich gesehen, was das Ende sein konnte.« Und die Sinnsuche erzeugt weitere Fragen: »Warum lebte ich noch, warum die anderen, warum lebte denn überhaupt noch etwas!«

Eine Sonderstellung – nicht nur der Länge wegen – nimmt die »Humoreske aus dem Eheleben« ein, die den Titel trägt: »Meine Frau ist Malerin« und mit Humor und Leichtigkeit aus der Sicht des Ehemanns erzählt wird. Als Leitmotiv taucht immer wieder der Satz auf, mit dem die Satire beginnt und endet: »Meine Frau ist Malerin.« Er dient als Begründung für den geschilderten Tagesablauf, der ganz im Dienst der Kunst steht. Die Malerin ist gerade mit ihrem Gemälde »Soziales Nachtstück« beschäftigt. In der Küche wird daher nicht das Essen vorbreitet, sondern es werden Pinsel gewaschen. Und es kommt zu kleinen häuslichen Katastrophen: Völlig zerstreut, hat die Künstlerin vergessen, den Wasserhahn über der Badewanne zu schließen, in der sie ihre Palette eingeweicht hat. Der bedauernswerte Ehemann leidet besonders unter ihrer geistigen Abwesenheit: »Ich weiß nicht, ob alle Malerinnen die Angewohnheit haben, in jedem unbeschäftigten Augenblick ihre Gedanken auf Reisen zu schicken und bei jeder Berührung der Außenwelt zu Tode erschreckt emporzufahren [...].« Seine Aussichten sind nicht gerade hoffnungsvoll: »Schwarz liegt die

Zukunft vor mir. Ich sehe unsere Kinder verunglückt, ertränkt, vergiftet oder wer weiß auf welche schreckliche Weise ums Leben gekommen, unser Haus niedergebrannt, mich selbst am Bettelstab, meine Frau natürlich unentwegt an ihrem ›Sozialen Nachtstück‹ malend.«

Im Frühjahr 1895 ertrug Fanny den beschaulichen Ehealltag nicht mehr. Sie wollte nach München zurückkehren – zunächst für ein Jahr, das hatte sie ihrem Mann abgerungen. Er erklärte sich bereit, ihre künstlerische Ausbildung weiterhin zu fördern. Endlich öffnete sich eine Fluchtlinie aus ihrem festgefahrenen Leben. Sie zählte in Hamburg die Tage, bis sie sich endlich wieder auf den Weg in die südliche Freiheit machen konnte. Am 18. Mai 1895, ihrem 24. Geburtstag, traf sie in München ein. »Als sie dann den ersten Morgen im Hotel aufwachte und durch die wohlbekannten Straßen ging, kam wieder das alte jubelnde Lebensgefühl über sie, als ob sie eine andere Luft atmete, in der so viel Leichtes, Frohes, Junges lag, und die manche vergangene Schmerzen wegblies«, heißt es in »Ellen Olestjerne«. Natürlich suchte sie sofort ihre Malerfreunde auf, auch Adolf Herstein, und musste feststellen, dass er mittlerweile mit einem seiner Modelle zusammenlebte und ein Kind hatte. Ein Schock – obwohl ihre Gefühle für ihn abgekühlt waren –, der die Ereignisse des vergangenen Jahres in einem völlig anderen Licht erscheinen ließen. Wie ein Film lief alles, was sie meinte überwunden oder zumindest weit in den Hintergrund gedrängt zu haben, vor ihr ab: ihre Hilflosigkeit, ihre Verzweiflung, die unglückliche Heimreise, der Betrug, der Schmerz, die Angst und der Horror – sie hatte alles ertragen und überstanden, war daran gewachsen, sogar an ihrer Schuld. All das erschien ihr plötzlich nicht mehr tragisch, sondern lächerlich – »warum hatte sie sich so wehrlos dahintreiben lassen von diesem Mann, der ihr Kind nicht wollte, und der ihr jetzt so fremd und armselig vorkam – warum war sie ihm zuliebe über sich selbst hinweggegangen?«, lautet die bittere Frage in »Ellen Olestjerne«.

Alles, was Fanny für Begabung, Genie und Gedankentiefe gehalten hatte, entlarvte sich als Narzissmus. Wie hatte sie nur so blind sein können? Schlimmer als sein Betrug war ihr Selbstbetrug. Sie hatte sich um seinetwillen verleugnet – das konnte sie sich nicht verzeihen. Er hatte sie zu seiner Belustigung und Unterhaltung benutzt, sie hatte sich benutzen lassen. Das warf sie sich vor und schwor sich zugleich, dass so etwas nie wieder passieren würde. In ihrem Tagebuch wendet sie sich am 22. Mai 1895 noch einmal an den früheren Lehrmeister und Geliebten: »Meine Liebe zu dir hat zu viel ertragen, daran ist sie draufgegangen, vorbei wie eine heiße akute Krankheit.« Sie bewies sofort, wie ernst es ihr damit war, indem sie seinen Versuch, sich ihr wieder zu nähern, als Fortsetzung seines Machtexperiments entlarvte. »Muß ich mein Selbst nicht retten?«, hatte schon die Neunzehnjährige in einem Brief an Emanuel Fehling gefragt. Diese Frage wurde jetzt, fünf Jahre später, durch eine andere, quälende ergänzt: Warum war sie Herstein zuliebe über sich selbst hinweggegangen? Nie wieder würde sie sich so mit Haut und Haar auf jemanden einlassen. Von Anfang an und in jedem Stadium der Beziehung würde sie es sein, die den Grad der Nähe bestimmte. Und keinem würde sie mehr das Gefühl geben, der Einzige zu sein. Sie würde keinen Hehl daraus machen, dass sie die Vielfalt der Liebe und Erotik praktizierte – und das nicht nur mit einem Partner. Später würde sie dann darüber schreiben – in einem Ton, den sie sich jetzt noch nicht vorstellen konnte: leicht, klug, ironisch.

Nur wenige Tage nach ihrer Ankunft in München fuhr Fanny aufs Land nach Neubeuern, um sich zu erholen und allein zu sein. Zuvor hatte sie ein erotisches Abenteuer gesucht, um das traurige Wiedersehen mit Herstein und den emotionalen Ballast der Vergangenheit abzustreifen. Der Liebhaber bleibt namenlos, in ihrem Tagebuch notiert sie lakonisch, wie sie sich ihm angeboten und mit ihm eine »Nacht in Glück und Wonne und Rausch und Vergessen« erlebt habe. Die sexuelle Begegnung schildert sie so deutlich, wie sie es nie wieder in ihrem Tagebuch tun sollte: »Und dann hat er alles dunkel gemacht und ist zu mir ins Bett gekommen, und unsere Körper, die sich vorher nie gesehen hatten, umschlangen sich, daß die Flammen zusammenschlugen und die Lust in wilden Funken sprühte. Am Morgen sind wir aufgewacht und haben uns gesehn, und dann neue Lust, frische, kräftige morgenfrühe Lust. Und dann noch eine Nacht.«

Sie war glücklich, ihr neues Lebensjahr auf diese Weise begonnen zu haben, und fasste den Vorsatz, mit der Vergangenheit abzuschließen und den Blick auf die Zukunft zu richten. Sie musste Lübke alles erzählen. Die Wahrheit, die sie im Ibsenclub so eifrig diskutiert und gefordert hatte, ließ sich nicht länger verdrängen. »Es muß alles heraus, hinunter«, schrieb sie am 22. Mai 1895 in ihr Tagebuch. Sie sehnte sich nach dieser Befreiung, die einen Neuanfang erst möglich machte. Von klein auf war sie immer wieder in Situationen geraten, in denen sie nicht die Wahrheit sagen konnte. In ihrem pietistischen Elternhaus hatte sie das Eingeständnis eines Vergehens niemals vor Strafe bewahrt. Und nun hatte die Angst sie schon viel zu oft lügen lassen: »Lüge auf Lüge und so Weib, so feige und so listig. Nein, ich habe große Kraft gebraucht, um so zu schweigen, jetzt weiter zu schweigen, würde nicht mehr Kraft sein. Ich würde jetzt aus Schwäche schweigen. Um nicht zu zerstören. Um nicht sein Glück und mein letztes Anrecht auf Glück zu zerstören. Nun muß auch das sein.« Die Aufzeichnungen des Sommers 1895 dokumentieren eine Krise und eine Lebenswende: den endgültigen, radikalen Ausbruch aus dem konventionellen, gesicherten Eheleben. Die »tiefe ruhige Liebe zu Walter«, der Traum, »eine Heimat« zu haben – all das reichte nicht aus, um ihre eigenen Glücksansprüche zu befriedigen. Die Vierundzwanzigjährige bekannte sich zu einem sinnlichen, freien, ungebundenen Leben.

Lübke besuchte sie in Neubeuern, doch sie brachte es nicht übers Herz, ihm die Wahrheit zu gestehen. Zu groß war die Furcht, ihn zu verletzen. Wie oft hatte sie sich ausgemalt, wie er auf ihre Eröffnungen reagieren würde. Sie fühlte sich glänzend vorbereitet. Aber genau darin sah sie plötzlich das Hauptproblem: Er war völlig ahnungslos, so dass eine ungleiche Ausgangsposition bestand – vielleicht war es vor allem diese Erkenntnis, die sie schweigen ließ. Nach seiner Abreise machte sie sich Vorwürfe, aus Feigheit geschwiegen und eine Gelegenheit zur Wahrheit verpasst zu haben. »Es ist so unsagbar fürchterlich, was ich an ihm getan habe«, gesteht sie am 6. Juli 1895 ihrem Tagebuch und fährt fort, sich zu beschimpfen: »Ich selbst bin so furchtbar, ja, ein Knäuel wilder Schlangen, die selten beieinander Ruhe haben.«

Es sollte ein ganzes Jahr vergehen, bis sie ihm alles gestand. In der Neujahrsnacht 1896/97, die sie allein verbrachte, zog sie in ihrem Tagebuch eine radikale Lebensbilanz, die nur für sie selbst bestimmt war. »Ich wollte Walter behalten und die andern alle auch […], einen nach dem andern. – Warum fühle ich das Leben so herrlich und intensiv, wenn ich viele habe, immer das Gefühl, eigentlich gehöre ich allen. – […] Warum gehen Liebe und Erotik für mich so ganz auseinander. Und Walters Entsetzen als ich ihm die Wahrheit sagte, für ihn war es unfaßlich. Und ich hab ihm noch lange nicht alles gesagt. Kein Mensch würde mich verstehn, wenn ich ihm alles sagte.

Er würde mich als Abschaum der Menschheit empfinden die meisten würden es.« In ihrem Tagebuch beschränkt sich Franziska zu Reventlow nicht auf schonungslose Selbstanklagen, sie beginnt eine Technik des Selbstgesprächs zu entwickeln, eine Form der Autosuggestion, mit der sie sich selbst wieder aufrichtet.

In »Ellen Olestjerne« gibt sie den Kunstgriff preis, den ihr Alter Ego anwendet, um endlich die Wahrheit ans Licht zu bringen: Sie tarnt ihre Lebensbeichte als Geschichte einer Malerkollegin, die ihr ständig im Kopf herumgehe. Er hört aufmerksam zu und stellt Fragen, die ihr die Chance geben, ihn in kleinste Details einzuweihen. Allmählich verselbständigt sich der Erzählstrom, so dass sie zum Schluss keine andere Wahl mehr hat, als ihm zu offenbaren: »Es war meine eigene Geschichte.«

Nachdem Lübke den Schock überwunden hatte, wurde er sofort tätig. Tief verletzt rang er um seine Selbstachtung. In Hamburg leitete er umgehend das Scheidungsverfahren ein. Ob Fanny das bedacht hatte? Sicher nicht bis zur letzten Konsequenz, denn eine juristische Denkweise war ihr fremd. Für Lübke war es wahrscheinlich die einzige Chance, die Angelegenheit psychisch einigermaßen unbeschadet zu überstehen. Dabei schoss er jedoch weit über das Ziel hinaus. Zeitweise schien es, als wolle er sie vernichten. Eine gerichtliche Untersuchung wegen des Verdachts auf »Verbrechen wider das keimende Leben« wurde eingeleitet. Fanny wurde beschuldigt, ihr Kind abgetrieben zu haben, angestiftet von Adolf Herstein. Es war für Lübke ein Leichtes gewesen, den Vater des Kindes zu ermitteln, denn Fanny hatte ihr Tagebuch in Hamburg zurückgelassen. Laut Paragraph 218 und 220 des Strafgesetzbuches für das Deutsche Reich konnte Abtreibung oder Tötung im Mutterleib mit bis zu fünf Jahren Zuchthaus bestraft werden. Das Verfahren wurde mangels Beweisen Anfang 1897 eingestellt. Lübke behielt

Fannys Tagebuch, schrieb es teilweise ab – vermutlich um es als Beweismittel zu verwenden. Und so liegen in ihrem Nachlass die Eintragungen vom 18. Februar bis 6. Juli 1895 nur in seiner Abschrift und mit seinen Bemerkungen vor. Das Original erklärte er für verloren.

Fanny erwähnt Lübkes aggressives Vorgehen weder in ihrem Tagebuch noch in ihren Briefen. Im Tagebuch vermerkt sie nur, sie sei ganz still geworden, weil sie ein Brief von ihm »verzweifelt gemacht« habe. Trotz allem schien sie lange gehofft zu haben, er möge ihr verzeihen oder sie zumindest verstehen. Sie reiste sogar mit ihrem letzten Geld nach Köln, um ihn dort zu treffen, doch er lehnte ab. Als ihr bewusst wurde, dass seine Zurückweisung endgültig war, notierte sie Ende Februar 1897 in ihr Tagebuch: »Und das war alles: Wiedersehn ausgeschlossen. Das war alles. Mit Mühe hab ich mich auf den Füßen gehalten den Morgen. [...] Ihr wißt alle nicht was Liebe ist, seid alle hart. Es ist wie eine seltsame Wiederholung in meinem Leben, meine Mutter – Du. Und ihr wollt lieben können.« Zwei Tage später heißt es: »Brief von Walter, daß ich kopflos gehandelt hätte. Das klang so ähnlich wie es meine Mutter mir gesagt hat. Das ist also immer das Letzte was Liebe geben kann, Mutterliebe und die des Mannes, der einen am meisten geliebt hat. Da verstehe ich die Liebe doch anders und besser, trotz allem.«

Die Liebe, so wie sie sie verstand, fand sie woanders, sogar in flüchtigen zufälligen Begegnungen. Auf der Rückreise von Köln lernte sie in Frankfurt, ihrer Zwischenstation, einen Mann kennen, der ihr mit Reisegeld aushalf. Im Bahnhof setzte sich ein kleiner Junge zu ihr, erzählte ihr seine Geschichte, was sie wiederum veranlasste, ihn in ein Hotel zu bringen und ihm Zimmer und Essen zu bezahlen. Eine kleine Begebenheit, die sie mit dem Satz kommentierte: »W. würde das alles wieder nicht begreifen.« Mehr und mehr vollzog sie die Abkehr von den Konventionen ihrer Familie und ihres Mannes und suchte neue Umgangsformen.

Im Sommer 1896 empfand Fanny zunächst Erleichterung. Sie hatte ihrem Bedürfnis nach Wahrheit entsprochen und hoffte, sich damit für ein neues Leben befreit zu haben. In diesem Moment wurde sie schwerkrank und begab sich im Herbst in das Münchner Krankenhaus Josephinum, wo sie ein Vierteljahr stationär behandelt wurde. In »Ellen Olestjerne« ist nur ungenau die Rede von einem gefährlichen Eingriff, der der Zustimmung der Patientin bedurfte. Es dauerte lange, bis sie sich davon erholte. Nachdem sie aufstehen durfte, musste sie eine Zeitlang am Stock gehen. Als sie entlassen wurde, war es Winter. Von nun an würden Klinikaufenthalte – vor allem im Josephinum – in unregelmäßigen Abständen zu ihrem Leben gehören.

Zum Glück gab es an einer anderen »Front« Entspannung: Fanny nahm den Kontakt zu ihrem Bruder Ludwig wieder auf – das Letzte, was sie von ihm erhalten hatte, war der vernichtende Brief gewesen, in dem er sie für die Erkrankung des Vaters verantwortlich machte. Der Anlass, sich nach langem Schweigen an den Bruder zu wenden, war ein Artikel über Theodor Storm, den sie für die »Frankfurter Zeitung« schreiben wollte. Ludwig lieferte ihr umgehend die nötigen Informationen. Reventlows »Erinnerungen an Theodor Storm« erschienen am 12. März 1897. Ludwig reagierte hilfsbereit und versicherte ihr seine Unterstützung – jedoch nicht ohne den Hinweis, dass ihre Misere selbstverschuldet sei. Seine Fragen nach ihren Finanzen beantwortete sie nicht. Denn diese waren so katastrophal, dass sie sich gezwungen sah, eine Tätigkeit anzunehmen, die ihr schon früher einmal angeboten worden war, als sie sich um eine Stelle als Lehrerin bemüht hatte: Sie arbeitete im Münchner »Salon B.« der »Madame X« als Prostituierte. Die

Übersetzungsaufträge, die sie zum Jahresbeginn 1897 vom Albert Langen Verlag erhielt, reichten nicht aus, um ihre Existenz zu sichern und die gewaltigen Kosten der Scheidung zu zahlen. Im Verhältnis zu den üblichen Verlagshonoraren war das, was sie durch ihre »Liebesdienste« verdiente, hoch und eröffnete ihr darüber hinaus eine bisher fremde Welt, die ihre Neugier anregte. Anders als beabsichtigt, fand Fanny in München nicht ihre künstlerische Befreiung, sondern ihre Emanzipation als Frau – als sinnliche Frau.

Als das Scheidungsurteil am 14. April 1897 im Rückgebäude der Heßstraße 46 in München verkündet wurde, war sie »trotz ordnungsgemäßer Ladungen« nicht zugegen. Die Ehe der Beklagten Fanny Liane Wilhelmine Sophie Auguste Adrienne Lübke, geborene Gräfin zu Reventlow, mit dem Kläger Assessor Walter Ernst Louis August Lübke wurde »wegen Ehebruchs der Beklagten« geschieden. Sie hatte die Kosten des Rechtsstreits zu tragen. Das Urteil wurde ihr am 1. Mai 1897 vom Landgericht Hamburg per Post zugestellt. Fanny war zu diesem Zeitpunkt im vierten Monat schwanger.

FRANZISKA
DIE LIEBHABERIN
1896–1910

Das Leben feiern

Geschieden, schwanger, mit Schuld und Schulden überhäuft – verzweifelter hätte die Lage, in der sich Franziska zu Reventlow zu Beginn des Jahres 1897 befand, nicht sein können. In der wilhelminischen Gesellschaft gehörte sie nun zu den Außenseitern. Sie hatte radikal die Grenzen ihres Standes und ihres Geschlechts überschritten. Sie fragte sich wieder einmal, wie schon in den Auseinandersetzungen mit der Mutter, warum man einen Menschen wie sie nicht einfach akzeptieren könne. Das permanente Unverständnis verstimmte sie, doch an Selbstaufgabe oder Anpassung war gar nicht zu denken. Mehr denn je war sie herausgefordert, sich selbst zu behaupten, und unterwarf sich keiner Autorität, weder den familiären noch den gesellschaftlichen Ansprüchen, obwohl es gerade in dieser Situation bequemer gewesen wäre – aber Bequemlichkeit war nie ihr Lebensideal, obwohl sie sich manches Mal Ruhe wünschte. Der Preis, die Unterordnung unter die verhassten Normen der anderen, wäre viel zu hoch gewesen.

Und dennoch: Sie war glücklich, endlich an einem Ort zu sein, an dem diese Normen vehement negiert wurden, nicht nur theoretisch wie im Lübecker Ibsenclub, sondern praktisch, in einem neuen, freien Lebensstil. Sie war in Schwabing, dem Stadtteil Münchens, von dem sie sagte, er sei eher ein Zustand als eine geographische Bezeichnung. (Ein Bonmot, das in einigen Variationen kursierte: Wassily Kandinsky nannte Schwabing einen geistigen, Erich Mühsam einen kulturellen Zustand.) Hier stellten sich die Erben der Gründerzeit den lähmenden Traditionen und Konventionen ihrer Eltern trotzig entgegen. Sie berauschten sich im Fasching, feierten kosmische Feste und bacchantische Rituale. Ein neues Heidentum, ein modernes Hetärentum wollten sie begründen. In seinen »Unpolitischen Erinnerungen« führt Erich Mühsam auf, wer zu dieser Boheme zählte: »Maler, Bildhauer, Dichter, Modelle, Nichtstuer, Philosophen, Religionsstifter, Umstürzler, Erneuerer, Sexualethiker, Psychoanalytiker, Musiker, Architekten, Kunstgewerblerinnen, entlaufene höhere Töchter, ewige Studenten, Fleißige und Faule, Lebensgierige und Lebensmüde, Wildgelockte und adrett Gescheitelte.« Sie bildeten »die Massensiedlung von Sonderlingen«, jenes »Wahnmoching«, das Franziska zu Reventlow in ihrem Schlüsselroman »Herrn Dames Aufzeichnungen oder Begebenheiten aus einem merkwürdigen Stadtteil« so anschaulich beschrieben hat. Mühsam verstand die Boheme als »unsichtbare Loge des Widerstandes gegen die Autorität der herkömmlichen Sitten«, die »ihr individuelles Gehabe nicht unter die Norm« beugen wollte. Im Streben nach Freiheit ging es also vor allem um die Freiheit, anders zu sein, um das Experiment alternativer Lebensstile. Darin hatte die Kunst ihren selbstverständlichen Platz. »Wir gingen noch spät im Mondschein an die Isar hinunter, standen lange auf der Brücke und sprachen vom Leben und von der Kunst«, lässt die Reventlow ihre Heldin in »Ellen Olestjerne« über die ersten Münchner Tage berichten.

München übte am Ende des 19. Jahrhunderts eine große Anziehungskraft auf Künstler aus. Man sprach von einer »ländlichen Großstadt«, die längst nicht so von Industrieanlagen und -bauten dominiert war wie andere. Gefördert durch das großzügige Mäzenatentum des Prinzregenten Luitpold, genoss die Kunst hohes Ansehen in der Stadt. Um 1900 waren etwa 1200 Künstler offiziell in München registriert, 13 Prozent der im Deutschen Reich insgesamt gemeldeten. Das politische Klima galt trotz einzelner spektakulärer Prozesse als vergleichsweise liberal, kritische Zeitungen siedelten sich an, allen voran die »Jugend«. Diese 1896 von Georg Hirth gegründete »Wochenzeitschrift für Kunst und Leben« wurde schon bald zum wichtigsten Sprachrohr der bunten Münchner Kunst- und Literaturszene. Sie war vor dem Ersten Weltkrieg künstlerisch, satirisch, kritisch. Verspottet wurden vor allem Philister und Pfaffen – mitunter auch Wilhelm II. Neu und kühn waren die Illustrationen: Die ganzseitigen Titelbilder wurden von Anfang an meist vierfarbig gestaltet; auf ihnen waren häufig nackte Frauen zu sehen: stillende Mütter, reitende Amazonen, sogar eine Pilotin. Ausgeschlossen war alles, was sich am Althergebrachten anlehnte. Zuerst sollte die Zeitschrift sogar »Leben« heißen, aber schließlich setzte sich »Jugend« durch, was auch programmatische Gründe hatte. Man wandte sich gegen die »Vergreisung« – ein Begriff, der damals zum Schlüsselwort der aufrührerischen Jugend wurde, wenn es darum ging, sich gegen die Werte der Eltern abzugrenzen. In ihren Briefen an Emanuel Fehling hatte Fanny ihre Eltern oft »die Greise« genannt. Die »Jugend« entwickelte sich zu einer erfolgreichen Zeitschrift mit hoher Auflage. Sie war Teil und Namensgeberin einer Bewegung, die ganz Europa erfasst hatte: Art Nouveau in Frankreich, Modern Style in England, Sezession in Österreich und Jugendstil in Deutschland.

Franziska zu Reventlow bot der »Jugend« gleich am Anfang ihrer Münchner Zeit ein Titelbild an, das jedoch abgelehnt wurde, genau wie später ihre Texte. Stattdessen publizierte sie bald im »Simplicissimus«, der von Albert Langen und Thomas Theodor Heine gegründeten satirischen Wochenzeitschrift. Die erste Ausgabe erschien am

4. April 1896. Die künstlerische Gestaltung lag bei Olaf Gulbransson und Thomas Theodor Heine, der auch das Wappentier entwarf: eine zähnefletschende rote Bulldogge auf schwarzem Grund. Beiträger und Mitarbeiter waren u. a. Frank Wedekind, Thomas und Heinrich Mann, Rainer Maria Rilke, Max Halbe, Ludwig Thoma, George Grosz, Heinrich Zille und Hugo von Hofmannsthal. Der »Simplicissimus« attackierte alles, was zur herrschenden Ordnung gehörte: die bürgerliche Moral, die wilhelminische Politik, die Kirche, das Militär, die Beamten. Ausgaben wurden des Öfteren komplett konfisziert, das Blatt war in Österreich-Ungarn verboten, und Heine und Wedekind saßen zeitweise wegen Majestätsbeleidigung im Gefängnis. Und noch eine weitere wichtige Zeitungsgründung erfolgte 1899 in München: Rudolf Alexander Schröder, Alfred Walter Heymel und Otto Julius Bierbaum riefen »Die Insel« ins Leben, aus der später der Insel Verlag hervorging.

Vom »Leben« sprach man in der allgemeinen Aufbruchstimmung der Jahrhundertwende in einem gesteigerten Bewusstsein, emphatisch, mit einem ungewohnten Pathos. Die Bewegung verstand sich auch als Gegenpol zur Religion: Der Blick sollte auf das Diesseits gerichtet, die Jenseitsvertröstung des Christentums überwunden werden. Was zählte, war das Hier und Jetzt. Diese radikale Diesseitigkeit implizierte einen Atheismus, den Franziska zu Reventlow schon früh kennengelernt hatte: zunächst konsequent praktiziert bei Theodor Storm, dem Dichter, der ihre Jugend begleitete, später bei dem einflussreichsten Philosoph dieser Epoche: Friedrich Nietzsche mit seinem Angriff auf die Autonomie normativen Lebens, seiner Feier des Dionysischen und seiner Forderung nach freien Geistern inspirierte die Jugendbewegung um 1900 zuallererst. In der Umwertung der Werte huldigte man nicht dem Alter, sondern der Jugend, nicht der bürgerlichen Sicherheit, sondern dem Abenteuer – an die Stelle einer tabuisierten und weitgehend unterdrückten Sexualität setzte man die erotische Befreiung. Das neue, gänzlich unkonventionelle Leben wurde euphorisch und experimentierfreudig in Szene gesetzt: schwärmerisch, rauschhaft, bejahend. »Ich weiß, ich werde nicht sehr lange leben. Aber ist das denn traurig? Ist ein Fest schöner, weil es länger ist? Und mein Leben ist ein Fest, ein kurzes, intensives Fest«, notierte Paula Modersohn-Becker am 26. Juli 1900 in ihr Tagebuch. Es war das Lebensgefühl einer ganzen Generation!

Das Dasein sollte jedoch nicht nur Fest, sondern auch Kunstwerk sein. Der Mythos vom Künstler, der allem Leben entsagt, um sich ganz der Kunst zu widmen, war obsolet geworden. Die »alte Feindschaft zwischen dem Leben und der großen Arbeit«, die Rilke zeitlebens nicht nur beklagte, sondern sogar forderte, wollten die Bohemiens überwinden. Im Jugendstil hatte sich nicht das Leben der Kunst, sondern die Kunst dem Leben unterzuordnen. Das Leben sollte selbst zum Kunstwerk werden. Dieser romantisch-revolutionäre Gedanke prägte die Künstlerkolonien – wie Worpswede –, die in großer Zahl Ende des 19. Jahrhunderts entstanden; er wurde etwa von Heinrich Vogeler propagiert, auf den sich viele Jahre später Joseph Beuys mit seinem erweiterten Kunstbegriff berief.

Und der Jugendstil definierte auch den Ort der Kunst neu: Kunst sollte in den Alltag integriert werden, Alltagsgegenstände sollten nicht nur zweckmäßig, sondern schön sein. Jeder Mensch sollte von dieser Formschönheit umgeben sein. Die sogenannte angewandte Kunst und das Kunstgewerbe erhielten einen neuen Stellenwert: Möbel, Porzellan, Geschirr, Schmuck wurden zu selbstverständlichen künstlerischen Objekten. Rilke sprach von der »Verwertung des zeitgenössischen Schönheitsbegriffs in allen Bedürfnissen des Alltags«. Otto Julius Bierbaum forderte 1897 in seinem Kalenderbuch »Der bunte Vogel«: »Kunst und Dichtung sollen schmückend immer um uns sein, Licht und Luft für unsere feineren Sinne.« Und die »Jugend« proklamierte 1896: »Jugend ist Daseinsfreude, Genußfähigkeit, Hoffnung und Liebe, Glaube an die Menschen – Jugend ist Leben, Jugend ist Farbe, ist Form und Licht.«

Damit verbunden war das Bestreben, die eigene Erfahrungs- und Empfindungsfähigkeit zu intensivieren. »Aber immer noch könnte ich für einen Moment der Freude meine ewige Seligkeit verkaufen. – Ich könnte es nicht nur, ich tue es auch«, heißt es ganz zeittypisch in »Ellen Olestjerne«. Und in ihrem Tagebuch notiert Franziska zu Reventlow am 29. Juni 1899: »Ich fühle mich so geschaffen im Leben herumzutoben, alles an mich zu reissen u. masslos zu geniessen und ich bin immer mit Ketten angebunden. Wie komme ich nur einmal da heraus u. mitten hinein.« Am 28. April 1897 hatte sie dort rückblickend erklärt: »Zuhause und später, das wahnsinnige Uebermaß von Lebenskraft und die Gefangenschaft zu Hause, das hat mich aus allem Gleichmaß gebracht, es ist immer übergeschlagen mit mir. Ich war wie jemand, der nicht normal seinen Weg gehen konnte, immer in Purzelbäumen –.«

Die besondere Mischung aus Lebensfreude, Schwärmerei und Irrationalismus sollte in Schwabing schnell zur Attraktion werden. Absoluter Mittelpunkt des Treibens war schon bald Franziska zu Reventlow. Sie führte am konsequentesten ein Leben jenseits des Konventionellen und Konformistischen. Die Parallelen zur Hippie-Bewegung der 1960er Jahre sind leicht zu erkennen. Wie in der Boheme der Jahrhundertwende formierte sich auch in ihr eine Gegenkultur. Man protestierte gegen die Leistungsgesellschaft und die daraus resultierende soziale

Deformation des Menschen. Man verweigerte sich ihren Anforderungen, »stieg aus« und setzte dem Establishment im Kommuneleben neue Werte entgegen: Toleranz, Solidarität, sexuelle Freizügigkeit und das freie Individuum. Es ging um nichts weniger als »Bewusstseinserweiterung«. Zu diesem hochsensiblen Zustand führte vor allem Musik: psychedelische und »progressive« Musik. Bald kamen Drogen hinzu, die die Widerstände des Lebens und die Zwänge der Realität erträglicher machten und die Erfahrungen der eigenen Psyche intensivierten.

Drogen spielten auch schon in der Schwabinger Boheme eine große Rolle. Ein Beispiel ist Emmy Hennings. Wann sie begann, dieser Fluchtlinie zu folgen, ist nicht sicher, jedenfalls sind Morphin und Äther bereits Themen ihrer frühen Gedichte, die um 1912 entstanden. In »Das andere Äthergedicht« heißt es: »Und nachts in tiefer Dunkelheit, / Da fallen Bilder von den Wänden, / Und jemand lacht so frech und breit, / Man greift nach mir mit langen Händen.« »Morfin« schildert einen Morphiumrausch, das Warten auf das letzte Abenteuer im »Fieberfrost«, bei dem der Sonnenschein genauso wenig beachtet wird wie die Tagespost. Die »hochaufgetürmten Tage« stürzen ein, das eilige Streben der Menschen wird wissend belächelt: »Wir treiben haltlos durchs Leben / Und schlafen, verwirrt, hinüber [...].«

Auch Franziska zu Reventlow widmete dieser Droge eine kurze Skizze mit dem Titel »Leben«: Die Begegnung mit einer Morphinistin stürzt die Ich-Erzählerin in eine krisenhafte Situation. Im Tagebuch wird Morphium im Zusammenhang mit ihren Krankheiten – als Mittel, um die starken Schmerzen zu betäuben – erwähnt. Ob sie noch andere Drogen nahm, ist nicht belegt. Das Rauchen bezeichnet sie als ein Laster, von dem sie nicht loskomme: »Der Cigaretten-Morphinismus, über den man nicht mehr Herr wird. Bis jetzt auf drei pro Tag abgewöhnt, aber ich werde stumpfsinnig sobald mir das Gift fehlt. Misère de moi.«

Um die eigene Empfindungsfähigkeit zu steigern, nahm man in Kauf, dass nicht nur die Erfahrungen des Glücks, sondern auch die des Schmerzes intensiviert wurden. Vor die Wahl gestellt zwischen dem Leid und dem Nichts, wie es in William Faulkners Roman »Wilde Palmen« heißt, wählte man das Leid. Das entsprach Reventlows Gemütslage, ihrer Furcht vor Erstarrung und Abstumpfung und ihrer Angst, sich selbst irgendwann nicht mehr zu spüren. Dagegen war der emotionale Überschwang, mit dem sie sich ins Leben stürzte, das wirksamste Mittel. Sie hatte viel zu geben, vor allem sich selbst, und immer dominierte die Leidenschaft vor der Vernunft. Nur nicht nachgeben, nur nicht aufgeben, auch wenn die Situation noch so aussichtslos erschien. Es war zunächst die Literatur, vor allem die eigene, die ihr half, sich zu stabilisieren. Gegen die wütenden juristischen Angriffe ihres Ehemannes behauptete sie sich in einer ganz besonderen Weise: Nachdem sie 1896 im »Simplicissimus« ihre Erzählungen »Vater« und »Wahnsinn« publiziert hatte, veröffentlichte sie dort am 9. Januar 1897 »Das jüngste Gericht« – eine Satire, die offensichtlich von Oskar Panizzas »Liebeskonzil« angeregt wurde. Dessen »Himmelstragödie in fünf Aufzügen« war bereits 1894 erschienen und hatte dem Autor noch im selben Jahr einen Prozess wegen Gotteslästerung eingebracht. In der antikatholischen Groteske, die das Aufkommen der Syphilis als Folge des lasterhaften Treibens am Hof des Borgiapapstes Alexander VI. darstellt, ist Gott ein seniler und übelgelaunter Greis, Christus ein Schwächling und auch Maria nicht gerade anbetungswürdig. Das Stück wurde zum größten Literaturskandal der 1890er Jahre. Michael Georg Conrad, Freund und Förderer des Autors, schrieb zwar ein positives Gutachten, doch es half nichts: Panizza wurde zu einem Jahr Einzelhaft verurteilt. Anschließend verließ er München und ging nach Zürich ins Exil, wo er die Zeitschrift »Zürcher Diskussionen« herausgab, die sich aktuellen Zeitfragen widmete. Hier veröffentlichte Franziska zu Reventlow 1898 unter anderem ihren Essay »Das Männerphantom der Frau«. Wann sie Panizza kennenlernte, ist nicht bekannt. In ihrem Tagebuch erwähnt sie ihn erstmals Ende 1897, allerdings in einer Weise, die vermuten lässt, dass sie schon länger mit ihm in Verbindung stand. Wie dem auch sei: Panizza regte sie zu einem ihrer stärksten Texte an, mit dem sie bewies, dass die Satire ihr Metier war: »Das jüngste Gericht«. Während die naturalistischen Momentaufnahmen, die sie zur gleichen Zeit schrieb, sich auf Andeutungen beschränkten, mit Auslassungen arbeiteten und fast immer einen anklagenden Unterton hatten, sprach sie hier, was sie sagen wollte, unmissverständlich und pointiert aus.

Es war vorauszusehen, dass sie wegen Blasphemie (Paragraph 166 und 167 des Reichsstrafgesetzbuches) angeklagt werden würde. Darauf stand Gefängnis bis zu drei Jahren. Die Gefahr muss sie gereizt und ihrem Bedürfnis nach Auflehnung entsprochen haben. Ihre Rebellion war nach dem schweren Zusammenbruch im Sommer 1896 neu erwacht. Zwar hätte sie sich weiter erholen sollen, aber die Bedingungen dafür waren alles andere als günstig. Sie befand sich im laufenden Scheidungsverfahren und musste immer wieder anfallende Gerichtsgebühren zahlen. Gleichzeitig drohte ihr noch weit Schlimmeres: Als schuldig Geschiedene – und dass man ihr die alleinige Schuld zusprechen würde, stand außer Zweifel – würde sie die gesamten Gerichtskosten zu tragen haben. Sie musste also unbedingt Geld verdienen. Schreiben war die beste Möglichkeit. Und jetzt bot sich ein Thema an, das ihr die Chance gab, ihre eigenen unfreiwilligen »juristischen Erfahrungen« zu verarbeiten. Diese beschränkten sich nicht nur auf die Scheidung, sondern waren vielfältig, rührten aus ihrer Familie, in der es viele Juristen gab: den Vater und zwei Brüder. Dabei konnte sie sicher sein, dass der Verleger Albert Langen ihren Angriff auf die Willkür und Selbstherrlichkeit der Justiz unterstützen würde.

Reventlows Satire beginnt am Vorabend des Jüngsten Gerichts. Der liebe Gott und Petrus beraten sich, wie die moderne Rechtsprechung in das Jüngste Gericht zu integrieren sei. Nur dann werde es nämlich von den Menschen ernst genommen. Besondere Sorge macht Petrus das Fehlen eines Staatsanwalts. »Der Jüngste Tag brach an. Auf Erden herrschte ein furchtbares Durcheinander, die Erde drehte sich nicht mehr, die Sonne hatte aufgehört zu scheinen. Die Gräber taten sich auf, und mit Entsetzen sah man seine guten Freunde wieder auferstehen.« Der liebe Gott und Petrus sind schon bei der Vorbereitung völlig überfordert. Petrus' Buchführung – auf der einen Seite die Sünden, auf der anderen die guten Taten, hier die Gerechten, dort die Ungerechten – ist lückenhaft, und so greift Gott schließlich den zunächst abgewiesenen Vorschlag wieder auf und beruft einen Staatsanwalt. In der juristischen Abteilung des Fegefeuers findet sich ein Mann mit »kalten, unbestechlichen Blicken« namens Donnerschlag, der sich sofort zum genauen Aktenstudium zurückzieht. Als das Jüngste Gericht endlich beginnt, nimmt das Unheil seinen Lauf: Der liebe Gott, Petrus und der Staatsanwalt können sich in den meisten Fällen nicht darauf einigen, wer zu den Gerechten und wer zu den Ungerechten zu zählen ist. Das Dilemma fängt schon bei Adam an (»Entschuldigen Sie, Herr Staatsanwalt, mit Adam und Eva ist das so eine besondere Sache. Sie verstehen – der göttliche Weltplan«) und führt über Abraham (»An Abraham dürfen wir nicht rühren. Bedenken Sie doch, der Stammvater des Volkes Israel«) zu König David, zu dessen Bestrafung der Staatsanwalt »eine halbe Ewigkeit schwerer Höllenpein wegen Ehebruchs und Totschlag« beantragt. Petrus hat mit seiner Verteidigung, Ehebruch sei schließlich Privatsache, keinen Erfolg. Donnerschlag sorgt dafür, dass der lasterhafte König der Juden in die Hölle kommt. Der liebe Gott ist verzweifelt, weil er mit ansehen muss, wie der Staatsanwalt ihm sein »bestes Himmelsmaterial mit Hilfe dieses entsetzlichen Strafgesetzbuches zur Höllenware« stempelt. Petrus weiß Rat, engagiert ärztliche Gutachter und plädiert für die Einberufung eines Geschworenengerichts. Aber das sorgt schließlich durch seine Parteinahme für noch größere Verwirrung, die Gerechtigkeit entgleitet dem Tribunal vollends. So bleibt dem lieben Gott nichts anderes übrig, als das Jüngste Gericht wegen »unlösbarer Schwierigkeiten« zu vertagen. Am Schluss der Satire wartet die Autorin noch mit einer Überraschung auf: Alles erweist sich als Traum des Rechtspraktikanten Guido Kusbohrer, der in der Nacht vor seiner ersten Verteidigung schlecht schläft. Ein tröstlicher Nachsatz und vielleicht ein Wunschtraum der Reventlow, hinter dem sich die Hoffnung verbarg, das Gerichtsverfahren, mit dem sie konfrontiert war, möge sich als Alptraum herausstellen und nicht als Lebensrealität.

Mit der Satire aus dem Jenseits konnte Franziska zu Reventlow nicht reüssieren. Die gesamte Auflage des »Simplicissimus« wurde konfisziert und der Verleger Albert Langen wegen Gotteslästerung angeklagt. Die Autorin reagierte auf den Prozess mit einer Fortsetzung ihrer Polemik: »Das allerjüngste Gericht«. Der Text klingt teilweise wie ein »Who's Who« der Schwabinger Szene rund um den »Simplicissimus«. Franziska zu Reventlow ist angriffslustig wie eh und je, hat wieder zu sich selbst gefunden – genauso, wie es Herstein damals gefordert hatte, über die Arbeit, über die Kunst. Sie gibt sich souverän und selbstbewusst, nennt sich »Gräfin R.«, die »Verfasserin des inkriminierten Artikels«, die »wegen unbefugten Sechsspännigfahrens im Weichbild der Stadt« vorbestraft sei. Die Gräfin trug »ein schwarzseidenes Reisekostüm mit Courschleppe und Brillanten. Sie war frisch vom Hofball weg verhaftet worden.« Reventlow kokettiert mit ihrer aristokratischen Herkunft, parodiert die »gute« Gesellschaft, das Gerichtswesen und das Psychologisieren, das gerade aufkam. So werden bei der »Gräfin R.« beispielsweise »hochgradige Neurasthenie« und »zeitweise lähmende Zwangsvorstellungen« diagnostiziert. Darüber hinaus wird im Verhör der Gräfin auch das damalige Kunst- und Literaturverständnis der gehobenen Gesellschaft deutlich: Malen und Schreiben konnte nur als Zeitvertreib nebenbei betrieben werden, keinesfalls als Beruf. Ein besonderes Schmankerl liegt in der Vorstrafe des zweiten Angeklagten, des »Verlegers L.«: »Er ist »wegen Hundesteuerhinterziehung des Simplicissimusmopses« verurteilt worden.

Einmal mehr wird das Besondere der Persönlichkeit Franziska zu Reventlows sichtbar: ihr Bestreben, mit ihren Sorgen und Problemen möglichst niemanden zu behelligen, ihr Schicksal allein zu tragen, alles Belastende mit sich selbst – in ihrem Tagebuch – auszumachen und niemals die Haltung, die Würde, die Anmut zu verlieren. Hilfsmittel war dabei die Ironie. Franziska zu Reventlow war sich der stabilisierenden Wirkung dieser Gabe bewusst und schuf – vielleicht zur Selbstvergewisserung – mit ihrer Erzählung »Das gräfliche Milchgeschäft« eines ihrer schönsten und berührendsten Selbstporträts. Es erschien 1897 in der »Neuen Rundschau«: Zwei Bohemiens treffen sich auf dem Münchner Zentralbahnhof und erinnern sich an alte Zeiten und ehemalige Weggefährten. Dabei fällt ihnen die Gräfin ein, die nie heile Stiefel trug, doch immer »eine Reitgerte mit silbernem Griff«. Sie habe, erzählt der eine, nach einem vergeblichen Versuch, als Jongleurin auf dem Oktoberfest engagiert zu werden, einen Milchladen eröffnet. Das Geld dazu habe sie aus verschiedenen Einkommensquellen zusammengetragen: Sie habe als Statistin am Hoftheater gearbeitet und sei gering, aber regelmäßig entlohnt worden. Außerdem habe sie Wertgegenstände versetzt: »Finanzoperationen waren ja immer ihre starke Seite.« Ihre Absicht, ihren Leichnam schon zu Lebzeiten der Anatomie zu verkaufen, sei allerdings erfolglos geblieben, denn Professor Rüdiger habe mit der Begründung abgelehnt, »jetzt im Karneval käme halb München und wolle sich sezieren lassen, um das Geld zu verjubeln«. Außerdem sei sie ihm viel zu jung und zu nett zum Sezieren gewesen. Das Geld für ihre Unternehmung habe sie dennoch organisiert, das Milchgeschäft sei schließlich eröffnet worden. »Die Gräfin war mit ihrem ganzen Besitz, der aus Bett, Koffer, Staffelei und drei schwarzen Dackeln bestand, in die Schillerstraße übergesiedelt. Sie wollte selbst im Geschäft wohnen.« Sie habe mit all ihren Freunden gefeiert und diese gebeten, ihr in den ersten Tagen, die den »Ernst des Lebens« bedeuteten, beizustehen. Der Einstand gelang, doch bald seien die Kunden ausgeblieben. Die Gräfin habe laut Vertrag eine bestimmte Menge Milch vom Lieferanten abnehmen müssen, diese aber nicht verkauft. Schon nach wenigen Tagen sei sie beinahe in Milch ertrunken, so dass neue Getränke wie Milchpunsch kreiert werden mussten. Doch die Pleite sei nicht aufzuhalten gewesen, nicht lange, da sei das gesamte Inventar gepfändet worden und die Gräfin vor ihren Gläubigern ins Ausland geflohen. Die Freunde, die sich zufällig am Bahnhof getroffen haben, bedauern, den Aufenthaltsort der Gräfin nicht zu kennen. Auf den Satz des einen: »Ich hätte sie doch gerne einmal wiedergesehen«, antwortet der andere zuversichtlich: »Solche Existenzen tauchen immer mal wieder auf.«

Ein halbes Jahr vor der Geburt ihres Kindes wurde es für Franziska zu Reventlow immer dringender, Geld zu verdienen. Mit der Malerei war das unmöglich, so improvisierte sie, hangelte sich von Gelegenheitsjob zu Gelegenheitsjob. Der Prozess um »Das jüngste Gericht« hatte ihr nicht geschadet, sie sprach in einem Brief an Paul Schwabe, den Frankfurter Kaufmann, den sie auf ihrer Rückreise aus Köln kennengelernt hatte und der ihr seither hin und wieder mit kleinen Geldzuwendungen aushalf, sogar von einer »Mordsreklame«. Im April 1897 begann sie mit der Übersetzertätigkeit für den Albert Langen Verlag. Im Laufe ihres Lebens übersetzte sie etwa fünfzig Werke der französischen Literatur für den Verlag, darunter vor allem Guy de Maupassant und Marcel Prévost, später Émile Zola und Anatole France. Sie nahm jeden Auftrag an und arbeitete unter extremem Termindruck. Dank ihrer hervorragenden Französischkenntnisse fühlte sie sich schnell in den jeweiligen Ton ein. Ihr Tempo war rasant, wie eine Mitteilung vom 15. Juni 1897 an Paul Schwabe eindrucksvoll beweist: »Langen wollte schnell die Übersetzung haben und ich habe diese Riesenarbeit jetzt glücklich heute beendet. 350 Druckseiten, macht 500 geschrieben, erst übersetzen, dann korrigieren, schließlich ins Reine schreiben – die Abschrift habe ich jetzt in 10 Tagen gemacht, trotz verschiedentlich sehr schlechtem Befinden [...].« Dabei arbeitete sie überaus unkonventionell, kürzte »im Sinne des Autors«. Im November 1901, als sie schon reichlich Erfahrung hatte, erklärte sie Ludwig Klages ihr spezielles Verfahren in einem Brief: »Sie müssen nämlich wissen, daß ich die Romane sehr willkürlich behandle, kürze, wo mir etwas zu lang scheint (den letzten vor Samos habe ich von 600 Seiten auf 450 gekürzt) etc. und dazu gehört eine lange Gewohnheit und Kenntnis von Langens Geschmack.«

Ihr Lektor Korfiz Holm sah das ganz anders und beschwerte sich einige Male über ihre Lässigkeit, Flüchtigkeit und die »Sprachdummheiten«, die ihr nicht abzugewöhnen waren, so schrieb sie beim Komparativ konsequent »wie« statt »als«. Albert Langen schätzte sie hingegen als Autorin und als Übersetzerin gleichermaßen und hatte ihr unmittelbar nach der Affäre um das »Jüngste Gericht« durch Holm mitteilen lassen, dass ihm ihre satirischen Texte gefielen und er gern mehr davon hätte. Franziska zu Reventlow schrieb daraufhin für den »Simplicissimus« die Satire »Ultimo. Eine dreistöckige Episode« und regelmäßig Witze, für die sie 5 Mark pro Stück bekam. Zur zuverlässigsten, wenn auch nicht besonders lukrativen Einnahmequelle wurde jedoch das Übersetzen.

Korfiz Holm, dem Franziska zu Reventlow schon in Lübeck begegnet war, berichtete über das Wiedersehen: »Sie hatte in der Zwischenzeit viel erlebt: Heirat, um aus dem Elternhause fortzukommen, Scheidung, den väterlichen Fluch, ernste und flüchtige Liebesabenteuer, Krankheit, Leid und Not, und sah von Angesicht trotzdem fast aus wie einst.« Sein Eindruck bestätigt, was sie in der Neujahrsnacht 1896/97 in ihr Tagebuch notierte: »Mein Gott, dieses Herunterkommen giebt es ja eigentlich nur äußerlich. Wer sieht oder merkt mir an was ich erlebt und gethan hab, so lange ich es in meinem äußern benehmen nicht merken lasse. Und innerlich ficht es mich so garnicht an – fühle ich mich garnicht dadurch berührt. Darum schweige ich über so vieles gegen andere.«

Sie war eine Meisterin der Selbstmaskierung und -inszenierung – nicht um bewundert zu werden, sondern um sich zu schützen. Das Bild, das die Welt von ihr hatte, wollte sie selbst bestimmen. »Ich bin körperlich so herunter und immer der forcierte Mut wenn mich andre sehn. Ich kann nicht ertragen, daß jemand sieht wie mir wirklich ist«, vertraute sie am 10. Mai 1897 ihrem Tagebuch an. Das konnte Holm nur bestätigen. Er bewunderte ihre Kunst, »das Peinliche durch Bagatellisierung« aufzuheben. Nie habe er sie, die sich zeitweise in unerträglicher finanzieller Not befand, jemals klagen hören. Ihre Not nannte sie »Schlamassel«. Besonders beeindruckte Holm der makabre Umgang mit ihren Krankheiten. Im Herbst 1896 sei sie nach ihrer Operation »entsetzlich blaß und klapperig« in der Redaktion erschienen, um sich nach Arbeit zu erkundigen. Auf die Frage nach ihrem Klinikaufenthalt schwärmte sie, sie habe sich wie im Urlaub gefühlt, die Alltagssorgen seien ganz verdrängt worden, denn »zu halben Leichen wäre alle Welt sehr nett, und die Gerichtsvollzieher hätten keinen Zutritt in dies Friedensland. Ein bißchen monoton sei allerdings die ewige Leibaufschneiderei und immer wieder das Zusammennähen. Sie habe deshalb ihren Arzt ersucht, die Wunde mit Druckknöpfen zu montieren, weil er sich dann beim nächsten Mal viel leichter täte.«

Wie sehr sich Franziksa zu Reventlow auch innerlich verändert haben mochte: Sie kleidete sich noch genauso extravagant wie damals in Lübeck. Sie sah nun aus wie »unter die Malweiber gefallen« und ließ sich sofort als Schwabinger Bohemienne identifizieren. Ausdrücklich betont Holm, wie wenig verführerisch sie auf ihn wirkte: »Nun konnte ich an Fanny Reventlow ja nie etwas von dem, wie man es heute nennen würde, ›sex appeal‹ bemerken, der so viele andre Männer ohne Widerstand gefangen nahm. Ich hätte mich viel eher kameradschaftlich mit ihr befreunden als in sie verlieben können, weil der geistige Scharm bei ihr den leiblichen entschieden überwog, in meinen Augen wenigstens.« Da bildete er eine Ausnahme. Ihre erotische Ausstrahlung, ihre verführerische Wirkung auf Männer war offensichtlich. Sie galt als »grande Amoureuse«, Femme fatale – im »Salon B.« betrachtete man sie als Naturtalent. Seit Dezember 1896 arbeitete sie ab und zu in diesem gehobenen Etablissement – einem Bordell, in dem gepflegte Konversation und ein leichter, frivol-entspannter Umgang im Vordergrund standen. Im Tagebuch der Neujahrsnacht 1896/97 geht sie mit sich selbst ins Gericht: »Aber was ist das für ein Leben, das ich führe, diese Misere. Und ich komm und komm nicht heraus, immer noch Schulden. Von denen – weiß niemand darum, bei Frau X hab ich meine Glanzgewänder, aber sie gehören mir nicht, ich muß sie immer als Pfand dalassen. Wenn ich dahin gehe, ziehe ich mich schön an und bin wie in einem andern Leben. Man weiß auch nicht wer ich bin und mit meinen Bekannten komm ich auf diesen Wegen nicht zusammen, damit hab ich Glück gehabt, nie jemand getroffen. Aber mich hier herausziehn lassen, mich etablieren lassen – wieder die alte Geschichte, ich kann meine Freiheit nicht aufgeben und dann wäre sie hin, wenn ich auch ein bessres Dasein hätte. Und dann wär ich officiell darin und könnte nie wieder heraus.«

Bisher war das, was sie gelegentlich bei »Madame X« verdiente, zu wenig, um ihre Existenz zu sichern. Um ihr Einkommen zu steigern, hätte sie sich auf das Dasein einer Prostituierten festlegen müssen, doch das kam für sie nicht in Frage. Es waren keine moralischen Zweifel, die sie daran hinderten, regelmäßig im Salon zu arbeiten, sondern die Befürchtung, ihre Unabhängigkeit zu verlieren. Der Glanz der Kurtisanen war nicht verlockend genug, um die eigene »absolute Freiheit« und das Leben für sich, »das ganz von dem andern getrennt« war, aufzugeben. Wahrscheinlich verkauften Tausende Frauen ihren Körper, die meisten gezwungenermaßen. Für sie galt das nicht, bei ihr, bekannte sie, »war es auch manchmal ein

Muß. Ich kann nicht mit dem leben, was ich von W. habe. – Aber still davon. All diese Sachen schreibe ich nicht einmal auf und niemand weiß davon. Man muß sogar sich selbst gegenüber diskret sein.«

Diskretion sich selbst und anderen gegenüber gehörte zu jenen Maximen, die sie nicht diskutierte, auch nicht mit den Menschen, die ihr nahestanden. Warum sollte sie sich und anderen erklären, dass sie, genau wie die Männer, die den Salon aufsuchten, erotische Abenteuer und sexuelle Vergnügungen genießen und sich dabei entspannen wollte? Bereits im Februar 1895, als sie noch mit Lübke in Hamburg lebte, hatte sie ihrem Tagebuch anvertraut: »Yvette von Maupassant gelesen, weckt die alte Sehnsucht nach liederlichem Leben in mir auf, d. h. jetzt will ich meine Zeit, Kraft u. s. w. nur noch für die Kunst, aber die Jahre, die ich verloren habe. – Der Champagner war da, doch du trankst ihn nicht. – Und mich reuen die Sünden, die ich nicht beging.« Die Fähigkeit, Liebe und Sex voneinander zu trennen, hatte sie schon früh an sich entdeckt. In der Amoureske »Von Paul zu Pedro« schrieb sie fast zwanzig Jahre später: »Es kommt ›der Frau‹ auch gar nicht in den Sinn, sich immer einzureden, daß es Liebe ist, im Gegenteil, das wäre ihr manchmal nur peinlich, und sie ist recht froh, daß es sich anders verhält. Man braucht doch auch Erholung vom Ernst des Lebens.«

Die Atmosphäre bei Madame X war freundlich. Nachdem sie eine ganze Weile nicht mehr dort gewesen war, konnte sie im April 1897 der Versuchung nicht widerstehen, im Salon vorbeizuschauen: »Hab alles von mir abgewendet, war aber einen Abend mit ihnen zusammen. Wir saßen für uns in einem Extrazimmer, mit Sekt. Ich hab wenig getrunken, war aber in einer merkwürdig begeisterten Stimmung und erzählte ihnen von dem Kind und daß ich nun vorläufig aus der Welt verschwinden wollte.

Erst hielten sies für einen Witz, dann ließen sie mich und das Kind leben. Später sollte ich wiederkommen. Zum Schluß umarmten wir uns alle und der Leutnant M. drückte mir ein Couvert mit 200 M. in die Hand.« Beinahe hätte sie im Überschwang sogar ihren richtigen Namen offenbart – bisher hatte sie ein Pseudonym verwendet und sich als verheiratete Frau aus Nürnberg ausgegeben –, zum Glück konnte sie sich in letzter Sekunde noch zurückhalten. »Ein ganz sonderbares Gefühl aus diesen Regionen wieder in mein Atelier zu kommen. Ich begreife manchmal nicht, daß diese Doppeltheit sich durchführen läßt.«

Zur Jahreswende 1896/97 hatte die 25-Jährige selbstkritisch resümiert: »Ich bildete mir immer ein mein Leben müßte etwas fabelhaft Großes und Reiches werden, aber es geht mir alles immer in Trümmer.« Wenig später heißt es: »Und ich lebe hier in dem schäbigen Atelier, bringe es nicht soweit mir Kleider oder Schuhe zu kaufen und ordentlich zu leben. Dafür trinke ich Sekt, wann ich will und lebe einen Abend wie im Schlaraffenland und amüsiere mich.« Das Spannende, Glanzvolle verbindet sich mit dem Trostlosen, Verzweifelten. Dann folgen Fragen, die sie nicht beantwortet: »Warum gehen Liebe und Erotik für mich so ganz auseinander« und »Warum fühle ich das Leben so herrlich und intensiv wenn ich viele habe, immer das Gefühl, eigentlich gehöre ich allen«. Mit dieser Haltung war sie nicht allein. Einige Jahre später verkündete Emmy Hennings in »Das flüchtige Spiel. Wege und Umwege einer Frau«: »Ich wollte nicht das private Eigentum eines Mannes sein, und was manche Frauen ersehnen, sich einzig und allein einem Menschen hinzugeben – ich spürte es mehr und mehr –, das war nicht meine Sache.« Auch Emmy Hennings wollte nicht dem Frauenbild ihrer Zeit entsprechen, weder was die Ehe noch was die bürgerliche Existenz betraf, stattdessen arbeitete sie lieber als Gelegenheitsprostituierte. Sie galt als erotisches Genie in der Schwabinger Boheme, das Genuss im Sex fand und als Ziel formulierte: »Fremden Willen einmal führen, verführen in die Richtung meines Willens.« Auch Franziska zu Reventlow verwahrte sich dagegen, in der vermeintlich passiven Rolle der Frau, in der Hingabe, etwas Erniedrigendes zu sehen, und erklärte 1899 in ihrem Aufsatz »Viragines oder Hetären?«: »Aber für jedes wahrhaft erotisch empfindende Weib liegt gerade ein unendlich feiner Reiz darin, den stärkeren Gegner im Liebeskampf anzureizen, zu versuchen und sich ihm dann in selbstvergessenem Rausch zu schenken. Und sie wird im entscheidenden Augenblick durchaus nicht das Gefühl einer Niederlage haben – im Gegenteil, die Bejahung des Lebens ist immer ein Siegesgefühl.«

Franziska zu Reventlow genoss es, körperlich zu lieben und geliebt zu werden, zu begehren und begehrt zu werden. Es war ein sinnliches Spiel von Aktion und Reaktion, das sie auskostete. Die sexuelle Lust war dabei nicht notwendigerweise an eine einzige Person gebunden, sondern vielfältig und nomadisch. In den Amouresken »Von Paul zu Pedro« bekennt die Heldin: »›Man‹ tut doch schließlich in erster Linie, was einen freut, und weil es einen freut. Und das ist natürlich jedes Mal etwas anderes. Es kann wohl manchmal Liebe und ›große Leidenschaft‹ sein, aber ein andermal – viele, viele andere Male ist es nur Pläsier, Abenteuer, Situation, Höflichkeit – Moment – Langeweile und alles mögliche. Jede einzelne Spielart hat ihre besonderen Reize, und das Ensemble aller dieser Reize dürfte man wohl Erotik nennen.« Provozierend fährt sie fort, sie habe sich redlich bemüht, zu erklären, dass »innerer Wert gar nichts mit erotischer Attraktion zu tun hat. Wenn mir jemand gefällt, frage ich doch den Teufel danach, wie es mit seinem inneren Wert bestellt ist. Kommt beides zufällig zusammen – tant mieux.«

Eine ihrer damaligen Zufallsbekanntschaften entwickelte sich zu einer langjährigen und äußerst ungewöhnlichen Liebesbeziehung. Als »Bel ami«, »Monsieur«, »S. M.« oder »Molton« taucht der Rechtsanwalt Alfred Friess seit 1897 immer wieder in Reventlows Tagebuch auf. Wie sie ihn kennengelernt hat, beschreibt sie in »Ellen Olestjerne«. Die Erzählung beginnt mit dem Satz: »Diesen Winter hat sich eine etwas merkwürdige Freundschaft angeknüpft [...].« Sie war abends in der Stadt, es regnete in Strömen, und sie wollte am Marienplatz den letzten Fiaker nehmen. Der war schon besetzt, aber der Fahrgast wollte ihr den Wagen unbedingt überlassen, was sie so sehr beeindruckte, dass sie ihn aufforderte, doch mitzufahren, falls sie den denselben Weg hätten. »Das Ende war, daß wir dreimal zwischen dem Hoftheater und dem letzten Stück der Theresienstraße hin- und herfuhren und uns noch nicht darüber geeinigt hatten, wer wir eigentlich wären.« Zufällig traf man sich am Weihnachtsabend auf der Straße wieder, und da beide nichts vorhatten, feierten sie gemeinsam Weihnachten in einer Weinstube. Sie entdeckten, dass sie gern und lange miteinander redeten, dass ihnen der Gesprächsstoff nicht ausging: Boheme, Gesellschaft, Etikette. Noch eine Stunde standen sie vor ihrer Haustür, bis sie ihn endlich auf einen Kaffee zu sich einlud.

In dem Roman »Von Paul zu Pedro« entwirft die Ich-Erzählerin verschiedene Männertypen. Alfred Friess entsprach offensichtlich dem Typus des »fremden Mannes«, der als Gentleman auftritt, »sehr elegant, sehr comme il faut und mit dem ›infamen Charme‹«. Er taugt nicht zur festen Beziehung, da einzig in seiner Fremdheit und Distanz der ganz große Reiz liegt. »Hat man einmal mit dem fremden Mann gefrühstückt, so ist der Zauber gebro-

Bel ami
Alfred Friess, um 1899

chen.« Ihr sei es jedoch gelungen, fährt die Ich-Erzählerin fort, eine jahrelange Beziehung mit einem Mann zu pflegen, der immer der »fremde Mann« geblieben sei. Das Verhältnis habe weder Anfang noch Ende gehabt. Auch wenn diese Darstellung stilisiert ist, stimmt sie doch in vielem mit Reventlows Tagebuchaufzeichnungen überein. In der Amoureske heißt es weiter: »Es war zur Tradition geworden, daß wir jede nähere persönliche Bekanntschaft, jedes Übergreifen unserer Beziehung auf unser sonstiges Dasein vermieden. Und ich muß sagen, daß wir es wirklich verstanden, diese Tradition zu kultivieren. Unser Verkehr blieb immer zeremoniell, unpersönlich und voller Distanz.« Es habe daher auch keine Rolle gespielt, dass er »einen Namen und eine Position im Leben« hatte – jedenfalls nicht für ihre Art der Begegnung. Sie habe ihm immer zur Verfügung gestanden, wenn er sie brauchte: »Er hatte immer meine Adresse und meine Schlüssel, bei jedem Wechsel meiner Wohnung oder meiner Lebenslage verfehlte ich nicht, ihm diese beiden Dinge zuzustellen. (Sie können sich wohl denken, daß seine Schlüsselsammlung mit der Zeit beträchtlich angewachsen ist.) Er meldete sein Erscheinen durch ein Billett oder Telegramm – dann war ich immer für ihn zu Hause.« Er sei zu den unterschiedlichsten und unmöglichsten Zeiten erschienen, habe sich nie zu einem Kommentar über die Umgebung, in der sie gerade lebte, hinreißen lassen. Er sei für einige Nachtstunden als der fremde Herr geblieben und vor Morgengrauen wieder gegangen. »Manchmal kam er auch erst gegen Morgen, wenn ich längst schlief, stand auf einmal mit dem Zylinder in der Hand da – das schätzte ich ganz besonders.« Gerade das war der Reiz: nichts von seinem Leben und den Menschen zu wissen, mit denen er es teilte. Zeitweise habe man sich aus den Augen verloren. Eine Tradition jedoch hätten sie unverbrüchlich und ausnahmslos gepflegt: die gemeinsame Silvesternacht – der eigentliche Beginn ihrer Beziehung. »Mit oder ohne Verabredung, ich wußte, daß er dann kommen würde; und meine sonstigen Bekannten haben sich immer gewundert, warum ich bei jeder Neujahrsfeier geheimnisvoll vom Schauplatz verschwand, sobald es zwölf Uhr geschlagen hatte«, heißt es in Reventlows Amoureske.

Alfred Friess, den Franziska zu Reventlow im Dezember 1896 kennenlernte, war ein faszinierender Geliebter. Am 13. April 1897 notierte sie im Tagebuch: »Fr den letzten Abend bei mir. Er war auch diesen Winter wieder meine liebste Gesellschaft. Wir stehen ja äußerlich sehr kühl miteinander, aber was haben wir doch für Abende erlebt. Es ist irgend ein unerklärlicher Reiz darin.« Im Sommer 1897 scheint die Distanz etwas aufgehoben zu sein, denn am 15. Juli 1897 meldete sie: »[…] Fr macht mir eines Abends eine Liebeserklärung, er hätte mich eigentlich heiraten wollen.« Und auch sie verliert daraufhin ihre Contenance: »Nachmittag Fries. Zum erstenmal hab ich vor ihm geweint, aber ich konnte nicht anders.« Wenige Tage später wunderte sie sich: »Fries kam Nachmittag um sich auszuruhen, schlief in einer Divanecke und ich schrieb. Sonderbar daß zu mir Menschen kommen um auszuruhen.«

Friess kam meistens unangemeldet, mitten in der Nacht, wenn sie schrieb, an ihren Übersetzungen saß oder bereits schlief. Schon früh erkannte sie das Ungleichgewicht innerhalb ihres Verhältnisses: Sie gab viel, er wenig, sie ging auf ihn ein, er blieb kalt und unnahbar. Trotzdem mochte sie die außergewöhnlichen Stunden mit ihm. Ihr Zusammensein enthielt Elemente der Herstein-Beziehung, die Männer glichen sich in ihrer Selbstbezogenheit. Der fundamentale Unterschied bestand darin, dass Franziska jetzt die Regeln bestimmte. Sie wusste, dass sie gefährdet war, unter seinen Einfluss zu geraten und ihm zu verfallen. Deshalb zog sie von Anfang an deutliche Grenzen. Der erotische Reiz des »Bel ami« war zweifellos groß und bestand über viele Jahre hinweg beinahe ungebrochen.

Zwischendurch gab es Krisen. Im März 1900, als sie

dachte, es sei aus, zog sie schonungslos Bilanz. In der Übersetzung – sie hat das Eingeständnis auf Französisch geschrieben – heißt es: »Es gab Dinge in unseren Liebesbegegnungen, die ich niemals bei anderen Männern finden werde. Nein, ich werde ihn nicht vergessen, den fremden Freund, den maskierten Mann, der seine Maske vor mir nie abgelegt hat. [...] Er drückt mich nieder, er erstickt mich. Und er liebt mich nicht, er wird mich nie lieben. Davon hat meine Eitelkeit einen schrecklichen Knacks bekommen. [...] Ich empfinde ihn als krank, zerrissen – friedlos, freudlos usw. – wenigstens kann ich mir sagen, dass ich ihm nicht wehgetan habe – nie. Ich habe immer versucht, ihm ein wenig die Freude des Ausruhens zu geben, wenn er mir auch nicht gestattet hat, es so zu tun, wie ich es gewünscht hätte. Er ist von einer Eitelkeit und einem krankhaften selfgovernment. Er ist krank, und ich war ein bisschen Krankenschwester für ihn. [...] Hier endet der konventionelle Liebesroman von Monsieur und Madame.« Finis le roman conventionel – da hatte sie sich allerdings getäuscht, er würde noch lange nicht enden, denn Friess kam zu ihr zurück und mit ihm die alte Leidenschaft: rasend, überwältigend, hoffnungslos und doch selig. Wie ein Lebenselixier, das sie stärkte und durch das sie ihre eigene Lebendigkeit spürte. Und sie entschied: »Es muß so bleiben, wie es ist, es sind Stunden, wie die größte Liebe sie nicht bringt. Et il restera mon ami, l'ami des amis, malgré tout.«

Ein Kind, mein Gott!

Die erste Eintragung, die auf die Schwangerschaft hinweist, findet sich im Januar 1897: »Die Aerzte sagen, es kann nicht sein. Aber ich glaube es doch, der 2te Zeitpunkt vorüber und ich habe so seltsame Gefühle.« Seit der Fehlgeburt im Jahr 1894 und den daraus resultierenden Beschwerden war Franziska zu Reventlow übersensibel, sie registrierte jede noch so kleine Veränderung. Kurz darauf hatte sie Gewissheit, ihr Arzt bestätigte die Schwangerschaft, und sie verkündete: »Das war ein froher Tag, so ist mir lange, lange nicht zu Mut gewesen.« Körperlich ging es ihr schlecht, sie fühlte sich elend, litt unter typischen Schwangerschaftsbeschwerden – doch jeder Gedankengang endete in dem erwartungsfrohen Ausruf: »Ein Kind. Ein Kind, mein Gott.«

Sie fürchtete, auch diesmal eine Fehlgeburt zu erleiden, und verordnete sich als Erstes Gelassenheit. So lange wie möglich wollte sie sich auf ihr Kind freuen – »wenigstens einmal alle Seligkeit der Welt träumen«. In all der Misere gab es nun endlich einen »Hoffnungsschimmer«: »Liege Nachts viel wach mit furchtbarer Nervosität Erschrecken u s w. Wenn ich dann an das Kind denke, wird mir ruhiger. – Ich bin nicht mehr allein, der Wahnsinn der völligen Einsamkeit geht von mir. Ich fühle sein kleines Leben mich beunruhigen, ein so seltsames und wundervolles Gefühl.« Sie konzentrierte ihre Sehnsüchte und Wünsche auf das ungeborene Kind, kostete die Erfahrung, ein neues Leben in sich zu spüren, bis ins Letzte aus. Nach einer Zeit, in der sie gefürchtet hatte, selbst nicht mehr lange zu leben, empfand sie ihre Schwangerschaft wie ein Wunder: Sie würde nie mehr allein, nie mehr einsam sein. Das Kind vertrieb ihre Nervosität und Zerrissenheit, gab ihr trotz aller Unsicherheit eine eigenartige Ruhe und bildete schließlich einen Haltepunkt. Zugleich wuchs in ihr das Gefühl der Schutzbedürftigkeit und eine Art Sehnsucht nach Lübke, vor allem nach der Ruhe und Weichheit, die sie rückblickend mit ihrem gemeinsamen Leben verband und seither entbehrte.

Wenn sie ihre katastrophale Finanzlage bedachte, wurde ihr schwindlig. Als sie Friess von ihrer Schwangerschaft erzählte, fragte er sie verblüfft: »Ja, was wollen denn Sie mit einem Kind anfangen?« Sie nahm ihm seine Direktheit nicht übel, er hatte es schließlich auf den Punkt gebracht. Sie wusste tatsächlich nicht, wie sie ihr Leben finanzieren sollte. Die Honorare für ihre sporadischen Veröffentlichungen im »Simplicissimus« und in anderen Zeitschriften bedeuteten nicht mehr als ein Taschengeld. Die Arbeit im Salon von Madame X kam für sie in diesem Zustand nicht mehr in Frage, obwohl man dort nach ihr rief und beteuerte, wie sehr sie allen fehle. Im Tagebuch notierte sie: »Die alten Auswege mag ich jetzt nicht mehr suchen, das Gefühl daß ich ein Kind in mir trage macht mir alles unmöglich.« Sie schrieb sich ihre zwiespältigen Gefühle von der Seele: Ihre Beklommenheit wurde bald Angst, die in überschwängliche Beschwörungen wechselte, durch die sie sich selbst aufrichtete und ermutigte: »Mein Kind, mein Kind, wenn ich nur am Leben bleibe und es nur behalte. Aber ich hab keine Angst, wenn ich nicht will, werde ich nicht sterben.«

Anfang Februar 1897 setzte sie Lübke von ihrer Schwangerschaft in Kenntnis und trat unmittelbar danach in eine depressive Phase ein, in der sie von der Vorstellung besessen war, ihn noch einmal sehen zu müssen, um dann zu sterben: »Mich töten, es verfolgt mich wie eine fixe Idee. Und dabei hänge ich mehr wie je am Leben, grade jetzt, überhaupt erst jetzt.« Auch in ihren Träumen spiegelte sich die Verzweiflung wider: Sie träumte, sie habe eine tödliche Dosis Morphium genommen und danach auf einmal doch leben wollen. Vor ihren Ärzten, die sie »wie 2 Väter« betreuten, verbarg sie, wie schlecht es ihr ging. Auch in dieser inneren wie äußeren Notlage – sie hatte schon ihre Federbetten versetzt, und der Hauswirt drohte mit Kündigung – wollte sie sich in der Gesellschaft nicht schwach und verzweifelt zeigen, sondern Haltung bewahren. Darin gestärkt wurde sie durch neue wohltuende Bekanntschaften, allen voran diejenige mit Rainer Marie Rilke, der ihr jeden Morgen ein Gedicht in den Briefkasten warf. Der damals noch unbekannte junge Dichternannte sie Francisca. Sie genoss seine Verehrung: »Ueberhaupt Poesie genug, mit der wir uns alle das Leben verklären – es ist auch not.«

Am 7. April rang sie sich endlich dazu durch, ihren Verleger Albert Langen um Hilfe zu bitten. Sie bot sich ihm als Übersetzerin an und forderte ihn auf, ihr eine Arbeit nach seiner Wahl und unbedingt mit einem Vorschuss zu geben. Man kam sofort miteinander ins Geschäft. Doch wenige Tage später spitzte sich die häusliche Misere in der Heßstraße zu. Der Hauswirt drang in ihre Wohnung ein und warf ihre Sachen hinaus. Sie rief die Polizei, worauf er klagte und sie in eine neuerliche Zwangslage versetzte: Entweder beglich sie innerhalb der nächsten Woche die ausstehende Miete, oder sie musste verschwinden. Die Hilfe eines Verehrers aus dem Salon B. lehnte sie ab, weil sie fürchtete, sich ihm damit zu verpflichten. Stattdessen räumte sie ihr Atelier und flüchtete nach Kurzrickenbach am Bodensee, wo sie die Ostertage mit Rilke verbrachte. Nach seiner Abreise fühlte sie sich verlassen, mutlos und fragte sich verzweifelt:

»Ja was soll aus uns beiden Heimatlosen werden, was für eine Straße und was für ein Schicksal liegt vor uns.« Sie klagte ihre Freunde an – »Und die Menschen, die mich liebten wollten immer das Gegenteil von dem, was ich geben konnte« –, um dann mit sich selbst ins Gericht zu gehen: »Ich wollte immer zuviel und will noch zu viel. Die alte Geschichte. Alles haben, alles können, alles genießen.« Zugleich sah sie darin ihre Kraft: »Ich hab so oft im Leben dies unheimliche Gefühl gehabt, daß ich etwas durch meinen Willen herbeigezwungen hätte.«

Als sie erkannte, dass ihr die selbstgewählte Einsamkeit am Bodensee nicht guttat – Selbstmordgedanken tauchten immer häufiger auf –, kehrte sie Anfang Mai nach München zurück. Am 7. Mai 1897 schrieb sie in ihr Tagebuch: »Nein ich hielts nicht mehr aus, ich war nahe am Wahnsinn [...]. Ich wagte nicht mehr an den See zu gehen, weil ich Angst hatte, es käme noch ein Moment, wo ich mich hineinstürzte. Den ganzen Tag ging ich umher wie ein gehetztes wildes Tier konnte nirgends wo bleiben. Heimweh, alle Sehnsucht nach allem was ich jemals hatte oder liebte und nach allem was mir nicht geworden ist alles was ich jemals im Leben gelitten hab, das drängte und ballte sich zusammen.« Ihre Rückkehr nach München glich einer Flucht. Weil sie keine Wohnung mehr hatte, quartierte sie sich übergangsweise bei Freunden, dem Ehepaar Anna und Vittorio Güttner, in der Georgenstraße 27 zur Untermiete ein. Sie wandte sich sogar hilfesuchend an ihren Bruder Ludwig, der den Ernst der Situation sofort begriff und eine Woche später zu ihr nach München kam. Sie bat ihn, für ihr Kind zu sorgen, falls ihr etwas passieren sollte, verschwieg ihm jedoch ihre finanzielle Notlage.

Die ganze Zeit war sie hin und her gerissen: Sie fühlte sich schön in ihrer neuen Weichheit, registrierte ein

Leuchten, einen vorher nicht gekannten Glanz. Dann bemängelte sie wieder, dass sie nie mehr lache, und wenn, dann mit eigenartig fremdem Klang. »Ach mein Kind, wie will ich mit dir lachen.« Am 18. Mai, ihrem 26. Geburtstag, notierte sie: »Mir ist als finge ich an das Leben zu begreifen und was es von mir will. Bisher hab ich immer gefragt und gefragt, wozu das, warum? Aber ich fange an zu sehen – mit ganz andren Augen. Und das Leben zu lieben, *wie* es ist, und wie es werden mag.« Die körperlichen Beschwerden wurden immer größer, Schmerzen ließen sie nachts nicht schlafen. Angstträume wechselten mit sehnsuchtsvollen Kindheitsträumen. Die Mutter spielte, wie so oft in ihren Träumen, eine große Rolle. Mal zitterte Franziska vor ihr, mal imaginierte sie ein schönes Miteinander, wie sie es nie erfahren hatte. Sie fürchtete mehr und mehr, wahnsinnig zu werden, und suchte nach Auswegen. Am 28. Juli klagte sie: »Nacht für Nacht träum ich vom Sterben. Gestern ein schrecklicher Abend, der Kopf brannte mir und war schwer wie Blei, ich konnte nichts mehr denken wie Sterben, nur Sterben, ich *muß* sterben. Als ob mir jemand befohlen hätte. Dann mischte ich mir eine Menge Morphiumpulver zusammen und dachte vielleicht find ich heute den Mut.« Am nächsten Tag war die Krise vorbei, das Gleichgewicht wiedergewonnen. Friess kam in der Nacht, um sich bei ihr auszuruhen, und sie konnte nur mit Mühe ihre Fassungslosigkeit verbergen: »Was für Unruhe trage ich in mir selber. *Aber für die andern allerdings bin ich immer lächelnde und heitre Oberfläche.*«

Am 5. August – sie war mittlerweile hochschwanger – kam es zu einem Wiedersehen mit Lübke, das sie als Befreiung empfand. Es war eine erschütternde Begegnung, die beiden guttat. Franziska ließ sie für sich ausklingen, indem sie noch lange allein durch die nächtlichen Straßen lief, nachdem er gegangen war. Zehn Tage später gab sie ihre vorläufig letzte Übersetzungsarbeit im Verlag ab. Es begann die Zeit des Wartens, die extremen Gefühle – positive wie negative – waren verschwunden. Sie hatte eine Art Frieden mit sich und ihrer Vergangenheit geschlossen. Dazu war die Aussprache mit Lübke notwendig gewesen. Obwohl die aus seiner Scheidungsklage resultierenden Gerichtskosten die Hauptursache ihrer miserablen Lage war, empfand sie keinen Groll gegen ihn. Sie wollte sich unbedingt mit ihm versöhnen. Damals wusste sie noch nicht, dass er am 25. Oktober 1897 erneut gegen sie klagen würde. Diesmal würde es darum gehen, die Vaterschaft abzustreiten. Er hatte ihr von Anfang an empfohlen, den Vater des Kindes zu heiraten, doch das kam für sie nicht in Frage. Sie wollte das Kind für sich allein haben. Im Tagebuch tauchen nur wenige Hinweise auf den Vater auf: Am 18. Mai 1897 heißt es: »Mein Geburtstag. A. schickt mir Blumen, u. ich ärgerte mich darüber ich will nichts mehr mit ihm zu thun haben. Er gehört nicht zu mir und nicht zu meinem Kind. Ich habe von ihm verlangt, daß er hier fortgeht oder ich gehe. Und ich dachte er wäre schon fort. *Mein Kind soll keinen Vater haben nur mich.* Und mich ganz. O das geliebte.«

Ihr Sohn wurde am 1. September 1897 geboren. Es war eine schwere Geburt. Die Beschreibung im Tagebuch – »Ich glaub, ich wäre beinah wahnsinnig geworden, wollte nur noch aus dem Fenster springen, wenn sie mich nicht gehalten hätten. Als ich dann aus der Narkose aufwachte, fing der Morgen an zu dämmern« – lässt die Entbindungspraxis vermuten, die bis weit ins 20. Jahrhundert hinein üblich war, nämlich der Gebärenden bei Durchtritt des Kopfes eine Chloroformnarkose zu verabreichen. Nach drei Wochen wurden Mutter und Kind aus dem Krankenhaus entlassen, Franziska fühlte sich in ihrer häuslichen Umgebung – sie war mittlerweile in das

Nachbarhaus, Georgenstraße 29, gezogen – überfordert. »Aber diese erste Nacht, ich war noch fast hilfloser wie das kleine Geschöpf das immer schrie. Schließlich saß ich auf dem Bettrand und weinte auch und kam mir vor, als ob wir beide so verlassen wären und zu Grund gehen müßten«, notierte sie am 20. September.

Sie gab ihrem Sohn den Namen Rolf und wählte Rolf von Brockdorff, einen Verwandten mütterlicherseits, zum Paten. Nachdem sie ihn zum letzten Mal als junges Mädchen bei ihrer Tante in Preetz gesehen hatte, traf sie ihn jetzt in München wieder. Er war Ingenieur geworden – ein Beruf, der in aristokratischen Kreisen als nicht standesgemäß angesehen wurde – und galt wie sie als Außenseiter innerhalb der Familie. Das festigte ihre Verbindung: Der »große Rolf« kam oft zu Besuch und stand ihr hilfreich zur Seite.

Franziska zu Reventlow konzentrierte von Anfang an all ihre Liebe und Fürsorge auf ihren Sohn, und wenn sie über diese Beziehung sprach, dann in Ausdrücken des Besitzens und der ausschließlichen Zusammengehörigkeit. Noch vor der Geburt ihres Kindes hatte sie an Paul Schwabe geschrieben: »Ich habe nie Mutterliebe gehabt, ich habe alles andere verloren, und jetzt soll das Kind mir das alles ersetzen.« Sie wollte alles, was sie mit ihm erlebte, festhalten, fasste den Plan, das Kind jeden Sonntag zu zeichnen, und malte es so oft wie möglich. Am 7. Oktober 1897 notierte sie den Vorsatz: »Du Göttliches, ich will dir schon eine sonnige Kindheit schaffen und dir alles geben, was ich noch an Lebensfreude hab. Wenn die ganze Welt noch so gemein ist.« Eine Woche später ließ sie sich mit ihrem Sohn fotografieren.

Es war ein wichtiges Ereignis, auf das sie sich ernsthaft vorbereitete. Wie oft hatte sie im Husumer Schloss die Madonna mit dem Kind betrachtet und ihren liebevollen Blick in sich aufgesogen. Der Fototermin im Atelier er-

Die Madonna
Franziska zu Reventlow mit ihrem Sohn Rolf, 1897

wies sich als anstrengend, das nörgelnde Kind musste festgehalten werden, während sie sich von ihrer besten Profilseite zeigte. Das Foto würde für ihren Sohn einmal unschätzbare Bedeutung haben – als das seiner frühesten Kindheit. Franziska zu Reventlow wollte eine schöne Mutter sein, sie hatte ihr Kleid sorgfältig gewählt: ein prächtiges weißes Nachtgewand mit großem Kragen, das sie sich schon im Mai nach eigenem Entwurf hatte »bauen« lassen. Es war ein Geschenk, das sie sich in den verzweifelten Monaten der Schwangerschaft selbst gemacht hatte, um sich an dem Gedanken aufzurichten,

»im weißen Schlafrock« mit dem Kind auf dem Arm »durch die Gemächer« zu schreiten.

Es stand außer Frage, dass sie ihren Sohn allein aufziehen würde. Dafür hatte es schon früh Vorbilder in ihrer nächsten Umgebung gegeben, allen voran Maria Schorer-Slavona, die Schwester ihres ehemaligen Verlobten Karl Schorer, die als Künstlerin in Paris lebte und eine uneheliche Tochter hatte. Franziska zu Reventlow ging allerdings noch viel weiter, indem sie den Namen des Vaters ihres Kindes verschwieg. Sie setzte sich mutig über die Ächtung hinweg, die sie als geschiedene Frau und Mutter eines unehelichen Kindes erfuhr. In ihrem Tagebuch finden sich nur wenige Andeutungen über A. oder den »Mann auf dem Pferd«, den sie aus ihrem Leben fernhalten wollte. An Paul Schwabe schrieb sie, ihr Kind sei bei einer »flüchtigen Begegnung« entstanden, sie sei sowohl äußerlich als auch innerlich längst wieder allein. Am 22. Mai 1897 notierte sie im Tagebuch: »Den Mann auf dem Pferd getroffen, den ich immer auf dem Weg zur Ažbéschule traf. Er grüßte und sah mich leise erstaunt an und ich mußte so lachen.« Korfiz Holm erhielt auf seine Frage nach Rolfs Vater die lakonische Antwort: »Lieber Gott, ein fremder Herr – so wie ich heute zu ihm stehe. Den geht der Bub nicht das geringste an. Ich würde es mir schön verbitten, wenn er sich um ihn bekümmern wollte.«

In seinen unveröffentlichten Erinnerungen bestätigt Rolf Reventlow, dass es zwischen seiner Mutter und ihm das unausgesprochene Abkommen gegeben habe, sie nicht nach »persönlichen Dingen« zu fragen, sondern abzuwarten, bis sie ihm davon erzählen wollte. Diskretion blieb ihre unumstößliche Lebensmaxime. Auch bei ihrem Sohn machte sie keine Ausnahme, und so erfuhr Rolf Reventlow nie, wer sein Vater war. Dessen Namen ermittelte sie anscheinend erst am Tag der Taufe. Auf dem Heimweg von der Kirche kam es zu einer zufälligen

Begegnung, die sie in ihrem Tagebuch festhielt. Sie habe ihren »Bereiter« getroffen und sich im Bäckerladen nach seinem Namen erkundigt. »Es scheint die Bestie in mir erwacht wieder nach langem Schlummer, er gefällt mir jetzt wieder u. ich hab ihm den ›reizenden Käfer‹ verziehen. Gott, damals, als wir in [der] Barterrasse miteinander kokettierten u. wenn er nur vorbeiritt, wie ich in den letzten Bubistadien ausging u. wir uns dann so vielsagend anlächelten.« Es handelte sich bei A. offensichtlich um eine Bekanntschaft aus dem Salon der Madame X.

Am 16. Oktober 1897 meldete Franziska zu Reventlow ihren Sohn auf dem Standesamt an, und zwar auf den Namen ihres geschiedenen Mannes, worauf dieser sofort eine Vaterschaftsklage anstrengte. Im Urteil vom 13. Juni 1898 wurde festgestellt, »dass das von Fanny Liane Wilhelmine Sophia Auguste Adrienne Gräfin zu Reventlow zu München am 1. September 1897 geborene Kind Rolf Lübke nicht das eheliche d. i. in der ehelichen Verbindung des Klägers mit seiner vorgenannten geschiedenen Ehefrau erzeugte Kind des Klägers ist«. Die Kosten des Verfahrens musste die Beklagte tragen. Auf ihre Bitte, doch wenigstens diese Zahlung für sie zu übernehmen, reagierte Lübke abweisend und empfahl stattdessen, sie möge sich doch an den Vater des Kindes wenden. »Ach Walter diese Geldaffaire ist ein ziemlich trauriges Ende Deiner ›grossen Liebe‹«, schrieb sie am 16. Juli 1898 in ihr Tagebuch.

Ende Oktober 1897, nur wenige Wochen nach der Geburt, begann Franziska zu Reventlow wieder zu arbeiten. Ihre »Flitterwochen« waren zu Ende. Sie nahm ihre Übersetzertätigkeit auf und entwickelte Ideen für eigene Texte. Die Taufe am 7. November geriet zu einer skurrilen Episode. Sie ließ ihren Sohn aus praktischen Gründen taufen, um später bei der Einschulung die entsprechenden Unterlagen vorweisen zu können. Um die »heilige Handlung« bezahlen zu können, musste sie ihr

Tafelsilber versetzen. Damit beauftragte sie den Paten Rolf von Brockdorff, doch »der Elende« brannte damit durch und ließ sich nicht mehr sehen, weil er sich genierte. Glücklicherweise traf genau im richtigen Moment, nämlich am Tag der Taufe, ein Brief von Oskar Panizza ein, der 20 Franken enthielt – vermutlich ein Vorschuss für ihren Essay »Das Männerphantom der Frau«, der im nächsten Jahr in Panizzas »Zürcher Diskußionen« erscheinen sollte. Frau Güttner, die ehemalige Vermieterin, sprang als Patin für den »großen Rolf« ein. Diesen entdeckten sie kurze Zeit später zufällig in der Türkenstraße. Er versuchte noch zu entfliehen, aber vergebens, sie nahmen ihn mit zur Kirche. Der Küster tadelte sie wegen der einstündigen Verspätung, der Pastor, der Rolf von Brockdorff für den Vater und Frau Güttner für die Hebamme hielt, war bemüht, die Zeremonie so kurz wie möglich zu halten, um dem zunehmenden Gelächter der Beteiligten zu entgehen.

Neujahr 1898, nach einem oft einsamen und bedrückenden Jahr, verkündete Franziska überschwänglich, dass die »alte frohe Lebensfreude« wieder in ihr brause. Sie hatte die Silvesternacht mit Friess verbracht und schwärmte: »Nun möchte ich wieder alle lieben.« Was sie nirgendwo schriftlich festhielt, war die Tatsache, dass sich ihre finanzielle Lage durch eine großzügige Zuwendung ihrer Mutter vorübergehend entspannt hatte. Kurz vor Weihnachten hatte ihr Bruder Ludwig ihr in einem Eilbrief mitgeteilt, dass er die Arztrechnungen beglichen habe. Und er hatte sie aufgefordert, ihm »schleunigst« anzugeben, welche Schulden sie noch abzuzahlen habe. Sie solle der Mutter einen Dankesbrief schreiben, dass diese, ohne zu zögern, eine große Summe zur Verfügung gestellt hatte. An keiner Stelle erwähnt Franziska zu Reventlow diese Hilfeleistung ihrer Familie, der noch weitere folgen sollten.

Das Geldverdienen blieb in den kommenden Monaten die eigentliche Herausforderung. Haupteinnahmequelle waren die Übersetzungen für den Albert Langen Verlag, dessen Honorare bescheiden waren und für sie und das Kind nicht ausreichten. Sie arbeitete oft ganze Nächte lang, schlief durchschnittlich fünf Stunden, manchmal sogar in Kleidern, weil es nicht lohnte, sich für den Tag oder die Nacht umzuziehen. Mit dem Zeitdruck kam sie zurecht, wäre da nicht die Furcht gewesen, man könnte ihr die übergroße Anstrengung ansehen: »Abgearbeitete Frauen sind etwas greuliches. Jung und froh möchte ich sein, wenn er gross ist«, wünschte sie sich am 12. April 1898. Sie mietete eine neue Wohnung in der Hohenzollernstraße 1, zu der Hofplatz und Garten gehörten, damit ihr Sohn »immer draussen sein u. rote Backen kriegen« konnte. Und sie fasste den Entschluss, eine weitere Erwerbsquelle zu erschließen: das Theater. Am 13. Mai stellte sie sich in neuem Kleid und Hut an der Schauspielschule vor. Der Theaterdirektor Adolf Oppenheim, ein »richtiger alter Schmierenkomödiant«, bescheinigte ihr, was schon viele behauptet hatten, dass sie eine schöne Stimme habe. Das Rollenstudium – darunter der Part der Luise Miller aus Schillers »Kabale und Liebe« – nahm schon bald viel Zeit in Anspruch. Die Freunde ließ sie an der Theaterarbeit teilhaben: Rolf von Brockdorff half beim häuslichen Proben und übernahm die Rolle des Ferdinand in Schillers Drama. Die stichwortartige Tagebucheintragung vom 15. Mai 1898: »Erste Stunde. Franziska geübt«, die sich wahrscheinlich auf eine Rolle bezieht, hat in ihrer Lakonie programmatischen Charakter: Der Name Franziska taucht jetzt immer häufiger auf, auch der Schauspiellehrer wollte sie bei ihrem Vornamen nennen, aber das lehnte sie kategorisch ab.

Schon bald nahm sie wieder am bunten Treiben der Boheme teil. Am 5. Juni notierte sie: »Abend Bummelei:

les trois étudiants. Souper und Orgie. Dann ihnen etwas von meinem Leben erzählt, von Theaterplänen, heule ihnen eine Luisenscene à la Oppenheim vor u. wir lachen uns tot. Dann zwischen Wollust und Tragik und was weiss ich noch.« Die drei jungen Männer beschlossen, sie groß herauszubringen, legten zusammen und übergaben ihr 150 Mark – »damit wird man noch kein Star aber es war lieb«. Sie kam erst um vier Uhr morgens heim, war übermütig und fühlte sich so jung und unbekümmert wie lange nicht mehr. Zwei Tage später traf sie die »3 Jungens« wieder im Café. Die nächste Verabredung verpasste sie, weil sie wegen starker Kopfschmerzen zu Hause bleiben musste. Nun fürchtete sie, ihre jungen Kavaliere für immer aus den Augen verloren zu haben, bis sie am 11. Juni zu ihrer Überraschung ein Inserat in der Zeitung las: »Luise wo bist du? Kleeblatt.« Sie antwortete sofort, und man verabredete sich für den übernächsten Tag, um die Wiedervereinigung, die »Liebe à trois«, mit einem rauschenden Fest zu feiern: »Erst Weinrestaurant, dann zu ihnen u. wieder Theater gespielt, albern wie Kinder, ach das ist so wohlthuend. Sie getauft, Wurm, Ferdinand und Vater Miller.« Man spielte »Kabale und Liebe«, anschließend wurde die »Luisenkollekte« gesammelt, »die diesmal 100 M. ergab«. Übermütig schmiedeten die Studenten Pläne, wollten sie »alle zusammen« heiraten und mit ihr leben. Sie genoss es, von den jungen Männern umgarnt zu werden, achtete jedoch darauf, sich vor ihrer Neugier zu schützen. Sie wollten unbedingt wissen, wer sie war und wo sie lebte. Allen machte die Geheimnistuerei Spaß, vor allem ihr selbst. Sie stellte sich ihre Gesichter vor, wenn sie erfuhren, dass es sich bei »ihrem Mädel« um eine geschiedene Gräfin mit Kind handelte. Das Glück wäre perfekt gewesen, wenn die drei nur reich gewesen wären, schrieb sie in ihr Tagebuch, und »mich in lauter Seide wickelten wie sie sagen«.

Ab und zu ging sie auch mit einer jungen Schauspielkollegin »bummeln« und »gabelte« dabei einen französischen Schriftsteller auf, der das Schwabinger Nachtleben erkunden wollte. Als sie beim Rundgang durch die Lokale zufällig ihre drei Studenten traf, entschied sie, den weiteren Abend und die Nacht mit ihnen auf ihrer »Bude« zu verbringen. Am nächsten Tag übernahm sie dann zur Buße von ihrer Kollegin das Rendezvous mit dem Franzosen, der so begeistert von ihr war, dass er sie mit nach Paris nehmen wollte. Das kam für sie nicht in Frage: »Ehrlich gesagt ist mir trotz aller Hetze so wohl, tiefinnerlich wohl in meinem jetzigen Leben, ich hab die Freude an meinem Kind so ganz allein u. ungetrübt für mich u liebe diese weltferne Ecke so, dass ich mich nicht leicht trennen würde, ausser wenn etwas sehr viel Glänzenderes käme.« Aber damit war nicht zu rechnen, denn – das wusste sie aus eigener Erfahrung – München war nicht das geeignete Pflaster für den »großen definitiven Coup«. Am 1. August zog sie wieder einmal ironisch Bilanz: Das, was sie »bummeln« nannte, brachte nicht genügend Geld ein, wenn sie es weiterhin so wenig konsequent betrieb: »Der Franzose ist wieder weg, aber die 300 Fr. waren auch weg wie Eis an der Sonne.« Der Schauspielunterricht und das Übersetzen ließen sich zeitlich nur schwer miteinander vereinbaren – »geübt, geradelt, übersetzt«, lautete an vielen Abenden das knappe Tagesprotokoll. Für ausführliche Berichte, etwa über die Entwicklung ihres Kindes, die sie staunend beobachtete, blieb viel zu wenig Zeit. Selbstkritisch räumte sie ein: »Ich glaube der Hauptfehler ist, dass ich im Grunde immer so wahnsinnig vergnügt bin, sonst würde ich mich energischer dran machen aus dieser Lage herauszukommen.«

Sie übersetzte im Sommer 1898 beinahe jede Nacht bis zwei Uhr morgens, empfing ab und zu noch Friess oder lief durch die Stadt auf der Suche nach einem »Glückszufall«. Am 22. August meldete sie die »Extraeinnahme v. 200. M.«. Bei einem ihrer nächtlichen Streifzüge traf sie Madame X wieder, die sie sofort mit der Frage bedrängte, warum sie nicht mehr in den Salon käme. Die Patronesse hatte sich zwar selbst aus dem Salon B. zurückgezogen, empfahl ihrer ehemaligen Mitarbeiterin aber ein anderes Etablissement. Und sie bot ihr an, sie persönlich einzuführen und ihr neue »Opfer« zu vermitteln. Franziska zu Reventlow wich dem Angebot aus: »Ach Gott, ich mag nicht mehr, es kommt ja doch nichts mehr dabei heraus wie beim Uebersetzen, niemals der wahre grüne Zweig. Und all die peinlichen Gefahren, für die ich jetzt mehr Sinn habe.« Ihre Einstellung hatte sich nicht geändert: Oberste Priorität besaßen ihre Freiheit – und ihr Kind. Sie freute sich über das Engagement von Madame X und ihre »wahre Herzensgüte«, ohne jedoch auf ihre Ratschläge einzugehen. Diese konnte ihrerseits nicht verstehen, warum sich eine Frau, die »so viel Glück bei den Männern« hatte, mit Übersetzungsarbeiten zugrunde richtete. Auch von den Theaterplänen hielt sie nicht viel, war sich sicher: »Sie kommen ja doch wieder.« Franziska schloss das nicht aus. Sie musste jetzt für ihr »Götterkind« sorgen. Dafür würde sie alles tun, ohne die geringsten Gewissensbisse: »Ach guter Gott, in Geschichten werfen sich sündige Mütter dann an der Wiege ihres Kindes nieder etc. Ich komme müde heim, bin froh, wenn ich etwas mehr Geld in der Tasche hab und wieder bei meinem Bübchen bin. Aber das[s] es mir etwas übel nehmen sollte – wenn es gross wird u. einen Einblick in die Abgründe thut, durch die seine Mutter gelegentlich wandelt. – Er möcht mir eher übel nehmen, wenn ich ihn und mich verhungern liesse, u. wenn ich mich mit Uebersetzen totschinde. Mein einziges Verbrechen ist dass ich nicht reich bin.«

Lebensansichten einer modernen Hetäre

In den letzten beiden Jahren des 19. Jahrhunderts mischte sich Franziska zu Reventlow mit zwei fulminanten Essays in die Diskussion der Frauenbewegung ein: 1898 erschien in den »Zürcher Diskußionen« ihr Aufsatz »Das Männerphantom der Frau« – als Antwort auf einen Artikel der Schriftstellerin Ria Claassen, die das traditionelle Frauenbild kritisiert und die rechtliche Gleichstellung der Geschlechter gefordert hatte. 1899 legte Franziska zu Reventlow mit »Viragines oder Hetären?« nach. Auch in diesen theoretischen Texten äußert sie sich radikal subjektiv, genau wie in ihren autobiographisch-fiktiven. Indem sie ihr Schicksal öffentlich machte und in den gesellschaftlichen Kontext einbettete, leistete sie einen mutigen politischen Beitrag. Sie formulierte die dringende Notwendigkeit, die missliche Lage der Frau zum Thema zu machen. Begonnen hatte dieses politische Engagement schon im Lübecker Ibsenclub, als sie in Briefen an Emanuel Fehling ihre weibliche Sozialisation im aristokratischen Elternhaus anklagte. Schon damals hatte sie sich empört, dass die intellektuellen Fähigkeiten vieler Mädchen verkümmerten, weil man sie nicht förderte oder sogar unterdrückte. Die Ausbildung von Jungen und Mädchen erfolgte streng getrennt. »Meiner Meinung nach würden durch eine gemeinsame Schulbildung und völlig zwanglosen Verkehr weit gesündere Verhältnisse entstehen; die jetzigen in der Gesellschaft sind doch durch und durch krank«, hatte die Achtzehnjährige am 1. Mai 1890 diagnostiziert.

An dieser Einschätzung sollte sich nicht viel ändern. Ein knappes Jahrzehnt später schilderte Franziska zu Reventlow den üblichen Werdegang einer Frau als Einübung in trostlose »Lebenslangeweile«: »Als kleines Mädchen artig in die Schule und manierlich mit Eltern oder ›Fräuleins‹ spazieren gehen, als großes Mädchen je nach den Verhältnissen als Nutzobjekt oder Dekorationsgegenstand im Hause figurieren, als Braut sittig errötend an der Aussteuer nähen, als Frau dem Gatten sorgend und liebend zur Seite stehen den Pflichten des christlichen Ehebettes nach bestem Vermögen nachkommen [...].« Falls doch einmal Freiheits- oder »Lustbestrebungen« aufkommen sollten, würden sie schon im Keim erstickt.

Nach wie vor forderte sie das uneingeschränkte Selbstbestimmungsrecht der Frau. Dazu müsse man sich von Vorstellungen und Vorurteilen befreien, die mit der Realität und dem Wesen der Weiblichkeit wenig zu tun hätten. Das gesellschaftliche Grundübel sei die »gretchenhafte Idealisierung des Geschlechterverhältnisses«, die im Bewusstsein der jungen Frauen ein »Männerphantom« entstehen lasse. Enttäuschung sei da vorprogrammiert. Statt den Frauen zu raten, die »animalischen Triebe« des Mannes liebend zu vergeben, plädiert Franziska zu Reventlow für die Erkenntnis, dass beide Geschlechter triebhaft und die »reine Liebe« eine Illusion sei. Es sei kein Wunder, dass Männer und Frauen sich missverstünden, wenn sie in ihrer Jugend permanent voreinander gewarnt würden, »indem man seinem Sohn sagt: Hüte Dich vor den Weibern, und die Tochter beschwört: Nimm Dich vor den bösen Männern in Acht.«

Mit der Frauenbewegung, die ihr als »Feindin aller erotischen Kultur« erschien, konnte sich Franziska zu Reventlow nicht solidarisieren. Sie betonte ausdrücklich die Differenz der Geschlechter, die eher zu kultivieren als zu verwischen sei. Einzig in dem Anliegen, »die Frauen der arbeitenden Klassen aus ihrer Misere zu befreien«, stimmte sie den Frauenrechtlerinnen uneingeschränkt zu: »[...] bessere Lebensbedingungen, höhere Löhne zu schaffen, sich der Kinder und Wöchnerinnen, besonders der unehelichen, anzunehmen, alles das ist der sogenannte berechtigte Kern der ganzen Bewegung, dem wohl kein vernünftiger und human denkender Mensch seine Anerkennung versagen wird«, schreibt sie in »Viragines oder Hetären?«.

Gegen die Vermännlichung der Frau wehrte sie sich vehement. »Es kann einem angst und bange werden, wenn man diese ›Extremsten‹ in geteiltem Loden-Rock und gestärkter weißer Weste auf den Katheder steigen und mit einer Stimme wie eine Baß-Klarinette über ›Das Woib‹ reden hört.« Damit entfremde sich die Frau von sich selbst. Was aber tun? »Am gescheitesten handeln demnach wohl schließlich noch diejenigen, die den Mann überhaupt nicht ›aufzufassen‹ suchen, sondern einfach den gegenseitigen sexuellen Standpunkt praktisch zur Geltung bringen.« Darin habe allerdings das »lasterhafte Weib« nicht nur mehr Erfahrung, sondern auch mehr Feingefühl als die »beste Gattin« oder das »keuscheste Gretchen«, »denn grade kraft seiner Lasterhaftigkeit, das ist: vielseitigen Kenntnis der Männer, sieht es in ihm weder den Übermenschen noch den Schurken, sondern einfach ›den Mann‹, nicht als X, sondern als feststehende, gegebene Große, ohne welchen das Exempel nicht aufzulösen ist«. Eine Frau, die nach ihren eigenen Grundsätzen lebt und sich den Luxus leistet, »auf die Gesellschaft zu pfeifen«, müsse sich auf Widerstände der unterschiedlichsten Art und Tragweite gefasst machen, denn »jede Frau, die sich ausleben will, muss den Kampf gegen eine erdrückende Übermacht, gegen die Gesellschaft aufnehmen. Eine Frau, die eine Vergangenheit und womöglich noch eine Gegenwart hat, ist vor der Gesellschaft gleich dem Manne, der im Zuchthaus gesessen ist.«

Franziska zu Reventlow verwahrte sich entschieden gegen die Abschaffung der Prostitution, »die doch das einzige Mittel ist, die Gesellschaft einigermaßen so zu erhalten, wie es allen wünschenswert erscheint«. Die Annahme, »dass die Prostitution in direktem Gegensatz zu der eigentlichen Natur des Weibes« stehe, kritisiert sie als naiv und weltfremd. Man müsse sich nur die christliche Ehe genauer ansehen, in der Frauen oftmals ihren Körper zur Verfügung stellen, um finanziell abgesichert zu sein – »mit dem einzigen Unterschied, dass es nur ein Mann ist, anstatt mehrerer«. Emmy Hennings pflichtete ihr in ihrem Roman »Gefängnis« bei: »Wenn es verboten ist, sich Liebesstunden bezahlen zu lassen, muß es verboten werden, Liebesstunden zu kaufen. Aber die Erfahrung lehrt, daß der Mensch ohne Liebesstunden nicht leben kann. Also müßte die Liebe anders ›organisiert‹ werden.«

Franziska zu Reventlow hoffte auf die Renaissance eines frohen Heidentums und damit auf ein modernes Hetärentum, das den Frauen die geschlechtliche Freiheit wiederbringen soll: »Die Hetären des Altertums waren freie, hochgebildete und geachtete Frauen, denen niemand es übelnahm, wenn sie ihre Liebe und ihren Körper verschenkten an wen sie wollten und so oft sie wollten und die gleichzeitig am geistigen Leben der Männer mit teilnahmen.« Einmal mehr plädierte sie dafür, »den Frauen den Mut zur freien Liebe vor aller Welt« wiederzugeben. In ihrem Tagebuch notierte sie am 5. Juni 1899: »Selbst la grande passion macht mich nicht monogam.«

Die Forderungen der »Bewegungsweiber« nach beruflicher Gleichberechtigung lehnte sie ab; von einer Gleichheit der Geschlechter könne keine Rede sein. Der Versuch, diese durch »Training« zu überwinden, müsse

Die »heidnische Hetäre«
Die Aktaufnahme von Franziska zu Reventlow hatte Ludwig Klages in seiner Wohnung aufgehängt.

scheitern. Vor allem lasse er »die Gaben des Genusses, die die Natur in sie gelegt hat, ungenossen verkümmern«. Die Utopie einer Welt, in der der Gegensatz der Geschlechter aufgehoben ist, erscheint ihr langweilig und nicht erstrebenswert. Der Mann sei von der Natur nun einmal mit Eigenschaften wie Kraft, Machtbewusstsein und Aggressivität ausgestattet, da müsse die Frau ihm erlauben, diese auch beruflich einzusetzen – ohne schlechtes Gewissen, denn nur so erfahre der Mann Bestätigung und komme als Mensch zu seinem Recht. Die Frau dagegen sei nicht zur Arbeit, nicht für die schweren Dinge des Lebens geschaffen – »sondern zur Leichtigkeit, zur Freude, zur Schönheit – ein Luxusobjekt in des Wortes schönster Bedeutung, ein beseeltes, lebendes, selbstempfindendes Luxusobjekt, das Schutz, Pflege und günstige Lebensbedingungen braucht, um ganz das sein zu können, was es eben sein kann.«

Wenn sie anschließend detailliert schildert, welche Folgen der »harte Kampf mit dem Dasein« für eine Frau hat, klingt etwas an, was man so gut wie nie in ihren Aufzeichnungen findet: eine Klage über ihre eigene Situation. Sie leidet darunter, ihr Leben nicht so führen zu können, wie es einer Frau eigentlich zusteht: in Leichtigkeit, Freude und Schönheit. Und sie ist sich sicher: »Wenn wir die kurze Zeit des Lebens damit ausfüllen, Männer zu lieben, Kinder zu bauen und an allen leichten erfreulichen Dingen der Welt teilzunehmen, so haben wir genug getan, und dafür, dass wir unsre Kraft und unsren Körper den Männern und Kindern geben, verdienen wir, dass man uns das Leben äußerlich so leicht gestaltet wie nur möglich. Wir sind dazu da, es gut zu haben und uns nicht plagen zu müssen.«

Sie jedoch musste sich plagen, »schinden und abrackern«, denn nach wie vor entspannte sich ihre finanzielle Misere nicht – und wenn, dann nur kurze Zeit. Im Dezember 1898 erhielt sie abermals eine Zuwendung ihrer Familie, die sie in die Lage versetzte, alte Schulden zu begleichen. Auch diese Hilfe erwähnte sie – wie das großzügige Geldgeschenk der Mutter im Jahr zuvor – an keiner Stelle.

Die Schauspielkarriere, auf die sie ihre Zukunftspläne konzentriert hatte, stagnierte und erforderte darüber hinaus sogar Investitionen. Der Unterricht war teuer. Die Kostüme mussten in der Regel von den Akteuren bezahlt werden. Dennoch verfolgte sie weiter ihr Ziel und setzte große Hoffnungen auf das Theater. Am 3. Oktober 1898 jubelte sie, Oppenheim habe sie fürs »Gärtnertheater« engagiert – »hurra!«. Am nächsten Tag unterschrieb sie den Vertrag, machte Sprechübungen, war voller Zuversicht. Drei Wochen später wurde die Begeisterung etwas gedämpft, als sie ihre Rolle erhielt: Es war die einer Zofe in einem unbekannten Stück. Der Part war winzig, erforderte zudem die Anschaffung eines Zofenkostüms. Daran sollte ihre Karriere nicht scheitern, sie bat einen »ihrer drei Studenten« um finanzielle Hilfe, absolvierte die Stellprobe und frohlockte einen Tag vor der Leseprobe: »Und nun bin ich wenigstens drin, fühlte mich auch ganz beseligt durch das blosse Gefühl von Bühne u. Betrieb.« Das Glück war nur von kurzer Dauer, schon am nächsten Tag, am 25. Oktober, ist in ihrem Tagebuch zu lesen: »Ja, prost. In aller Herrgottsfrüh ein Schreiben von Brakl, ich sei für seine Bühne noch nicht reif genug u. der Contract hiermit wieder gelöst.«

Sie lief sofort zu Oppenheim, der anscheinend nichts von der Vertragsauflösung wusste und ihr einen Brief an den Direktor diktierte, der mit einem Zitat aus Schillers »Wallenstein« – »das war kein Heldenstück, Oktavio!« – endete. Oppenheim versuchte auch selbst noch, den Direktor umzustimmen, doch mittlerweile hatte Franziska das Interesse verloren. Oppenheim hatte ihr kolportiert, dass sie Brakl nicht üppig genug sei. »Wundervoll müssen diese beiden Schmierengauner zusammen sein«, stellte sie sarkastisch fest und entschloss sich, der Bühne vorerst den Rücken zu kehren. Die Entscheidung fiel ihr nicht schwer. Sie hatte sich in der Münchner Theaterszene nie besonders aufgehoben gefühlt, unter ihren Kolleginnen und dem täglichen Konkurrenzdruck eher gelitten.

Es bestand allerdings noch eine Verbindung zum Theater, die ihr vielversprechend erschien. Sie hatte im Februar 1898 auf dem Bauernball Otto Falckenberg, den späteren Direktor der Münchner Kammerspiele, kennengelernt, und man hatte Gefallen aneinander gefunden. Im Herbst 1899 inszenierte Falckenberg im »Akademisch-

Dramatischen Verein« Knut Hamsuns Drama »An des Reiches Pforten« und besetzte die weibliche Hauptrolle mit Franziska zu Reventlow. Premiere war am 27. November. Der Abend war ein Misserfolg. »Das Stück fiel [...] elend durch mit Zischen u. Pfeifen, wir Schauspieler kamen besser weg u. wurden zieml. oft vorgerufen. Und trotz allem in äusserster Stimmung. Nach der Vorst. kam Falkenberg u. gratulierte mir u. sagte Sie haben gerettet was zu retten war [...]. Ich blähte mich gründlich u. schon eine glänzende Zukunft vor mir.« Doch diese blieb aus. Franziska zu Reventlows Karriere als Schauspielerin endete mit dem ersten Auftritt.

Zuvor, im Sommer 1899, hatte sie einige Menschen kennengelernt, die ihr Leben maßgeblich beeinflussen sollten, allen voran Ludwig Klages. Sie war ihm im Juni 1899 erstmals begegnet, als sie mit ihrem Sohn in den Isar-Auen spazieren ging. Er war mit dem Graphologen Hans Heinrich Busse unterwegs. Kurze Zeit später machte sie die Bekanntschaft der Schriftsteller Friedrich und Roderich Huch, aber Franziska entschied schon bald, dass Klages »die Hauptsache« sei. Der aus Hannover stammende Philosoph und Graphologe, der 1896 in München gemeinsam mit Busse die »Deutsche Graphologische Gesellschaft« gegründet hatte, bildete zusammen mit dem ehemaligen Archäologiestudenten Alfred Schuler und dem Germanisten Karl Wolfskehl sowie einigen anderen Intellektuellen die »kosmische Runde«, der auch der sagenumwobene »Meister« Stefan George nahestand. Zu diesem Kreis fand Franziska zu Reventlow erst später Zugang, vorerst war sie lieber mit Klages allein. Am 19. September 1899 notierte sie in ihr Tagebuch: »Ein wundervoller Abend mit Klages.« Sie fasste schnell Vertrauen zu ihm, erzählte ihm ihre Lebensgeschichte und sparte auch intime Details wie die Amour fou mit Friess nicht aus. Es war eine ganz neue Erfahrung: Erstmals konnte sie ganz offen mit jemandem sprechen: »Ich sehnte mich ja immer nach einem Menschen der fliegen konnte und ich glaube er kanns. Wohl mir dass ich ihn gefunden habe.«

Einmal mehr erkannte sie, wie wichtig es war – für sie, die über eine solch extreme Hingabebereitschaft verfügte –, sich nicht nur auf einen Mann zu konzentrieren, sondern sich vielfältigen Ausgleich zu verschaffen, um der Fixierung und letztlich der Selbstzerstörung zu entgehen. Dabei entstand allmählich ein fragiles Beziehungsgeflecht, das sie immer wieder neu austarieren musste, um eine gewisse Balance herzustellen. Obwohl Friess, der Bel ami, ihr bei jeder Begegnung vor Augen führte, dass er ausbeuterisch, »kalt wie Eis« war, und er trotz offensichtlich solider Finanzen keine Anstalten machte, ihr zu helfen – er warf ihr sogar vor, mit ihrer Misere zu kokettieren –, ließ sie nicht von ihm ab. Am 6. Dezember 1898 bekannte sie: »Ich kann jetzt begreifen wie Männer manchmal von irgend einem ›Teufelsweib‹ nicht loskommen können – mir gehts so mit Fr.« Die Tagebucheintragungen offenbaren ihre ambivalenten Gefühle: Mal will sie sich von ihm emanzipieren, aus seinem Einflussbereich und vor seinem verneinenden Prinzip fliehen, dann wieder ist es ihr unmöglich, den »bösen Freund« endgültig loszulassen, und sie fürchtet nichts mehr als einen Schlussstrich.

Ende 1899 hatte Franziska zu Reventlow wieder mit massiven gesundheitlichen Problemen – physischen wie psychischen – zu kämpfen. Nach einer »beklemmenden Nerven- und Depressionswoche« unterzog sie sich einer Chloroformuntersuchung, eine erneute Operation erschien notwendig. Nicht die Schmerzen waren es, die sie so quälten, sondern entsetzliche Angstzustände. Sie wusste, dass der Eingriff, der nirgendwo näher benannt ist, große Risiken barg, doch der Arzt, dem sie vertraute, riet ihr trotzdem zu. Ihre Angst richtete sich vor allem auf die Zukunft ihres Kindes. Was würde aus ihm, dem

Götterkind, werden, wenn sie sterben sollte? Sie übte sich in Selbstbeschwörung – »Ich kann jetzt nicht sterben, ich will nicht sterben« – und hatte doch zugleich »so ein Vorgefühl, als ob es diesmal nicht gut gehen würde«. Ihre Nervosität steigerte sich. Am 16. Februar 1900 notiert sie voller Anspannung in ihr Tagebuch: »9 Uhr, die Henker wetzen schon ihre Messer, in ½ Stunde muß ich schön und bleich in meinem weißen Schlafrock hinunter steigen und mich auf den Opfertisch legen. Ich hab jetzt garkeine Angst mehr, sehr gut geschlafen, umständlich Toilette gemacht, eine letzte Cigarette geraucht. – Die Schwester kommt mich abholen –.« Eine Woche später meldet sie erleichtert: »Me voilà gerettet. Op. mit dem gewünschten Erfolg und glatt verlaufen. Die ersten Tage im völligen Morphiumdusel, trotzdem Schmerzen sehr quälend. Manchmal des Nachts von meinem eignen Aufschrei geweckt. Aber dann kam wieder meine gute Schwester mit Morphiumspritze.« Am 8. März konnte sie zum ersten Mal wieder aufstehen, spürte die alte Lebenskraft triumphieren und resümierte: »Es war doch wieder eine schöne Zeit, die Schwestern, die Aerzte, die Bekannten, alle so gut. Umgeben von Freundschaft und Blumen, allgemeine Anerkennung meiner ›Bettschönheit‹.«

In den Auszeiten, die Krankheit und Rekonvaleszenz forderten, ließ Franziska zu Reventlow ihr bisheriges Leben immer wieder Revue passieren. Viele Begebenheiten verstand sie nun, mit der zeitlichen und räumlichen Distanz, besser, doch nach wie vor gab es Ereignisse, die ungelöst und unerschlossen vor ihr standen. Die leidenschaftliche Tagebuchschreiberin sah in der literarischen Arbeit die Möglichkeit einer Klärung und fasste den Plan, den Roman ihrer Jugend zu verfassen. Klages bestärkte und unterstützte sie in diesem Vorhaben. Die konkreten Voraussetzungen für das Unternehmen schaffte jedoch ein anderer Mann, mit dem Franziska gerade eine Liebesbeziehung eingegangen war: der Privatgelehrte, Paläontologe und Geologe Albert Hentschel, den sie »Adam« und später »Woja« nannte. In ihrem Tagebuch erwähnt sie ihn erstmalig im März 1900, aber so, als sei man schon länger miteinander bekannt. Hentschel unterschied sich in allem von Friess: »Er und F[riess] sind verschieden wie Tag und Nacht. Er ist der Tag mit seinem Leben und seiner Wärme u. F. wie die Nacht mit ihrem Halbtot und ihren intimen Reizen«, heißt es am 13. April im Tagebuch. Hentschel war kein Mann des nächtlichen Abenteuers, er bewies seine Männlichkeit und seinen Mut lieber tagsüber als erfolgreicher Pferdebändiger, verwegener Reiter und brillanter Pistolenschütze. Im Jahr 1900 erhielt er den Auftrag, auf der griechischen Insel Samos geologische Untersuchungen durchzuführen. Er lud Franziska und ihren Sohn ein, ihn im Sommer zu begleiten. Sie beriet sich mit Klages, ihrem Vertrauten, und er redete ihr zu. Für diesen Liebhaber seiner Freundin empfand er große Sympathie, die auf Gegenseitigkeit beruhte: Hentschel war sich bewusst, in Reventlow und Klages zwei außerordentliche Menschen getroffen zu haben, und machte es sich zum Ziel, sie zu fördern, so gut er es vermochte.

Der Plan einer gemeinsamen Griechenlandreise wurde gefasst, kurz nachdem Franziska zu Reventlow aus der Klinik zurückgekehrt war. »Samos steht jetzt fest, mir kommt es vor, als ob ich direkt ins Paradies hineinfahren sollt«, schrieb sie am 17. März 1900 in ihr Tagebuch. Schon allein die Aussicht war wohltuend, für eine Weile den Ort verlassen zu können, der zuletzt vor allem mit Not und Krankheit verbunden war. Auch Klages prophezeite, sie werde gestärkt und wie neugeboren zurückkommen. Vor allem freute sie sich auf die gemeinsame Zeit mit ihrem Kind, dem sie sich endlich einmal so intensiv würde widmen können, wie sie es sich seit langem wünschte. Bisher hatte dies der Münchner Alltag nicht zugelassen. Am Ostersonntag, sechs Wochen vor der Abreise, feierte sie ihre »Göttermaus« geradezu hymnisch: »Aber jetzt ist wieder tiefe Ruhe in mir, mein Kind, mein Rolf, den kann mir niemand nehmen, er ist mein und seine süße kleine Liebe zu mir. Wenn Du wüßtest, mein Einziges, was für Stürme in deiner armen Mutter toben und wie Du sie wieder zur Ruhe bringst. Wie du mein Glück, mein Frieden, Alles bist. Solange ich dich habe, bin ich gut und rein, was ich auch thue und fühle und wenn ich dich einmal nicht mehr hätte, wäre alles vorbei. Keine Liebe, keine Leidenschaft würde mich mehr am Leben halten.«

Die »Stürme« lösten die beiden Männer aus, zwischen denen sich die Reventlow hin und her gerissen fühlte. Sie war selbstkritisch genug, um zu wissen, dass ihr Verhältnis mit Hentschel nicht dazu führen würde, das mit Friess zu überwinden. Eine Weile pflegte sie beide Beziehungen nebeneinander, ohne dadurch in Konflikt zu geraten. Sie empfand die Situation als ihren Gefühlen angemessen, durchaus natürlich und ihrem Selbstverständnis entsprechend. »Wenn ich es aussprechen würde, würden die Meisten es für eine wahnsinnige Arroganz halten oder für einen bemäntelten Compromiß. Aber ich habe noch nie den Menschen gefunden, und [werde] ihn auch nie finden, der alles in sich vereinigt was ich brauche. In A. finde ich mich selbst wieder, mit F. bin ich entweder verzweifelt aber selig oder ganz kalt. Wenn er jemals dieselbe Leidenschaft für mich fühlen sollte; – so wäre es als ob der Himmel sich einen Augenblick aufthäte – aber dann würde es alles vorbei sein. Wer Gott sieht stirbt.« Die Herausforderung bestand darin, beide Männer immer wieder für sich zu gewinnen und die Rolle der Spielmacherin nicht zu verlieren, zumal ihre Mitspieler sich als ebenbürtig erwiesen und die Gefahr, zur bloßen Spielfigur zu werden, permanent über ihr schwebte.

Ein Sommer voller Missverständnisse

Am 30. Mai 1900 war es endlich so weit: »Ich reise heute Abend. Ich werfe mich in A[dam]s starke gute Arme und will *mit ihm glücklich* sein, das war ich noch mit keinem. Er ist wie heller Morgen und der andre wie ein dunkler Traum, aus dem man aufwachen müßte und den man vergißt. Wenn ich es ihm nur sagen dürfte.« Mit diesen Vorsätzen verabschiedete sich Franziska zu Reventlow vorerst von München. Aber mit bloßen Vorsätzen war Friess nicht aus ihrem Leben zu verbannen, auch nicht oder gerade nicht aus der Entfernung. Vor ihrer Abreise hatte er noch zweimal vergeblich versucht, sie zu treffen, was sie triumphierend kommentierte – »*jetzt liebt* er mich und sieht dass er mich nicht mehr halten kann« –, um dann sogleich die Frage anzufügen: »Und ich?« Während der Reise schilderte sie Klages ausführlich ihre Sehnsucht nach Friess; im Brief vom 18. Juni 1900 fragt sie, wie es sein werde, wenn sie den Geliebten nach dem Sommer wiedersieht: »Wie oft sehe ich ihn vor mir, seinen dunklen Kopf in meinen Armen, in denen er so oft vom Leben ausgeruht hat, ohne zu ahnen, wie es in mir tobte, höre sein Lachen und fühle seine seltenen Küsse, die mir eine sengende Seligkeit waren.«

Von ihrem Zusammensein mit Hentschel war sie schon nach einem Monat enttäuscht. Am 4. Juli 1900 vertraute sie ihrem Tagebuch an, sie habe geglaubt, mit ihm ein Stück weit lachend durchs Leben zu gehen. »Aber er hat nicht das Lachen das ich brauche, das Gleiches in mir auslösen kann. Und er hat keinen Schmerz in sich, der auf das was weh ist in mir, antwortet. Er weiß mich nicht anzufassen, trifft immer auf meine Fühlhörner – und versteht nicht, warum ich sie einziehe.« Sie passten in keiner Weise zusammen, auch bei ihm spürte sie diese Unzufriedenheit und fürchtete, ihm auf die Nerven zu fallen. Wenn sie sich unterhielten, kam es immer wieder zu Missverständnissen, ihre Erklärungen und Rechtfertigungen liefen ins Leere, so dass sie schließlich aufgab und verstummte. Wenn sie nicht schlafen konnte, dachte sie mit Wehmut an Friess, ihre »große Liebe«. Sie war ratlos, wusste nicht, wie sie sich, so weit weg von zu Hause, aus diesem Dilemma befreien konnte. Erschwerend kamen die Streitigkeiten um Rolf hinzu, den sie meist »Bubi« oder »Maus« nannte. Während Hentschel ihr vorwarf, zu nachsichtig mit ihrem Sohn zu sein, empörte sie sich über seine Härte und Strenge gegenüber dem knapp Dreijährigen. Sie verbat sich jede Einmischung in ihre Erziehung, wollte sich nicht die »große Mausseligkeit« verderben lassen: »Er soll nie Mangel an Liebe fühlen, wenn auch dabei mal ein Princip überhüpft wird.« Rolf war ein empfindsames Kind. Als sie ihm einmal eine leichte Ohrfeige gab, weil er nicht gehorchen wollte, bekam er sofort Nasenbluten – für Franziska zu Reventlow ein beinahe traumatisches Erlebnis. Sie war entsetzt über sich, hatte ihre eigene Mutter und damit die Tragödie ihrer eigenen Kindheit vor Augen. Sie schwor sich, ihn nie wieder zu schlagen. Und sie betete ihn förmlich an – »Das Kind ist mir wirklich ein Rausch« – und wünschte Klages: »Ich wollte, Sie sähen ihn einmal leuchten. Es muss etwas an dem Kind sein, was alle Menschen zu ihm hinzieht.«

Klages wurde auch in die Schwierigkeiten mit Hentschel eingeweiht. Schon am 18. Juni 1900 schrieb sie ihm, sie empfinde Hentschel und sich als zwei Stoffe, die sich nicht miteinander verbinden ließen. Sie glaubte, ihm entwachsen zu sein, bevor sie überhaupt zusammengekom-

In Smyrna
Franziska zu Reventlow mit ihrem Sohn Rolf
und Albert Hentschel, 1900

men waren. Es gefiel ihr nicht, dass er seine Gewohnheit, »gegenüber Frauen der Herrschende, Gebende, Lehrende zu sein«, nicht aufgeben konnte. Sie wollte sich keinesfalls bevormunden lassen. Zumal die Erwartungen, die sie in ihn gesetzt hatte, nicht erfüllt wurden. »In der ersten Zeit, wo ich ihn kannte, glaubte ich, er könnte mich von jener traurigen großen Liebe heilen oder wenigstens, ich könnte sie bei ihm vergessen. Jetzt weiß ich, daß es nie sein kann. Ich fühle es wie ein trauriges Glück, daß jene Liebe immer um mich ist.« Sie hatte Charaktereigenschaften auf ihn projiziert, über die er nicht verfügte. Und nun saß sie da – weit entfernt von ihrer vertrauten Umgebung – und litt an ihrem Unvermögen,

Menschen nicht so nehmen zu können, wie sie waren, sondern sich an ihren Unzulänglichkeiten und Defiziten aufzureiben.

Die Situation entspannte sich erst, als Hentschels Ausgrabungen begannen und Franziska häufiger mit ihrem Sohn allein blieb. Das war auch für sie das Signal, endlich mit der Arbeit an ihrem autobiographischen Roman anzufangen. Sie hatte große Anlaufschwierigkeiten und brauchte lange, um den notwendigen Arbeitsrhythmus zu finden und beizubehalten. Doch in Hentschels Abwesenheit genossen Mutter und Sohn das Meer und die Sonne – »Bubi – die lachende, braune Sommerfreude auf seinem Gesicht« – und versuchten, sich mit den unangenehmen Begleiterscheinungen des südlichen Lebens – Ungeziefer im Zimmer, Mückenstiche am ganzen Körper – zu arrangieren.

Eine Bagatelle führte schließlich zur längst überfälligen großen Aussprache mit Hentschel. Franziska erzählte ihm beiläufig von einem »Abenteuer mit einem Herrn Walter oder Wolter in Constantinopel«. Anscheinend hatte dieser sie bedrängt. Hentschel war entsetzt, meinte, diese Beleidigung einer Dame hätte gerächt werden müssen, was sie nicht nur für übertrieben, sondern für unreif hielt. Den Zwischenfall kommentierte sie gelassen: »Tant de bruit pour une omelette.« So viel Lärm um ein Omelette. Und lakonisch fügte sie die Frage an: »Warum soll ich mich beleidigt fühlen, Begehren des Mannes ist nie eine Beleidigung, selbst dann nicht, wenn rein gelegentlich und ohne alle ›seelische Beimischung‹ [...].« Der Streit um diese nebensächliche Episode bildete den Anlass für ein klärendes Gespräch, in dessen Verlauf Franziska Hentschel von ihrem Verhältnis zu Friess erzählte und er ihr seine Verlobung mit Sonja (Sonni) Teichmüller gestand: »Wie ein leises Gewitter war es, in dem sich alles löste. Meine Beichte und was er mir von sich erzählte.«

Beide waren von dem Geständnis des anderen überrascht – »der große Tag. Le divorce Basis zu unsrer wirklichen Freundschaft«, heißt es resümierend in Reventlows Tagebuch.

Auf die Aussprache folgte ein Zusammenbruch, der möglicherweise eine Fehlgeburt war, was jedoch nirgendwo bestätigt wird: »Gleichzeitig die physische Katastrophe, d. h. kaum Kathastrophe. Ein langsames Vollziehen unter vielen Schmerzen, Fieber etc. aber jetzt war es körperliches Leiden unter einer großen seelischen Befreiung. – Warum wohl diesmal so wenig Muttergefühl?«, lautet die rätselhafte Tagebucheintragung vom 9. Juli. Franziska zu Reventlow fiel in eine tiefe Ohnmacht und konnte die nächsten Nächte nicht schlafen, bis sie mit Hilfe von Morphium wieder Ruhe fand. Danach verzeichnete sie eine »friedliche Rekonvalescenz«, die wie ein Neuanfang wirkte. Auch Hentschel erschien ihr neu: »Nicht Geliebter nicht Freund, nicht Bruder – Etwas von Allen dreien.« Mittlerweile hatte sie akzeptiert, dass Hentschel sie niemals »bis zum letzten Grunde« verstehen würde: »Adam, du wirklicher Freund. – Aber miteinander fliegen können wir nicht.« Auch sein Pragmatismus imponierte ihr nicht besonders. Als in der Nähe ihres Quartiers mehrere Häuser von Brandstiftern angezündet worden waren, organisierte er sogleich die Löscharbeiten. Die Reventlow befand sich währenddessen in einem eigenartig somnambulen Zustand. Wie ein Voyeur genoss sie das Bild der Zerstörung, sie habe, gestand sie Klages, eine perverse »Freude an dieser Gewalt« empfunden und »beinah ein Gefühl von Verachtung für all diese Ameisen, die da herumkrabbeln, um ihre Ameiseneier in Sicherheit zu bringen, und Wasser schleppen«. Nahezu komplizenhaft bekannte sie: »Ich dachte dabei auch an Sie – ich kann mir Sie viel eher als jubelnden Zuschauer denken wie beim Löschen.«

Anfang August 1900 bat sie Klages, ihr so bald wie möglich »die berühmte schwarze Mappe« nachzuschicken, denn sie wollte die Arbeit an ihrem Roman endlich intensivieren. Die Mappe enthielt Material, das sie dringend benötigte: vermutlich das frühe Tagebuch, das ihren Aufenthalt im Magdalenenstift umfasste. Sie hatte ihre literarischen Pläne nicht nur mit dem Freund, sondern auch mit ihrem Verleger besprochen. Es war ihr gelungen, Albert Langen so neugierig auf das autobiographische Werk zu machen, dass dieser ihr einen relativ hohen Vorschuss zahlte. Das fertige Manuskript sollte er nach ihrer Rückkehr aus Samos erhalten. Nachdem sie die anfänglichen Schreibblockaden endlich überwunden hatte, ging es langsam voran. Am 22. August hatte sie noch gestöhnt: »Wann es wohl einmal vorwärts damit geht.« Vier Tage später, am 26. August, meldete sie den ersten Erfolg: »Nachmittags Roman erstes Capitel im Entwurf fertig. – Wenn [ich] alle Tage so arbeiten könnte in einem halben Jahr ganze Geschichte.« Sie fand Gefallen daran, sich selbst und ihr Leben schreibend zu erkunden, und verspürte neben der Anstrengung zugleich das Heilsame einer solchen Auseinandersetzung mit der Kindheit. Und auf Samos fühlte sie sich ohnehin wohl. Wäre da nicht die Sehnsucht nach Friess gewesen, mit dem sie inzwischen ab und zu korrespondierte, hätte sie ihren Aufenthalt gern um ein Vielfaches verlängert, um sich ganz ihrem Roman zu widmen. Allmählich wuchs jedoch das Verlangen nach Bel ami: Seine Briefe erzeugten immer stärker den Wunsch, ihn wiederzusehen.

Am 3. November gestand sie Klages: »Der Roman ruht wieder, da man hier zu wenig Ruhe hat. Ich habe mir von meiner ersten Jugendliebe meine Briefe wiederschicken lassen und lese viel darin. Es steckt so viel von meinem Leben darin, und für das Buch sind sie mir eine große Hilfe.« Sie kündigte ihm ihre Rückkehr an und fragte neugierig nach seinen neuen Essays: »Ob ich Ihre Werke wohl verstehen kann oder sind sie sehr wissenschaftlich? Ich erwarte von Ihnen – wie soll ich sagen – Worte, die noch niemand geredet hat. Sie gehören für mich zu den Menschen, die ›fliegen können‹, zu den seltenen.« Das Bild des Fliegens, das sie eigens für Klages geprägt hatte, sollte bald immer häufiger auftauchen. Mittlerweile hatte sich auch ihr Verhältnis zu Hentschel entspannt. Je näher der Tag der Abreise rückte, umso stärker fühlt sie sich ihm verbunden: »Wie ist es schön zwischen uns geworden. Soviel Wärme und soviel Dank. So schwer wieder auseinanderzugehen nur noch 3 Wochen wo wir so ganz beisammen sind. Immer, wieder Abschied nehmen, immer wieder«, bedauerte sie am 20. November in ihrem Tagebuch.

Am 22. Dezember kehrte sie nach München zurück. Noch vor Weihnachten begab sie sich in den Albert Langen Verlag, um zu erklären, weshalb sie kein fertiges Manuskript liefern könne. Korfiz Holm berichtete, es sei das einzige Mal gewesen, dass er ihr ernstlich böse war. Sie erzählte ihm nämlich, es sei etwas Schreckliches mit dem Manuskript passiert. Sie habe es, zusammen mit einem geladenen Revolver, in ihren Koffer gepackt. Bei der Zollkontrolle in Venedig sei plötzlich ein Schuss losgegangen. Selbstverständlich habe sie sich nicht als Eigentümerin des Koffers zu erkennen gegeben, schließlich seien die Waffengesetze in Italien so streng, dass sie befürchten musste, ins Gefängnis gesperrt zu werden. Nun befände sich der Koffer beim italienischen Zoll, und sie wisse nicht, wie sie es anstellen solle, an ihre Sachen und vor allem an ihr Manuskript zu kommen. Holm wusste nicht, ob diese »Räuberpistole« ihn mehr belustigte oder verdross. Natürlich glaubte er ihr nicht und fragte provozierend, ob sie sich nicht eine weniger unwahrscheinliche Geschichte hätte ausdenken können. Franziska zu

Reventlow reagierte erbost, verließ ohne weitere Erklärungen sein Büro. Später stellte sich heraus, dass sie ihm tatsächlich die Wahrheit erzählt und er ihr mit seinem Misstrauen Unrecht getan hatte. Alles hatte sich wirklich so zugetragen wie in ihrem Bericht – mit einer kleinen Abweichung: In dem Koffer war nicht das komplette Manuskript – so weit war sie auf Samos nicht gekommen –, sondern nur das erste Kapitel; aber die Geschichte mit dem Revolver und dem ungewollten Schuss stimmte. Die Reventlow hat sie später in einer satirischen Skizze mit dem Titel »Das feindselige Gepäck« verarbeitet, die 1917 in dem Band »Das Logierhaus ›Zur schwankenden Weltkugel‹« erschien. Wie in den anderen Erzählungen dieses Bandes – allen voran der Titelgeschichte, aber auch in »Das polierte Männchen«, »Der Herr Fischötter« und »Spiritismus« – trifft hier Alltägliches mit Übernatürlichem zusammen, man fühlt sich manchmal an die Spukgeschichten Theodor Storms, E. T. A. Hoffmanns und Gustav Meyrincks erinnert, wäre da nicht Reventlows unvergleichlich subtile Ironie, die den ungeheuerlichsten Begebenheiten die Schwere nimmt.

In der Erzählung »Das feindselige Gepäck« wehren sich die Dinge dagegen, bloße Statisten zu sein. Eine Reisegruppe nimmt mit Erstaunen wahr, wie die eigens zu einer Mittelmeerfahrt angeschafften Koffer nach und nach ein sonderbares Eigenleben führen. Ein vornehmer alter Araber, den die Reisenden auf dem Schiff kennenlernen, bestätigt die Beobachtung, warnt »geradezu vor den Koffern und meinte: nicht nur Mensch und Tier, sondern auch leblose Gegenstände hätten eine Seele, und vor Dingen, die einem wohl formell angehörten, mit denen man aber nicht in innerem Kontakt stehe, möge man ja auf der Hut sein«. Das »menschliche« Verhalten der Gepäckstücke, von denen nach und nach einige unter rätselhaften Umständen verschwinden, stimmt die Gruppe zunehmend nachdenklicher. Der »Reisemarschall«, ein weltmännischer Archäologe, vermutet eine Diebesbande hinter den Vorgängen und legt sich mit seinem neuen »ausgezeichneten amerikanischen Revolver« auf die Lauer – vergeblich. Das Missverhältnis zwischen dem luxuriösen Gepäck und den durch einige Widrigkeiten heruntergekommenen Reisenden ist bald nicht mehr zu übersehen. Zu allem Überfluss »springt« auf der Rückreise der elegante dunkelbraune Handkoffer auf merkwürdige Weise über Bord. Und da er die Brieftasche mit dem letzten Reisegeld enthielt, muss der große Kabinenkoffer als Pfand hinterlassen werden. Das einzig verbleibende noble Gepäckstück, ein gelber Lederkoffer, wird als Passagiergut aufgegeben. Kurze Zeit später erfahren die Reisenden, dass der Koffer beim Verladen explodiert sei, weil sich in ihm ein Schuss gelöst habe. Sogar ein Bahnbediensteter sei verletzt worden. Die Reisegefährten erinnern sich schaudernd an die Prophezeiung des Arabers.

Die Entdeckung der erotischen Balance

Wieder in München, begann Franziska zu Reventlow ihre Beziehung zu Klages zu vertiefen, daneben nahm die Arbeit an ihrem Roman einen großen Teil ihrer Kräfte in Anspruch. Sie war dankbar, in Klages einen Gesprächspartner gefunden zu haben, der sie kompetent beriet. Darüber hinaus führte er sie in die »Kosmiker-Runde« ein, in der er als einer der Protagonisten verkehrte. Die Kosmiker sehnten sich zurück nach dem einfachen, ursprünglichen Leben, in dem der Mensch noch nicht von der Zivilisation verdorben war, sondern sich im Einklang mit der Natur und dem Kosmos befand. Der Begriff »kosmisch« wurde nicht verbindlich definiert. Zu den großen Wiederentdeckungen dieser Bewegung zählte der Altertumsforscher Johann Jakob Bachofen. In seinem 1861 erschienenen Werk »Das Mutterrecht« plädiert er für die intuitive Deutung antiker Mythen und vertritt die These von der zyklischen Wiederholung der Geschichte. Die Kosmiker hofften auf die Wiedergeburt eines heidnischen Zeitalters. Das rationale, geistige Apollon-Prinzip, das die westliche Zivilisation prägte, sollte durch das dionysische, sinnliche abgelöst werden. Als Katalysatoren dienten ihnen zahlreiche Maskenfeste und Umzüge. Sie sollten den verschütteten, aber immer noch vorhandenen heidnischen Grund an die Oberfläche bringen – idealerweise in »dionysischer Raserei«.

Die Kosmiker stilisierten Franziska zu Reventlow als »moderne Hetäre« und »Madonna mit dem Kind«. Als Klages sie eine »heidnische Heilige« nannte, vermerkte

Die Kosmiker
Karl Wolfskehl, Alfred Schuler, Ludwig Klages, Stefan George und Albert Vervey (v. l. n. r.)

sie es am 10. März 1901 in ihrem Tagebuch. Sie wurde bald zu den wöchentlich stattfindenden Jours bei Karl und Hanna Wolfskehl eingeladen, wo sie im Februar 1901 zum ersten Mal Stefan George traf. Über die flüchtige Begegnung notierte sie in ihr Tagebuch: »Fast unheimlich diesen seltsam gebildeten Kopf mit den erloschnen Augen. Kommt einem nicht recht wie ein wirklicher Mensch vor, trotzdem er lachen kann.«

Im April 1901 verbrachte sie mit Klages einige Tage in Wildenroth, einem kleinen Dorf im Ampertal. Der Ort tauchte schon bald in ihren Briefen und im Tagebuch als Synonym für einen Augenblick der Verzückung auf.

Franziska zu Reventlow besaß die Fähigkeit, den Zauber und die Kraft eines Ortes in sich zu bewahren. Am 14. August 1901 heißt es: »Wildenroth, – die verzauberte Halde im Wald. Ich konnte mit einmal lachen, es klangen so viele Saiten in uns. Sie sind heute ganz ›die kleine Fanny‹, sagte Kl. Das Gefühl des Verliebtseins. Wir waren beide so jung den Tag.« Bei aller Vertrautheit blieb die Beziehung zu Klages von Widersprüchen geprägt. Franziska genoss es, von dem Freund zu lernen und sich mit ihm in Welten zu begeben, zu denen andere keinen Zugang hatten – eine Erfahrung, die sie häufig im Bild vom »Fliegenkönnen« einzufangen suchte. Er war für sie der einzige Mensch, der »alles« verstand und vor dem man sich seiner extremsten Gefühle und Gedanken nicht schämen musste. Von Anfang an wehrte sie sich jedoch gegen seine Versuche, sie zu beeinflussen. Auch er durfte ihr nicht vorschreiben, wie sie ihr Leben gestalten sollte. Schon im Juli 1901 hatte sie ihn als »Oberkontrolleur« bezeichnet, eine abfällige Bemerkung, die bald genauso häufig auftauchte wie Ausdrücke der Bewunderung. Das ihr so hinreichend bekannte Spiel des gegenseitigen Anziehens und Abstoßens begann, wenn auch viel subtiler als in ihrem Verhältnis zu Friess. Klages erging sich oft in bloßen Andeutungen, Franziska spürte »atmosphärische« Irritationen und fühlte sich »zurückgescheucht«. In dem Maße, in dem sie sich ihm wieder näherte, zog er sich zurück, ganz im Sinne des »Eros der Ferne«, den er in seinem Werk »Rhythmen und Runen« propagierte. Um sich seiner Zuneigung zu vergewissern, schob sie manchmal ihren Sohn vor, so auch am 4. Oktober 1901: »Der Bubi sprach heute wieder davon, dass meine Mami mich nicht lieb gehabt hätte, das beschäftigt ihn sehr und als ich ihn dann fragte, wer hat mich denn jetzt lieb, sagte er: Klages – Du sollst bald bald wieder kommen.«

In den kommenden Jahren schlossen sich Mutter und

Sohn immer enger zusammen, bildeten eine Allianz gegen die Umwelt, die ihnen nicht immer wohlgesinnt war. Zeitweise genügten sie einander. »*Ich hab die Maus*, was ist dagegen alles was Ihr andern habt«, jubelte sie im Juli 1901 in ihrem Tagebuch. Am Abend des 6. Juni, während eines Aufenthalts in Lenggries, wo sie in der »Landeinsamkeit« an ihrem Roman »Ellen Olestjerne« arbeiten wollte, war sie so entzückt von Bubis Aussprüchen, dass sie diese protokollierte. Er nannte sie »Mamai« und sorgte sich um sie: »Hat Mamai schon gegeßt? Ja Mamai hat Thee getrunken. Kinder darf kein Theele ginken, dann wird alle Kinder krank. – Aber Mama ist doch kein Kinder Mama ist ein Mamaikinder. Mamai ist doch großes Mamai. M. ist ein großes Mamaikinder.« Und weil er von den anderen Kindern gehört hatte, dass es »Papas« gibt, machte er sich Gedanken über einen Vater und entschied: »Mamai ist Masi sein Papa.« Am Abend stellte ihm seine Mutter die Suggestivfrage: »Nicht wahr du willst doch nur ein Mamai haben.«

Vier Monate später wiesen die kindlichen Fragen schon über die unmittelbare Umgebung hinaus. »Giebt es auch weiße Kaminkehrer? Werden die Gänse alle Tage gerupft?«, heißt es in Reventlows Aufzeichnungen vom 19. Oktober 1901, und weiter: »Große Seligkeit unter dem Mond. Erzählte ihm wie wir da hinauffliegen wollten, er rote und ich goldne Flügel kriegen und auf den Telegraphendrähten Musik machen, er nennt es immer Guitarrensaiten. Und was ist denn im Mond? ein großes goldnes Hausi Mit vielen Pielsachen?«

Der Sohn eröffnete der Mutter den Zugang zu ihrer eigenen Kindheit – genau in dem Moment, in dem sie über diese schreiben wollte. Als sie mit ihm einen Jahrmarkt besuchte, empfand sie selbst »kindischen Spaß, Kinderzeit – Husumer Jahrmarkt«. Manchmal ähneln die Beschreibungen ihrer Unternehmungen mit Rolf ihren

Abenteuern mit Catty – ein Stück Kindheitsidylle, in dem Sohn und Bruder ein und dieselbe Rolle spielen. Allerdings war ihr der Sohn manchmal nicht wagemutig genug. Feigheit und Wehleidigkeit duldete sie nicht, so spornte sie ihn an, lehrte ihn, Purzelbäume zu schlagen, und erzählte ihm, dass sie sich als Kind nie gefürchtet habe. Als Mutter und Sohn einmal ausgelassen herumtollten, hielt man sie für Geschwister.

Einzig zu seinem Geburtstag fiel ein Schatten der Vergangenheit auf das unbeschwerte Glück, denn Franziska durchlebte – wie oft an exponierten Jahrestagen – das große Ereignis der Geburt noch einmal, nicht bloß in der Phantasie, sondern geradezu körperlich. Am 31. August 1901 schrieb sie an Klages: »Heute schreibe ich das Datum darüber, denn es ist *das* Datum meines Lebens. Die Nacht, in der die Maus das Licht der Welt erblickte, und das erlebe ich jedes Mal wieder. Diese lange und furchtbare Nacht, die allertiefste Tiefe, Wahnsinn und Schmerz und Verzweiflung und Einsamkeit, das einzige Mal, wo ich aufgeschrieen habe gegen das Leben, gegen das Allzuviel – und dann die Morgenfrühe, wo ich mein Kind zum ersten Mal sah. [...] Und morgen soll das kleine Göttertier gefeiert werden, weil es mir zum vierten Mal vom Himmel fällt.«

Mutter und Sohn verbrachten den Geburtstag in Schäftlarn, der zweiten Schreibklausur nach Lenggries, wo Franziska zu Reventlow um ihren autobiographischen Roman rang. Dort lebten sie besonders innig zusammen, schliefen eng aneinandergeschmiegt und hatten sich »furchtbar lieb«. Wenn es doch einmal zu einem Streit kam, versöhnten sie sich anschließend wie nach einem »Liebeszwist«. Dann ist im Tagebuch von »großem, großem Liebhabi mit der Maus« zu lesen. Wenn sie ihn zugunsten ihres Romans zu sehr vernachlässigte und ihn ins Bett steckte, um noch schreiben zu können, wehrte er sich tapfer und nannte sie: »Du unverschämtes Mamai, Du unverschämtes Mamai.« Sie empfand seine Gegenwart nie als Hemmnis, sondern als wohltuenden Ausgleich zu ihrer Arbeit. Die üblichen Elternfehler sollten ihr nicht unterlaufen, immer wieder übte sie sich in Selbstkontrolle und erzog auf diese Weise nicht nur ihren Sohn, sondern auch sich selbst: »Es gibt Leute die sagen: Ich kann mich nicht teilen, – aber ich zerlege mich direkt in 2 Teile. Sklave der Arbeit und Mamai.« Sie war davon überzeugt: Müsste sie nicht arbeiten, sie wäre »vollkommne Mutter«, was ihr Bubi bestätigte. Wann immer sie fürchtete, zu ungeduldig mit dem Kind gewesen zu sein, fragte sie: »Maus, bin ich nicht bescheulich und er immer: Nein du bist blav.«

»Meine Göttermaus, wir sind doch namenlos glücklich und reich miteinander und der Reichtum soll immer größer und vertiefter werden«, wünschte sie sich voller Zuversicht. Sie verdankte ihrem Bubi nicht nur ein neues Leben, sondern auch neue Energien. Hatte sie seit frühester Jugend gegen das grausame Gefühl der Nichtexistenz kämpfen müssen, so verschwanden diese Ängste in dem Moment, als das »Göttertier« das Licht der Welt erblickte. Es verlieh ihr Lebensmut, Kraft und Freude am Dasein: »Und dann lieber Freund, ich weiß auch wieder, dies Kind kann mir nicht sterben, ebenso wie ich nicht sterben konnte, wo jeder andere gestorben wäre. Ich würde es nicht zulassen, es wieder lebendig machen«, erklärte sie Klages.

Klages sah das kleine »Göttertier« naturgemäß weitaus kritischer. Er richtete einen kühlen Blick auf ihn, bewunderte seine athletische Statur, meinte jedoch, der Kleine habe nicht viel Intellekt, wohl aber »eine mitfühlende, wissende Zartheit des Gemüts«, wie sie ihm bei einem Kind noch nicht begegnet sei. Zwischen Hentschel und Franziska zu Reventlow schwelte der grundsätzliche

Streit über Bubis Erziehung weiter. Er hatte ihr schon während des gemeinsamen Samos-Aufenthalts ihre übergroße Nachsicht vorgeworfen. Nun bezichtigte er Bubi sogar der Schauspielerei und nannte ihn einen »raffinierten Comödianten«, worauf Franziska empört reagierte und erklärte, alle Kinder hätten in einer bestimmten Lebensphase Spaß am Schauspielern. »Wenn er nicht beachtet wird, ist er ein völlig unbewußtes Kind und ich kenn ihn am besten. – [...] Er möchte die Maus einmal 4 Wochen um sich haben um ihm alles auszutreiben. – Und wenn er ihn 4 Wochen allein um sich hätte, würde er auch ohne ›Austreiben‹ sehen, daß die Maus ziemlich so ist wie sie sein soll.« Es war vor allem die Art und Weise, in der Hentschel seine Kritik vorbrachte, die sie verstimmte. Sie spürte in seinem Verhalten eine Feindseligkeit, die sie sich nicht erklären konnte. Als Freund habe er nicht das gehalten, was er ihr versprochen habe. Sie zwang sich, seine Verlobte zu akzeptieren, war aber dennoch eifersüchtig, konnte seine Wahl nicht verstehen. Am 13. März 1901 gab sie zu: »*Sonni ist reizend*, ich könnte sie sehr *lieb haben*. – *Später:* Finte die man sich selbst vormacht um die Concurrenzgefühle zu überwinden.« Wenn sie an die Zeit auf Samos dachte, wurde sie wehmütig – in der Erinnerung verklärte sie das nicht unproblematische Zusammensein mit Hentschel – und sehnte eine neue Reise herbei. Doch stattdessen trat ein, was sie insgeheim befürchtet hatte: In dem Maße, wie Sonni in den Vordergrund rückte, sah sie sich in den Hintergrund geschoben. Die frühere Vertrautheit war unwiderruflich vorbei, und der Teil seiner Persönlichkeit, den sie geliebt hatte, existierte nicht mehr für sie. Am 22. November war es dann so weit: »In meiner Wohnung, dann kam der Woja mit einem Theerosenstrauß die Maus und ich fielen über ihn her und prügelten ihn wie wahnsinnig, zur Strafe daß er Sonni geheiratet hat. Die

Prügelei fing immer wieder an und dauerte etwa eine Stunde und wurde nachher noch in der Klagesschen Küche fortgesetzt.«

Was sie anfangs gehofft hatte, dass Hentschel sie von ihrer Amour fou zu Friess befreien würde, war nicht eingetreten. Das Arrangement, das sie mit »Monsieur« getroffen hatte, war zu ausgefeilt, um es einfach aufgeben zu können. Nachdem sie in der Silvesternacht gemeinsam das neue Jahrhundert begrüßt hatten, ließ sie sich wieder stärker auf ihn ein. Im Karneval gingen sie miteinander aus. Nach einer »wilden Heimfahrt und brennendem Löschen« fragte er: »Darf ich immer kommen – immer?« Da konnte sie ihm nicht widerstehen. Und so begann erneut das Spiel des Hin-und-Her-Gerissenseins, der Anziehung und Zurückweisung, des Zueinanderkommens und Voreinanderfliehens. Am 15. Februar kapitulierte sie: »*Es* ist doch die rettungslose Liebe. Lieber ihn verlieren, als daß die in mir versagt und versiegt.« Zwei Tage später wünschte sie sich: »Wenn ich nur ohne Fri[ess] leben könnte, ich würde so froh jetzt leben, aber im Tiefsten Innern zerreißt etwas dabei.« Nachdem sie ihm eine Art Abschiedsbrief telegrafiert hatte, kündigte er sich zur Aussprache an, was sie in einen Zustand quälender Nervosität stürzte: »Wenn er jetzt schon käme, würde ich wie gelähmt dastehen und kein Wort sagen können. Diese Todesangst: wenn es nun wirklich aus sein sollte. [...] Ich bin ja an ihn festgewachsen, ich kann nicht, kann nicht, kann nicht ohne ihn. Es ist keine Liebe keine Freundschaft, keine Leidenschaft und ist alles zusammen.« Sie versuchte, sich zu beherrschen, er sollte nicht sehen, dass sie vor Erregung zitterte. Sie wollte ihm kühl gegenübertreten. Zwei Tage später notierte sie lakonisch: »So ziemlich im Sand verlaufen. Etwas Aussprache, dann alles wie sonst, das kommt davon wenn man sich auf große Dramen gefaßt macht.«

Große Dramen wusste sie durch ein ausgefeiltes erotisches Beziehungsgefüge zu verhindern, in dem Friess, Hentschel und Klages ein jeweils spezifischer Platz zugewiesen war. Jeder allein hätte ihr gefährlich werden können – im Sinne ihrer schon früh gestellten Frage: »Muß ich mein Selbst nicht retten?« –, aber in dieser Konstellation fühlte sie sich sicher, weil die Rollen streng verteilt und die Grenzen genau abgesteckt waren: Friess blieb der fremde Mann für gewisse Stunden, Hentschel der an Sonni gebundene Freund, und Klages praktizierte eine Erotik, die sich niemals in konventioneller Weise an eine Frau binden würde. Zwischen diesen Männern zerrieb sie sich nicht, lief nicht Gefahr, sich zu verlieren, sondern fand ihr inneres Gleichgewicht. Die Hauptanstrengung bestand im Finden und Stabilisieren der Balance.

Zwei Haltepunkte unterstützten ihren Versuch der inneren Stabilisierung: die Beziehung zu ihrem Kind und die Arbeit an ihrem autobiographischen Roman »Ellen Olestjerne«. Damit gewann Klages an Bedeutung, der den oft quälenden Erinnerungs- und Schreibprozess aufmerksam begleitete. Immer wieder ermutigte er sie zur Wiederbegegnung mit ihrer Kindheit und Jugend, die sie zeitweise in ein Gefühlschaos stürzte. Hieß es noch am 17. Juli 1901 im Tagebuch »Alle Tage geschrieben, [der Roman] rückt vor, aber wird nichts Rechtes«, verkündete sie am 7. September 1901: »[…] jetzt fängt sogar der Roman an mich zu freuen.« Und eine Woche später: »Endlich ein Tag am Roman, wo ich glaube, daß er anfängt zu werden.« Phasen der Versöhnung mit ihrer Lebensgeschichte, in denen sie stolz auf sich und ihren Widerstandsgeist war, wechselten mit Anklagen gegen ihre Familie und dem Bedauern, durch deren rigides Eingreifen um vieles gebracht worden zu sein. Emphatisch bekannte sie: »Ich möchte noch so entsetzlich viel leben.«

Manchmal hatte sie regelrecht Angst, sich auf den Erinnerungsprozess einzulassen, der eine Eigendynamik entwickeln und sie in Bereiche entführen konnte, die sie sich lieber erspart hätte. Erstaunt nahm sie wahr, wie deutlich ihr die längst verschüttet geglaubten Bilder wieder vor Augen standen. Das Schreiben ließ sich nur begrenzt kontrollieren und forcieren, oft hatte sie den Eindruck, als sei es nicht sie, die Regie führte, sondern die Arbeit selber. Das Unbewusste schien die Feder zu führen. Einmal begonnen, riss sie der Strom der Erinnerungen unaufhaltsam mit sich. Da half kein Widerstand, sie hatte sich zu fügen, geriet manchmal »fast in Raserei«, fühlte sich als »halbe Morphinistin«. Sie war permanent überreizt, sogar Fürsorge und Zuwendung anderer überforderten sie, ließen eine harmonische Stimmung plötzlich in diffuse Aggression umschlagen. Sie diagnostizierte sich als hysterisch und entschied, alle äußeren Aufregungen so weit wie möglich zu meiden, bis der Roman fertig sei. Ende Oktober 1901 schrieb sie Klages aus Schäftlarn: »Ich fühle immer, dass all meine Nerven beben, entweder zum Guten oder zum Schlimmen, aber es geht und geht und geht nun einmal nicht mehr anders, bis das Kind zur Welt ist. Und ihr müsst alle sehr viel Geduld mit mir haben, mich am besten mit *gleichgültigen Samtpfoten* anfassen.«

Klages kannte Zustände dieser Art und wusste mit ihnen umzugehen. Er suchte die Freundin in ihrer Klausur auf, sie las ihm vor und vertraute am 11. Oktober 1901 ihrem Tagebuch an: »Abends Klages. – Den nächsten Morgen und Nachmittag ihm Roman vorgelesen. Steine, Zentner und Mühlräder vom Herzen, daß er es gut fand. Hochgespannte und wundervolle Stimmung, hätte in einem Zug das ganze Buch zu Ende schreiben mögen.« Eine Woche später notierte sie: »Wieder einen mächtigen Ruck am Roman […].« Einen Monat später, am 13. November, teilte sie Klages mit: »Seit wir zusammen lasen, wächst er wieder in mir. Ja, lieber Freund, aber ich sehe sehr wohl, daß dieser Zustand bald ein Ende nehmen muß, und ich glaube, alle Nervosität etc. wird darin verschwinden. Es gibt keine Nacht, wo ich nicht unaufhörlich im Roman träume, bald hier bald da, und es ist seltsam, denn im Traum kann ich schaffen, da kommen mir die wundervollsten Worte. Aber diese Nächte sind nachher, als ob man nicht geruht hätte. [...] Lieber Freund, werden Sie nicht böse, aber ich glaube, ich möchte die Retouschierarbeit doch lieber selbst machen. Vielleicht ist das auch Hysterie, aber ich bilde mir auf einmal ein, daß ich dann ein ähnliches Gefühl haben würde, wie wenn mir z. B. jemand in eine Zeichnung etwas hineinzeichnet, das vielleicht viel besser ist, wie das was ich machen würde.«

Obwohl sie seiner Unterstützung bedurfte, bat sie ihn inständig, sie in bestimmten Phasen mit ihrer Arbeit allein zu lassen. Sie wusste, dass sie sich der Darstellung ihrer Lebensgeschichte ganz widmen musste, um eine Intensität zu erreichen, die sich auch den Lesern mitteilte, sprach sogar von einer gewissen Autosuggestion, die nicht unterbrochen werden dürfe. »Mir ist manchmal, als ob ich kaum atmen könnte und alle Glieder zittern, ich muß mich dann erst auf die Wirklichkeit und das Jahr wieder besinnen. [...] Aber ob das Werk so wird, daß andere das fühlen? Denken Sie jetzt bei all meinen Briefen daran, daß ich in einem Zustand letzter Spannung bin. Ich stürze jetzt zu jeder Tagesstunde (nur abends nicht) an die Arbeit. Da helfen alle Vorsätze nicht, ich kann nicht mehr anders.« Am 7. Dezember gestand sie ihm: »[...] es war für mich das Kriterium meiner ganzen Arbeit – ob Du jene Schauer darin finden würdest – [...]. Du weißt wohl, was für eine wahnsinnige Selbstbeherrschung jeder meiner Tage ist.« Gleichzeitig war sie bemüht, mit ihren Energien hauszuhalten, um nicht wieder zusammenzubrechen. Sie fühlte sich wie ihr eigener Patient, den sie zum Glück schon lange genug kannte, um zu wissen, wie er zu therapieren war. »Nerven, Nerven, aber ich mache große Fortschritte in der Selbstbehandlung und in meiner Erziehung meiner selbst.«

Am 12. Dezember bat sie Klages erneut, ihre Schreibeinsamkeit nicht zu stören: »Du darfst mir darüber nicht zürnen – denn ich fühle es als Notwendigkeit. Dies letzte muß eine Einsamkeit *ohne* Grenzen sein. Ihr müßt mich einfach aus der Reihe der Lebendigen streichen. [...] Mir ist jetzt wirklich ähnlich zu Mut wie bei schweren Krankheiten – da will ich ganz allein sein, auch die Besten dürfen mir nicht nahe kommen und diese Ferne bedeutet keine Ferne. [...] Mein Freund, es ist eine *entsetzliche* Arbeit, ein entsetzliches Werk, es nährt sich von meinem Blut. [...] Und immer wieder drängt sich mir der Vergleich mit dem Gebären auf – im ersten Moment keine Freude, keine Erlösung, nur dumpfer nachträglicher Schrecken und zitternde Nerven, die nach Einsamkeit schreien.«

Für dieses Werk, in das sie einen großen Teil ihrer selbst hineingewoben hatte, war sie bereit zu kämpfen – gerade weil sie sich davon eine Heilung versprach: »[...] es ist doch ein fortwährendes Streben nach frohen Lebensgefühlen in mir, ich denke daran, daß der Vollendung dieses ›Werkes‹ entweder das Leben, das ich ersehne, folgen wird oder ein erneutes Vordringenmüssen – und zu beiden muß ich meine Kraft beisammen haben.« Mitte Dezember spürte sie, dass sie eine Weile pausieren musste. Die große Spannung der letzten Monate flaute allmählich ab und war auch durch autosuggestive Techniken nicht mehr zu halten: »[...] – ich weiß, daß es später kommen wird, und es wäre dem Werk und dem Inhalt feindlich, es jetzt noch zwingen zu wollen«, teilte sie Klages kurz vor ihrer Rückkehr nach München mit.

Die literarische Arbeit brachte neben den fundamentalen existentiellen und gestalterischen Problemen auch banalere mit sich. Die anstrengende Schreiberei schien ihr die Schönheit zu rauben. Sie beobachte an sich einen angespannten Gesichtsausdruck und müde Augen. Sie beschloss, vorerst nicht mehr zu übersetzen, um Geld zu verdienen, sondern lieber »nach einem reichen Schatz Ausschau« zu halten. Allerdings war dabei Eile geboten, denn sie fürchtete, dafür bald nicht mehr jung genug zu sein. Noch fehlte es ihrem Äußeren nicht an Jugendlichkeit, wie ihr die Komplimente der Freunde und die Reaktionen der Umgebung bewiesen. Doch um sich dieses Effekts sicher zu sein, musste sie seit einiger Zeit Tricks anwenden: So wählte sie ihre Kleidung nach bestimmten Kriterien aus und trug sogar im Winter bei großer Kälte ihre Sommermatrosenblusen in »Backfischfarben«, weil sie ihr gut standen und sie sich darin jung und schön fühlte. Realistisch konstatierte sie am 22. November 1901: »Ich gebe mir jetzt noch 10 Jahre zum Jungsein denn von dem Augenblick an, wo es nichts mehr hilft will ich lieber lernen mit Grazie alt sein. Forcierte Jugendlichkeit macht nur noch viel älter.«

Bevor sie im Herbst 1902 in Schäftlarn mit der Überarbeitung ihres Romanmanuskripts begann, kam es zu heftigen Auseinandersetzungen mit Klages, der ihre Lebensweise – »Ich habe mein Leichtsinnsquartal – wo ich ›sie alle‹ lieben könnte« – scharf kritisierte. Zu den Abenteuern ihres »Leichtsinnsquartals« gehörte auch Frank Wedekind, dessen Auftritte als Balladensänger bei den »Elf Scharfrichtern« sie im Frühjahr 1902 zusammen mit Roderich Huch bewundert hatte. Sie frönten seither der »gemeinsamen Verliebtheit« für Wedekind, Franziska arrangierte durch Falckenbergs Vermittlung ein Rendezvous, das jedoch nicht zu ihrer Zufriedenheit verlief. Der Angebetete zeigte sich desinteressiert – eine Erfahrung, die sie bisher nur selten gemacht hatte. So blieben ihr in diesem Fall nur die Träume, in denen sie »sehr amoureux« mit ihm war.

Es waren Wochen, in denen sie wieder einmal zwischen Lebensfreude und Erschöpfung schwankte, sich einfach treiben und schließlich wieder von Friess trösten ließ. Klages hielt ihr häufiger den Spiegel vor, als ihr lieb war. In einem Brief vom 14. April 1902 setzte sie ihm drastisch auseinander, wie nutzlos seine vermeintliche Hilfe war: »Aber nun denken Sie sich, man will auf einem wankenden Steg über einen Abgrund gehen, und die andern rufen von allen Seiten – Du schwankst ja, Du musst nicht so gehen wie Du gehst, wir wollen Dir helfen – und der über den Steg geht, weiß, ihm kann niemand helfen, wenn er sich nicht selbst helfen kann; das einzige, wie man ihm helfen kann, ist schweigen, nicht dranrühren. Wenn die Menschen wüßten, was für eine Hilfe Schweigen sein kann, anstatt zu sagen: wir sehen, daß Du nicht sicher bist, wir sehen, daß Du Wunden hast.« Klages hatte ihr vorgeworfen, wenig Liebe zu geben und die Liebe erst dann zu schätzen, wenn sie ihr entzogen wurde. Sie verteidigte sich, entgegnete, für ihn sei eine Beziehung erst dann harmonisch, wenn er seinen Besitzanspruch befriedigt sähe. Kleinlich empfand sie sein Bestreben, die Intensität einer Beziehung messen und wiegen zu wollen, ihr reichte das Erleben eines Zusammengehörigkeitsgefühls. Sie hasste es, wenn er ihr »heilige Versprechen« abforderte, die sie niemals zu halten gewillt war und denen sie nur nachgab, um endlich Ruhe zu haben.

Dennoch folgte sie seinem Rat, sich im Sommer einer Kur zu unterziehen, zunächst in Territet bei Montreux, später in Steben, dem berühmten Kurort im Frankenwald. Finanziert wurden die Aufenthalte in der »Idiotenanstalt in der Schweiz« – so ihre Bezeichnung der Kurklinik – von Paula Richter, einer reichen Fabrikantengattin aus Łódź, die Klages gebeten hatte, seine Freundin eine Weile mit monatlichen Zahlungen zu unterstützen. Er hatte einen umfassenden Plan erstellt, um die eigenwillige

»heidnische Heilige« zu dem Menschen zu erziehen, den er als Möglichkeit in ihr schlummern sah. Schon bald kam es zu Unstimmigkeiten mit der Gönnerin, die Franziska zu Reventlow nie persönlich kennenlernte. Die Zuwendungen wurden noch während der Kur in Steben eingestellt, so dass diese daraufhin abgebrochen werden musste.

In einem langen Brief vom 1. April 1902 hatte Franziska zu Reventlow das schwierige Verhältnis zu Klages einer gründlichen Analyse unterzogen: Ihr sei es von jeher schwergefallen, offen über intime Angelegenheiten zu sprechen. Doch um seinetwillen unternehme sie einen Versuch. Sie musste ihm deutlich machen, dass sie sich emotional niemals nur auf einen Menschen konzentrieren und ihm die »volle und ganze Liebe«, wie Klages sie offensichtlich suchte, nicht geben könne. Wahrscheinlich habe sie es nie gekonnt – »außer jener einen ersten Leidenschaft«. Doch aus der unglücklichen Affäre mit Herstein hatte sie gelernt: »Zu dem tiefen gemeinsamen Leben, das Ihre Sehnsucht wollte – zu dem bin ich nicht fähig, meine Seele wird niemals mehr – auch wohl nur danach verlangen, in eine andere Seele hinüberzufließen. Und das war es, was Sie wollten. – Mein Freund, man kann mir Freund sein auf immer, und ich habe das Gefühl, eine Freundschaft wie sie zwischen mir und Dir war, die war noch nie zwischen zwei Menschen, und wenigstens von mir aus *kann* die niemals geringer werden oder verlöschen, das *weiß* ich. – Man kann mir Geliebter sein auf Augenblicke, die in mir und für mich selbst unberechenbar sind, wie der Wechsel von Sonne und Regen, die kommen und gehen und wiederkommen können. Aber es gibt wenige, die so Geliebter sein wollen, denn Beständigkeit kenne ich nicht, vielleicht kann man auch sagen, Liebe in diesem Sinn kenne ich nicht, nur Wollust, Verlangen oder Versagen – und diese drei spielen mit mir, wie ich anscheinend mit denen spiele, die sie mir geben. Aber wenn man mich besitzen will, nicht in dem Sinne des Ehe-Besitzens, aber des inneren – meine Leidenschaften besitzen – davor weicht es in mir zurück.«

Am 2. Mai ließ sie sich von Hentschel zum Bahnhof bringen. Kurz bevor der Zug abfuhr, erschien Klages mit einem Strauß Rosen und in der Pose des Siegers, schließlich hatte er erreicht, dass sie seinem Vorschlag nachkam, den Ort ihrer Haltlosigkeit für eine Weile verließ, um sich in eine Schweizer Kurklinik zurückzuziehen. Trotz Heimweh war auch sie froh, Schwabing eine Weile zu verlassen, sie hoffte, in der Distanz – vor allem zu Klages, den sie für »die ganze Zerrerei« verantwortlich machte – zu sich selbst zu kommen. Und sie genoss es, mit ihrem Sohn wieder einmal allein zu sein. In der »großen Mäuseseligkeit« wurde sie selbst wieder zum Kind, so dass Bubi sie seine »Mädelmamai« nannte. Am 12. Mai notierte sie: »Wir machen schöne Spaziergänge auf möglichst einsamen Wegen und erzählen Märchen. Einmal sind wir 2 Katzis die auf Vogeljagd gehen, aber nur die bösen Vogis fangen, oder Hänsel und Gretel oder Königstochter und Frosch.« Wenn sie sich dann und wann zu einem »Strafgericht an der Maus« hinreißen ließ, weil diese »mehr und mehr verwilderte«, tat es ihr sofort leid. Bubi trug es ihr nie nach, nannte sie sein »blaves Mamai« und beschenkte sie an ihrem Geburtstag mit dem Versprechen, immer »blav« sein zu wollen. Sonst hatte niemand an ihren Geburtstag gedacht. Klages berichtete sie Ende Juni 1902: »Die Maus ist jetzt von wahnsinniger Süßigkeit, wir feiern förmliche Flitterwochen, einmal wieder so ganz allein miteinander. Er führt mich zum Brunnen und übt strenge Kontrolle, daß ich das vorgeschriebene Maß trinke.« Mit dem Nachsatz spielte sie auf den »Oberkontrolleur« Klages an, der in Bubi einen Nachfolger gefunden hatte. Er passte gut auf seine Mutter auf.

Nachdem sie Anfang Juni Territet verlassen hatte, begab sie sich nach kurzer Zwischenstation in München Mitte des Monats zu einem weiteren Kuraufenthalt nach Steben. Dort hielt sie die Zeit für gekommen, mit der Ausbildung ihres Sohnes – er wurde bald fünf Jahre alt – zu beginnen. Schon früh hatte sie den Plan gefasst, ihn so weit wie möglich selbst zu unterrichten. Das tat sie in Form von Geschichten: naturkundlichen – wie die Vögel aus den Eiern schlüpfen, wie sich Raupen in Schmetterlinge verwandeln – und immer wieder mythologischen. Die Erzählung von Orpheus in der Unterwelt beeindruckte den Knaben besonders. Sein Kommentar findet sich im Tagebuch der Mutter: »Wenn ich ein böses Mamai getigt hätte, thät ichs in eine Kiste und schickte es in die Unterwelt. Und dann kauf ich mir ein blaves Mamai, wie's du's bist.« Sie teilte auch ihre Sorgen mit ihm, die er wie die Märchen und Mythen ausschmückte und weiterspann: »Maus, wenn ich kein Geld mehr hab, muß ich mich aufhängen. – Aber dann hängst du mich auch mit auf. Er denkt es sich sehr lustig und freut sich darauf, nun malt er mir immer aus wie wir reich werden wenn er groß ist. Und wie ich dann weiße Haare krieg und dann noch ein paar Tage lebe und dann tot bin. Will sich dann auch tot machen und in dasselbe Grab begraben werden. – Ich glaube auch wir müssen einmal zusammensterben.« Als sie ihn einmal nachts wach in seinem Bett findet, erklärt er ihr, warum er nicht schlafen kann: »Ich hör den Mond im Himmel immer sprechen.«

Im September begaben sich Mutter und Sohn wieder nach Schäftlarn. Franziska wollte ihren Roman an dem Ort, an dem sie wesentliche Teile entwickelt und niedergeschrieben hatte, überarbeiten und endgültig fertigstellen. Nebenbei setzte sie Bubis Unterricht fort. Das Kloster immer vor Augen, lag ihr die Klärung religiöser Fragen nun besonders am Herzen. Sie erzählte dem Kind, dass es

»viele viele Götter gäbe, während die dummen Leute meinten es gäbe nur einen«. Davon wollte er mehr hören. »Male ihm vor wieviel schöner die sind, so viele, so schön, überall und dafür nur ein greulicher lieber Gott mit langem Bart, der die Bösen bestraft und erst im Himmel die Guten belohnt. Aber was versteht so ein Kind schon alles. Sage ihm auch, daß man zu den Göttern nur im Freien oder in Tempeln wo die Sonne hereinscheint beten kann, nicht in einer Kirche. Erst bietet er einige Sophistik auf, er betete auch in der Kirche nur zu den Göttern und die Kirche wäre schön. – Aber schließlich überzeugt, daß er nicht mehr hineingehen will, nur mit mir, wenn ich ihm große schöne Kirchen zeige.« Die erste Lesestunde, in der sie ihm die Vokale i und e am Beispiel eines Igels erklärte, fand im Oktober statt. Bubi hatte zu diesem Zeitpunkt allerdings noch mehr Vergnügen an eigenen Wortschöpfungen und Improvisationen über einen Vogel, nannte ihn »Ranpfi, Schlangiwunzi, Farumpigacki«.

Die Arbeit am Roman war anstrengend, dieses Mal war es vor allem Franziskas Anspruch, etwas »Ungeheures« schaffen zu wollen, der einen solchen Druck erzeugte, dass sie es beinahe bedauerte, ein so gewaltiges Unternehmen begonnen zu haben. Gegen die wachsende Nervosität verordnete sie sich eine strenge Tagesordnung: »[…] um 7 od. 8 auf, spazieren gehen, bis Mittag arbeiten, gleich nach Mittag wieder gehen um 3 Caffee und dann bis 6 arbeiten, Abendessen richten und zu Bett. Das lange Schlafen die einzige Möglichkeit um nicht ganz nervös und caput zu werden.« Sie war sich sicher, »wenn ich dieses Handwerk noch ein paar Jahre weiter treiben muß, ist es aus mit mir. Seit ich wieder an der Arbeit bin, ist die alte Nervosität wieder da, ewiges Kopfweh, ich muß jeden Augenblick wieder aussetzen. Trotzdem ist schon einiges geschafft, ich denke in höchstens 3 Wochen mit der Durcharbeitung fertig zu sein. Dann bleibt nur noch das Abschreiben.« Am 11. Oktober verkündete sie optimistisch: »Wenn ich mich nicht selbst darüber täusche, so ist der Roman viel besser geworden. Ich habe viel gestrichen. In gut 14 Tagen hoffe ich wirklich fertig zu sein.« Am 20. Oktober stöhnte sie: »Mein Gott erlöse mich von dem Roman, werde noch verrückt darüber –«. Es sollte noch zwei Wochen dauern, bis sie erleichtert verkünden konnte: »Roman fertig. In einer Art glückseligem Rausch der sich auch der Maus mitteilt.« Hatte sie noch am 30. September an Klages geschrieben: »Wenn ich für mich nichts mehr will, bleibt immer noch das Lebensprogramm Bubi, nur Bubi«, notierte sie am 4. November bei ihrer Abreise aus Schäftlarn an einem »wundervollen sonnigen halbnebligen Herbstmorgen« in ihr Tagebuch: »Jetzt denke ich mehr an mein Alter, es spielt nur keine Rolle mehr, meine Werke sollen und müssen werden und wenn ich 100 Jahre darüber werde, und ich bin wieder viel mutiger und sicherer geworden.«

Als Franziska zu Reventlow im November 1902 mit dem fertigen Roman in München eintraf, verfügte sie weder über eine Wohnung noch über Geld. Ihr Verleger Albert Langen gewährte ihr keinen Vorschuss mehr, nur einige Freunde standen ihr zur Seite. Vorübergehend fand sie Unterschlupf bei Hedwig von Basch, dem Baschl, einer Freundin, die sie gleich zu Beginn ihrer Münchner Zeit in der Malschule kennengelernt hatte. Sogar Friess unterstützte sie in dieser Notlage, was sie in ihrem Tagebuch ironisch kommentierte. »S. M.«, Seine Majestät, titulierte sie ihn nun: »Von S. M. das notwendigste Geld mit Mühe extrahiert, verflucht so zu betteln, ›und dann, wenn Alles auseinander stiebt – den anzuflehen, den wir einst geliebt.‹ – Kleide es aber in frivole und scherzhafte Form, so geht es noch am ehesten.«

Bereits nach kurzer Zeit wurde das Zimmer beim Baschl zu eng, und sie zog mit Bubi in die Wohnung Otto Falckenbergs, der sich mit seiner Lebensgefährtin Wanda Kick gerade in Südtirol aufhielt. Klages und Bohdan von Suchocki, ein polnischer Künstler, Glasmaler und Puppenspieler, den Franziska zu Reventlow im vergangenen Sommer kennengelernt hatte, halfen, die »wüste und leere Wohnung« am Englischen Garten einigermaßen einzurichten. Es sollte ihnen trotz phantasievoller Aktionen nicht recht gelingen. Franziska empfing Besucher im Badezimmer, dem einzigen beheizbaren Raum, wo sie ihnen aus ihrem Roman vorlas. Als sie es in der »Eishöhle« nicht mehr aushielt, schlüpfte sie bei einer anderen Bekannten,

Marie »Mieze« Römermann, unter. Es missfiel ihr, dass sie ihrem Sohn ein »heimloses Weihnachten« zumuten musste. Die Freunde versuchten sie aufzumuntern, allen voran Wolfskehl, der am »Weihnachtsmittag« mit einem Geschenk für Bubi erschien, und Suchocki, der am ersten Weihnachtstag »Futterkost von Frau Güttner« brachte. In der Silvesternacht ließ Franziska die Tradition des gemeinsamen Feierns mit Friess wieder aufleben; es war ihr fünfjähriges Jubiläum, und sie begingen es »in seinem Bureau«: »Wie sehr viel ruhiger ist es in mir geworden, und doch immer noch viel von der alten Liebe nur jetzt auf einer ganz andren Basis, erotische Freundschaft mit etwas Heimweh darin. Soupieren zusammen im früheren Künstlerheim. Grundton: Wir finden uns doch immer wieder ... sprechen über das manche, das zwischen uns gekommen ist.«

Für Unruhe sorgte in dieser Nacht ein anderer Mann. Wie dem Tagebuch zu entnehmen ist, begab sich Franziska zu Reventlow nach Mitternacht zu Wolfskehls, wo Klages, Schuler und andere Freunde feierten. »Er mich in sein Zimmer um mir die Eulen zu zeigen: ich hab dich so furchtbar lieb – – – – Ich etwas umnachtet rufe nach Luft, er die Fenster auf, ich will aber zur Tür hinaus nehme ›halb unbewußt‹ meinen Mantel und geh heim. Im Bett Reue, daß ich fortgegangen. Neujahrsmorgen zu Klages, bei ihm im Zimmer, dann kommt Wolfskehl.« Sie sprachen über den gestrigen Abend, Franziska schien nicht nur verstört, sondern vor allem vollkommen überrascht von Wolfskehls Geständnis und daher froh, zunächst auf ein anderes Thema ausweichen zu können: ihren Umzug in eine Wohnung mit Atelier, eine »herrenlose, wo man nicht mal zu mieten braucht«, die ihr Suchocki vermittelt hatte. »Andrer Morgen. W[olfskehl] kommt helfen – Gespräch im Atelier – Montag Nachmittag. – Was will das werden. Ich habe nichts davon gewußt, aber es geht mir auf wie etwas Leuchtendes.« Allmählich ließ sie die gänzlich unerwartete Liebeserklärung an sich herankommen und ging auf Wolfskehls Werben ein. Dass sie seine Gefühle nicht bemerkt hatte, irritierte sie am meisten. Schließlich war sie in Liebesangelegenheiten ebenso sensibel wie souverän. Diesmal hatte es sie jedoch unvorbereitet getroffen. Sie schätzte Wolfskehls Freundlichkeit, Klugheit und Lebensfreude, und es schmeichelte ihr, dass der »Zeus von Schwabing« sich so um sie bemühte. Aus einer wohlhabenden jüdischen Familie stammend, führte er mit seiner Frau Hanna ein weltoffenes Haus, in dem große Gesellschaften stattfanden und der Kosmiker- und der George-Kreis sich regelmäßig zu Jours trafen.

In der Affäre mit Wolfskehl fand Franziska zu Reventlow zum ersten Mal auch Ausgeglichenheit: »Mein Leben ist sehr sonnig jetzt, ohne allen Schmerz – unendlich viel innere Heiterkeit. Gesund sein und Ruhe.« Zur gleichen Zeit intensivierte sich ihr Verhältnis zu Suchocki. Das Tagebuch erwähnt ihn erstmals am 7. September 1902: »Nachm. Suchocki und Rodi. S. bleibt, Abends Déclaration d'amour, die aber im Keim erstickt wird. Ich mag überhaupt jetzt nichts von amour wissen [...].« Sie hielt sich damals in Schäftlarn auf, von der Begegnung berichtete sie drei Tage später Klages: »Denken Sie sich meinen Schrecken, als vorgestern plötzlich aus dem Walde Suchocki auftauchte – er wollte mir ursprünglich mein Gepäck an die Bahn helfen, dann für den Nachmittag hinausfahren, was ich durch mühelos simulierte Unschlüssigkeit, einen Zug zu bestimmen, abwinkte. So machten wir gestern früh einen bei dem Herbstwetter allerdings wundervollen Spaziergang nach Wolfratshausen, dann kehrte ich mittags hierher zurück und er verschwand wieder in den Büschen um zu schlafen. [...] Übrigens ein Mensch, mit dem ich doch auf die Länge absolut nichts anfangen könnte, man muß ihn nur hier und da einmal auftauchen sehen, in seinem Atelier oder im Karneval, aber im übrigen ist er völlig passé, ein verblühter Bohemien, er ist eine Art von Menschen, die *nur* eine Jugend und nur *eine* Jugend haben.« Das abschätzige Urteil sollte sie schon bald revidieren; immer häufiger tauchte in den Tagebuchnotizen nun »S.« oder »Such« auf.

Suchocki half ihr zuallererst, den Alltag zu organisieren: »Nächsten Tag schwieriger Umzug, mit S. auch den Baschlspeicher geräumt, nächsten Morgen die Sachen von Wanda, der Miezewohnung und Rodi zusammengeräumt. Draußen tiefer Schnee. Maus im Schlitten gefahren hinter den Dienstleuten her.« Gemeinsam richteten sie Wohnung und Atelier ein, gingen am Abend in die Stadt, und unterwegs gestand er ihr: »Ich hab Sie ja auch furchtbar lieb«, worauf sie ihm ihre Hand mit den Worten entzog: »man darf mich überhaupt nicht lieben – etc. etc.« Ihre Eintragung schließt mit dem lakonischen Kommentar: »Glücklich abgewendet.« Doch wenige Tage später, am 5. Januar 1903, notierte sie: »Schon seit langem kommt der Such jeden Abend – gehört ganz zu meinem Leben.« Die wachsende Vertrautheit ließ sie geschehen, ohne sich bewusst zu engagieren. Ihre Aufmerksamkeit konzentrierte sie auf das Zusammensein mit Wolfskehl, den sie – wegen seiner Italophilie – Carlo nannte. Sie jubelte: »Lauter helle kalte wundervoll frohe Wintertage mit lauter Sonne im Innern, so hab ich seit Jahren nicht gelebt.« Sie ging täglich Schlittschuh laufen mit Suchocki, traf Wolfskehl am Nachmittag, unterrichtete ihren Sohn, spielte und turnte mit ihm und fühlte sich wohl. Zu diesem entspannten Zustand hatte auch eine finanzielle Vereinbarung mit Friess beigetragen. Der »Kuhhandel«, wie sie das nicht näher erklärte Abkommen bezeichnete, sorgte dafür, dass ihre Geldsorgen vorerst in den Hindergrund traten: »Habe auch etwa 2 Monate zu leben und lebe einmal ganz zwecklos, dehne mich in der Sonne, die so ungewohnt ist. Es ist ein ganz neues Stadium der sonnigen Höhe und auch neu, daß ich es hüte.«

Mittlerweile war es Februar geworden, und Franziska meldete: »Der Carneval geht an.« Zu den traditionellen Münchner Faschingsfesten zählten der Scharfrichterball, der Bauernball, die Nachkirchweih und die Schwabinger Bauernkirchweih. Daneben gab es private Bälle der verschiedenen Zirkel und Kreise wie das legendäre Antikenfest bei Wolfskehl. Die Karnevalsbegeisterung ergriff alle gesellschaftlichen Schichten – die Bals parés im Deutschen Theater waren in ganz Europa berühmt. »Man fuhr nach München zum Fasching, wie man im Februar nach Cannes fuhr. Man suchte die Luft auf, wo man den Fasching nicht machen musste, sondern wo man ihn fand«, schwärmte der Dichter Kasimir Edschmid. Mit ihren Freunden bereitete sich Franziska sorgfältig auf die rauschenden Nächte vor, brachte Bubi bei Bekannten unter, um sich ungestört auf die Faschingsabenteuer einlassen zu können. Aufwendige Kostüme wurden entworfen und angefertigt, Verkleidungen und Rollen untereinander abgesprochen, Kostümproben durchgeführt. Die närrische Zeit wurde als zentrales gesellschaftliches Ereignis mit feierlicher Ausgelassenheit zelebriert. Die Karnevalssaison 1903 begann mit einer Veranstaltung in der Peripherie: der »Elendskirchweih« beim Rabenwirt in Pullach, einem Vorort von München. Franziska trug ein altes »griechisches« Theaterkostüm mit »Dolch im Herzen«. Ein anderes Mal verkleidete sie sich als Hingerichtete im »Armesünderkleid« und mit einem feinen roten Strich um den Hals, für die Nachkirchweih wählte sie eine holländische Tracht. Auch Suchocki fand Gefallen an der Maskerade und erschien beinahe jeden Abend in einem anderen Aufzug, zu dem fast immer ein Panzerhemd gehörte.

Auf den Festen ging es wild und übermütig zu, jeder ließ sich treiben, alle waren in Bewegung. Man tanzte und flirtete, genoss flüchtige Affären, mehr oder weniger intensive Begegnungen, stob auseinander, um sich später wieder zu treffen oder sich ganz zu verlieren. Suchocki schien Franziska immer genau im Auge zu haben und gefiel sich in der Rolle ihres ritterlichen Beschützers. Dabei schlug er sich auf der »Elendskirchweih« an seinem Schwert blutig. Als sie sich ihm zuwenden wollte, war er schon wieder auf und davon. Ähnliches geschah auf einem anderen berühmten Fest: »Zum Scharfrichterball R[odi] S[uchocki] und ich als griechische Knaben mit schwarzen Trikots, roten Kränzen und weißumwickelten Beinen, waren wirklich sehr schön. Such Keilerei mit dem schönen Meier der mir ›zu nah trat‹. Auch wieder in W[edekind] verliebt, er nimmt mich gegen Morgen an der Hand, führt mich um sich herum und schaut mich an. Frage ihn ob [ich] ihm jetzt endlich auch gefalle. Darauf ›fabelhafter‹ Blick und ich reiße aus, damit dieser große Augenblick durch nichts zerstört wird.«

Den unumstrittenen Höhepunkt des kollektiven Taumels bildete das Antikenfest, das am 22. Februar 1903 in der Wolfskehl'schen Wohnung in der Leopoldstraße stattfand. Im Mittelpunkt stand Stefan George, der als Caesar in weißer Toga erschien. Wolfskehl, der in der wilden Ekstase ganz in seinem Element war, ging als Bacchus, Klages, der – gehemmt – das Amüsement der anderen nur beobachtete, als indischer Mönch, Schuler trat als große Urmutter »Magna Mater« auf. Das Fest wurde fotografisch von Richard M. Schmitz dokumentiert, dem Bruder des Schriftstellers Oscar A. H. Schmitz, der, wie der Psychiater Hans Walter Gruhle, der Archäologe Herbert Koch und der Schriftsteller Franz Hessel, seit einiger Zeit zu Franziskas Freundeskreis gehörte. Gruhle, Hessel, Schmitz und Franziska hatten sich als bekränzte Bacchanten verkleidet.

Das Antikenfest in Wolfskehls Wohnung, 22. Februar 1903
Stefan George als Caesar (in der Mitte sitzend),
vorn links Franziska zu Reventlow, Oscar A. H. Schmitz
und Alfred Schuler

Die Reventlow schildert dieses Ereignis im elften Kapitel ihres Romans »Herrn Dames Aufzeichnungen oder Begebenheiten aus einem merkwürdigen Stadtteil«. Den Ich-Erzähler Dame lässt sie sagen: »Ich wollte, ich wäre in der Lage zu behaupten, man müsse seine Feder in heidnisches Blut tauchen, um Wahnmochinger Bacchanale zu schildern, und wenn ich mein Buch schreibe, werde ich es wohl auch so ausdrücken.« Sie hatte Distanz gebraucht, um ihren Schlüsselroman zu verfassen – zeitliche und räumliche. Er erschien erst 1913 im Albert Langen Verlag, also zehn Jahre nach dem legendären Antikenfest. Entstanden war er in Ascona. Um ihn zu realisieren, hatte sie sich einen kompetenten Berater gewählt: Paul Stern. Dem

Philosophen, der dem George-Kreis angehörte und mit dem sie schon eine Weile befreundet war, hatte sie im Dezember 1911 angekündigt: »Ende Januar gehe ich nach Rom und werde den Schwabinger Roman anfangen. Kommen Sie doch hin und helfen Sie mir.« In ihrer umfangreichen intensiven Korrespondenz diskutierten die beiden das Gedankengut der Kosmiker, die Figuren und die Dramaturgie des Romans. Dabei wird deutlich, wie wenig vertraut Franziska zu Reventlow mit der kosmischen Lehre war, deren Hauptvertreter sie so gut kannte. Sie stellte Stern grundsätzliche Fragen, staunte über die Antworten und schien fassungslos über das, was sie im Nachhinein über weiße und schwarze Magie und Astrologie erfuhr. Sie bat ihn wiederholt um Nachsicht – allein der Begriff »kosmisch« bleibe ihr unklar: »Ich weiß bei Gott nicht, warum ich gerade für dieses ein solches Brett vorm Kopf habe […].« Zuletzt tauchten Unstimmigkeiten auf, weil sie einige Änderungsvorschläge ihres Beraters »Sternlein« nicht umsetzen wollte. Im Dezember 1912 verteidigte sie ihre Position, nachdem sie ihm noch einmal ihren Dank ausgesprochen hatte: »Aber Sie können deshalb nicht verlangen, daß ich in dem Buch, das immerhin unter meiner Flagge segelt, etwas mache, das mich direkt stört – weil der andere es besser findet, während ich finde, dass er sich irrt. Es muss doch möglich sein, daß man in einer Sache verschiedener Meinung ist […].«

Stern fungierte nicht nur als Berater, sondern wurde – wie so viele Freunde, Verehrer und Liebhaber – auch zur Romanfigur. In »Herrn Dames Aufzeichnungen« tritt er als Dr. Sendt auf. Wolfskehl erscheint als »Professor Hofmann«, der bei einem Antikenfest »in purpurrotem Gewand mit Weinlaubkranz und einem langen goldenen Stab« den »indischen Dionysos« gibt: »Beim Tanzen raste er wild daher, und seine Augen rollten, mir fiel auf, daß er eigentlich ein schöner Mann ist mit seiner mächtigen Gestalt und dem dunklen Bart. Er schien auch vielen Frauen gut zu gefallen, und er sah sie alle mit verzückten Blicken an und fand sie alle namenlos schön. An Rauschfähigkeit fehlte es ihm sicher nicht, und er lebte ganz in seiner Rolle [...] außer bei einer kleinen Szene. Maria verfiel in einem animierten Moment darauf, an seinem ungeheuren goldenen Stab emporzuklettern – er schaute sie froh entgeistert an, hielt ihr den Stab hin, und der Stab brach in der Mitte durch. Schade, aber in diesem Moment versagte sein heidnisches Empfinden, und er wurde ärgerlich.« Die Begebenheiten dieser Nacht, über der »viel heidnischer Glanz und Schimmer« lag, kommentiert der Ich-Erzähler ironisch: »Nach meinem Gefühl dürfte Dionysos sich nicht ärgern, wenn Bacchantinnen oder Hermaphroditen etwas entzweibrechen. Aber außer mir hat es wohl niemand bemerkt.«

Der lakonische Nachsatz könnte leitmotivisch über Franziska zu Reventlows kritischem Verhältnis zu den Kosmikern stehen. Die Individualistin konnte sich mit dem Wir-Kult nicht identifizieren und spottete gleich zu Anfang ihres Romans: »Wie armselig, wie vereinzelt, wie prätentiös und peinlich unterstrichen steht das erzählende oder erlebende ›Ich‹ da – wie reich und stark dagegen das ›Wir‹.« Und sie persiflierte den Mystizismus, den Irrationalismus und die begriffliche Manieriertheit, die sich etwa in dem Gegensatzpaar kosmisch – molochitisch sowie dem Superlativ aller Superlative »enorm« äußerte, jenem Modewort der Schwabinger Boheme, das damals in aller Munde war, ohne dass man wusste, was genau damit gemeint war. Die »Enormen« werden in Reventlows Roman als diejenigen charakterisiert, die »allen Erkenntnissen der klaren Vernunft die instinktive Weisheit früherer Völker entgegenstellen und sich an dem Pathos dieser Dinge und an ihrem eigenen Pathos berauschen«. Wenn Dr. Sendt genug von dieser Selbstberauschung hat, ruft er »Mirobuk«

– eine Wortschöpfung der Autorin –, um den Spuk zu beenden und den Bann zu lösen, unter dem die verschworene Gruppe unangreifbar scheint. Herr Dame ist von der Wirkung des Zauberworts beeindruckt und lässt sich von Dr. Sendt in die Denkweise der »Wahnmochingerei« einführen. Dieser erklärt bereitwillig, »enorm« sei das Gegenteil von »belanglos«, bezeichne »den höchsten Grad der Vollendung«: »Sie werden überhaupt mit der Zeit bemerken, daß man unter echten Wahnmochingern einen ganz besonderen Jargon redet, und Sie müssen lernen, diesen Jargon zu beherrschen, sonst kommen Sie nicht mit.« Es sei unerlässlich, so Dr. Sendt, die Unvereinbarkeit des Kosmischen mit dem Molochitischen zu erkennen. Letzteres gelte als Synonym für alles Lebensfeindliche und Lebensvernichtende. »Man wandte nun in unserem Stadtteil mit Vorliebe diesen Gegensatz auf die Rassensubstanzen an und gelangte zu dem Resultat: die Arier repräsentieren das aufbauende, kosmische Prinzip, die Semiten dagegen das zersetzende, negativ-molochitische.« In Schwabing propagierten Klages und Schuler einen eigentümlichen Antisemitismus, der auf ihrer Zivilisationskritik basierte und den »seelenmordenden Fortschritt« des Judaismus als Bedrohung und Feind des »wahren Lebens« interpretierte. Als Herr Dame mehr über diesen eigenartigen Stadtteil wissen will, präzisiert Dr. Sendt: »Wahnmoching ist eine geistige Bewegung, ein Niveau, eine Richtung, ein Protest, ein neuer Kult oder vielmehr der Versuch, aus uralten Kulten wieder neue religiöse Möglichkeiten zu gewinnen.«

Mehr als vierzig Jahre später, am 23. September 1946, empfahl Karl Wolfskehl in einem Brief an Ludwig Curtius, den damaligen Direktor des Deutschen Archäologischen Instituts in Rom, der sich über das München der Jahrhundertwende informieren wollte: »Die beste Quelle, fast bis ans Tatsächliche heran, jedenfalls doch für Stimmung und Luft der Epoche, ist und bleibt der Reventlow ›Herrn Dames Aufzeichnungen‹.«

1979 berichtete der 82-jährige Rolf Reventlow in einem Gespräch mit dem Journalisten Helmut Fritz über die Entstehung des Romans, die er als Fünfzehnjähriger in Ascona miterlebt hatte. Er hatte seiner Mutter beim Tippen geholfen, war an Wortschöpfungen wie »Wahnmoching« beteiligt gewesen und mit ihrer Einstellung zu den Kosmikern vertraut: »Sie war eine sehr scharfe Kritikerin und sah die Verstiegenheit dieser Leute um Klages, Schuler und George, sah sie sehr genau, genauer vielleicht als andere, die auch über diese Zeit geschrieben haben. Abrechnung ist nicht das Wort, das sie verwendet hätte, aber Distanz, eine gewisse distanzierte Betrachtungsweise und das Herausstellen der abstrusen und lächerlichen Vorstellungen, die dort gepflogen wurden – und bei denen das Wort ›Blut‹ verdächtig oft vorkam. Damals hat sie ja auch immer mit dem Revolver unterm Kopfkissen geschlafen.«

Reventlows Tagebuch vom Februar 1903 setzt andere Akzente als der später entstandene Roman. Die Notizen scheinen hastig aufs Papier gestürzt worden zu sein: »Ueberhaupt noch kein Carneval so erlebt wie diesen so unendlich bewegt und mit dieser Angstfreiheit so mit ›vollen Zügen‹.« Der Fasching mit seiner erotischen Libertinage, seinen wilden Maskeraden, seinem rauschhaften Glück kam ihrem Lebensideal sehr nahe. Das Dasein als Fest, als Tanz – im Februar 1903 schien dieser Glücksanspruch wirklich zu werden. Suchocki taucht immer in den Aufzeichnungen auf: »Nachher noch mit S[uchocki] Schmitz und Hessel im Leopold, dann mit S. heim, übernachtet auf meinem Sopha. Einen Augenblick schwankt die Grenze – auch bei mir.« Nach einer Gesellschaft bei der Baronin Sophie von Scheve, einer Malerin aus Wolfskehls Freundeskreis, heißt es: »[...] nur wir beide. Gefühl als ob ein Sturm oder eine Lawine käme – nicht zu entrinnen.« Suchocki erzählte ihr seine Lebensgeschichte, die sie erschütterte und aufwühlte. »Mein zorniger, verwundeter Krieger. – Langer Schlaf: Bereuen Sie? – Fühle mich Erosdurchleuchtet, der Krieger bleibt liegen, ich mit Maus und der ganzen Gesellschaft zum Straßencarneval [...].« Im Café Luitpold traf sie später Wolfskehl: »Unsre Stunde – daß wir zusammengehören. – Daheim wartet der Krieger auf mich – kein Conflikt, fühle mich so überreich. Liebe alle und alles.« Am »Aschermittwochmorgen« notierte sie zufrieden: »Das Panzerhemd hängt an meiner Wand und das Eisenhemd, darüber mein roter Weinlaubkranz. Frühlingsspaziergänge durch Biederstein und nach Föhring. ›Gemäuse‹.« Die zärtliche Anrede ›Gemäuse‹, die Suchocki – in Analogie zu »Maus«, Reventlows Sohn – hier anscheinend zum ersten Mal verwendete, sollte später noch unzählige Male in seinen Briefen vorkommen. Mittlerweile ging der Fasching seinem Ende entgegen: »18 März Niedangerfest. Tanz mit Such, ich wieder Griech, er Panzer. – Mit ihm tanzen ist wirklich schöner Wahnsinn – ob wohl andre es auch so empfinden. [...] 3 Tage später Nachfeier – das allerletzte Ausklingen des Carnevals. – Masur. – Eifers[ucht] – wenn andre mit ihm tanzen, sonst nicht.«

Obwohl sie sich im Karnevalstreiben offensichtlich in Suchocki verliebt hatte, richtete sich ihr Interesse vorerst weiter auf den Mann, der sie in der Neujahrsnacht mit seinem Liebesgeständnis überrascht hatte: Wolfskehl. Ende Februar 1903 begann ihre Korrespondenz. Sie schrieben sich heimlich – auch Suchocki wurde als Postillon d'amour benutzt – klassische Liebesbriefe, in denen nicht, wie bei Klages, existentielle Fragen diskutiert wurden, sondern die Liebe im Mittelpunkt stand: »Du, Carlo, mir ist, als ob wir beide das allererste Erwachen miteinander erlebten, den frühesten Frühling. [...] Ich habe nie so gelebt, in solchem Reichtum, jeder Tag ist gewesen wie schweres Gold, seit Du kamst. […] – ich sehe Dich immer, wenn Du nicht da bist und höre Deine Stimme, die Ellen sagt. […] Ja, Du, ich wußte auch, daß das eine Schicksalsstunde war vorgestern nacht, als Du das zu mir sagtest – unser Schicksal ist über uns mit seinen unergründlichen Augen und wir wollen vor ihm knien und es anbeten. Du und ich!« Schwärmerisch schrieb sie nicht nur ihre Liebe, sondern auch ihre Jugend herbei, angeregt auch von Wolfskehls Anrede »Ellen«, die er ihrem Roman entnommen hatte. Vor allem die behutsame Art, in der sich ihre Beziehung gestaltete, kam ihr entgegen. Ein wesentliches Element war dabei die Heimlichkeit: »die raschen gestohlenen Augenblicke«: »[…] ach Du, ich möchte, daß keine Menschenseele um unser Geheimnis wüßte, oder es nur ahnte, aber ich dachte nur daran, daß Du beim Erwachen von mir geküßt sein wolltest«, gestand sie ihm und beauftragte Suchocki, einen Brief voller Liebkosungen für sie aufzugeben, ohne ihn jedoch in ihr Verhältnis einzuweihen. Sie versicherte Wolfskehl: »Und diese Menschenseele ist so sehr mein stummer Freund, daß nie ein Wort oder ein Blick unser Heimlichstes anrühren wurde, selbst wenn er etwas ahnte.« Im selben Maße, in dem sie sich beim Schreiben an ihren »sehr liebsten« Carlo verjüngte, wuchs die Erwartung auf die einschneidende Wirkung, die er auf ihr Leben ausüben würde: »Muß es nicht doch etwas Vorherbestimmtes sein, etwas ›Notwendiges‹, daß Du gerade jetzt gekommen bist zu mir – an einer Lebenswende nach langem Hin- und Herzittern.« Nach der »quälenden Zerrerei« mit Klages genoss sie die erotische und intellektuelle Liaison mit Wolfskehl. Dass er verheiratet war, wurde in ihren Briefen nie thematisiert.

Nicht sie war es, die Angst hatte, ihn zu verlieren, und sich seiner Zuneigung immer wieder vergewissern musste, sondern umgekehrt: Er ließ sie seine Unsicherheit deutlich spüren, so dass sie sich schließlich zu einer Erklärung bemüßigt sah: »Du brauchst gewiß nie eifersüchtig zu sein, ist der Becher aus dem wir trinken, nicht tief und voll genug?« Anfang März 1903 ging sie noch weiter und bot ihm an: »Du brauchst es mir nur zu sagen, ich will gern jeden Knaben aus meinem Kreise verbannen, wenn Du willst.« Aber auch das schien ihm nicht zu genügen, so dass sie sich im nächsten Brief noch einmal ausdrücklich zu ihm bekannte: »[...] sieh Du Lieber, Du darfst doch meiner so sehr sicher sein. Du dürftest Dir selbst die ungeheuerlichsten Sachen ausmalen, die geschehen könnten, und doch wissen, daß Du mich hast. Gerade wie ich mit Dir. Ich denke eigentlich nie darüber nach, was kommen und geschehen oder daß irgend etwas ›zwischen uns treten könnte‹ – ich fühle nur und weiß es, daß unsere Liebe ist und daß wir ineinander leben, was wir auch leben. Du bist der allererste Mensch, der das kann, denn das weiß ich auch selbst, wenn solche Momente kommen.« Allerdings begann sich nun auch zunehmend Ungeduld in ihre Beschwichtigungen einzuschleichen: »Liebster – einen einzigen Tag habe ich Dir nicht geschrieben, weil mir wirklich sehr schlecht war, sonst jeden. [...] Schau, sei doch nicht so ein Baby, um was beunruhigst Du Dich denn? – Daß ich Dich am Mittwoch nicht so lieb hätte wie am Dienstag?« Wenn sie nun selbst in trübe Stimmung geriet, hatte das mit der Heimlichtuerei zu tun, die sie anfangs gereizt, von der sie aber allmählich genug hatte: »[...] ach Du, ich habe ja oft solche Sehnsucht, daß wir auch im äußeren Leben mehr miteinander sein können, ungehemmter, denn es ist immer wie tausend Ringe um uns her, zwischen denen sich einmal unsere Hände und Lippen finden dürfen. –«

Als Wolfskehl im Mai 1903 zu einer Italienreise aufbrach und sie einlud, entschloss sie sich nach reiflichem

Überlegen, ihn zu begleiten. Sie kam morgens um fünf Uhr mit dem Zug in Neapel an, wo er sie abholte. Die nächsten Tage verbrachten sie in der Nähe von Amalfi. Auf der Rückfahrt machte sie noch Zwischenstation in Venedig, wo sie Falckenberg traf, eine Gemäldeausstellung besuchte und ihren Geburtstag feierte. »Die ganze Reise wie ein sehr rascher beinah vorbeirasender Traum, mit sehr viel Schönem, und eigentlich grade so schön, daß es so vorübersauste«, resümierte sie. Zu Hause angekommen, konnte sie zunächst kaum in den Münchner Alltag zurückfinden. Am 26. Mai schrieb sie Wolfskehl nach Ravello: »Wir waren doch zum erstenmal ganz allein zusammen, tagelang, und wie lang schienen uns die Tage, nicht wahr? […] Hast Du auch gemerkt, wie sehr uns das früher hier in München gefehlt hat, die Zeit, die Ruhe ineinander hineinzuschauen?« Offenbar mussten sie auch diese Reise verheimlichen, denn sie versicherte ihm, niemand sei auf die Idee gekommen, sie sei anderswo als in Berlin gewesen.

Nach den gemeinsamen Tagen in Italien kühlten sich ihre Briefe langsam, aber doch merklich ab. Die Affäre wurde beendet, der leidenschaftliche wich einem herzlichen Umgangston. Sie berichtete nun eher sachlich über ihr Leben, in dem Suchocki eine immer wichtigere Rolle einnahm, und über ihren Roman »Ellen Olestjerne«, der kurz vor der Veröffentlichung stand. In das Werk, das sie gegen massive Widerstände – innere wie äußere – und unter Aufbietung aller Kräfte realisiert hatte, setzte sie große Hoffnungen – auch in finanzieller Hinsicht: »[…] vielleicht werd ich bald mit dem Roman reich, er wird jetzt nächstens zu drucken angefangen«, schrieb sie ihm im Frühsommer. Die Subskribentenwerbung betrieb sie mit viel Engagement, so dass sie am 27. Juli stolz verkünden konnte: »Erfreulicher ist, daß bis jetzt 95 Subsen papierlich festgenagelt sind und noch manche ausstehen [...]. Es scheint also doch die Aussicht, daß wir die 200 zusammenbekommen.« Mitte August hieß es dann: »140 sind in meiner Hand, Bierbaum hat eine Notiz in der Zeit darüber gebracht – daß eure und mein Name garantierten, daß das Buch literarischen Wert hätte ...« Und im nächsten Brief: »Der Such arbeitet am Titelblatt für den Roman – zwei verschiedene Entwürfe, mit Marchlewski gestern alles festgestellt – und noch einen schriftlichen Kontrakt gemacht. Ich kann mir nicht helfen, ich habe Zutrauen zu der Sache, was auch die andern sagen und abraten. Er rechnet 33 bis 40% auf die Buchhändler, 10% für Unkosten des Verlags, 50% als Reingewinn für mich. An einer Auflage à 1000 also 2000 M. zu gewinnen.« In ihrem Tagebuch notierte sie: »Roman wird jetzt gedruckt.«

Als der Roman erschienen war, schrieb Rainer Maria Rilke für die »Zukunft« eine ebenso kluge wie ungewöhnliche Rezension, die er wie einen Brief abfasste: »Liebe Ellen Olestjerne, nun hat man Ihre Geschichte erzählt; und ich finde das gut. Ich finde, daß Ihr Leben eins von denen ist, die erzählt werden müssen, und ich glaube, daß man es vor allem jungen Menschen erzählen muß, jungen Mädchen und jungen Männern, die das Leben anfangen wollen und nicht wissen, wie.« Er appellierte vor allem an die jungen Leser und prophezeite: »Sie werden, wenn ich mich nicht irre, dieses Buch, über seine Einzelheiten fort, als Ereignis fühlen, ganz wie jene anderen die Nähe Ihres Schicksals fühlten, da es geschah.«

Seine Einschätzung korrespondierte mit der Intention der Autorin. Ende Februar 1904 antwortete sie einem jungen Leser, der ihren Roman gelobt hatte: »Es freut mich, wenn ich sehe, daß mein Buch grade zu *jungen* Menschen spricht und sie es nicht vom literarischen Standpunkt aufnehmen, wie so viele, die mir ganze Abhandlungen über den lit. Wert und dergleichen schreiben.

Ich hab immer nur geschrieben, wenn ich aus äußeren Gründen mußte – und dies eine Buch auch darin mein Leben mitzuteilen?« Sie schrieb ihm daher nicht nur als Schriftstellerin: »Und es freut mich, daß Sie von sich sagen, daß Sie jung sind und im Kampf stehen wollen, und ich müßte Ihnen sagen: lassen Sie nicht nach. Der Kampf wird nie aufhören, es kann nur sein, daß wir selbst müd und bequem werden und nachlassen, das tun ja die meisten. Von mir selbst weiß ich, daß ich nie aufhören werde, denn wir leben in einer Welt, gegen die man sich wehren muß bis aufs Blut. [...] So will ich Ihnen nur sagen, daß ich das Leben unendlich liebe und sicher einer von den glücklichsten Menschen bin, mit meinem Kind und in mir selbst, während mein äußeres Dasein noch wie ein sehr unruhiges Schiff umherirrt.«

Ihr Debüt wurde von der literarischen Kritik zwar beachtet, aber nicht überschwänglich gelobt. Der ersehnte Erfolg blieb aus. Franziska zu Reventlow distanzierte sich schon bald von ihrem Erstlingswerk, das sie, wie Erich Mühsam berichtete, einen »sentimentalen Schmarren« nannte. Sie wandte sich nun verstärkt der Kunstform zu, die sie von jeher als ihr eigentliches Ausdrucksmedium gesehen hatte: der Malerei. Auch davon berichtete sie Wolfskehl in ihren Briefen: »Ich mal jetzt den Bubi, und die Malwollust ist über mir, es ist mir wirklich eine tiefe und große Wollust, mit der ich aufsteh und mich niederlege, aber ich lasse sie langsam über mich kommen, ganz langsam und vorsichtig – sammle und trainiere meine Kräfte, um mich erst ganz in die Balance zu bringen«, hieß es am 12. Oktober 1903 aus Schloss Winkl, wo sie sich mit Suchocki aufhielt. Der Besitzer des Schlosses, der polnische Graf Orlowski, war ein enger Freund Suchockis, der diesen zur Gründung einer Malerkolonie anregte – eine Idee, an der auch Franziska zu Reventlow Gefallen fand, die aber nie verwirklicht wurde. Vorerst übte sie für sich allein und vertraute ihrem Tagebuch an: »Sonntag Portrait von Bubi angefangen zitternd innerlich, das erste mal daß ich seit 6 Jahren wieder einen Pinsel in der Hand habe und mit Glück gefühlt dass es noch ›dasjenige‹ ist.« Mit dem Ergebnis war sie unzufrieden und erkannte, dass sie noch viel zu lernen hatte. Im November schrieb sie an Franz Hessel: »Ich male jetzt mit einiger Wut aber wenig Glück, Finger und Augen sind mir noch so ungeschmeidig – habe ein großes Kuhstallgemälde gemacht, das unglaublich wüst geworden ist, und einen Such im Cowboykostüm angefangen. – Such führt morgens den Stier spazieren, und Bubi sitzt oben drauf.«

Trotz der räumlichen Entfernung zur Schwabinger Szene tauchte in ihren Gedanken einer ihrer Freunde wieder häufiger auf: »Sehnsucht nach Klages, die manchmal ganz plötzlich und dann mit unglaublicher Heftigkeit aufwacht. […] Von allem Persönlichen, womit wir uns gegenseitig zerrissen, abgerechnet, bleibt er doch der einzige Mensch mit dem ich mich in letzte Tiefen verstanden habe. In denen bin ich seither ganz allein.« Am 1. Dezember, kurz nach dem »Schwabinger Krach«, fiel ihr Urteil allerdings ganz anders aus: »Mein Gott was ist Klages eigentlich? Am Ende doch nur ein Mensch mit Grössenwahnsinn und Ichsucht und mit einem wundervollen Verstand, der uns alle hingerissen hat.« Sie war entsetzt über die Geschehnisse, die ihren Freundeskreis erschütterten: Klages und Schuler hatten antisemitische Angriffe gegen Wolfskehl gestartet und sogar Hentschel für sich und ihre Auffassungen einnehmen können. Klages' Zerwürfnis mit Stefan George, der im Kosmikerstreit für Wolfskehl Partei ergriff, hatte hier seinen Ursprung. »Mein Kopf ist von alledem etwas überhitzt«, notierte Franziska zu Reventlow, »ich sehe lauter Gespenster und schreckliche Sachen. Und ein Gefühl als ob ich allein C. schützen und halten könnte, das grosse Kind dem so übel mitgespielt wird und die andern für ihn ausspionieren und verraten. Alles, was sie mir gewesen sind und was ich mit ihnen gelebt hab und wie sie jetzt weit von mir fort sind. Ich möchte verrückt werden.« Resolut verkündete sie: »Schlafe neben meinem Revolver und denke sie sollen nur kommen.« An der Freundschaft zu Wolfskehl hielt sie fest und nutzte jede Gelegenheit, ihn zwanglos zu treffen. Wenn sie am späten Nachmittag auf der Leopoldstraße Besorgungen machte, hielt sie nach ihm Ausschau und freute sich über Zeichen ihrer Verbundenheit: »Die meisten vergeß ich einfach, wenn sie nicht da sind, aber wenn von Dir ein Wort kommt, ist es ganz wie unmittelbare Gegenwart.«

Am 10. August 1903 hatte sie ihm Neuigkeiten mitgeteilt und war äußerst gespannt, was er zu ihrem »Winterplan« sagen würde: »[…] ich hoffe, er wird Dir lieb sein, wenn auch vielleicht nicht auf den ersten Moment. Denn mir ging es ebenso, ich habe mich erst recht lange besonnen – aber der Gedanke, daß ich dann malen kann, überwiegt alles. Da ich jetzt aber schlüssig bin, möcht ich's Dir schon jetzt erzählen – wir drei wollen zusammenziehen, Such, Hessel und ich, mit möglichst separierten Räumen, eventuell sogar verschiedenen Wohnungen im selben Haus, aber gemeinsame Küche, der Such und ich abwechselnd vorstehen werden etc. – Mit dem, was Hessel besitzt und Such verdient, kommen wir so heraus, daß ich ganz umsonst lebe und nichts zu tun brauche, wie dem Haushalt etwas auf die Finger zu sehen. Wenn Du ganz ermessen kannst, was das für mich ist, das nicht müssen – so etwa, als wenn man die Waffen weglegt und die Rüstung in den Schrank hängt – […]. Ich bin sicher, mit diesen beiden meine Alleinheit wahren zu können, wie ich's brauche, und mich dabei recht gründlich verwöhnen zu lassen, überhaupt es sehr schön zu haben. Und sonst hätte mich diesen Winter wieder das alte Gfrett mit Arbeit und Geld erwartet und wär wieder ein Jahr verlorengegangen etc. Sieh, einmal mit dem Malen etwas wieder anzufangen, was von jeher als schönster Traum des Lebens im Apfelbaum hing, dazu muß man noch jung sein – jetzt fühl ich mich noch jung, habe noch Zukunftsgefühl – aber dabei auch das: bald muß es sein.«

Suchi-Hazzi, furchtbar Geliebstes

Bohdan von Suchocki schrieb am 7. Juli 1903 an Franziska zu Reventlow: »Ich habe vom Gemausse mehr gehabt als ich erwartet habe – werde mich aber jetz bemühen nichts zu verlangen. Mein animalischer Trieb – wie Gemausse sagt – ist zwar sehr stark entwikelt, doch er begert nur ein Wesen welches zuerst selisch stark geliebt wird – ich dricke mich sehr plump aus, da ich Gott sein Dank den ›Nitsche‹ nicht gelesen habe!« Provokant grenzte er sich gegen ihre intellektuellen Freunde, Klages und die Kosmiker, ab und kokettierte sogar mit einer vermeintlichen Unkenntnis Nietzsches. Souverän offenbarte er auch seine Schwierigkeiten mit der deutschen Sprache – in fein geschwungener Schönschrift. Er malte die Buchstaben und Wörter, so dass seine Briefe kalligraphischen Kunstwerken gleichkommen. Ganz anders die Briefe Franziskas, die – wie ihre Tagebücher – oft nur schwer lesbar sind. Am 8. September 1906 beklagte er sich erstmals darüber: »Eben Brief bekommen – aber mein liebes Hatzu, schreib doch das ich lesen kann! Was ist das? Weis kein Wort! Und so ist der ganze Brief.« Er hatte vier Zeilen aus ihrem letzten Brief ausgeschnitten, als Beweis in seinen eingefügt und angekündigt: »Ich habe ein paar Tage Arbeit bis ich alles herauskriege um Dir darauf zu antworten [...].«

Die Unleserlichkeit ihrer Handschrift war allerdings weniger Anlass für Unmut und Missverständnisse als vielmehr Grund für zahlreiche Kosenamen wie Huzi-Hazi, Hatzi, Huzzi-Hazzi, Hatzilein, Hutze, Hutzei,

Hatzi-herz, Hazzuli, Hatzu-Patzu, Hützchen, Hüzchen, Huatzai, Suchihuz, Suchiherz, Suchi-Hazzi. Vermutlich hatte Franziska den Freund in einem ihrer ersten Briefe »mein Herz« genannt und so unleserlich geschrieben, dass er es als »Huz« oder »Huzz« entzifferte. Sie griff die Wortschöpfung auf und variierte sie – genau wie er – nach Herzenslust, wobei sie nicht nur Hazzi-Anreden für ihn fand, sondern auch selbst auf diese Weise unterzeichnete. Er signierte seine ebenso zärtlichen wie offenherzigen Zeilen meistens mit »Dein Such«. Am 26. September 1903 beschrieb er ihr seinen Tagesablauf in Winkl, wo er wieder einmal für einige Zeit auf dem Schloss seines Freundes Graf Orlowski weilte. Seine »Mitbewohner« waren Pferde, der Hund Bobby und ein Rabe, den er ihr etwas später in ihr gemeinsames neues Heim, das Eckhaus in der Kaulbachstraße 63, schickte. Er ging ganz im Landleben auf, ritt die störrischen Pferde »Strindberg«, »Puck« und Flock« zu und rettete mit seinem tierärztlichen Wissen – einer »universalen Cur« – sogar einen Ochsen vor dem Metzger. Freimütig bekannte er seine große Sehnsucht nach ihr. Feinfühlig registrierte er kleinste atmosphärische Störungen, auf die er sofort temperamentvoll reagierte: »Mir scheint mein Herz dass zwischen uns fängt irgendwas zu frieren, es bilden sich Eis Zapfen die wir unbedingt zerschmelzen müssen – ich gebe zu dass an mir liegt mehr wie an Dir! Gemausschen wir werden die Alten bleiben, ich schwöre auf mein Panzerhemd und Schwert.«

Während er sich auf Schloss Winkl am Chiemsee aufhielt, fand in München der Umzug statt. Franziska berichtete ihm am 30. November, sie habe bereits sein ganzes Atelier eingepackt. In ihrem Tagebuch heißt es: »Himmelherrgott! – 1000 Schwierigkeiten, und Betrachtungen darüber dass ein Mensch es fertig bringt so zu leben. Aber ich fasse all seine verstaubten Sachen mit viel Zärtlichkeit an und hab ihn so lieb. Im Hafi [Klosett]

Bohdan von Suchocki, Fasching 1903

fällt mir ein eisernes Gewicht auf den Kopf, dass ich erst dachte mein Schädel wär hin.« Da im Eckhaus in der Kaulbachstraße noch die Möbel der Vormieter standen, musste sie mit dem Einräumen warten. Überhaupt stellte sich der Umzug als chaotisches Unterfangen dar. Franz

Hessel versuchte zwar mit allen Kräften zu helfen, erwies sich aber als ziemlich ungeschickt. Am 5. Dezember meldete Franziska dem Freund nach Winkl: »Ich zerplatze vor Kopfweh und Wut über alle möglichen Leute, bin aber eigentlich ganz vergnügt dabei –. Das Haus ist doch sehr fein – ich habe mir combiniertes Schlaf und Wohnzimmer neben Atelier eingerichtet, dir vorläufig im Parterre was übrigens ein sehr schönes Zimmer ist. Als Vorraum hast du das chinesische, und also eignen Eingang. Für den Franzl wird das untere Hafi als Eingang etabliert, ist das nicht eine sehr geniale Idee? Es hat nämlich eine 2te Tür in der Hall. – Such bekommt ausserdem ein Extra Arbeitszimmer im Parterre, wo ein Gasofen hinein kommt und er Sachen etablieren kann, die er im Atelier nicht braucht – Kann nicht schreiben, Franzl singt und Bubi hämmert, bisher ist die Küche der einzig warme Raum [...].«

Ihr Nachsatz, sie habe ihm »bis jetzt alle eheliche Treue bewahrt«, aber wenn sie ihn nicht bald sehen würde, könnte es passieren, dass sie »dem Franz in die Arme« falle, kränkte ihn: »Der Scherz mit ›Ehelicher Treue‹ ist gut, schon deshalb weil er von *Dir* ist! Mir persönlich ist er unangenehm, ich erblike darinen das Verhönen *meiner* Anschauungen, ohne dass Du wolltest!« Dabei war ihm bewusst, dass sie ihm gerade ein neues Zuhause schuf: »Mamai Herz! Ich komme wie ein gemeiner Egoist mir vor! Du thust Dich mit meinen Sachen abmühen und ich sitze ganz gemütlich hier und kümmere mich um gar nichts!« Ihr wiederum tat es leid, ihn mit ihren »taktlosen Scherzen« gekränkt zu haben: »Mein guter Such, du brauchst gewiss nicht glauben, dass ich mich über Deine ›Anschauungen‹ lustig mache dann wärst du ein rechtes Schafi aber geschrieben kann es wohl recht dumm geklungen haben – Basta!«

Das Einrichten des Hauses machte ihr großen Spaß, innerhalb einer Woche war die Küche schon »sehr gemütlich« und auch die Ateliers und Wohnschlafzimmer fertig, so dass sich Suchocki auf den »Palast« freuen durfte. Sie fand das Haus »fabelhaft«, obwohl sie einräumte, dass noch eine »Mordsarbeit« vor ihnen lag. Um Geld zu verdienen, las sie für den Marchlewski-Verlag ein umfangreiches Manuskript Korrektur, auch die nächste Übersetzungsarbeit hatte sie schon in Aussicht. Und sie engagierte sich weiter für die Vermarktung ihres gerade erschienenen Romans »Ellen Olestjerne«. In den Briefen werden immer wieder kleinere Geldsummen erwähnt, mit denen sie Suchocki aushalf, der ohne nennenswerte Einkünfte war.

Sie ließ in kurzen, auf den ersten Blick rätselhaften Bemerkungen anklingen, dass es Querelen mit einigen Münchner Freunden gab: »Adam ist vollständig verrückt geworden und Klages steckt dahinter, erzähl dir das alles mündlich.« Ihr Zorn auf Klages sei so groß, dass sie nicht übel Lust habe, ihn in ihr Haus zu locken und eine Gasexplosion herbeizuführen. Im Zuge ihrer antisemitischen Angriffe gegen Wolfskehl distanzierten sich Klages, Schuler und Hentschel auch von der einstmals angebeteten »heidnischen Hetäre«, weil diese im Begriff war, mit dem Juden Franz Hessel zusammen zu wohnen. Besonders Hentschels Verhalten ließ ihr keine Ruhe, sie war nicht nur wütend, sondern tief enttäuscht und schrieb an Suchocki: »Schau, es ist mir keine kleine Sache, dass der Schwabinger Moloch mir auch meinen Adam verschlungen hat.« Sie versuchte, ihm zu erklaren, wie nahe ihr dieser Streit ging, und bat ihn um Verständnis für ihre Verstimmtheit. Zu allem Übel musste sie ihm auch noch berichten, dass der Rabe von der Katze gefressen worden war – ein weiterer Grund für ihn, endlich nach München zu kommen und ihr in all dem »Schlamassel« beizustehen. Um sie aufzurichten, riet er ihr zu einer schonungslosen Analyse der Situation: »Alle Sentimentalitäten von sich wegweisen und nur mit Vernumft analisiren und Du wirst zum Resultat kommen dass Adam nicht mehr die selische Zuneigung zu Dir hat, wenn er sich plötzlich abwendet, und weshalb? Durch Jemand seine filosofisch Kosmisch-Enorme Vorträge?« Damit war Klages gemeint, den Suchocki ablehnte – eine Abneigung, die auf Gegenseitigkeit beruhte. In dem Maße, in dem Klages Franziska davon zu überzeugen versucht hatte, dass Suchocki kein geeigneter Umgang für eine Frau wie sie sei – er unterschätzte Suchockis intellektuelle Fähigkeiten eklatant –, entlarvte dieser nun das Affektierte und Verlogene der »Kosmetiker« und appellierte an ihre Stärke: »Hast Du schon andere Sachen in Deinem Leben durchgemacht«, tröstete er sie.

Doch Franziska schien von Klages' erfolgreicher Einflussnahme auf Hentschel und der angespannten Atmosphäre in ihrem Freundeskreis maßlos irritiert zu sein. Sie fühlte sich missverstanden, »auseinandergewühlt«, bedroht und erwähnte in einem Nebensatz, sie sei »ein paar Tage nur mit Revolver im Muff ausgegangen«. Wie schon einige Male in ihrem Leben folgte auf die seelische Erschütterung ein körperlicher Zusammenbruch: Im Februar 1904 schickte sie Suchocki einen kleinen Dankesbrief aus dem Krankenhaus – »momentan noch sehr Chloruformkater« – und notierte im Tagebuch: »10 Tage im Bett, in dem grossen dämmerigen Zimmer, wo Such mir so schön Alles hergerichtet. Den Morgen im Josephinum, Wiedersehen mit Schwester Johanna. Abends mit der Sanität heimgebracht.« Drei Monate später ist von einer Bauchfellentzündung und Blutungen die Rede.

Ihr labiler Gesundheitszustand verhinderte einen Besuch in Winkl, den Suchocki so sehr herbeisehnte. Am 18. Mai, ihrem dreiunddreißigsten Geburtstag, klagte er: »Die Kastanien haben wieder ihre Kerzen angezündet, aber das blonde Mädi ist wieder nicht da.« Noch am gleichen Tag berichtete er in einem Extrabrief: »Ich habe jetzt so ein Verlangen nach Dir dass mir manchmal ganz schwiendelich wird, radle und reite aber fortwehrend um mein sündhaftes Fleisch und Beine ganz mürbe zu machen.« Und am nächsten Tag wünschte er sich: »Miau, Miau, Miau! O hätte ich hier meine schönste Frau / Un diese herrlichen Beine / Und Augen?!!! / Solche in der Welt hat gewiss Keine!« In Klammern hatte er beigefügt: »frei nach denn gekotzten Blätter«, eine ironische Anspielung auf Georges »Blätter für die Kunst«. Das Erscheinen ihrer siebten Folge hatte man am 24. März 1904 mit einem großen Fest bei Wolfskehl gefeiert.

Nur wenige Tage später war in Schwabing eine neue, bisher unbekannte Zeitschrift aufgetaucht. Sie trug den Titel »Schwabinger Beobachter« und parodierte das Denken und den elitären Habitus der Kosmiker, vor allem ihre antikisierenden Künstlerfeste und Maskenzüge. Die »enormen« Propheten und ihr seltsamer Hang zum Mystizismus wurden lächerlich gemacht. So enthielt die dritte Ausgabe des »Schwabinger Beobachters« eine »Faust«-Parodie – »Schwabinger Walpurgisnacht« –, in der Klages als unbarmherziger »Graphomant« auftritt, der über die Boheme Gericht hält: »Ich bin der Herr, ich löse und forme / Und finde ich in Schwabing 5 Enorme / Sei um der fünfe willen euch vergeben.« Sofort begann ein allgemeines Rätselraten über die Verfasser dieser Persiflage, die auf detaillierten Kenntnissen der Kosmischen Runde beruhte. Zwischen März und Mai 1904 kamen insgesamt drei Ausgaben heraus, alle auf einer Schreibmaschine getippt und mit Hilfe eines Kopierbands vervielfältigt. Rolf Reventlow berichtet in seinen Erinnerungen über die konspirativen Redaktionssitzungen in der Kaulbachstraße: »Da stand in der Veranda-Küche ein Abzugapparat. Mutter schrieb mit einem Kopierfarbband auf ihrer alten Schreibmaschine, die noch Groß- und Kleinbuchstaben getrennt hatte, viele Seiten, die dann vervielfältig wurden. Das war ein Mordsspaß. Ich durfte mithelfen. Natürlich las ich auch, was da geschrieben stand und was ich nicht verstand. Nur der Titel blieb mir im Gedächtnis haften: ›Schwabinger Beobachter‹.« Die Autoren – neben Franziska zu Reventlow waren Franz Hessel und ab der zweiten Ausgabe auch Oscar A. H. Schmitz an dem Unternehmen beteiligt – konnten relativ lange ihre Identität geheim halten. Später verfasste Roderich Huch im Alleingang noch eine vierte Ausgabe und bezog dafür Prügel von Hentschel, der seinen Freund Klages beleidigt sah: »Der Schwabinger Beobachter« hatte nämlich behauptet, Klages heiße eigentlich Klageles und sei jüdischer Abstammung.

In diesen Wochen spitzte sich der Konflikt zwischen Franziska zu Reventlow und Klages weiter zu. Er schickte ihr die Briefe zurück, die sie ihm geschrieben hatte, und forderte sie auf, seine Vormundschaft für Rolf auf ihren Bruder Ludwig zu übertragen, um in Zukunft nicht mehr mit Bubis Angelegenheiten behelligt zu werden. Die gewünschte Änderung wurde nie vollzogen. Klages blieb trotz der immer wieder auftretenden Spannungen Rolfs Vormund. Was dessen Ausbildung betraf, so hatte sich Franziska zu Reventlow – als diplomierte Lehrerin – mit Erfolg um die Genehmigung bemüht, ihren Sohn selbst zu unterrichten. Sie wollte ihm den Drill und die autoritäre Struktur einer öffentlichen Schule ersparen. Von den Erziehungsprinzipien des wilhelminischen Schulsystems hielt sie nicht viel und entschied: »muß ihn ganz frei und für mich haben, daß mir das schöne grade Bäumchen nicht verkrümmt wird«. Sie nahm den »Mäuseunterricht«, den sie schon früh begonnen hatte, sehr ernst. In ihrem Essay »Erziehung und Sittlichkeit« von 1903, der postum veröffentlicht wurde, prangerte sie die höchst umstrittene »Lex Heinze« an, mit der im Jahre 1900 die öffentliche

Darstellung »unsittlicher« Handlungen in Kunst und Literatur verboten worden war. Die Reventlow forderte: »Wir wollen deshalb in der Erziehung darauf hinwirken, durch häufige Betrachtung des Nackten – sei es im Leben oder in künstlerischen Darstellungen, sei es am eigenen oder am Körper eines anderen –, daß die Wertung des Schönen immer stärker in den Vordergrund tritt.« Wie in ihrer Polemik gegen die weibliche Sozialisation malte sie auch in diesem Aufsatz das Schreckensbild einer »hoffnungslosen Entsagungsödigkeit«, der sie in ihrer eigenen Kindheit ausgesetzt gewesen war: »Dieses trostlose ›Nein!‹ dem Leben gegenüber – das ist die Erbsünde dem Leben gegenüber – das eben ist die Erbsünde, von der wir sie erlösen wollen zu einem frohen, selbstbewussten: ›Ja‹.«

Die Wohngemeinschaft im Eckhaus Kaulbachstraße versuchte unterdessen, neue Formen des Zusammenlebens zu verwirklichen. Man wollte den Alltag gemeinsam gestalten, um sich gegenseitig zu unterstützen und zu entlasten. Zwar verfügte jeder über seinen eigenen Bereich – dafür sorgte schon Franziska zu Reventlow, die sich gut genug kannte, um zu wissen, dass sie für einen »Lebenskommunismus« nicht taugte –, doch daneben fand ein reges gemeinschaftliches Leben statt, in das auch Freunde und Bekannte einbezogen wurden. Franziska genoss das unkomplizierte Zusammensein, brauchte aber auch Rückzugsmöglichkeiten und Distanz. Suchocki respektierte das, daher akzeptierte sie ihn als Partner: »weil er die Ferne hat und hält, d. h. zu mir«. Anders war es beim »Hesselfranz«, dem Dritten in dieser ménage à trois, dessen fehlende Sensibilität und Unzuverlässigkeit schon bald Anlass zu Klagen lieferten.

»Das Häuschen«, erinnerte sich Rolf Reventlow, »war kleiner – und viel älter – als die umliegenden Zinshäuser, hatte einen total verwahrlosten Garten, einen leeren

Das Eckhaus Kaulbachstraße 63
Franziska zu Reventlow in der Gemeinschaftsküche, um 1904

Schuppen, viele ungenützte Zimmer, ein Atelier, das Mutter mit Beschlag belegt hatte, und eine seltsam angelegte Wohnküche mit Veranda, eine Art Gemeinschaftsraum, in dem Such für uns alle zu kochen pflegte.« Dieses eigenartige Refugium, das seinen Bewohnern eine Zeitlang das Gefühl von Geborgenheit und Schutz vermittelte, entwickelte sich zu einer Art Kommunikationszentrum der Schwabinger Boheme. Gäste waren stets willkommen. Man diskutierte, las aus eigenen Texten vor, aß und trank und feierte ausgelassen. Meistens ergaben sich die Zusammenkünfte spontan. Natürlich blieben die Beschwerden der Nachbarn über die Lärmbelästigung nicht aus. Als Reaktion darauf pflegte man die gemeinschaftliche Provokation und ging mit den häufigen Besuchen des Polizeikommissars souverän um: »Mutter empfing ihn stets mit entwaffnendem Lächeln und einer Tasse Kaffee«, erinnerte sich Rolf Reventlow amüsiert.

Im August 1904 – die Wohngemeinschaft bestand mittlerweile ein Dreivierteljahr – unternahmen Franziska, Rolf, Suchocki und Hessel eine Sommerreise nach Italien. Zunächst waren sie mit der Bahn und – an ihrem Ferienort – meistens zu Fuß oder mit dem Fahrrad unterwegs. In Forte dei Marni, einem Badeort an der ligurischen Küste zwischen La Spezia und Pisa, quartierten sie sich ein. Am 14. September schrieb Franziska zu Reventlow einen langen Brief an Hans Walter Gruhle, in dem sie freimütig über die Tage im Süden berichtete: Suchocki war meistens schlecht gelaunt, Hessel ging ihr – wie befürchtet – zunehmend auf die Nerven, und sie versuchte trotz allem, sich ihre gute Stimmung nicht verderben zu lassen. Schließlich hatte sie ja Bubi – und war im sechsten Monat schwanger. Ende Oktober oder Anfang November wollte sie nach Florenz gehen, um dort zu entbinden. Hatte sie noch kurz vor ihrer Abreise aus München ihrem Tagebuch anvertraut, dass ihr angesichts zunehmender Schmerzen »immer düsterer« zumute werde, freute sie sich jetzt auf das Baby und schmiedete mit Bubi Zukunftspläne: »Sprechen immer von unsrem Bebchen und unsrem spätren Leben, wie wir diesen Winter in Italien bleiben, und im Frühjahr nach München. Er ist so glücklich, daß er ein Geschwisterchen bekommt. Gott und ich bin auch so glücklich, wenn auch unter Wolken.« Sie fühlte sich oft elend und hatte Schmerzen, die sie mit Morphium betäubte. Manchmal tauchten böse Erinnerungen und Vorahnungen auf, die sich zu massiven Ängsten steigerten. Die Ärzte, die Suchocki, der werdende Vater, herbeiholte, erschienen wenig vertrauenswürdig. Am 25. September notierte sie verzweifelt: »Da lieg ich nun, beklemmt, Schmerzen, Kopfweh, und die Angst, die Angst um mein süßes kleines Baby.« Am nächsten Tag fasste sie wieder Hoffnung: »Es scheint doch besser zu werden nur Nachts stärkere Schmerzen und nehme Morphium um schlafen zu können. Bei Tage geht es so, nicht mehr so viel Kopfweh. Will nun ganz ruhig liegen bleiben, bis es ganz wieder gut […].«

Die nächste Tagebucheintragung stammt vom 1. Oktober und beginnt mit dem Satz: »Nun ist alles vorbei und meine zwei kleinen Kinder. Es verfolgt mich wie fortwährende Visionen, *wenn* sie gelebt hätten und lägen jetzt an meiner Brust, und der Bubi dabei und wir alle so glückselig. So überreich, erfüllt was ich mir wünschte, 2 kleine Mädchen auf einmal und nur die kurze Zeit, die es noch gebraucht hätte. Und mir nichts geblieben, ausgeraubt und mit leeren Händen, in denen man eben noch so viel gehalten.« Ausführlich schildert sie die schrecklichen Nachtstunden, in denen ihr Suchocki zur Seite stand. »Und als ich dann fragte ob es lebte – nein. Und dann hörte ich plötzlich ein ganz ganz schwaches Stimmchen und Such sagte mir daß es zwei wären und ich wollte es nicht glauben. […] Als es dann Morgen wurde und Such die Fenster aufmachte und so allmählich der überwachte Tag herankam, aber so als ob dieser Tag noch ganz eins wäre mit der Nacht, so aufgewühlt und erschüttert, das Kleine neben mir in Watte, Such der aus und einging und ihm Flaschen wärmte und es anhauchte, so zärtlich und gut und Bubi so aufgeregt, daß es in ihm zitterte. […] Es war so überklein, aber so zierliche Händchen und Füßchen und Gesichtchen, man konnte sich denken, wie niedlich es geworden wäre. Und da lag es wie ein ganz schwaches Flämmchen, das auslöschen wollte die Stimme immer matter und das Köpfchen immer kälter. Nachmittag nahm ich es heraus und drückte ihm aus der Brust ein paar Tropfen Milch in den kleinen offenen

Mund hinein. Es war mir wie ein Aberglauben, daß wenn es eine Milch von mir nehmen könnte, auch leben bliebe, denn es bewegte sich doch, die Hände, alles. Einmal ballte es die Hand und verzerrte das Gesicht, so daß mir ganz unheimlich wurde. – Bubi einmal laut angefangen zu weinen, ›nun stirbt es‹. Aber es lebte immer noch. Als er Abends im Bett lag, sang er ganz leise, Sybillchen, bleib am Leben, Sybillchen bleib am Leben. [...] Die Nacht dann tief und fest geschlafen wache gerade auf als Such das Kind hinausträgt.«

Am 15. Oktober teilte sie Gruhle mit, was sich ereignet hatte: »Nun hat's doch ein schlechtes Ende genommen [...].« Sie sei sehr traurig darüber, doch körperlich gehe es ihr mittlerweile wieder »merkwürdig gut«. Die Rückkehr nach München kündigte sie für Ende des Monats an. Am 1. November brachen Franziska, Suchocki und Bubi auf. Hessel hatte sie schon vorher verlassen. Die Heimreise wollte man mit dem Fahrrad antreten. Doch weder Franziska noch Suchocki hatten berücksichtigt, dass sie auf der Strecke Forte dei Marni – Venedig – München die Apenninenkette überwinden mussten. Es war mühsam und strapaziös für die zweifelsohne geschwächte Franziska und den siebenjährigen Rolf. Sie bewältigten dennoch zwischen sechzig und achtzig Kilometer pro Tag, mussten bergauf allerdings jedes Mal schieben. Erst nachdem Rolf sich bei einem Austernessen in Venedig eine Vergiftung zugezogen hatte, disponierten sie um und fuhren mit dem Zug nach Hause.

Nach ihrer Rückkehr begann es in der Wohngemeinschaft zu kriseln: Hessel kam für den gemeinsamen Haushalt nicht auf, zahlte spät oder überhaupt nicht, und Suchocki arbeitete so wenig, dass er nicht genug verdiente, um den erforderlichen Beitrag zu leisten. Franziska übersetzte viel und schnell wie eh und je und trug mit ihren Honoraren einen weitaus größeren Teil der

Kosten als ursprünglich beabsichtigt. Zum Malen blieb ihr kaum Zeit, und so war es nicht verwunderlich, dass sie sich bald immer dringender wünschte, mit Bubi allein zu leben. Im April 1905 ging sie mit ihm erst einmal wieder auf Reisen, zunächst zu einem Kuraufenthalt in Alsbach bei Darmstadt und anschließend an den Bodensee. Suchocki begab sich nach Witschenske bei Posen, wo er Edmund Hentschel, den »dicken Woja«, besuchte. Dieser war in Sorge um seinen Bruder Adam, den er in den Fängen der obskuren Kosmiker sah.

Während der räumlichen Trennung stabilisierte sich Franziskas Beziehung zu Suchocki wieder. Zärtliche und phantasievolle Briefe gingen hin und her. Die Reventlow am 25. April 1905: »Das geliebte Suchbriefi war wie ein Tropfen auf einen heissen Stein und ich hab es vielemale gebussit und gelesen [...].« Suchocki am 25. April: »Ich habe Dich lieb, lieb lieb und küsse Dich überall, Fussi – Pfoti und ... Such Mauskuss!« Die Reventlow am 28. April: »Tausend von Bussis, artige und unartige Deins.« Ihr langer Brief vom 27. August begann mit einem Geständnis: »Mein Herzi brennt, wenn ich an Dich und all unsre Liebe denke.« Sie erzählte ihm von ihren kleinen Abenteuern mit Bubi beim Zirkusbesuch, vom Wandern, Radeln, Baden, Segeln, von Unstimmigkeiten mit dem Verleger, von ihrer angeschlagenen Gesundheit – »Da hast du das ganze Gemäuseelend!« – und wünschte zuletzt: »Ach Suchi, ich hab dich wirklich über alles lieb, ich möchte nur noch eine Masse Geld haben und ein Bebchen und ein Pferdchen.« Am 30. August erklärte sie: »Gute Nacht Einziges, Geliebstes, ich hab dich ganz furchtbar lieb und niemand auf der Welt hat ein so schönes gutes Hatzi wie ich.«

Die Briefe nach Polen waren lange unterwegs. Suchocki beklagte sich am 30. August aus Witschenske mit einem einzigen Satz: »Böses Hatzi! Keine Briefchen ich schreibe auch nicht mehr Such.« Die Reventlow erkannte erst mit Hilfe ihres Sohnes, wie ernst es ihm war: »Maus sagt, wenn Suchi böses Hatzi schreibt, ist er wirrrklich bös, denn Hatzi ist etwas Freundliches!« Am nächsten Tag – vermutlich war ihr langer Brief endlich angekommen – schwärmte Suchocki: »Ach, Hazzi, Hazzi ist das herrlich so viel liebe Worthe von Dir zu hören, ich kann dabei wie *›mann sagt pervers‹* werden. Ich schließe nur die Augen und fiele schon Deine Schenkel Bauchi, Brusti und Lippen, mir ist als ob ich hoch auf wolkiger Masse mit blutiger Adern schwämme, die Nerven zittern, ich wäre beinahe fehig – wenn ich mich länger in Extase halte – das Köstlichste zu erleben. Ach Du mein Herlichstes!!« Kurze Zeit später weihte er sie in seine Kunst, lebendige Brief zu schreiben, ein: »Weist Du mein Hertz, meine Briefe entstehen so: Ich denke an Dich, setze mich und schreibe, was ich gerade denke, bis ich irgend wo fort muss, und wenn ich wieder allein bin so setze ich mich wieder, schaue nach was ich mit meinem Madhi geschnattert habe und schreibe weiter.«

Endlich war es so weit: Franziska teilte ihm mit, dass sie mittlerweile genug vom Herumreisen habe und all das, was so verlockend schien, als Unbequemlichkeit empfinde. Sie wollte nach München zurückkehren. Am 13. September schrieb sie ihm zum ersten Mal wieder aus der Kaulbachstraße. Nachdem sie zunächst genossen hatte, wieder »im alten Nest« zu sein, bemängelte sie bald die Schlamperei und Hessels eigenmächtiges Handeln: Er hatte in ihrer Abwesenheit für einige Tage »2 schwarze Damen« in ihrem Zimmer einquartiert. Dass empörte sie derart, dass sie ihrem Ärger Luft machen musste. Es war schon schwierig genug, sich wieder im Alltag zurechtzufinden: »Aber mir wirds ein bissel viel mit Kochen und Hauswirtschaft u. allem andren. Du musst bald kommen und mir etwas helfen«, forderte sie Suchocki am 21. Oktober auf. Sie wünschte ihn dringend herbei: »Du Gutes, Liebes, fühl es immer dass ich niemand hab wie Dich und Du der einzige anständige Mensch bist.« Er hatte schon am 13. Oktober aus Witschenske angekündigt, sie zu unterstützen, damit sie ihren Malunterricht wieder aufnehmen könne: »Mit kochen geht Dir gar nicht? Das glaube ich, für wem solltes Du auch Dir Mühe geben. Ich werde bald mein Amt übernehmen und für mein Gemausse die feinste Leckerbissen zusammenstellen. Das Bübchen werde schon bewachen wie ein Kenguruhvater wenn Du in die Schule gehst.«

Am 19. November 1905 starb Emilie Gräfin zu Reventlow. Im Tagebuch der Tochter findet sich nur der kurze Hinweis: »Nachricht von Mamas Tod. Und doch einen Tag etwas heimwehig und melancholisch.« Die Mutter erschien ihr mehrmals im Traum, »da war sie immer so gut und sanft, wie ich sie fast nie gesehen hab«. Das Verhältnis der beiden Frauen hatte sich zwar in den letzten Jahren entspannt, von Annäherung konnte jedoch keine Rede sein. Die Mutter hatte gelegentlich größere Geldbeträge geschickt, eine Versöhnung hatte aber nicht stattgefunden. Franziska erbte 8000 Mark und schrieb im Dezember aus Berlin, wo sie ihren kranken Bruder Ludwig besuchte, an Suchocki und Bubi: »Bin ich ein reiches Hazzi! Hurra, jetzt kann ich meine Malerei haben.« Es sollte anders kommen. Ein knappes Jahr später, im September 1906, teilte die Schwägerin Benedikta mit, dass ein Vertrag aufgetaucht sei, der die Auszahlung des Geldes verzögere. Man wolle sichergehen, dass für Bubi gesorgt sei. Franziskas lakonischer Kommentar: »Na, Prost! [...] Ich muss eigentlich lachen, so was passiert immer nur mir. Kein Geld haben ist noch keine Kunst, aber eins haben und nicht kriegen können.«

Im Februar 1906 tauchte die Reventlow abermals ins Schwabinger »Carnevalsheimatsgefühl« ein, genoss die

Faschingsbälle in vollen Zügen, erwähnte befriedigt, dass auch Klages sie wieder »enorm« finde, und fühlte sich genauso in ihrem fließenden roten Kleid. »Das sind so wahnsinnige Momente im Leben, wo alles auf beiden Seiten gesteigert wird, noch ganz tief hinein und ganz nach außen. [...] Dazwischen manchmal nur das versteinerte Gefühl – Suchi, und dann wirft man sich wieder ganz hinein. Alle möcht ich haben und alle umschlingen [...]. Im Wagen wird der Geheimrat zärtlich und zu Hause in der Küche steht Such plötzlich vor mir und ich schreie auf weil ich glaube er will mich umbringen.« Doch bereits am nächsten Tag – sie hatte Halsweh und fühlte sich elend – kümmerte sich der Eifersüchtige wieder »maßlos lieb« um sie. Nachdem sie eine ihrer flüchtigen Faschingsbekanntschaften am Bahnhof verabschiedet hatte, rechtfertigte sie ihre kleine Affäre – »was zwischen uns war, war ein sehr zartes Blümchen« – vor sich selbst mit der Überlegung: »Warum soll man nicht gern haben, was sich an einen schmiegt, und grad das universelle Anschmiegen an jede Frau hab ich gern an dem Jungen.« Suchocki sah das ganz anders, sagte ihr »bitterböse Sachen, daß niemals, niemals ein Mensch mit mir bleiben wird und kann, und ich bekomme wieder das versteinerte Gefühl. Ich weiß es ja, aber warum? Weil alle, die mich einmal haben, mich ganz für sich haben und ganz auffressen wollen, und ich bin viel zu expansiv und gehe nach allen Seiten, möchte hier das und da das aber grade Such, hab ich überhaupt an einem Menschen soviel Warme und soviel dauerndes, fortwährendes weggegeben? Und ich kann ihn so absolut nicht lassen – kann freilich auch den vielen Blödsinn pour tout le monde nicht lassen.«

In den Amouresken »Von Paul zu Pedro« widmete sie der Eifersucht ein eigenes Kapitel, in dem es heißt: »Ebensowenig gereicht es mir zur Freude, wenn man mich mit

Eifersucht plagt, ich habe nie recht begriffen, warum die Menschheit diese unangenehmen Emotionen so kultiviert. Treue ist vielleicht eine besondere Begabung, ein Talent. Wie kann man Talent von jemand verlangen, der es nicht hat? Aber ich meine, es läßt sich durch Takt und Diskretion ersetzen.« Tatsächlich litt sie unter der Spannung, die, seit Franz Hessel Ende März 1906 ausgezogen und nach Berlin gegangen war, im Eckhaus zwischen Suchocki und ihr zunehmend herrschte. Manchmal entwickelte sich ihre Furcht vor seinen Gewaltausbrüchen zur Schreckensvision: »Kann nicht schlafen, Mondnacht und Sturm, meine immer daß S. hinter der Tür steht und mich totschlägt. Und das wird ja doch einmal das Ende sein.« Die Ängste waren nicht neu. Schon im Juni 1904 hatte sie in ihr Tagebuch notiert: »Plötzlich von Gruseln überfallen und mich dann ins Bett gerettet. Jetzt öfter die Einbildung daß S[uch] auf einmal vor mir stehen wird u. mir den Hals umdrehen oder mit einem Rasiermesser zur Tür hereinkommt.« Zugleich sehnte sie sich nach einem lieben Wort von ihm und dachte an die glückliche Zeit, die sie miteinander erlebt hatten. Es schien absurd, dass nun jeder allein in seinem Zimmer lag und sich quälte. Zumal ihre Sorgen ihrem Bruder Ludwig galten, der mit dem Tod rang. Der drohende Verlust setzte ihr schwer zu und weckte in ihr das allzu bekannte Gefühl der inneren Zerrissenheit. Bubi litt unter ihrer Nervosität und drängte zu einer Versöhnung mit Suchocki, die auch sie wollte, obwohl sie wusste: »Man kann mich nicht ändern, und ich mich nicht und würde es nicht einmal wollen.« Sie sah nicht ein, dass sie »den besten treuesten einzigen Menschen«, den sie je hatte, hergeben sollte. So dauerten die Schwierigkeiten mit Suchocki an. Am 27. März 1906 notierte sie: »Such sagt wenn man so ist wie ich darf man keine Menschen für sich haben wollen – aber warum nicht, ich habe soviel Liebe zu geben, warum will nun jeder sie für sich allein haben.«

Ähnliches hatte sie bereits am Anfang ihrer Beziehung formuliert: »Es ist selten gewesen, daß ich soviel gab und er will immer mehr. Ich will nur begehrt sein wenn ich selbst begehre ich will überhaupt lauter Unmögliches aber lieber will ich das wollen, als mich im Möglichen schön zurechtlegen.«

Am 22. Mai 1906 starb der Bruder. Dieses Mal hatte man sie nicht ausgeschlossen, die Geschwister hatten sich an seinem Totenbett in einem Wiesbadener Sanatorium getroffen, nach langer Zeit zum ersten Mal wiedergesehen, ohne sich jedoch näherzukommen. Für Franziska zu Reventlow war der Verlust des Bruders, dem sie sich trotz der schweren Auseinandersetzungen immer sehr eng verbunden gefühlt hatte, eine »Grausamkeit«, die lange nachhallte. Am 26. Mai begann sie in ihrem Tagebuch Abschied von Ludwig zu nehmen, der ihr noch im letzten Winter gestanden hatte, dass er sie von den Geschwistern am meisten liebte. Sie hatte eine Stunde an seinem Totenbett gesessen und ihn angeschaut: »Er sah schön und freundlich aus und ein großer Busch Rosen auf dem Bett. Es kam mir vor als sprächen wir auf einmal miteinander und ich könnte ihm noch einmal danken für alles und ihn mir zulächeln sehen. Das war wohl die beste Stunde.« Aus dieser Erfahrung bezog sie die Kraft, die verhinderte, dass das Todeserlebnis auch diesmal ein Horrorszenario aus Verletzung, Bedrohung und Angst vor Erstarrung in ihr auslöste, wie damals, als ihr Vater starb. Jetzt konzentrierte sie sich auf ihre Trauer, ließ sie zu und nahm sich die Zeit, die notwendig war, um sich von Ludwig zu verabschieden. Es dauerte eine Weile, bis es so weit war. Die Bilder ihrer gemeinsamen Kindheit und Jugend zogen an ihr vorüber, und alle Erinnerungen endeten in der Feststellung: »Er ist fort und ich weiß immer noch nicht wie ich ihn hergeben soll.« Sie erkannte bald die hilfreiche Wirkung von intensiver Arbeit und bilanzierte einen Monat später: »Aber ich fange wenigstens an wieder Leben zu fühlen nicht nur Tod und Todesgedanken.« Die Apathie wich nur langsam, sehnsüchtig dachte sie an ihre Frühlingsabenteuer im Fasching. Doch damit kam auch die Erinnerung an Suchockis Eifersuchtsanfälle wieder: »Die Abende wo ich spät und in Todesangst heimkam, die eine wo S. an meinem Bett stand und sich auf meine Kehle stürzte. Herr mein Gott, ich hab wahrhaftig geglaubt nun ists aus mit mir und das Grauen hat mich geschüttelt wie dann Maus sich in meine Arme stürzte. Wer weiß wie weit es gekommen wär, wär er nicht aufgewacht. Wie S. dann noch lange da stand und ich nach dem Revolver tastete und dachte, wenn ich mich nun bewege, ist's aus und er stürzt sich auf mich.« Auch Suchocki erwähnte diesen Vorfall in einer Prosaskizze, die sich bei seinen Briefen fand: »Herum schleichen mit der Hantel in der Hand um das Hirn einzuschlagen aber – – – – – Bubi! – – – – «

Der Sommer 1906, in dem Franziskas Bruder starb, bedeutete auch das Ende der Wohngemeinschaft in der Kaulbachstraße. Sie hatte zweieinhalb Jahre bestanden. »Wieviel Zeit und unendliche Stimmungen hab ich da erlebt. Aber doch auch ein Gruß von der Seele, daß ich wieder allein sein werde. Aber es war viel Heimat, viel Ruhe, viel Liebes und Gutes. Auch Bübchens Heimat eine lange Zeit. Nun treiben wir wieder, noch nicht, aber bald«, resümierte die Reventlow »kaulbachwehmütig« am 21. Juni 1906. Sie trauerte der Zeit im Eckhaus nicht eigentlich nach, denn sie wusste, dass das Experiment gescheitert, das Zusammenleben in dieser Konstellation nicht mehr möglich war. Damit war der Weg in ein neues Leben frei geworden.

Sie hielt sich in den nächsten Monaten überwiegend auf Schloss Winkl auf und fuhr nur gelegentlich nach München, um den Haushalt aufzulösen. Suchocki war in Nürnberg als Puppenspieler engagiert und berichtete am

13. September: »Heute habe bei der Vorstellung Puppen geführt – das wäre was für Dich mein Schatzi! Acht Fäden in der Hand und an dem richtigem und zur richtiger Zeit anziehen!« Er kündigte an, die Glasmalerei wieder zu betreiben, um rasch Geld zu verdienen. Das war auch dringend notwendig, denn die ehemalige Wohngemeinschaft war mit der Miete im Rückstand und der Hauswirt setzte Franziska mit seinen Forderungen schwer zu.

Im November hatte sie genug davon und besann sich wieder einmal auf das »Unterwegssein«. Mit Bubi machte sie sich in den Süden auf. Angekommen auf Korfu, begann sie sofort wieder mit Suchocki zu korrespondieren. Der Ton ihrer Briefe war von Anfang an ambivalent: begeistert schilderte sie die neue Umgebung, gleichzeitig hatte sie Sehnsucht nach Suchocki und ließ ihn das in jedem Brief wissen. »Bei allem was ich sehe, denke ich was du wohl dazu sagtest, wenn du da wärest«, heißt es am 25. November. »Ach Huze Puz, ich tröst mich damit dass ich in 4 Monaten zurück sein kann und wieder in Winkl sitzen, mir ist wirklich recht gottsjämmerlich und obdachlos zu Mut.« Zum Glück fühlte sich Bubi wohl, er hatte mit dem Geigespielen begonnen, dachte sich mit ihr zusammen neue Sprachen aus und erfand »fraksikanische Buchstaben«: »albera, berbera, zerbera«. Sie unterrichtete ihn auch weiterhin, lobte seinen Fleiß und seine Artigkeit und ließ Suchocki wissen: »Immer schnattern wir vom Huzzi, was er wohl macht u. wie freundlich es ware, wenn es mit im Bettchen läge u. Rippchen zählen und Huzzitisch u. alle freundlichen Spiele mit uns spielte.«

Fast jedes Mal bat sie ihn, ihr doch bald zu schreiben. Am 4. Dezember: »Nun erst ein Brief von Dir, ich komme mir vor wie jemand, der verdurstet – 14 Tage ohne etwas vom Hazzi, es ist nimmer zum Aushalten, Du Einziges. Schreib bald, gleich und viel, sag mir viel Liebes Du mein

Huzzi, mein einziges geliebtes.« In dem von ihr erwähnten Brief hatte er ihr von seinem Besuch in der Künstlerkneipe »Simplicissmus« erzählt und beinahe über alle Leute geschimpft, die er dort getroffen hatte, allen voran Klages: »Ich glaube Du hast nur die Kunst bessesen aus Klages das *esentionelle* herauszuziehen.« Auch Suchocki litt stark unter der Trennung und fühlte sich ohne sie nur »halb«: »Häzzchen! Häzzchen, wen Du so weiter machst bist Du auf einmal auf ›Ceylon‹ – Das macht Dir Spaß! Nicht war? So herum zu gondeln. Ach! Hazzchen, hast Du schön ausgesehen bei der Abreise im Coupé wie ein zwanzigjähriger Backfisch, mit Deinen blauen Auglein!«

Er warnte sie eindringlich vor Dieben und empfahl, bei passender Gelegenheit den Revolver zu zeigen, der allen deutlich machen würde, welch streitbare Person sie sei. Es wirkte. Am 21. Dezember meldete sie: »Beim Umzug in das andre Zimmer hab ich in der Früh meinen Revolver offen liegen lassen, was eine förmliche Panik hervorrief. Frauen kreischten u. Männer zitterten u. der ›Hausherr‹ meinte, ich sollte ihn ihm doch immer zum Aufheben geben, wenn ich fortginge.« Später drängte er, sie solle sich unbedingt nachts einschließen: »Ambesten stells Du direkt an die Türe zwei Stühle (ein auf das andere) sollte Jemand kommen so muss er Stühle *umwerfen* und Du wirst gleich *erwachen*« – ein Vorschlag, der Bubi so überzeugte, dass er für dessen Realisierung sorgte.

Es dauerte lange, bis sich die Reventlow an die selbstgewählte Einsamkeit gewöhnt hatte, von der sie sich neue Kraft für ihre Arbeit erhoffte. »Aber es ist so schwer, ich hab alle ›Charakterfestigkeit‹ verloren vor lauter Liebhabi.« Am 10. Dezember schickte ihr Suchocki eine Ansichtskarte, die Pferde an einer Tränke zeigte, und schrieb darauf: »O! Mein Huzz! Ich habe Durst nach Dir wie die Pferdchen!« Drei Tage zuvor hatte er ihr in einem langen Brief gestanden, wie sehr er unter ihrer Abwesenheit leide und dass er sich abends oft in Kneipen herumtreibe. Für andere Frauen interessiere er sich aber nicht: »*Nach Dir erscheint mit alles: unwürdig und reizlos.*« Doch sie schien erstmals Eifersucht zu verspüren. Am 21. Dezember fürchtete sie: »Ach Suchi, du nimmst dir doch gewiss ein andres Häzchen.« Eine Woche später kündigte sie an: »Na, wenn ich komme erwürge ich die Nebenhäzchen.« Am 4. Januar 1907 vermutete sie, dass »der Huzzi sehr begehrt« ist. Tags darauf versicherte ihr Suchocki endlich: »Neues Häzzchen anschafen? O Du mein Hazzi, mein Hazzi, nach Dir ist das furchtbar schwer und ich bin wie umgewandelt, ich brauche keine. [...] Also Häzzchen Du kriegst mich unferführt!!«

Unterdessen hatte sich Suchocki eine neue Möglichkeit eröffnet, Geld zu verdienen. Das Baschl, Franziskas langjährige Freundin, hatte ihm ein merkwürdiges Arrangement vorgeschlagen: Er solle sie heiraten und dafür entlohnt werden. Sie war nämlich schwanger, hatte zunächst dem Beispiel der Reventlow folgen wollen, aber dann Angst vor ihrer Familie bekommen. Für die »Scheinehe« wollte sie Suchocki eine größere Summe zahlen. Franziska, der Baschls Geschäftsidee brieflich unterbreitet wurde, war sofort einverstanden. Suchocki versprach ihr sogar einen Großteil des Betrags, was sie ablehnte, um ihn jedoch gleichzeitig zu ermahnen, das Geld zusammenzuhalten, sie käme »blank« aus Korfu zurück und wüsste nicht, wovon sie leben sollten. Momentan hatte sie keine Übersetzungsaufträge zu erwarten. Er freute sich auf ihre Rückkehr im nächsten Frühling und versicherte, mit dem Geld vom Baschl würden sie bis zum Ende des Jahres auskommen: »Da wird das Häzchen Fett und rund ankommen und ich werde das schöne Pitschi Patschi klopfen und Rüppchen zehlen und die schönsten Sachen köchelchen und lieb haben – Hazzi, Huzzi gib mir schnell im Geiste einen Kuss! So!« Ein gemeinsames Leben schien wieder möglich.

Der lange Abschied

»Ach, Franzl, es ist immer zu wenig Wärme und zu viel Mißverstehen und zu viel Nervosität zwischen uns heutigen Menschen.« Die Zeilen an Franz Hessel aus dem Frühjahr 1907 kündigen beinahe leitmotivisch die nächsten Monate und Jahre an. Es wurde eine rastlose Zeit, von materieller Not geprägt. Immer wieder wurde die Reventlow von Vermietern hinausgeworfen; von einer Wohnung zog sie in die nächste: Bis zum Oktober 1910, als sie München für immer verließ, finden sich im Melderegister sieben verschiedene Adressen. Bei ihrer Rückkehr aus dem Süden Ende März 1907 bestätigte sich, was sie Suchocki schon lange angekündigt hatte: Sie stand wieder einmal völlig mittellos da, ohne Aussicht auf nennenswerte Einkünfte. Von dem Geld, das ihr der Bruder vor seinem Tod geschenkt und mit dem sie ihre Reise nach Korfu finanziert hatte, war nichts übriggeblieben. Zu allem Übel verschlechterte sich auch ihr gesundheitlicher Zustand. In ihren letzten Briefen aus Griechenland hatte sie Suchocki schon von ihrer körperlichen Schwäche berichtet. Dieser war wiederum mit ganz anderen Querelen belastet: Die Scheinehe mit dem Baschl – die Hochzeit hatte in Reventlows Abwesenheit stattgefunden, diese hatte der Freundin aus Korfu Myrtenzweige für den Brautkranz gesandt – entwickelte sich zu einem Alptraum: Nach der Geburt des Kindes erhob die »Ehefrau« plötzlich Unterhaltsansprüche. Suchocki hatte, ohne es zu wissen, mit der Heirat zugleich das Kind adoptiert und sich damit zu entsprechenden Zahlungen verpflichtet.

Am 16. Mai gestand Franziska ihrem Freund Gruhle: »München, speziell Schwabing, kann ich einfach nicht mehr ertragen.« Und am 3. Juli erklärte sie Hessel: »Das Leben ist so besoffen, ach, Franzl, man glaubt, man wäre nun eigentlich beim Dessert, und auf einmal fängt man wieder an in sich hineinzuschlingen, als ob das ganze Diner nicht gewesen wäre, und wieder gerade dann der rächende Gott – es ist direkt ungeheuerlich, wie er diesen Sommer auf meine Gesundheit losgeht. Es hat wirklich den Anschein, als ob er endgültig demolieren wollte, und ich habe jetzt nur wilde Auflehnung dagegen.« Als Lichtblick, als möglicher Zufluchtsort tauchte bald Ascona auf, der sagenumwobene Ort am Lago Maggiore, in dem sich eine Gruppe von sozialen Rebellen und Bohemiens dem Spiritualismus, der Freikörperkultur und den Künsten hingab und sich einem allgemeinen Programm der Lebensreform verschrieben hatte. Erich Mühsam, den die Reventlow in dieser Zeit, zusammen mit dem österreichischen Psychoanalytiker Otto Gross und dem Nationalökonomen Edgar Jaffé, häufig in Schwabing traf, hatte ihr von dieser utopischen Gemeinschaft vorgeschwärmt. Wie Mühsam in seinen »Unpolitischen Erinnerungen« berichtet, war er der Reventlow bereits in Lübeck begegnet: »Ich entsinne mich aus meiner Gymnasiastenzeit sehr deutlich der blendend schönen blonden Seminaristin, von der man damals als der ›Komtesse Reventlow‹ zu sprechen pflegte. Da sie den gleichen Schulweg hatte wie ich, sah ich sie täglich, grüßte sie auch höflich – ob aus früh entwickeltem Verständnis für weibliche Reize – die Komtesse war immerhin etliche Jahre älter als ich – oder aus Respekt vor dem schönen Adelsnamen, der einem Fünfzehnjährigen noch von keinem kritischen Erleben ausgetrieben ist, kann ich heute nicht mehr sagen. Sicher ist, daß die Bewunderung durchaus einseitig war und daß ich die puerilen Empfindungen distanzierter Verehrung ihrem Objekt erst ungefähr zwölf Jahre später gebeichtet habe.«

In München konnte er sie nun endlich näher kennenlernen, mit großer Achtung bezeichnete er sie als den »innerlich freiesten und natürlichsten Menschen«, dem er je begegnet sei, »gleichmäßig ausgezeichnet von höchstem weiblichem Charme, gepflegtester geistiger Kultur, kritischster Klugheit, anmutigstem Humor und vollkommenster Vorurteilungslosigkeit«. Gemeinsam schmiedeten sie Zukunftspläne, Anfang Juli 1907 teilte sie Hessel mit, sie gehe nach Ascona, um mit Mühsam »gemeinsame Raubzüge zu machen«. Auch Gruhle weihte sie am 11. Juli in ihr Vorhaben ein: »Ich kann die Misere nicht mehr ertragen – dort sind allerhand, vielleicht sehr gute Chancen, um darum herum zu kommen, also was soll man tun.« Zwei Tage später wurde sie noch deutlicher: »Ich gehe, wie ich Ihnen schon schrieb, nach Ascona bei Locarno um dort durch Vermittlung eines Bekannten reiche Leute ›kennenzulernen‹. Es sollen recht gute Aussichten sein und ich muß einfach Geld haben. Alles andere ist mir egal. Für dort habe ich einen Impresario, der die Sachen vermitteln wird.« Sie habe das »Durchfechten ungeheuer satt«, sei mit zunehmendem Alter nicht bequemer, sondern eher begehrlicher geworden und wünsche sich schöne Kleider, eine angemessene Wohnung, Entlastung von den Mühen der Arbeit – nicht nur um ihrer selbst, sondern auch um Bubis willen. Ihr Pech habe von jeher darin bestanden, dass sich zwar immer wieder Männer in sie verliebten, aber selten welche, die etwas für sie hätten tun wollen. Sie sei dennoch vergnügt, viel mehr als in den Jahren im Eckhaus, denn beide Mitbewohner – »jeder in seiner Art« – seien sehr schlimm für sie gewesen. In ihrer Bemerkung: »Ich fühle mich auch jetzt durch keine ›tiefere Herzensneigung‹ behindert«, klingt die Dissonanz an, die sich in ihre Beziehung zu Suchocki eingeschlichen und für eine gewisse Distanz gesorgt hatte.

Ihre hoffnungsvollen Pläne, sich aus der Notlage wieder zu befreien und an einem reizvollen Ort einen Neuanfang zu wagen, wurden bald durch eine »grosse Krankheitsattacke« vereitelt. Um sich zu betäuben, stürzte sich die Reventlow ins Schwabinger Bohemeleben, doch diese Form der Selbsttherapie funktionierte nicht lange: Im Sommer 1907 musste sie wieder ins Hospital und sich einer Operation unterziehen, von der sie sich nur langsam erholte. In der Abgeschiedenheit ihres Krankenzimmers blickte sie auf die letzten Monate zurück: »Schlimmer Sommer – Ende Juli und ich liege wieder einmal ventre ouvert im Josephinum […] April bis Mitte Mai die Franzl-Roché Zeit – dann die Rochézeit, dazwischen grosse Krankheitsattacke.«

Anfang April 1907 hatte sie durch Franz Hessel den französischen Schriftsteller und Kunstkritiker Henri-Pierre Roché kennengelernt und eine kurze Liebesaffäre mit ihm begonnen. Roché, Autor des später von François Truffaut verfilmten Romans »Jules et Jim«, führte ein erotisches Tagebuch, in dem auch Franziska zu Reventlow alias »Fabia« erwähnt wird. Er war von der »Venus« beeindruckt – besonders von ihrer Eröffnung, sie habe etwa fünfzig Liebhaber gehabt – und plante, einen Essay über sie zu schreiben.

Im Juli aber, in den »grauslichen« ersten Tagen nach der Operation, »wo man sich selber so zwischen Leben und Sterben fühlt, und so unsicher u. garnicht weiss was man mit seinem eignen schmerzenden und unbeweglichen Körper anfangen soll«, war sie nur erleichtert, alles gut überstanden zu haben – und zufrieden, Suchocki, »den guten Hazzi«, »freundlich und fett« an ihrem Bett sitzen zu sehen. Der Eingriff war sehr viel schwerer gewesen als zunächst angenommen. Auch sechs Wochen nach der Operation fühlte sie sich noch schwach. Mehr und mehr wurde ihr bewusst, dass sie sich in einem lebensbedrohlichen Zustand befunden hatte und immer noch nicht außer Gefahr war. Ihre größte Sorge galt Bubi, den sie um nichts in der Welt als Waise zurücklassen wollte. Aus diesem Ziel bezog sie einen wesentlichen Teil ihres Überlebenswillens: »Ich muss leben bis er gross ist – und ich weiss doch dass das Leben manchmal wahnsinnige Widersinnigkeiten macht. Warum soll es mich damit verschonen? – Es *muss*.« Und wie um diesen Überlebenswillen und die ungebrochene Lebensgier zu unterstreichen, fügte sie an: »Ich fühle mich wieder entsetzlich jung und finde mich hübsch. Dr. Gross sagt, ich hätte den Zug gewaltsamer Selbstbeherrschung verloren u. sähe viel weicher aus. Das ist ja immer meine Angst, etwas Hartes Scharfes zu bekommen, was ich so hasse. Weil es aufgezwungen ist, mein inneres ich ist ja lauter Weichheit.« Wenige Tage später, am 10. August, notierte sie im Tagebuch: »Den letzten Tag im Joseph. die Stimmung noch so recht ausgekostet, die ich in dem hellen Zimmerchen gehabt hab. Den ganzen Tag allein, Such ist natürlich wieder wütend u. kommt nicht. Ach hab ich manchmal dieses wüste Barbarentum satt.« Gruhle teilte sie mit, sie habe ihre Ascona-Pläne aufgegeben – aus gesundheitlichen Gründen: Sie habe sich den Blinddarm entfernen lassen, leide aber immer noch an Darmentzündungen, die nichts Gutes erhoffen ließen.

Gleich nach ihrer Entlassung aus dem Krankenhaus, in der schwierigen Zeit der Rekonvaleszenz, begann das Abschiednehmen von Suchocki. Baschls Forderungen hatten sich mehr und mehr zum unlösbaren Problem entwickelt. Formal juristisch war sie im Recht, er galt als Vater des Kindes, eine Verweigerung der Unterhaltszahlungen war strafbar. Um diesem Dilemma zu entkommen, sah er keinen anderen Ausweg als die Flucht nach

Franziska zu Reventlow,
fotografiert von Henri-Pierre Roché, 1908

Amerika. Ursprünglich hatte er nach Mexiko auswandern wollen, wo sich Edmund Hentschel, der Freund aus Witschenske, im Silberminengeschäft eine neue Existenz aufzubauen versuchte.

Was so locker und unkonventionell im Stil der Boheme begonnen hatte – die Scheinehe mit dem Baschl, die mit keinerlei Verpflichtungen verbunden sein sollte –, entwickelte sich zu einem schicksalhaften Ereignis, einer Lebenskatastrophe: Franziska zu Reventlows unfreiwilliger endgültiger Trennung von Suchocki. Dieser betrieb im Frühjahr 1909 von Chicago aus die Scheidung, auf Reventlows Empfehlung vertrat ihn Friess als Anwalt. Knapp zwei Jahre vorher war der Verlauf der Affäre noch offen gewesen, nur Suchockis Entschluss zur – vorläufigen –

Auswanderung stand fest. Am 24. August 1907 vermerkte Franziska zu Reventlow in ihrem Tagebuch: »Böse Briefe mit Such. Aber dann er selbst Freitag Abend, zusammen drüben im Beisel gesessen. Will nach Mexiko u. ich denke ich kann ihn nicht hergeben.« Während ihrer Genesung malte sie sich ein Leben ohne Suchocki aus – trübe Gedanken, die nicht gerade zu ihrer Gesundung beitrugen. Sie fühlte sich hilflos, »melancholisch« und konnte schon jetzt ihre Sehnsucht und sein Heimweh spüren. Als er seine Abreise um eine Woche verschob, empfand sie jeden gewonnenen Tag wie ein Geschenk. Sie triumphierte: »Aber ich hab doch Kl[ages] Theorie zu Nichte gemacht, dass ich nie einen Menschen festhalten könnte. Wenn wir uns auch zeitweise zerrissen haben wie wilde Tiere.« Im Oktober heißt es: »Nun ist er fort u ich geh ganz wie betäubt herum. Es ist entsetzlich einsam überall suchen wir nach unsrem Hazzi.«

Kurz nach seinem Aufbruch teilte er ihr telegrafisch und brieflich mit, er sei in Worpswede, die Reise abermals aufgeschoben. Eine Nachricht, die sie irritierte. Sie schrieb ihm einen bösen Brief und schickte umgehend ein Telegramm hinterher mit der Bitte, den Brief nicht zu lesen. Wahrscheinlich besuchte er in Worpswede die Malerin Ottilie Reyländer, die er Anfang des Jahres in München kennengelernt hatte. Ausführlich ist von ihr in einem Brief vom 23./24. Februar 1907 die Rede: »Ich habe hier Deine Lantmännin kennen gelernt, aus Itzehoe: blond, weiss, üppig und kalt wie Hundeschnautze, mokirt sich über ›Schwabing‹ in einer Art, wie Koch oder Gruhle, sehr witzig und reservirt kennt von Worpswede, Klages, Huch, Rielke, u, s, w, Dich von hören sagen natürlich auch, na! und wie!« Ottilie Reylaender, Tila genannt, sollte Suchockis Lebensgefährtin werden. Sie folgte ihm 1910 in die USA, ging mit ihm im selben Jahr nach Mexiko und lebte dort sechzehn Jahre mit ihm zusammen.

Anfang November 1907 verließ Suchocki Europa, und die Reventlow notierte in ihr Tagebuch: »Letzter allerletzter Suchbrief mit dem geliebten Medaillönchen mit Suchsilhouette, trags jetzt immer am Hals u. legs nur weg wenn ich ausgehe, aus Angst es zu verlieren. Abends wenn ich schreibe spiegelt es u. ich hab den Schein vor mir auf meiner Hand. Aber es war wie noch einmal Abschied nehmen, dass er jetzt wirklich fährt u. nicht mehr zu erreichen u lange keine Briefe. O mein Gott.«

In den Wochen der Trennung hatte sie ihn gebeten, sie im Glasmalen zu unterrichten, was er nur widerwillig tat. Die Arbeit machte ihr anfangs Spaß, vor allem wenn Rolf dabei war. »Wir malen beide Gläser à la Such, er auf seine Weise u mit fröhlichem Eifer.« Nach Suchockis Abreise übernahm sie seine geschäftlichen Kontakte und belieferte die Antiquitätenhändler, mit denen er zusammengearbeitet hatte, mit neuer Ware. In ihren Briefen fragte sie ihn wiederholt nach bestimmten Maltechniken und der Zusammensetzung besonderer Emailfarben, und er erteilte ihr detailliert Auskunft. Als Kunstmaler hatte er die Gläser mit altdeutschen Motiven versehen; seine Vorlagen hinterließ er der Freundin. Lukrativ war die Tätigkeit nicht – vor allem wenn man den Aufwand, den die sorgfältige Ausarbeitung der Verzierungen bedeutete, die Materialkosten und die notwendigen Investitionen bedenkt. Seine Mutter, erinnerte sich Rolf Reventlow, habe sich bald auf modernere Motive verlegt. »Für Kathi Kobus' Künstlerkneipe ›Simplicissimus‹ malte sie Becher im Dutzend mit dem bekannten stilvollen roten Simpl-Mops.«

Im Winter 1907 arbeitete die Reventlow »wild« und voller Hoffnung an der Glasmalerei – endlich schien sich eine neue Erwerbsquelle aufzutun. »Schmerzen, Morphium, Gläsermalen« lautete die Zusammenfassung des Tages am 10. Dezember 1907. »Ein paar Gläser verkauft, u. sehr stolz darauf.«

Doch neben der Glasmalerei musste sie sich im Sommer 1908 wieder auf »Fischzüge« durch Münchner Bars begeben: »Das Zeitalter der Päule. Paul I ein recht heitrer Abend. Ich hätte Augen die einen toll machen könnten, sowas hört man immer ganz gerne. Paul II eine zweifelhafte Errungenschaft aus der Red cat bar, wo ich 2 Abende meine Netze auswarf. Er begriff nicht recht wie ich in ›dieses Leben‹ hineingeraten wäre. ›Armes Kind‹ etc. [...] Zwischendurch bei Fr[iess]. Warum reisst mich der nicht heraus, er könnte sich doch vieles denken – und es wäre so gut, aus all diesem Greuel herauszusein. Ums Sendlinger Thor herum zu wandeln ist doch ein etwas zu tiefer Grad für mich. Aber wie Gott will. Ich will vergnügt sein u bin es auch.« Vorläufig kauften ihr die Antiquitätenhändler nicht genügend Gläser ab, ihren Lebensunterhalt konnte sie mit diesem Geschäft also nicht bestreiten. So blieben nur die bewehrten »Streunereien«, obwohl ihr der Straßenstrich am Sendlinger Tor nicht behagte. Sie war jetzt 37 Jahre alt, eine – von außen betrachtet – gescheiterte Existenz. »Sie hat ihr Leben vollkommen verzettelt, sich von einem Arm in den Andern geworfen, und nun ist sie arm und altert«, urteilt Oscar A. H. Schmitz in seinem Tagebuch. Ihre wohl wichtigste Liebesbeziehung war zerbrochen, der Geliebte nach Amerika ausgewandert. Mittellos und krank, vagabundierte sie durch die Stadt, prostituierte sich gelegentlich und hielt doch an ihrem Freiheitsanspruch fest. Bei allem, was ihr zustieß, lamentierte sie nicht. Verzweifelt erscheint sie oftmals in den Tagebuchaufzeichnungen, aber niemals verbittert, niemals resigniert. Es waren allein die Liebe zum Leben, die Begabung zum Glück und der Adel ihrer Autonomie, die sie leiteten.

Für alles Ungemach entschädigte sie das »Sommerleben« mit Bubi: »Immer aus einer Welt in die andre.« Sie sei so glücklich, wie man eben sein könne, betonte sie mehrfach, und ihr Glück sei nur getrübt durch die großen Existenzsorgen. Rettung kam dieses Mal in Gestalt eines Übersetzungsauftrags von Albert Langen, der sie eine Zeitlang vor der »Streunerei« bewahrte. Gelegentlich zog sie aber doch wieder zum Sendlinger Tor. Am 18. September 1908 berichtet sie, sie sei im Bahnhof von zwei Schwarzen angesprochen worden: »[...] sie steigen mir nach in die Tram u. fangen Gespräch an, ich soll mit ihnen ›drinken‹. Also warum nicht, steige also Sendlinger Thor wieder aus und wir drinken bis 3 Uhr in verschiedenen Bars u. Theesalons, ich in weiss zwischen den 2 schwarzen Kerlen. Erregten einige Sensation. Dolle Kiste sagt irgend ein norddeutscher Student u. trinkt mir zu. Nachher die Nigger immer wieder, dolle Kiste! Dann bringen sie mich im Auto heraus [...]. Jedenfalls war es die würdige Krönung der verschiedenen Sommernachtsautofahrten hier heraus.« Aufgrund der »finanziellen Erfolge« und des »unerwarteten Geldsegens« bei ihren »Fischzügen« konnten sie und Bubi wieder für einige Wochen überleben. Im Januar 1909 erwähnte sie eine »denkwürdige Nacht in der Tip Top bar«, aber bald nahmen Eintragungen dieser Art ab zugunsten einer neuen Liebesbeziehung mit einem nicht näher benannten G., in dessen Gegenwart sie sich unbeschwert und jung fühlte – wie immer, wenn sie verliebt war.

Während dieser Monate hatte sie regelmäßig mit Suchocki korrespondiert und von seinem Leben in der Neuen Welt erfahren. Er warnte sie davor, allzu große Hoffnungen in das Glasgeschäft zu setzen, und versuchte ihren Optimismus und vor allem ihren Arbeitseinsatz zu bremsen. Am 3. Januar 1909 schrieb er aus Chicago: »Mein Huzzchen, Du hast mir schon einmal Recht gegeben, dass man bei Glässchen malen nicht fett wird, und jetzt willst Du sie engros anfertigen – nun befor Du mir wieder Recht gibst sage ich Dir dass Du nur *sehr mager wirst*! [...] Ich möchte lieber Unrecht haben, aber ich habe 20jährige Praxis. So eine Schrieftstellerische Arbeit mag für Dich eklig sein aber es ist doch keine 5 mark Arbeit die beim brennen noch dazu kaput geht.« Auf ihre Frage, ob sie mit Bubi zu ihm nach Amerika kommen solle, antwortete er, das sei wirklich unmöglich. Er hatte Heimweh nach Europa: »[...] Amerika ist nach unserem Begrief: Wüste mit Lunchroom. Am besten sagte hier ein polnischer jude: was ist das für ein country – wo Vögel not song, die flower not smell und Wetter hat not time? Besser kann man nicht beschreiben.« Trotzdem dachte er nicht daran, zurückzukehren. Seine Zukunftspläne sahen längst anders aus, wie er am 12. September mitteilte: »[...] im Mai will ich unbedingt nach Mexico und dann vielleicht Bolivia wenn mir Adam Geld sendet u, s, w ich muss doch auch eine Dumcheit in meinem Leben begehen – Du hast genug begangen und alle waren schön und interessant – ich möchte auch heiraten, vielleicht Tila – wenn es nothwendig wird – ich bin doch Dein Schüller! Aber Häzzchen wird immer mein Lebenshäzzchen sein!«

Im Sommer 1910 kühlte sich das Verhältnis zu G. ab, und Franziskas »qualvolle Geldnot« wuchs ins Bedrohliche. Und doch wollte sie sich »von diesem Kram« nicht niederdrücken lassen. Sie bekomme »immer mehr Lebenslust u. immer mehr ›trotzdem‹«. Aber es gab Probleme mit Bubis Schule. Der Junge besuchte seit eineinhalb Jahren das Reformgymnasium, eine Schwabinger Privatschule, auf der er sich zur Verwunderung seiner Mutter wohl fühlte. Er schätzte seinen Lehrer, den er als »spitzwegisch-altertümlich« beschrieb, bis es zu einer Auseinandersetzung kam, die mit einer Ohrfeige des Lehrers endete. Die Reventlow war empört und meldete ihren Sohn umgehend vom Unterricht ab. Dieses Problem ließ sich schnell lösen, anders verhielt es sich mit den wachsenden finanziellen Schwierigkeiten. Albert Langen signalisierte zwar Interesse für den Roman »Von Paul zu Pedro«, doch der Vorschuss, den er anbot, reichte nicht einmal, um die aufgelaufenen Schulden zu begleichen. Im August schließlich gestand sie sich ein, dass aus der »Glasaffaire« nichts geworden« sei. Erich Mühsam erinnerte sich später, »wie sie wochenlang im Zimmer hockte, Hunderte von Gläsern um sich herum, und die Landschaften von Oberammergau, das Theater, die rührendsten Szenen der Christusgeschichte und sonst welche frommen Dinge darauf malte«. Sie hatte die »Kunstwerke« in Oberammergau verkaufen wollen, wo sich zu den Passionsspielen reiche Touristen, »amerikanische Millionäre«, aufhielten. Das Wetter hatte ihr einen Strich durch die Rechnung gemacht. Es hatte unaufhörlich geregnet, so dass sie täglich von früh bis spät in einer Holzbude vor dem Theater saß – ohne Interessenten oder gar Käufer. »So kam sie fast mit dem ganzen Vorrat und mit vermehrter Schuldenlast nach Schwabing zurück. Um sich am Anblick der durch die Malerei völlig entwerteten Gläser nicht länger ärgern zu lassen, beschloß die Gräfin, die ganze Herrlichkeit zu ersäufen. Sie mietete im Englischen Garten ein Boot, ruderte in die Mitte des Klein-Hesseloher Sees und wollte eben das mächtige Paket mit den Passionsgläsern über Bord lassen, als ein Parkwächter erschien und ihr zuschrie, das Versenken von Gegenständen im See sei bei hoher Strafe verboten. Daß sie den zum Tode verurteilten Andenken nicht einmal den Garaus machen konnte, knickte die arme Gräfin noch mehr als die ganze Pleite von Oberammergau.«

Im Tagebuch überwiegen nun die verzweifelten Töne. Ihr Überlebensmut und ihr Glücksanspruch scheinen nahezu gebrochen. Im Juni 1910 heißt es: »Kein Geld u. kann nichts thun, wir können bald nicht mehr Trambahn fahren […] – ich bin eigentlich ganz ruhig u. ganz gleichgültig aber ich will ein Ende machen, so oder so. Also beschlossen, hier die Bude zumachen nach Berlin dort alles versuchen und wenn es die Friedrichstraße sein sollte. Ich will nicht mehr.« So weit kam es nicht, im Berliner Rotlichtbezirk sollte die Reventlow nicht enden. Sie nahm das Angebot an, als sprachenkundige »Kassendame« in der Ausstellung des Münchner Kunstgewerbevereins im Grand Palais in Paris zu arbeiten.

Bubi sollte derweil zu Bekannten in dem niederösterreichischen Badeort Deutsch-Altenburg bleiben. Obwohl sie ihn dort gut aufgehoben wusste, fiel ihr der Abschied schwer. Als ihr Edgar Jaffé am 2. September anbot, seine Privatsekretärin zu werden, warf sie das beinahe aus der Bahn, schließlich hatte sie sich bereits zum Weggang durchgerungen. »Jetzt wieder dableiben und ›weiterwursteln‹ oder fort mit dem Gefühl, du hättest bleiben können und den Bubi behalten.« Doch der war auch dafür, den alten Plan aufrechtzuerhalten. So zelebrierten Mutter und Sohn den Abschied mit Ausflügen zu ihren Lieblingsplätzen im Isartal, besuchten die Enten im Englischen Garten, aßen Eis im Café Stefani, gingen in den »Kientop« und auf die »Wiesn«. Daneben löste die Reventlow den Haushalt auf. Am 29. September brachte sie Bubi zum Zug und vermisste ihn schon am nächsten Morgen: »Kein fröhliches Gequiek mehr beim Aufstehen, beim Frühstück.« Zwei Tage später verließ sie München Richtung Berlin, wo Briefe von Bubi eintrafen, in denen es hieß: »Ich bin furchtbar traurig« und »bitte nimm mich doch bald nach Berlin«.

Berlin hatte sich die Reventlow als Zwischenstation gewählt, um bei alten Freunden auf Nachrichten aus Paris zu warten. Die genauen Konditionen hinsichtlich der Ausstellung im Grand Palais mussten noch geklärt werden. Am 8. Oktober erhielt sie eine vorläufige Absage, die sie erst in ratlose Wut versetzte und dann ihren Behauptungswillen stärkte: »Nein jetzt bin ich entschlossen, bis ersten suche ich es auszuhalten, das sind 3 Wochen, dann fahre ich nach Deutsch Altenburg, u wenn es nicht anders geht nach München zurück u nehme Jaffés Stellung an.« Eine knappe Woche später telegrafierte man ihr, sie möge doch kommen. Auch das Reisegeld schickte man. Die letzte Tagebucheintragung stammt vom 14. Oktober 1910: »Halbe Nacht im Zug wach gelegen u. gedacht nun fahre ich immer weiter weg u. mein Kind ist irgendwo weit fort. Was wird aus uns beiden.«

F.
DIE SCHRIFTSTELLERIN
1910–1918

Anarchisten, Vegetarier, Sonderlinge und ein Seeräuber

Am 27. November 1910 kam Franziska zu Reventlow spätabends am Lago Maggiore an. Es war stockfinster und das Zimmer im Restaurante al Lago so übel, dass sie noch in derselben Nacht ins Albergho Quattrini zog. Doch am Morgen wurde sie für den ungastlichen Empfang entschädigt: »Ascona heut morgen bei Tageslicht war eine freudige Überraschung, es ist sehr schön und sehr sympathisch«, heißt es in ihrem ersten Brief aus dem Tessin an Franz Hessel. »Wir wanderten zum Monte Verità, wo die Vegetarianer hausen.«

In dem malerischen Ort am Lago Maggiore, unweit des Kurorts Locarno, hatte sich um die Jahrhundertwende eine Gruppe von Individualisten und Außenseitern angesiedelt, die auf unterschiedliche Weise die Idee des »neuen Menschen« realisieren wollten: Anarchisten, Pazifisten, Künstler, Schriftsteller, Bohemiens, Wissenschaftler, Frauenrechtlerinnen, Naturheiler, Nudisten, Tanzbegeisterte, Theosophen, Esoteriker. »Lebensreform« lautete das gemeinsame Ziel, das eine Alternative zu Kapitalismus und Kommunismus bilden sollte. Industrialisierung und technischer Fortschritt wurden als Feinde der Natur und damit des Menschen abgelehnt. Es galt das Rousseau'sche »Zurück zur Natur«, verbunden mit Lehren von freier Liebe, natürlicher Ernährung und künstlerischer Selbstverwirklichung. Ascona wurde zum Schauplatz sozialer Experimente, zu einer Art Versuchslabor für alternative Lebensformen. Ende der 1890er Jahre gab das kleine Dorf in den Schweizer Bergen zum ersten Mal zu erkennen, dass es sich zum Zentrum einer selbstbewussten Gegenkultur entwickeln würde. Im Jahr 1900 lebte eine kleine Gruppe von Tolstoi-Anhängern und Naturfreunden in den Hügeln oberhalb Asconas. Im selben Jahr bildete sich in München eine Gruppe sozialer Aussteiger um den belgischen Industriellensohn Henri Oedenkoven, seine Freundin Ida Hofmann, eine Pianistin aus Montenegro, und den Österreicher Karl Gräser, einen ehemaligen k. u. k. Offizier. Gemeinsam machte man sich auf, um einen geeigneten Standort zu suchen. Von dem landschaftlichen Reiz des Tessins eingenommen, verfiel man schließlich auf Ascona. Oedenkoven kaufte dreieinhalb Hektar Land auf dem Monte Monescia, einem Hügel, von dem aus man auf das Dorf herabschauen konnte und den die Lebensreformer schon bald in »Monte Verità« umbenannten. Der Name war Programm und machte deutlich, was die Neuankömmlinge suchten: Wahrheit. Tragende Elemente eines Lebens in Wahrhaftigkeit waren Naturverbundenheit und Spiritualität. Oedenkoven begann mit dem Bau eines Naturheilsanatoriums, dem eine Kunstschule und ein Atelier zur Herstellung von Reformkleidern folgen sollten. Obwohl es bald zu Spannungen und zur Spaltung der Gruppe kam – Karl Gräser bestand mit anderen auf den bedingungslosen Austritt aus der Zivilisation –, wurde das Sanatorium 1902 vollendet. Hermann Hesse unterzog sich dort fünf Jahre später einer Kur, genau wie Jacques Dalcroze, der Begründer des Ausdruckstanzes. Die Tage bestanden aus vegetarischen Mahlzeiten, Luft- und Sonnenbaden, Erdkuren, theosophischen und politischen Diskussionen, Wasseranwendungen, freier Sexualität und Darbietungen Wagner'scher Musik.

Von Anfang an setzte sich die Alternativbewegung aus vielen verschiedenen Strömungen zusammen: Radikale Lebensreformer wie Karl Gräser schworen der Zivilisation vollkommen ab, zelebrierten Freikörperkultur, praktizierten eine strenge Form des Vegetariertums, den Vegetabilismus, der alles, was vom Tier stammte, für den menschlichen Gebrauch ablehnte. Ihre Einstellung dokumentierten sie in ihrer äußeren Erscheinung: Männer und Frauen trugen lange wallende Haare und bequeme Reformkleidung. Franziska zu Reventlow stand diesen »Weltflüchtigen« distanziert bis ablehnend gegenüber: »Im Frühjahr soll es furchtbar sein, überall nackte Haarmenschen, die Sonne und Luft baden.«

Auch Erich Mühsam war von den »Sonderlingen« überrascht, als er im Jahre 1904 mit seinem Freund Johannes Nohl nach Ascona kam. Es war sein erster Ausflug ins Tessin, dessen liebliches Flair einen reizvollen Kontrast zu den gewaltigen »Felsriesen der Hochalpen« bildete. Staunend betrachtete der aus dem norddeutschen Flachland stammende Reisende die majestätischen Berge, auf denen der ewige Schnee leuchtete. Er schwärmte von der besonderen Lage des Lago Maggiore, konnte sich an seiner hellgrünen Farbe kaum sattsehen und resümierte: »Es ist nicht leicht, einen schöneren Fleck Erde zu finden.«

In Ascona lebten damals etwa 1000 Einwohner, dazu kamen – so Erich Mühsam in seiner Ascona-Broschüre aus dem Jahr 1905 – etwa fünfzig bis hundert Deutsche, die auf dem Monte Verità bei Sonnenbädern, Früchten und Salat Heilung von wirklichen oder eingebildeten Krankheiten suchten bzw. ansässig geworden waren und die bei der Bevölkerung, »gleichviel ob sie sich von der Pflanzenkost oder ›Leichenfrass‹ nähren, mit dem Sammelbegriff ›Vegetariani‹« bezeichnet wurden.

Auch Mühsam begab sich in die Heil- und Erholungsanstalt auf dem Monte Verità, die er, da man »mit nichts als rohem Obst und ungekochtem Gemüse gefüttert wurde«, ironisch als »Salatorium« bezeichnete und mit einer Hymne bedachte: »Wir essen Salat, ja wir essen

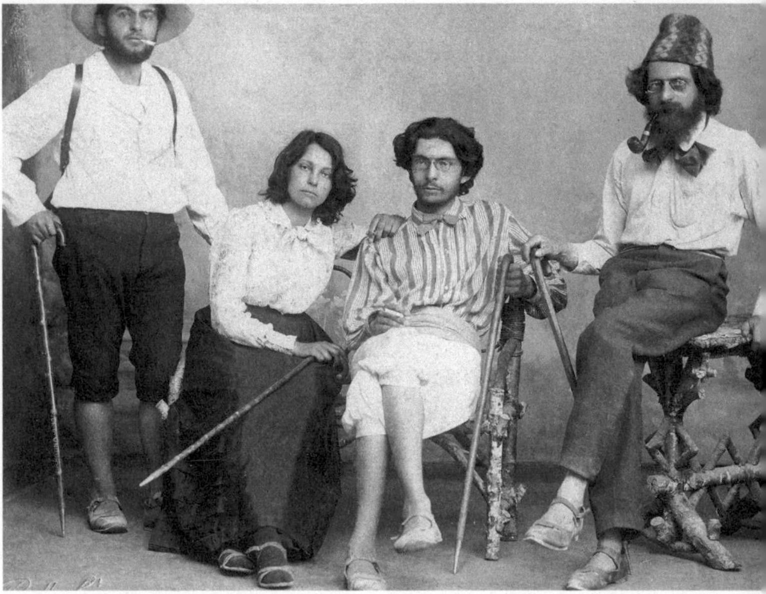

Ascona
Erich Mühsam (rechts) auf dem Monte Verità, 1907

Salat / Und essen Gemüse früh und spat […] / Wir sonnen den Leib, ja wir sonnen den Leib, / Das ist unser einziger Zeitvertreib […].« Mühsam fühlte sich wegen der ungewohnten Diät zunehmend schwächer und unwohl unter den »ethischen Wegelagerer[n] mit ihren spiritistischen, theosophischen, okkultistischen und potenziert vegetarischen Sparren« und den »schmachtäugigen Blassgesichter[n], die von morgens früh bis abends spät nur beflissen sind, in untadeligem Lebenswandel Leib und Seele im Gleichgewicht zu halten«.

Die Reventlow zeigte sich von dem vegetarischen Utopia in den Alpen nicht sonderlich angezogen. Und doch tauchte seit dem Sommer 1907 das Reiseziel Ascona in ihren Briefen an Hessel und Gruhle immer wieder auf – stets im Zusammenhang mit Erich Mühsam, mit dem sie weiterhin »gemeinsame Raubzüge« plante, um »reiche Russen« kennenzulernen. Während ihres Paris-Aufenthalts im Oktober 1910 hatten sich diese Pläne anscheinend konkretisiert. In der französischen Hauptstadt war es ihr nicht gut ergangen, der liebe Gott, schrieb sie Ende Dezember 1910 rückblickend an Stern, habe sie aus den Augen verloren. So war sie von Paris an den Lago Maggiore gereist, wo es nur »Narren und Propheten« gab: »Ich bin eigens nach Ascona gekommen, um mich mit einem heruntergekommenen baltischen Baron zu verheiraten. Er verfolgt dabei den Doppelzweck, seine Familie zu schikanieren und ihr zu imponieren, und hat als Belohnung für die mutige Tat die Hälfte seiner Erbschaft ausgesetzt. (Der Vater ist schon 78.) Dies wurde mir schon in München mitgeteilt, in Paris hab ich mir's überlegt und schriftlich mein Ja-Wort gegeben. Und dann bin ich hergefahren und musste mich dann natürlich gleich hier niederlassen, weil ein vorübergehender Aufenthalt und dann Weiterfahren meinerseits nicht möglich gewesen wäre.«

Um der finanziellen Misere endlich zu entkommen – der Baron hatte ihr immerhin die Hälfte seines stattlichen Erbes versprochen –, ließ sie sich auf das Wagnis einer Scheinehe ein. Den Münchner Freunden Friedel und Friedrich Kitzinger – Kitzinger war Professor für Strafrecht an der Universität München – schilderte sie ihren zukünftigen Ehemann als »merkwürdigen Typ«: »[…] sieht aus wie ein Seeräuber, hat sich früher als Matrose und Goldwäscher herumgetrieben und sitzt seit Jahren hier und trinkt. Dabei aber nicht unsympathisch, ein guter Kerl und trotz des rauhen Äußeren durchaus Gentleman.« Franz Hessel berichtete sie: »Es ist ein Seeräuber. Wettergebräunt, angezogen wie ein russischer Matrose oder ähnliches. Reithose und russische Bluse, versoffen und tatsächlich ganz taub. Man verständigt sich nur schriftlich oder brüllt einzelne Worte.« Sie sei jedenfalls froh, dass er kein Vegetarier mit langen Locken sei, denn davon gebe es in Ascona »böse Exemplare«, so dass man sich zuweilen geniere, dort zu sein.

Baron Alexander von Rechenberg-Linten gehörte nicht zu ihnen und hatte schon dadurch die Sympathie Erich Mühsams, des Vermittlers dieser obskuren Verbindung. Wie ein wandelnder Protest gegen die »alkoholenthaltsame Tugendboldigkeit der Vegetarier« sei der Baron durch Ascona gewankt, meistens von Kneipe zu Kneipe, ein 45-jähriger Hüne, der vor Vitalität strotzte und über eine kräftige Konstitution verfügte. Gegen die abstinenten Vegetarier stach er besonders dadurch ab, dass er zu jeder Mahlzeit riesige Fleischberge vertilgte. Der Sohn einer deutsch-russischen Adelsfamilie aus Riga hatte ein verwegenes Leben hinter sich, war als Matrose in der Welt und als Goldwäscher im Ural gewesen – immer in der Hoffnung auf den großen Coup, der ihm die finanzielle Unabhängigkeit bringen sollte. Da dieser ausblieb, musste er ständig mit finanziellen Schwierigkeiten kämpfen. Der wohlhabende Vater unterstützte den Sohn zwar mit einem monatlichen Salär, das jedoch so knapp bemessen war, dass es für den ausschweifenden Lebensstil und den exzessiven Alkoholkonsum nicht reichte. Die Schulden, die sich zu beträchtlichen Summen anhäuften, beglich der Vater wiederum von Zeit zu Zeit. Nach Ascona war Rechenberg-Linten durch seinen Bruder gekommen, der bereits seit längerem dort im tolstoischen Geist »Vegetabilien« anbaute. Im Herbst 1910 lebte Rechenberg-Linten schon einige Jahre relativ unbeschwert am Lago Maggiore. Seine Liebe galt einer italienischen Waschfrau, die er jedoch nicht heiraten konnte, da sie den väterlichen Vorstellungen einer standesgemäßen Verbindung nicht entsprach und überdies bereits verheiratet war. So fehlte ihm die passende Ehefrau, die einen Adelstitel führen, den Vater besänftigen und das Erbe – das Rechenberg-Linten auf etwa zweihunderttausend Mark veranschlagte – sichern sollte.

Alexander Baron von Rechenberg-Linten senior, ehemals Kaiserlich-Russischer Gesandter in Madrid, machte jedes Jahr Ferien in Locarno und wünschte sich inständig, dass sein Sohn endlich seinen Lebenswandel mittels Heirat in geordnete Bahnen lenkte. Andernfalls drohte er, ihn zu enterben. Um sich gegenüber der Familie zu rehabilitieren und das Erbe zu sichern, wollte der Sohn eine Scheinehe eingehen. Die Braut sollte die Hälfte der Erbschaft erhalten. Damit sei alles abgegolten, eheliche Verpflichtungen bestünden nicht. Als Erich Mühsam den Vorschlag hörte, rief er sofort: »Die Gräfin.« Da er wusste, dass die Reventlow in Kürze nach Paris aufbrechen wollte, um dort als Kassendame im Grand Palais zu arbeiten, war Eile geboten. Umgehend unterbreitete er ihr das Angebot – und war überrascht über ihre Reaktion: »Wie heißt der Kerl?«, habe sie nach kurzer Überlegung gefragt und dann lakonisch geantwortet: »Rechenberg ist ganz praktisch. Da brauche ich ja nicht einmal die Monogramme in den Taschentüchern umzusticken.« So machte sich Mühsam ans Werk, »der wertvollsten Frau«, die er kannte, »ein für allemal aus Elend und Bruch« zu helfen.

Ende Januar 1911 berichtete Franziska zu Reventlow den Kitzingers belustigt über die Vertragsverhandlungen beim Notar: »Der Seeräuber haut mit der Faust auf den Tisch und sagt: ›Ihr verfluchten Bürokraten begreift auch nichts auf der Welt – ich will Kontrakt machen, daß meine Frau und ich gar nichts miteinander zu tun haben, jeder vollständig frei ist, außerdem bestimme ich, daß sie mein halbes Vermögen bekommt und sich verpflichtet, die andere Hälfte an das Kind einer Wäscherin in Ronco (seinem Wohnort) zu geben.‹ Notar schüttelt den Kopf und brüllt ihm in das Ohr: ›Das können Sie nicht als

Der Seeräuber
Alexander von Rechenberg-Linten, um 1911

Kontrakt machen.‹ Der Seeräuber tobt, schlägt wütend auf den Tisch und beleidigt sämtliche anwesende Bürokraten, bis man ihm klar macht, es sei am einfachsten, ein Testament zu machen. Dann setzt er sich hin und macht das Testament, wirft jeden Augenblick die Feder hin und flucht wahnsinnig. Nachdem der Notar es beglaubigt hat, überreichte er es mir, als ob es eine Schachtel Streichhölzer wäre. In diesem Augenblick war er wirklich groß.« Auch beim Bürgermeister von Ronco kam es beinahe zu Tätlichkeiten, als Rechenberg-Linten mitten in der Verhandlung einen Besen ergriff, der in der Ecke stand, und seiner erstaunten »Verlobten« zeigte, wo er in Sibirien Gold gewaschen hatte. Am meisten freute die Reventlow der Schwiegervater – »eine ganz neue Sensation, denn ich hab noch nie einen gehabt«. Vor der ersten Begegnung war sie freilich nervös; am 2. Januar 1911 berichtete sie: »Es war schlimmer wie zum Zahnarzt gehen, lief aber glänzend ab, die Sache wurde ihm als ernste Neigung mit Tendenz zum guten Engel dargestellt, und er erteilte seinen Segen. Da saß man mit seiner schwarzen Seele und antwortete ausweichend auf verfängliche Fragen, z. B. ob ich Vermögen habe und wovon wir gedächten, einen Haushalt zu gründen.« Der alte Herr habe sie als rettenden Engel akzeptiert, der einen positiven Einfluss auf den missratenen Sohn ausüben sollte. Schließlich zog sie in einem Brief an Hessel das Fazit: »[...] es ist alles ganz schön, ein ganz guter Ruhepunkt, nach den letzten Jahren hier zu sitzen und Seeräuber zu heiraten, statt München mit Herzeleid, Glück und Zappelei.«

Nachdem sie zunächst mit Rolf eine kleine möblierte Wohnung in Ascona bezogen hatte, fand Franziska zu Reventlow endlich ein Domizil nach ihrem Geschmack: einen alten Vogelsteller-Turm, den Roccolo, an der Ostseite des Monte Verità, zu dem ein kleiner Weinberg gehörte. Sie mietete ihn ab 1. März 1911; Stern berichtete sie: »Ich habe eine sehr schöne Kombination gefunden, einen alten Turm, d. h. ein Gebäude mit 3 kleinen Räumen übereinander, die durch Leiter und Luke verbunden sind, drum herum große Lorbeerbüsche und Weinberge, ganz allein, und ein möbliertes Zimmer ca. 4 Minuten davon. Dort wird man schlafen und tagsüber im Turm hausen. Im Sommer wird es ganz wundervoll sein. Im unteren Raume wird gekocht, im mittleren arbeite ich und im oberen treibt Bubi sein Wesen.« Einen Monat später versicherte sie Hessel: »Unser Turm ist berauschend, ich werde gelegentlich mal eine Zeichnung davon schicken. […] Na ja, Franzl, Ascona gehört entschieden zur Biographie, aber ich sehe vom Turm aus Locarno und die Ecke, wo die Bahn in die Welt hinausgeht, und es wird sehr schön sein, nach einem faulen Sommer da hinaus zu fahren.«

Sie hatte zu diesem Zeitpunkt keineswegs vor, in Ascona zu bleiben, sondern betrachtete diesen südlichen Vorort Schwabings vielmehr als Ausgangspunkt für weitere Unternehmungen, deren erste – die Hochzeit mit Baron Alexander von Rechenberg-Linten – unmittelbar bevorstand. Am 16. Mai 1911 wurde der Ehevertrag zwischen Sig. Alessandro von Rechenberg-Linten junior und Sig.ra Fanny Contessa di Reventlow geschlossen, zwei Wochen später fand die Trauung statt, von der die Reventlow Friedel Kitzinger berichtete: »Geheiratet haben wir auch […], es war der reinste Karneval. Kirchliche Trauung, die wegen Russland sein mußte. Vormittags fuhr man in das Felsendorf zur Ziviltrauung. Sämtliche Dorfbewohner standen mit ihren Kindern am Arm um uns herum, und wir legten unsere Zigaretten nur weg, um ›Si‹ zu sagen. Dann über den See nach Locarno zur Kirche. Keiner wusste, wo sie war, da wir alle auf die Ortskenntnis des Gatten gerechnet hatten. Eine halbe Stunde rannten wir durch die Straßen und fragten nach der ›Chiesa Protestante‹, bis ein Fuhrmann sie uns zeigte. Vor der Kirche standen Schwiegervater und Schwester in tiefstem Schwarz – wir alle in hellen Sommerkleidern – sahen aus wie eine Tennispartie. Stummes Spiel.« Der Bräutigam in seinem »Seeräuberkostüm« traf mit Verspätung ein und verhielt sich eigenartig, was nicht nur seinen Vater irritierte. Die meisten Gäste waren damit beschäftigt, ihre Belustigung zu verbergen und Haltung zu bewahren. Besonders prekär wurde es, als der Pastor in seiner endlosen Predigt den Herrgott bat, dem Paar bei all seinen »rechtmäßigen Geschäften« beizustehen, und die

Braut ermutigte, sich von den Widrigkeiten des Lebens an der treuen Brust des Gatten auszuruhen. Nach der Zeremonie, die aus Gräfin Franziska zu Reventlow eine Baronin von Rechenberg-Linten mit russischer Staatsangehörigkeit gemacht hatte, zog der alte Baron sie beiseite, »schwiegertochterte« und überreichte ihr ein Portemonnaie mit 100 Franken – heißt es in Reventlows ironischem Bericht. »Dann schoben wir die Familie glücklich ab und gingen ins Café. Der arme Seeräuber sagte, ihm sei zumut gewesen, als ob er gehängt würde.«

Schon am nächsten Tag erhielt die Frischvermählte Besuch von ihrem Schwiegervater, der sich erstaunt zeigte, den Sohn nicht bei seiner Frau anzutreffen. Diese erfand Ausreden und bemühte sich redlich, den alten Mann in Sicherheit zu wiegen. Noch genoss sie sein Vertrauen. »Mit ihm duze ich mich jetzt, mit dem Gatten nicht. Überhaupt, der Alte liebt mich und steigt mir direkt nach. Es ist sehr lustig.« Auch Rechenberg-Linten jun. besuchte sie regelmäßig; an jedem Monatsersten erschien er in ihrer Wohnung und brachte ihr jedes Mal ein kleines Präsent mit: russischen Tee oder Zigaretten. Seine Zuneigung galt jedoch Rolf. Er hatte seinen Stiefsohn von Anfang an ins Herz geschlossen und wollte ihm unbedingt Gutes tun. Einmal schenkte er ihm eine junge Tigerdogge, nachdem er ursprünglich einen jungen Tiger angekündigt hatte – ein Geschenk, das man dem Abenteurer durchaus zugetraut hätte. Auch Rolf mochte den sonderbaren Stiefvater, fühlte sich allerdings von dessen Alkoholismus abgestoßen. Der Eindruck des stattlichen Mannes, den die Trunksucht allmählich zu zerstören drohte, wirkte so nachhaltig, dass sich Rolf zum »entschiedenen Alkoholgegner« entwickelte – und es zeitlebens blieb. Seine Mutter unterstützte diese Einstellung, bis zum Alter von sechzehn Jahren verbot sie ihm, Alkohol zu trinken. Ihrem Mann begegnete sie durchweg mit

Sympathie, denn sie schätzte seine Höflichkeit und Distanziertheit. Er trat ihr niemals zu nahe und behandelte sie stets ritterlich. Ihr vorläufiges Resümee lautete: »Ich kann nicht anders sagen, als daß ich mich in dieser Ehe durchaus glücklich fühle.«

Schriftstellerin wider Willen?

»Wissen Sie, bei dem hiesigen Klima ist es eine enorme Leistung, mit dem Kopf zu arbeiten«, schrieb Franziska zu Reventlow im März 1911 an Paul Stern. Dennoch wollte sie die freie Zeit jetzt nutzen, um eine literarische Karriere zu beginnen. Die Erbschaft war erst mit dem Tod des Schwiegervaters fällig, daher übersetzte sie bald wieder für den Albert Langen Verlag. Und sie schrieb erneut für den »Simplicissimus«, bot Zeitschriften wie der »Jugend« literarische Arbeiten zur Veröffentlichung an. Keine Frage: Sie war eine Schriftstellerin – wenn auch wider Willen. In ihrem zweiten Roman »Von Paul zu Pedro«, mit dem sie gleich nach ihrer Ankunft in Ascona begonnen hatte, hieß es: »Beruf ist etwas, woran man stirbt. [...] es hat so viel peinlichen Beigeschmack – eine schreibende Frau – schrecklich. Denken Sie nur, alle Leute, die man nicht kennt, taxieren einen auf geistige Interessen und dergleichen. Sonst hätte es vielleicht etwas für sich: Man brauchte nur eine Füllfeder und einen guten Diwan – nein, ich müßte auch einen Kompagnon haben, sonst wäre es doch wieder langweilig und anstrengend.« In dem Roman »Der Geldkomplex«, der drei Jahre später entstand, geht die Ich-Erzählerin in ihrer Ablehnung noch weiter. Als man sie als Schriftstellerin tituliert, fährt sie auf, »wie von sechs Taranteln gestochen«, und antwortet brüsk: »Nein, ich sei gar nichts. Aber ich müsse hier und da Geld verdienen, und dann schriebe ich eben, weil ich nichts anderes gelernt hätte. Gerade wie die Arbeitslosen im Winter Schnee schaufeln

– sie sollte nur einen davon fragen, ob er sich mit dieser Tätigkeit identifizieren und sein Leben lang mit ›Ah, Sie sind Schneeschaufler‹ angeödet werden möchte.«

Reventlows kühnstes Werk war sicherlich ihr Leben, und doch entstand »nebenbei«, mehr der Not und den Zufällen geschuldet und von der literarischen Öffentlichkeit weitgehend unbemerkt, ein schmales Œuvre, das zunehmend ironischer und souveräner von Liebe, Boheme und Geld erzählt.

Trotz der Vorbehalte gegen ein Dasein als Schriftstellerin stieg Franziska zu Reventlow mit ihrem mittlerweile dreizehnjährigen Sohn jeden Morgen zu ihrem Vogelsteller-Turm auf den Monte Verità und verbrachte den ganzen Tag dort. Im Sommer saß sie gern im Garten an dem großen Tessiner Steintisch und schrieb im Schatten einer alten Kastanie. Für Rolf war es eine der glücklichsten Zeiten seines Lebens, für seine Mutter die literarisch produktivste.

Der ursprüngliche Titel der Amouresken »Von Paul zu Pedro«, die zwischen Dezember 1910 und Dezember 1911 entstanden, lautete »Teegespräche«, wie sie Hessel am 9. Dezember 1910 schrieb: »Ich glaube, ich werde die Briefe an Franzl zwar an Franzl schreiben, aber sie dann in ›Teegespräche‹ umtaufen. Was meinen Sie?« Im April 1911 meldete sie, dass »die Briefe an Franzl« in ihrem Unterbewusstsein schon wüchsen. Reventlow wählte eine – im Fin de Siècle sehr moderne – Hetärenfigur als Protagonistin ihres kurzen Briefromans und brachte dabei Positionen ihrer früheren Essays »Das Männerphantom der Frau«, »Viragines und Hetären?« wieder ins Spiel. Das Genre des Briefromans nutzte sie, um die eigene Biographie ironisch zu inszenieren; ihren Ruf als heidnische Hetäre und große Liebende nahm sie dabei aufs Korn. Themen der Teegespräche, die als kluge Parodie der antiken Hetärengespräche gelten können, sind Liebe und

Erotik. Der fiktive Adressat – dem Franz Hessel ein wenig ähnelt – ist ein verständnisvoller Freund, der ab und zu »Herr Doktor« genannt wird. Der Tonfall der Briefe ist spöttisch-geistreich, leicht frivol, niemals grob, immer anmutig. Den verschiedenen Liebhabern gilt das Interesse der Schreiberin; sie entwirft eine eigene Typologie: Paul, der »etwas Lustiges, Belangloses, ohne Bedenken und ohne Konsequenzen« ist und zu dem immer »Koffer und Kellner, irgendeine momentane und geräuschvolle Umgebung« gehören, stellt sie Pedro, den ungestümen, temperamentvollen »feurigen« Liebhaber gegenüber. Daneben gibt es noch den »Retter«, den schlimmsten Charakter von allen, für den Klages als Vorbild gedient haben dürfte: »Der Retter meint es gut und aufrichtig, schon das ist schwer zu ertragen. Und er leidet durch die Bank an unheilbarer Selbstüberschätzung, hält sich eben für einen, der imstande sei, unser zerflattertes Liebesleben mit einzufangen und auf einen Hauptpunkt, nämlich auf sich selbst zu konzentrieren.« In dem »fremden Mann«, der stets Distanz hält, dessen »infamer Charme« jedoch den »Idealfall« des Erotischen darstellt, ist unschwer Friess zu erkennen. Auch der Typus des »verheirateten Mannes« und der eleganten »Begleitdogge«, die man durchaus an Freundinnen ausleihen und mit der man in Gesellschaft Eindruck machen kann, werden im Plauderton vorgestellt – ebenso wie die »Dichterliebe« und die »Konversationsliebe«. Genauso vielfältig wie die Liebhaber sind die Formen und Konzepte der Liebe, über die sich die Briefschreiberin äußert. Nur eins ist dabei klar: »Monogamie und Treue sind sicher eine große Vereinfachung des ›Problems‹.« Der rote Faden des Hetärengesprächs bleibt der Protest gegen alles Bürgerliche und Konventionelle. Freimütig bekennt Reventlows Heldin, sie habe nie das Verlangen gehabt, »einen Menschen ganz zu ›besitzen‹ oder ihn über Gebühr festzuhalten. Dazu ist das Leben zu kurz. Und wer mich festhalten wollte – es kam hier und da vor – ist niemals sehr zufrieden mit dem Erfolg gewesen. Meine Unbeständigkeit ist also eigentlich ein schöner und altruistischer Zug, es macht mir gar kein Vergnügen, anderen Leiden zu verursachen.«

Am 4. März 1910 hatte Franziska zu Reventlow in ihrem Tagebuch über ein Aufklärungsgespräch mit Bubi berichtet: »Ich versuche ihm zu erklären, dass es Menschen giebt die selten und andauernd lieben und andre, die oft, u zitiere mich als Beispiel. Ja Mamai, sagt die 12jährige Weisheit, ich weiss schon, dass du so bist, aber ich glaube, ich bin darin ganz anders.« Eine bürgerliche Ehe – mit Abhängigkeit, Intoleranz und zu großer Nähe – war da undenkbar. Auch die Erzählerin der Amouresken kann sich höchstens eine Distanzehe vorstellen »mit sehr viel Geld, so daß jeder seinen eigenen Flügel bewohnte, seinen eigenen Train und seinen Verkehr für sich hätte. Zu den Mahlzeiten träfe man sich in großer Toilette und mit vielem Zeremoniell, will er mich außerdem noch sehen, so läßt er sich durch seinen Kammerdiener melden: Der gnädige Herr läßt fragen, ob sein Besuch heute Abend angenehm wäre? – Der gnädige Herr ist immer willkommen.« Sie sei, bekennt Reventlows Heldin freimütig, vielleicht selbst nur »provisorisch gedacht, nur ›entworfen‹«. Als erfahrene Frau weiß sie, dass dieses Provisorium die Chance bietet, sich ständig selbst neu zu erfinden und zu inszenieren. Im Lauf des eigenen Lebens wechseln die Rollen und Kulissen genauso wie die Hochs und Tiefs. Die Libertinage bietet Abenteuer – und zuweilen Heimatlosigkeit: »Teurer Doktor, da wir nun doch einmal von mir reden – seit ich aus meinem wertvollen alten Familienrahmen entfernt wurde, hat mir wohl keiner mehr gepaßt. Mancher war recht gut, mancher wieder sehr mittelmäßig, und es gab auch Zeiten, wo das Bild nur mit Reißnägeln an die Wand geheftet war.«

Weihnachten 1911 teilte die Reventlow ihrem »Kompagnon« Stern mit, sie schwimme in einem »Freudenrausch«, ihr Briefroman sei von Albert Langen angenommen worden. Nun konnte sie mit dem geplanten »Schwabinger Roman« anfangen. Nachdem sie Stern aufgefordert hatte, ihr bei der Arbeit behilflich zu sein, kündigte sie an: »Ich will jetzt im Sturm Karriere machen, um wirklich einmal faulenzen zu können. Arbeiten ist wirklich eine Erfindung des Teufels, und ich sehne mich manchmal nach der Glasmalzeit zurück, wenn man keine Aufträge hatte.« Auch Hessel ließ sie an ihrem Glück teilhaben: »Franzl, Hurra, die ›Teegespräche‹ sind angenommen, man hat es liebevoll zu Weihnachten mitgeteilt.« Zwar sei der »Kontrakt« noch nicht ganz nach ihrem »Geschmack«, aber sie werde versuchen, das zu ändern.

Während sie darauf wartete, dass der Erbfall eintrat, widmete sie sich der Literatur, Hessel kündigte sie im Dezember 1911 neue Erzählungen an, »Frau Rabenschnabel« und »Herr Fischötter«, »lauter ganz gehirnerweichte Geschichten, – ich glaube, meine Branche sind Wirgeschichten mit Gehirnerweichung, und ich bin jetzt entschlossen, Geld und Karriere zu machen.« »Sie sehen«, schrieb sie ihm, »ich fasse meinen Beruf jetzt sehr ernstlich auf. Dass er mich freut, könnte ich nicht behaupten.« Bei der Titelfindung zu ihrem Briefroman möge er ihr helfen, ihr Favorit »Teegespräche« gefalle dem Verleger nicht – »können Sie mir nicht einen andern finden, etwas mehr Sensation mit erotischem Hintergrund?« Von wem der neue Titel letztlich stammt, ist unsicher; in jedem Fall erschien das Buch »Von Paul zu Pedro« mit dem Untertitel »Amouresken« 1912 im Albert Langen Verlag, München. Als Autorin wurde F. Gräfin zu Reventlow genannt – unter diesem Namen, ihrem Mädchennamen, erschienen nun alle ihre Werke.

Franziska zu Reventlow war mittlerweile mit ihrem

Die Schriftstellerin: F. Gräfin zu Reventlow, 1917

Sohn in eine größere Wohnung in die Beletage eines Palazzo an der Seepromenade gezogen. Von ihrem Balkon aus genoss sie den Blick auf den Lago Maggiore und die angrenzenden Gebirgszüge; sie stand früh auf, ließ sich von dem Sonnenaufgang betören und wanderte anschließend zum Arbeiten in ihren Turm. Im Januar 1912 begann sie mit ihrem nächsten Buch, dem Schwabing-Roman »Herrn Dames Aufzeichnungen oder Begebenheiten aus einem merkwürdigen Stadtteil«. Während der Arbeit korrespondierte sie lebhaft mit Paul Stern. Sie bat ihn um Hinweise zur Theorie der Kosmiker und zur angemessenen Darstellungweise und forderte ihn dringend auf, ihr zu sagen, wann sie deutlicher werden müsse, denn sie habe »einen Komplex der Kürze und immer Angst, etwas ausführlich zu machen«. Gleichzeitig erläuterte sie die von ihr favorisierte Methode, Fakten für sich sprechen zu lassen: »[...] weil ich es technisch für besser halte, dass der Blödsinn des Betriebes mehr aus Konstatierungen und Tatsachen hervorgeht als aus Meinungen.« In Stern fand Reventlow den »Kompagnon«, den sich die Erzählerin der Amouresken »Von Paul zu Pedro« als Begleiter wünschte, damit es nicht zu »langweilig und anstrengend« würde. Mit dem Philosophen führte sie ein lebendiges, engagiertes Arbeitsgespräch. Stern erteilte nicht nur sachliche Auskünfte, sondern auch inhaltliche Ratschläge. Anfang September bedankte sie sich für all seine »Winke, Mitteilungen und last not least sehr nützlichen Aufstellungen, die sehr richtig sind. Ich werde die faden Stellen streichen. Es ist ja nur immer meine Besorgnis, daß es zu kurz wird, aber schließlich ist die Güte wichtiger. [...] Sie helfen mir wirklich wundervoll.«

Sporadisch formulierte sie auch weiterhin ihren Widerwillen gegen das Schreiben: »Wissen Sie, Stern, es ist eine gräßliche Arbeit, aber ich hoffe, es wird schließlich ganz lustig, nur *muss* es jetzt vor dem 1. September fertig werden.« Dem Münchner Graphiker Rolf von Hoerschelmann teilte sie Ende August 1912 mit: »Jetzt mache ich grade eine größere Arbeit fertig und der Gedanke, dann noch jemals wieder eine Zeile schreiben zu müssen, verursacht mir beinahe eine Ohnmacht.« Sie ging so weit, zu behaupten, »ich täte viel lieber schwarze und weiße Kleckse machen. Das Schreiben ist ein unangenehmes Handwerk und ich möchte es sehr gerne mit einem anderen vertauschen – besonders wenn es so heiß ist wie jetzt.« Mitte September, die Arbeit war gerade abgeschlossen, forderte sie Stern auf: »Bitte sagen Sie Mirobuk, denn es ist fertig«, und resümierte: »Gott, Sie sind ein absoluter Engel gewesen, und dass das auf die Entfernung so ging, spricht für uns beide.« Wenige Tage später verkündete sie ihm die gute Nachricht: »Eben schreibt mir Holm – dass ›Herr Dame‹ schon gelesen und angenommen ist, und ich erhebe mich gleich von meinem Nachmittagsschlaf, um es Ihnen mitzuteilen, damit Sie mit mir frohlocken. [...] Und ich überschütte Sie nochmals mit Dank, ohne Sie wäre es ja nie zustande gekommen, und ich hoffe, Sie fühlen sich jetzt als mein Mäzen.«

In derselben Zeit entstanden in ihrem Umkreis noch zwei weitere Schwabing-Romane: Oscar A. H. Schmitz' »Wenn wir Frauen erwachen« (1912) und Franz Hessels »Der Kramladen des Glücks« (1913). »Ich wußte gar nicht«, schrieb Franziska zu Reventlow am 11. Juli 1912 erstaunt an Hessel, »daß Sie einen Roman schreiben«, erkundigte sich nach dem Inhalt und wünschte sich, mit ihm über ihren »Schwabinger« zu konferieren. Am 31. Oktober 1912 äußerte sie sich in einem Brief an Stern knapp über Schmitz' »Konkurrenzunternehmen«: »Übrigens das Buch des O. A. H. – ist u. a. K. Das werden Sie sich wohl übersetzen können.« Später nannte sie es sogar ein »unerhörtes Machwerk« und war zuversichtlich: »Aber ich denke, unserem Buch wird es nur nützen, man wird neugierig auf das zweite Schwabinger sein etc.«

Hauptfigur in Schmitz' Roman ist eine aus einer Kleinstadt stammende freiheitshungrige junge Frau, die ihre großbürgerliche Herkunft gegen die Boheme-Existenz eintauscht und deutlich Franziska zu Reventlows Züge trägt. Sie verliert sich in ihrem Freiheitsrausch an ständig wechselnde Liebhaber, probiert immer wieder neue Berufe und Lebensformen aus, ohne jedoch zu sich selbst zu finden. »Sie hat es immer dumm gemacht, bald hier, bald dort was gehabt«, schrieb Schmitz schon im April 1907 über die Reventlow in sein Tagebuch. Franz Hessels Werk ist ein Entwicklungsromen mit den typischen Handlungselementen dieses Genres: Lebensuntüchtigkeit des jungen Helden, Identitätssuche und Entscheidungsschwierigkeiten. Die Schwabinger Boheme und ihre Feste bilden lediglich die Kulisse für die Selbstfindungs- und Liebesepisoden seines Protagonisten.

»Herrn Dames Aufzeichnungen oder Begebenheiten aus einem merkwürdigen Stadtteil« von F. Gräfin zu Reventlow erschien 1913 im Albert Langen Verlag. Nach »Ellen Olestjerne«, dem Erstling, und den Amouresken »Von Paul zu Pedro« betrat Franziska zu Reventlow literarisch neue Wege: Sie entwickelte die Methode der Zeitraffung und Aussparung als Stilmittel, um das »Leben ohne Alltag« (so der Titel eines 1947 erschienenen Schwabing-Romans von Rolf von Hoerschelmann) der Boheme einzufangen. Der Schlüsselroman bot den zusätzlichen Reiz des Wiedererkennens der authentischen Personen. Reventlow kombiniert sie mit frei erfundenen. Sie kreiert eine eigene Form der Ironie als Stilmittel: die Naivität – als Tarnung und Strategie. Mit – gespielter – Unwissenheit entlockt Dame seinem Gegenüber oft unfreiwillig entlarvende Aussagen. Außerdem benutzt die Autorin den Schwebezustand der Ironie, das Sich-nicht-Festlegen, um die Atmosphäre des kosmischen Kreises darzustellen. Sich selbst verteilt sie auf drei Figuren: die Erzählerfigur Dame, Susanna und Maria. Dame personifiziert ihre Absichten und Einschätzungen, Susanna spiegelt ihre Beziehung zu Suchocki und das Wohngemeinschaftsleben wider, Maria das Verhältnis zu Klages. Gegensätzliche Temperamente sind den beiden Frauen zugeordnet: Maria ist die wilde, ausgelassene Hedonistin, die sich gegen die Stilisierung zur mütterlichen Hetäre – sie fühlt sich dadurch zwar geschmeichelt, findet sie aber zu künstlich-geziert – zur Wehr setzt. Unliebsame Erziehungsversuche und Vorschriften beantwortet sie mit demonstrativer Prinzipienlosigkeit. Ganz anders Susanna, die abgeklärte »grande dame«, die sich distanziert-lethargisch gibt und mit ihrer Überlegenheit vor allem die Kosmiker provoziert. Diese Haltung scheint geprägt von dem Ort, an dem der Roman entstand: Ascona. Hier überwog die Gelassenheit, das Leben der Reventlow scheint nicht mehr grell und rasend, sondern ruhig und in ein mildes Licht getaucht. Sie genoss das Alleinsein und die Treffen mit wenigen ausgewählten Freunden.

Vor dem Ersten Weltkrieg versammelten sich am Lago Maggiore um die Lebensreformer Pazifisten, Verweigerer und Anarchisten. Während der Kriegsjahre wurde der Monte Verità zum Zufluchtsort für Dissidenten und andere Flüchtlinge, darunter Hans Arp, Hugo Ball, Ernst Bloch, Ernst Toller. Die Reventlow lebte etwas abseits der Kolonie. Sie war befreundet mit Frieda Gross und Ernst Frick, die ihr auch als Trauzeugen zur Seite gestanden hatten. Frieda war mit dem Psychoanalytiker Otto Gross verheiratet, einem exzentrischen Schüler von Freud, Kropotkin und Stirner, der die Psychoanalyse mit Anarchismus und freier Sexualität verbinden wollte. Er hatte sich 1905 in die Naturheilanstalt auf dem Monte Verità begeben, um sich von seiner Kokainsucht zu befreien. Als ihn die Polizei wegen des Selbstmords seiner Geliebten Lotte Hattemer, die zu den Gründern der Monte-Verità-Gemeinde gehörte, befragen wollte, floh er aus Ascona. Frieda Gross hatte sich von ihrem Mann getrennt und war 1909 mit ihren beiden Kindern von München nach Ascona gezogen, wo sie mit dem Schweizer Maler und Anarchisten Ernst Frick zusammenlebte. Die Gross'schen Theorien von unterdrückter Sexualität und die Lehre Sigmund Freuds spielten auch in Reventlows Freundeskreis eine wichtige Rolle. »Auch Bubi fängt schon an, von Unterbewußtsein zu reden«, meldete sie im April 1911 in einem Brief an Hessel.

Frieda Gross und Ernst Frick waren in diesen Jahren in eine Reihe von Prozessen verwickelt: Frick wurde wegen anarchistischer Umtriebe angeklagt. Man beschuldigte ihn, im Jahr 1907 an einem Anschlag auf die Zürcher Kantonspolizei beteiligt gewesen zu sein, der die Freipressung eines russischen Inhaftierten zum Ziel gehabt hatte. Ferner habe er 1908 eine Straßenbahn vorsätzlich entgleisen lassen. Frick wurde 1912 zu einem Jahr Gefängnis verurteilt. Gegen Frieda Gross klagte ihr Schwiegervater, der Grazer Kriminologe und Rechtsgelehrte Hans Gross. Er wollte ihr das Sorgerecht für ihr Kind entziehen. Damit ignorierte er die Entscheidung seines Sohnes, gegen den er später ein Entmündigungsverfahren einleitete: Otto Gross wurde »mit Beschluss vom 10. Jänner 1914« wegen »gerichtlich erhobenen Wahnsinns« entmündigt und unter die Vormundschaft seines Vaters gestellt.

Franziska zu Reventlow unterstütze ihre Freunde, so gut sie konnte, und begleitete sie zu den Gerichtsverhandlungen nach Locarno. An einem der Prozesstage lernte sie den aus einer angesehenen Tessiner Familie stammenden Rechtsanwalt Mario Respini-Orelli kennen. Er wurde später ihr Lebensgefährte, mit dem sie allerdings nie zusammenwohnte. Er galt als Frauenheld, war mit seiner Mutter und seiner Schwester eng verbunden, die, so Rolf Reventlow, eine Ehe befürwortet hätten. Doch nicht nur weil Franziska zu Reventlow bereits verheiratet war, sondern weil sie sich weiterhin standhaft weigerte, war das unmöglich. Aus drei kurzen Erwähnungen in Briefen an Stern und die Kitzingers lässt sich schließen, dass sie die Beziehung zu Respini-Orelli unter »heitere, seriöse Dauersache« subsumierte.

Zu dem kleinen Asconaer Freundeskreis der Reventlow gehörten auch die »Ludwigs«, Elga und Emil. Emil Ludwig, Sohn einer wohlhabenden jüdischen Familie aus Breslau, hatte Rechtswissenschaft und Geschichte studiert und sich danach aufs Schreiben verlegt. In den 1920er Jahren sollte er mit historischen Romanen – über Goethe, Rembrandt und Napoleon – große Erfolge feiern. Mit seiner Frau war er 1906 nach Ascona gezogen. Er publizierte regelmäßig politische Kommentare im »Berliner Tagblatt« und liebte es, seine Gedichte mit viel Pathos und Emphase den Freunden vorzutragen. Die Reventlow mokierte sich gern über ihn und nannte ihn »bengalisch«. Seine theatralischen Gesten – Handkuss und Kniefall – , die in Ascona durchaus Anklang fanden, waren ihr zu exaltiert. Da schätzte sie eher die »chevalereske« Förmlichkeit ihres Mannes. Diesen traf sie immer seltener, wie ihrem Brief an Stern von Mitte August 1911 zu entnehmen ist: »Der Gatte ist schon lange vom Schauplatz verschwunden und von der ganzen Ehe nur der Schwiegervater in Locarno zurückgeblieben. Ich besuche ihn manchmal und konstatiere zu meiner Genugtuung, daß er recht gebrechlich ist.«

Obwohl sie mittlerweile in Ascona Fuß gefasst und sich in ihrem neuen Leben eingewöhnt hatte, überkam sie bald wieder die Reiselust. Schon Ende Januar 1912, noch vor ihrer gemeinsamen Arbeit am Schwabing-Buch, hatte sie Paul Stern gestanden: »Ich *muß* fort, denn in ein paar Monaten würde ich wieder nicht mehr Geld genug haben um wegzugehen. Es geht zwar jetzt auch nur kaum, aber ich möchte doch einmal wieder den Sprung ins Freie tun.« Die Ferne lockte wieder, von Zeit zu Zeit war es für sie überlebensnotwendig, unterwegs zu sein – ohne festen Wohnsitz und soziale Verpflichtungen –, ähnlich der Heldin ihrer Amouresken: »Ein unschätzbares Gefühl: nicht hier und nicht da, sondern einfach *fort* zu sein.« Außerdem hatten sich auch in Ascona, wie zuvor regelmäßig in Schwabing, Mietschulden angesammelt. Um nicht noch weiter in finanzielle Bedrängnis zu geraten, kündigte sie die Wohnung an der Promenade und behielt nur ihren Turm.

Nachdem das Schwabing-Buch im Herbst 1912 vom Verlag angenommen worden war, folgte sie dem Angebot ihres Vetters Viktor von Levetzow, der seit einiger Zeit auf Mallorca lebte und sie in sein Haus eingeladen hatte. Am 31. Oktober 1912 teilte sie Stern aus Genua mit: »Morgen geht es nach Barcelona weiter mit einem spanischen Dampfer über Livorno. Die Adresse ist dann: Palma de Mallorca, Terreno Dos de Mayo 17, Espana.« Doch die Reise gestaltete sich aufwendiger und langwieriger als geplant, wie Stern einige Tage später immer noch – beziehungsweise schon wieder – aus Genua erfuhr: »Wir sind gestern abend in See gestochen, aber mitten in der Nacht stach man wieder zurück, weil das Meer zu unruhig war und die 20 Kühe es nicht ertragen konnten. Den ersten Teil der Nacht ist man beinahe aus dem Bett gefallen und mußte sich krampfhaft festhalten, während an Bord sämtliche leeren Weinfässer einen großen Tanz aufführten. Dann schlief man endlich ein und wähnte morgens in Livorno zu sein. Ich wollte gerade an Land, um es anzuschauen, als man mich belehrte, wir wären wieder in Genua.« Als ihr bewusst wurde, dass ihr Sohn und sie außer den zwanzig seekranken Kühen die einzigen Passagiere waren, vermutete sie, »überhaupt's kann die Reise auf diese Art hübsch lange dauern«, und seufzte: »Man ist doch eigentlich etwas reichlich obdachlos auf der Welt.«

In Palma de Mallorca wurden sie von Viktor von Levetzow empfangen. Er habe plötzlich »endlos lang mit einem fuchsroten fächerförmigen Bart« und etwas unheimlich »wie ein verrückt gewordener Schulmeister« vor ihnen gestanden. Schon bald war klar, dass sich die Reventlow in der Gegenwart ihres Vetters nicht wohl fühlen konnte. »Einstweilen«, hieß es in ihrem Bericht vom 10. November 1912 an Hessel weiter, »fällt er mir noch auf die Nerven und schaut so aus, daß ich eine Art Quarantäne habe, d. h. ich spiele krank und flüchte mich auf mein Bett, um nicht mit ihm auszugehen und allein zu sein. Und denke derweil nach, wie ich wieder entrinnen kann.« Viktor von Levetzow war von Weltverbesserungsplänen besessen und sympathisierte mit den unterschiedlichsten Bewegungen und Vereinen, mit Anhängern der Uniformkunde ebenso wie mit denen der Freikörperkultur. Angesichts seiner hartnäckigen Missionierungsversuche und zweifelhaften Angebote – er erkannte in seiner Cousine die »Lebedame« – sah sich die Reventlow zu einer vorzeitigen Heimreise gezwungen. Bevor sie ihren Entschluss umsetzen konnte, kam er ihr zuvor, verließ Mallorca, reiste nach Deutschland und bot ihr an, weiterhin in seinem Haus zu bleiben. In Reventlows Brief an Stern vom Dezember 1912 klingt das so: »Hier ist es nämlich so geworden, daß ich den armen Viktor vor 14 Tagen schon an die Luft gesetzt hab – es war eine ganz unmögliche Affäre, nur wie's sich praktisch weitergestaltet, ist noch die Frage. Seit er fort ist, finde ich Mallorca entzückend und würde gern noch bleiben.«

Im Frühjahr 1913 erreichte sie in Palma de Mallorca die Nachricht vom Tod des Schwiegervaters. Der Erbfall war endlich eingetreten. Der fünfzehnjährige Rolf reiste auf Wunsch seines Stiefvaters und im Auftrag seiner Mutter von Palma de Mallorca allein nach Zürich, wo sich die Erben versammelten, um die Vertragsangelegenheiten zu regeln. Dort erfuhr er, dass der Verstorbene zu Hause in Mitau sein Testament geändert und seinem Sohn nur das gesetzlich vorgeschriebene Pflichtteil vererbt hatte. Er war dem Schwindel mit der Scheinehe auf die Spur gekommen. Seine Mutter machte eine Erbschaft, so Rolf Reventlow in seinen Erinnerungen, die keine war. Weil ihr Anteil sehr viel geringer ausfiel als erhofft, kehrte sie im Mai 1913 nach Ascona zurück, wo ihr trotz der Mietschulden ein freundlicher Empfang bereitet wurde. »In Ascona hat man doch wenigstens Kredit« war eine ihrer

Franziska zu Reventlow mit ihrem Sohn Rolf, Ascona, 1913

ständigen Redewendungen. Sie bezog eine möblierte Wohnung am Ende der Seepromenade, und Rolf begann eine Fotografenlehre. Mit seinem Stiefvater blieb er weiterhin in Kontakt.

Alle warteten auf die Auszahlung des Geldes. Im Juni schrieb Franziska zu Reventlow an Stern, sie habe Mallorca nur ungern verlassen: »Die Anwesenheit hier war aber sehr notwendig – ich hoffe nur, 1. daß das Geld wirklich existiert und 2. daß man es kriegen wird. Ja, lieber Stern, hätte der Schwiegervater uns nicht zum Pflichtteil verurteilt, so wären wir jetzt Rentiers. So wird es wohl auf ca. 20000 M. hinauslaufen, was auch ganz angenehm ist. [...] Ich trample nur vor Ungeduld, dass es endlich ausgezahlt wird [...].« Im Juli hatte sich die Situation nicht wesentlich verändert: »Und das Erbgeld zögert sich immer noch hinaus, es ist langweilig, daß man hier sitzen muß, ich erwarte jetzt einen Brief von dem Testamentsexekutor über das Wann. Und der Sommer ist dieses Jahr sehr schön. Man geht wieder tagsüber zum Roccolo und ich tue nichts, absolut nichts.«

Endlich erschien Rechenberg-Linten mit Nachrichten von der Bank »Credito Ticinese« in Locarno. Sein Vater habe ihm kein Bargeld vererbt, sondern Aktien der Bahngesellschaft Moskau – Kiew – Woronesh. Auf Anraten des Bankdirektors telegrafierten sie sofort nach Mitau, um den Verkauf der Aktien und die Überweisung des Geldes nach Locarno zu veranlassen. Sie erhielten beide einen Kreditbrief in Höhe von 10000 Franken, die restliche Summe sollte ausgezahlt werden, sobald der Erlös des Aktienverkaufs auf der Bank eingetroffen war. Die Reventlow, die sich trotz der geringen Erbschaft reich vorkam, beglich sogleich ihre Schulden in Ascona. Dann kleidete sie sich und Rolf in Mailand neu ein, und zu Weihnachten reiste sie mit ihrem Sohn erster Klasse nach Palma de Mallorca. Von dort aus unternahmen sie eine »Spritzfahrt« nach Monte Carlo, wo sich die Reventlow einen Traum erfüllte: den Besuch im Spielcasino. Zum Erstaunen ihres Sohnes hielt sie sich an ihr Vorhaben, in finanziellen Dingen Vernunft walten zu lassen. Nur 50 Franc setzte sie beim Glücksspiel, dann beobachtete sie das Geschehen. Die Aussicht, bald viel größere Summen zur Verfügung zu haben, mag diese Gelassenheit befördert haben.

Es sollte jedoch anders kommen. Im Frühjahr 1914, nach der Rückkehr ins Tessin, zerschlug sich der Traum vom Reichtum. Rolf saß im Café »Sport« in Ascona und las Zeitung, als plötzlich um ihn herum helle Aufregung herrschte. Tumultartige Szenen spielten sich ab. Als er nach dem Grund fragte, erfuhr er, dass drei Tessiner Banken Bankrott gemacht hatten. Seine Befürchtung bestätigte sich: Auch die »Credito Ticinese« war darunter. Sofort begab er sich zu seiner Mutter, die gerade mit Frieda Gross und Ernst Frick im Albergo Quattrini, dem ersten Haus am Platz, am Kamin saß. Ihre Reaktion auf die verhängnisvolle Nachricht war lakonisch-souverän. »Es filmt mal wieder«, lautete ihr Kommentar, der eindrucksvoll die Attitüde demonstrierte, die sie später der Heldin ihres Romans »Der Geldkomplex« zuschrieb: »Ich behaupte ja glücklicherweise bei schlechten Nachrichten meine Haltung immer besser als bei guten.« Ende März 1914 meldete sie sich nach langer Zeit wieder einmal bei Friedel und Friedrich Kitzinger, um ihnen »den letzten Film« ihres Lebens zu berichten, und versicherte abschließend: »Sonst geht es mir glänzend, gesund und guter Laune. Der kurze Glanz war sehr schön, der Krach eigentlich auch ganz lustig, und der Entschluß, im Ausland zu bleiben, erlösend. – Kurz, der Herr hat's gegeben, der Herr hat's genommen, der Name des Herrn sei gelobt!«

Seit Franziska zu Reventlow ihr Elternhaus verlassen hatte und in einer selbstbewussten und geradezu mutigen Maßlosigkeit das Leben einer Bohemienne führte, war ihr Dasein eine einzige wirtschaftliche Krise. Geldnot, Gläubiger und Schulden waren ihr nur allzu vertraut. Hatte sie einmal eine kleinere Summe – ein Honorar, ein Geschenk der Familie, die Gabe eines Geliebten –, ging sie beinahe sorglos damit um. Zehn-Mark-Stücke, erinnerte sich Rolf Reventlow im Gespräch mit Helmut Fritz, habe seine Mutter in der Wohnung »herumgeschmissen«, um sich später, wenn sie einmal wieder in Not war, zu freuen, eins in irgendeiner Ecke wiederzufinden. »Sie hatte keinerlei Beziehung zu den Dingen, die sie nicht persönlich betrafen, zu den wirtschaftspolitischen Dingen, selbst des alltäglichen Lebens. Sie hat erst in den späteren Jahren, kurz vor ihrem Tod, hat sie erst ungefähr gewußt, was ein Kilo Mehl kostet, oder daß die Kartoffeln teurer oder billiger sind – das war erst am Schluss ihres Lebens.«

Unmittelbar nach ihrer Scheinehe, der geplatzten Erbschaft und dem Bankenkrach schrieb die Reventlow einen Roman, der 1916 im Münchner Albert Langen Verlag erschien. Er hieß »Der Geldkomplex« und hatte eine ironische Widmung im Untertitel: »Meinen Gläubigern zugeeignet«. Mit dem schmalen Werk setzte sie ihre geistreich-ironische Übersetzung der eigenen Erfahrungen ins Literarische fort. Der Ton war unsentimental, kokett – ganz forcierte Leichtigkeit. Die Themen und autobiographischen Reminiszenzen waren nun: Geldnot, Klinikaufenthalt, Psychoanalyse. Der Briefroman spielt in einem Sanatorium, neben altmodischen Nervenärzten tritt ein Vertreter der neuen, als Wissenschaft umstrittenen Psychoanalyse auf. Der Freudianer Baumann diagnostiziert die notorische Finanzmisere der Ich-Erzählerin als Symptom einer gestörten existentiellen Beziehung, als Geldkomplex. Und Reventlows Heldin muss bekennen: »Ich habe die Sache mit dem Geld niemals ernst genug genommen, ließ es so hingehen und dachte, es würde schon einmal anders werden. Kurz, um mich im Freudianerjargon auszudrücken – ich habe es entschieden ins Unterbewußtsein verdrängt, und das hat es sich nicht gefallen lassen. [...] Mit Ehrfurcht und Entgegenkommen könnte man es vielleicht gewinnen, mit Haß und Verachtung unschädlich machen, aber durch liebevolle Indolenz verdirbt man sich's vollständig mit ihm. Und das muß ich getan haben, ich ließ es kommen und gehen, wie es gerade kam und ging – ach, der verfluchte Optimismus [...]. Als ich dann merkte, daß es anfing, sich immer feindlicher gegen mich zu stellen, habe ich es gelockt, bin ihm nachgelaufen, aber es war schon zu spät – es wollte nicht mehr.«

Der Geldkomplex bestimmt das Handeln der Ich-Erzählerin und der Patienten, die sich in einem Kreis um sie geschart haben. Man vergisst bald die ursprünglichen Leiden – und rechnet, plant Investitionen, Spekulationen, Geldehen. Man erhofft Erbschaften und fürchtet den Bankrott. Reventlows Heldin schreibt der Freundin, sie habe irgendwann mit dem Rechnen begonnen und dann nicht mehr aufhören können: »Ich rechnete beim Aufwachen und beim Einschlafen, rechnete, wo ich ging und stand, rechnete all die Summen, die ich brauchte, in meinem früheren Leben gebraucht hätte und späterhin brauchen würde, zusammen und wieder auseinander, kalkulierte alle vorhandenen und nicht vorhandenen

Möglichkeiten und Unmöglichkeiten in der Gegenwart, Zukunft und Vergangenheit.« Ihre »Rechenanfälle« führten so weit, dass sie für nichts anderes mehr empfänglich sei: »Es gibt keine Jahreszeiten, keinen Sonnenschein und keine Blüten, es gibt keinen Lerchengesang und keine Frösche – es gibt nur Geld.« Weil sie sich schon auf dem Weg in die Paranoia wähnte – jeder Mensch erschien als potentieller Gläubiger –, hatte sie sich schließlich in das Sanatorium begeben. Dort erklärt ihr der Professor den Vorgang der Verdrängung: Alle schmerzhaften und unangenehmen Wünsche und Vorstellungen würden vom Oberbewusstsein ins Unterbewusstsein verschoben, wo sie sich zu Komplexen entwickelten. Die Überzeugung, nahezu jeder Komplex beruhe auf verdrängter Erotik, kann Reventlows Alter Ego freilich nicht akzeptieren: »Daß ich in der Verdrängung der ›Erotik‹ Erhebliches geleistet habe, konnte ich nun wirklich beim besten Willen nicht behaupten … im Gegenteil, es wäre mir und meinen Finanzen sicher besser gewesen, ich hätte es mehr getan.« Überhaupt sei sie ihr »Leben lang allen menschlichen und seelischen Konflikten gewachsen, nur den wirtschaftlichen nicht. Weder glückliche noch unglückliche Liebe, weder Ehe noch Ehebruch, sondern ausschließlich Gläubiger, Hausherrn und Lieferanten« hätten es geschafft, sie »psychisch zu zerrütten«.

»Der Geldkomplex« erinnert in seinem subtil-lässigen Plauderton an »Von Paul zu Pedro« und in der Treffsicherheit der Kritik an »Herrn Dames Aufzeichnungen«. Mit hinreißender Leichtigkeit und der schon im Schwabing-Roman angewendeten gespielt-naiven Ironie entlarvt die Autorin Schwachpunkte der Psychoanalyse: den Universalitätsanspruch der Komplextheorie und die mangelnde Berücksichtigung der sozialen Verhältnisse bei der Entstehung neurotischer und psychotischer Symptome. Reventlow lässt ihre Heldin zu dem Schluss kommen: »Nach meinem Gefühl wären fast alle Psychosen in erster Linie mit Geld zu heilen.« Theodor Heuss, der spätere Bundespräsident, war von der Unbefangenheit des Romans bezaubert. In seiner Rezension nannte er die »Reihe graziöser, witziger, unkorrekter Frauenbriefe« die »liebenswürdigste Verspottung der Adepten der Freudschen Psychoanalyse«.

Den Therapieaufwand, der im Sanatorium betrieben wird, kann die Heldin nicht verstehen, die meisten ärztlichen Empfehlungen erscheinen ihr geradezu absurd – auch diejenigen, die das Alter betreffen: »[...] von einer bestimmten Grenze an soll man vorsorgen, Leibrenten kaufen und stetiger in seinen Neigungen werden. Ich halte das für einen Irrtum und sehe gerade den einzigen Vorzug des Älterwerdens darin, daß die Zukunft einen weniger interessiert und der Moment immer wichtiger wird. Solange mir noch Tenöre von Sommertheatern himmelblaue Billetts schreiben, sehe ich nicht ein, warum ich darauf verzichten soll.« Damit unterstrich sie, was schon die Protagonistin eines anderen Romans empfohlen hatte: »Die beste Vorsorge fürs Alter ist jedenfalls, dass man sich jetzt nichts entgehen läßt, was Freude macht, so intensiv wie möglich lebt«, heißt es in »Von Paul zu Pedro«.

Doch für die Reventlow gab es altersbedingte Grenzen: Die Beziehung zu Mario Respini-Orelli hatte sich vertieft, im Frühsommer 1914 wurde sie schwanger. Da sie sich mit 43 Jahren zu alt für ein Kind fühlte, ließ sie eine Abtreibung vornehmen. Sie fuhr nach Mailand und suchte, weil es die einzige Möglichkeit war, eine unerwünschte Schwangerschaft zu beenden, eine »Engelmacherin« auf. Als Komplikationen auftraten, telegrafierte sie ihrem ahnungslosen Sohn. Rolf eilte an ihr Krankenbett, erschüttert und verständnislos ihrer Entscheidung gegenüber.

Während sie sich langsam von dem Eingriff erholte, brach in Europa der Krieg aus. »Ich kenne keine Parteien und auch keine Konfessionen mehr; wir sind heute alle deutsche Brüder und nur noch deutsche Brüder. Will unser Nachbar es nicht anders, gönnt er uns den Frieden nicht, so hoffe Ich zu Gott, daß unser gutes deutsches Schwert siegreich aus diesem schweren Kampfe hervorgeht.« Mit diesen Worten erklärte Wilhelm II. in seiner Balkonrede am 1. August 1914 Russland den Krieg. Gegen das Zarenreich wurde mobilgemacht, auch gegen Frankreich, England und andere europäische Staaten. Am 2. August befand sich Deutschland im Kriegszustand. Unter dem Eindruck der allgemeinen Euphorie und des nationalen Hochgefühls stimmten, als im Reichstag die Kriegskredite bewilligt werden mussten, sogar die Sozialdemokraten dafür. Im Westen begann die große Offensive der deutschen Armee am 18. August; trotz erheblicher Verluste erreichten die deutschen Truppen die Marne bereits zwei Wochen später. Doch ein entscheidender Sieg war dem deutschen Heer dabei nicht gelungen, Anfang September kam es zur schweren Niederlage in der Marne-Schlacht. Es begann der furchtbare Stellungskrieg. Die deutsche Bevölkerung glaubte indessen noch, der Kampf werde kurz und heldenhaft sein, Deutschland werde sich gegen die Entente – gegen Frankreich, England und Russland – siegreich behaupten und zur neuen Weltmacht aufsteigen.

Im Oktober 1914 musste sich Franziska zu Reventlow in München erneut einer Operation unterziehen – vermutlich als Folge der Abtreibung. Ein- und Ausreise waren für sie mit Unannehmlichkeiten und Verzögerungen verbunden; als russische Staatsbürgerin zählte sie nun zu den Feinden des Deutschen Reichs. Der Patriotismus und die Kriegsbegeisterung, die sie in München vorfand, stießen sie ab. Die Menschen schienen von einem kollektiven Rausch erfasst. Mit Entsetzen stellte sie fest, dass er auch viele Künstler und Intellektuelle ergriffen hatte, die sich sogar freiwillig zum Feldeinsatz meldeten: Im Krieg sah man die Möglichkeit einer spirituellen und intellektuellen Erneuerung und die notwenige Selbstbehauptung einer bedrohten Kulturnation. Rolf Reventlow, der seine Mutter damals begleitete, berichtet, wie sie sich bei einem Treffen im Haus des Journalisten Fritz Wahl vehement gegen die herrschende England-Feindlichkeit wandte: »›Nicht wahr, gnädige Frau, Sie hassen doch auch Engländer?‹ Worauf Mutter damals wütend replizierte, sie denke gar nicht daran. Im Gegenteil, sie fände Engländer sehr sympathisch.« Der damals übliche Gruß: »Gott strafe England!« – »Er strafe es!«, ekelte sie an. Niemals hätte sie es über sich gebracht, in den unüberhörbaren Ruf »Hoch lebe Deutschland!« einzustimmen. Franziska zu Reventlow, die im kosmopolitischen und pazifistischen Milieu der Monte-Verità-Gemeinde lebte, hatte kein Verständnis für diesen Patriotismus. Sie verabscheute und fürchtete den Krieg. Vor allem aber sorgte sie sich um Rolf, der für die Kriegseuphorie der Deutschen nicht unempfänglich war und durch Freunde wie Emil Ludwig, der als Kriegsberichterstatter tätig war, darin bestärkt wurde. Sie wollte seine Einberufung unbedingt verhindern. Der einzige Ausweg war, ihm die Schweizer Staatsbürgerschaft zu verschaffen. Sie bat Klages, zu dem sie seit einigen Monaten wieder Kontakt hatte, als Vormund ihres Sohnes, das notwendige Gesuch bald einzureichen: »Als Grund denke ich, gibt man an, dass es in unserem wirtschaftlichen Interesse liegt, hier, wo wir uns dauernd niedergelassen haben (seit 3 Jahren), ein Bürgerrecht zu erwerben, insbesondere für Rolf, der hier seinen Beruf erlernen und ausüben wird (Photograph) – vielleicht auch, daß die pekuniäre Lage eine Rückkehr nach Deutschland in absehbarer Zeit nicht gestattet.« Klages reagierte nur zögernd auf ihre dringende Bitte, so dass sich die Reventlow bei Stern beklagte: »Man hat in Erfahrung gebracht, daß die Entlassung aus dem deutschen Staat vor dem 17. Jahr ohne Schwierigkeiten gehen soll, nur muß man jetzt ein Gesuch an das Vormundschaftsgericht einreichen und denken Sie, daß dieser elende Klages das seit einem Monat verbummelt – ich fürchte beinahe aus Schikane.« Im August 1914, kurz vor Rolfs siebzehntem Geburtstag, wurde Klages endlich aktiv und erhielt vom Vormundschaftsgericht in München den Bescheid, »daß der Antrag auf Entlassung des M. Mündels aus dem deutschen Staatsverband vormundschaftsgerichtlich nicht genehmigt wird, weil dieser Antrag wegen des ausgebrochenen Krieges aussichtslos ist«.

Im Herbst 1915 ging Rolf nach München, um als Gehilfe bei einem Filmvorführer zu arbeiten. Er wohnte bei Frau Güttner, bei der seine Mutter vor achtzehn Jahren eine Bleibe gefunden hatte. Franziska zu Reventlow konzentrierte sich nach der Rückkehr ins Tessin verstärkt aufs Schreiben und publizierte seit langem wieder einmal im »Simplicissimus«. Dort erschien 1915 die Erzählung »Wir Spione«, in der die allgemeine Atmosphäre des Misstrauens nach Kriegsbeginn deutlich spürbar wird. Ein »Bekanntenkreis«, zu dem Deutsche, Österreicher, Amerikaner und Polen gehören, verlebt das erste Kriegsjahr in einem »neutralen Kurort, wo sich alle möglichen Nationalitäten« zusammenfinden. Man tut etwas, was völlig unmöglich scheint: Man vermeidet es, über die Weltereignisse zu sprechen. »Es war gewissermaßen unser Ehrgeiz zu beweisen, daß man unter gebildeten Menschen sich selbst in solchen Zeiten auf eine internationale Basis stellen könne.« Diese Basis gerät allerdings immer mehr ins Schwanken, Misstrauen und Argwohn treten ein. Schließlich wird die kleine Gruppe auffällig, die

Polizei verdächtigt sie der Spionage. So versöhnlich die Geschichte endet – »Wir glaubten uns rehabilitiert und wurden auch nicht wieder verhaftet« – und so amüsant sie erzählt ist, gibt sie doch einen Blick auf ein verändertes Ascona. Auch in dem Refugium für Aussteiger und Weltverbesserer machte sich der Krieg bemerkbar. Ausländer mussten nun eine »Sondersteuer« zahlen. Wer diese nicht aufbringen konnte, musste die Schweiz verlassen. Die Reventlow wurde überwacht. Die Polizeibehörden von Bern, Bellinzona und Locarno tauschten Informationen aus. Am 24. März 1917 richtete die oberste Polizeibehörde von Bern eine Anfrage an die Polizeibehörde in Bellinzona, die diese nach Locarno weiterleitete. Anlass war die Verlängerung von Reventlows abgelaufenem russischem Pass. Der »Commissario di Governo nel Distretto di Locarno« äußerte sich detailliert über »Frau Baronin Fanny Reckenberg-Linten, geb. Reventkow im Jahr 1871«: Sie sei Romanschriftstellerin und lebe vom Erlös dieser Arbeit. Steuerforderungen habe sie zurückgewiesen, weil ihr Einkommen zu gering sei. Sie habe ihre Wohnung räumen müssen, weil sie die Miete nicht bezahlen konnte. Ihr Benehmen habe »nie eine Überwachung geboten erscheinen« lassen.

Im April 1916 wurde Rolf zum Kriegsdienst eingezogen, für seine Mutter begann eine furchtbare Zeit. Sie habe überhaupt keine »Begabung zur Heldenmutter«, gestand sie dem Freund Paul Stern. Den Kitzingers schilderte sie im Oktober ihre Gemütsverfassung: »Überhaupt seit er draußen ist – ich kann Ihnen nicht sagen wie mir ist. Ich hätte mir selbst doch etwas mehr ›Seelenstärke‹ zugetraut. Aber ich bin einfach verzweifelt. Hoffen oder sich drein ergeben, ist reiner Unsinn, wenn man weiß, daß das Liebste auf der Welt in Gefahr ist und unerreichbar, und beides ein chronischer Zustand. Probieren Sie nur einmal das von morgens bis abends immer zu wissen. Nachts träumt man wenigstens noch, daß es nicht wahr ist – aber man sollte weder darüber schreiben noch sprechen, denn wenn man den Mund auftut, fängt man eben an zu schreien. Basta.« Die Schlussformel »Basta« habe Respini-Orelli von ihr übernommen, berichtete sie weiter, er wende sie immer dann an, wenn sie »zu viel spinne«. Sie war nach Muralto, in seine Nähe gezogen, denn »das hiesige Idyll besteht immer noch – man wird alt und beständig«. Stern schrieb sie, es sei in diesen Zeiten geradezu eine »Wohltat, einen Menschen um sich zu haben, der so absolut nicht sensibel ist«. Doch manchmal, räumte sie ein, »nützt selbst der Mario nichts mehr, der fett und fröhlich neben mir durch Locarno trabt, immer mit einer Blume im Knopfloch«. In den Momenten, in den die Traurigkeit sie bedrohte, griff sie auf altbewährte Mittel zurück, die stets für die Stabilisierung ihres seelischen Gleichgewichts gesorgt hatten: »Wenn ich sehr unglücklich bin, gehe ich nach Ascona und lasse mich von Soldaten umwerben. Einer, welcher Metzger und Gastwirt in Sankt Gallen ist, hat mir einen Heiratsantrag gemacht.«

Im Dezember klagte sie Stern abermals ihr Leid: »Der Bubi, Stern, der Bubi! Jetzt ist er ganz richtig draußen – ›in Stellung‹, muß man da nicht den Verstand verlieren? Ich weiß nicht, wie andere das aushalten [...]. Ja, lieber Stern, leben Sie recht wohl – ich lege mich schon um 9 mit einem Roman ins Bett und das sind weitaus die besten Momente, im Schlaf ist wieder alles gut, kein Krieg mehr und der Bubi noch klein.« Zeitweise gelang es ihr, sich mit Hilfe der Literatur abzulenken – lesend und schreibend. Sie hatte ein neues Buch begonnen, von dem sie sogleich den Kitzingers berichtete: »Ich arbeite zwar an einem Roman mit zwei Selbstmorden, aber er geht langsam vorwärts.« Stern prophezeite sie, dass der Text bis zum nächsten Frühjahr nicht fertig würde. »Es wird diesmal nicht lustig und ziemlich fad, aber vielleicht hat es dann bessere Chancen.« Sie beschritt mit ihrem letzten Roman, der postum veröffentlicht wurde, auch stilistisch neue Wege. Der Tonfall hatte sich radikal verändert. Die souveräne und ironische Leichtigkeit der vorherigen Romane war einer pessimistischen Grundstimmung gewichen. Es ist die Geschichte eines jungen ennuyierten und lebensmüden Mannes und eines Liebespaars, das Doppelselbstmord begeht. In den Gesprächen und Gedanken der Figuren macht sich ein melancholischer, resignativer Zug bemerkbar, im zuweilen noch Heiteren zeigen sich bedrohliche Momente. »Mir ist eigentlich nie etwas ernst«, bekennt die männliche Hauptfigur. »Ich hänge weder am Leben noch sehne ich mich danach, es los zu sein.«

Annette Kolb berichtet in ihrem Erinnerungsbuch »Zarastro. Westliche Tage« (1921) von einer Begegnung mit der Reventlow im Mai 1917: »Wir kannten einander, ohne uns je gesehen zu haben, und gingen mit einer Art von kalter Vertraulichkeit hinab zum See. Ihr Zynismus kannte keine Grenzen, doch immer alles mit Grazie. [...] Ich drängte zu größerem Fleiß, ohne Anklang zu finden. ›Mein Ideal wäre die Leitung eines großen Hotels‹, versicherte sie. Ihre Augen waren wunderschön. Ich sprach von ihren Schriften, und daß keine Bücher dieses leichten Kalibers mit ähnlicher Qualität geschrieben worden seien, so blaß, so spöttisch, so geistreich. Aber sie schüttelte den Kopf; es sei zu schwer.«

Am 7. November 1917 meldete sich Franziska zu Reventlow »nach endloser Zeit« wieder einmal bei Stern, um sich nach seinem Befinden und dem ihrer gemeinsamen Bekannten zu erkundigen. Über ihr Leben ließ sie verlauten: »Ich bin sehr zufrieden – Rolf hat seine bisherige Stellung aufgegeben, die ihm nicht mehr gefiel und mir ein großer Dorn im Auge war. Jetzt ist er für dauernd hier in der Nähe.« Damit umschrieb sie geheimnisvoll-lakonisch Rolfs erfolgreiche Flucht in die Schweiz. Nachdem er dem deutschen Gestellungsbefehl gefolgt und erste Erfahrungen an der französischen Front gemacht hatte, wandelte er sich zum Pazifisten und Kriegsgegner. Während des Fronturlaubs in Deutschland entschloss er sich zur Desertion. Mit seiner Mutter traf er sich an der Schweizer Grenze am Bodensee, da sie als russische Staatsbürgerin keine Erlaubnis für die Einreise erhalten hatte. Bei diesem kurzen Treffen verabredeten Mutter und Sohn, dass er in Kreuzlingen die Grenze überqueren sollte. Rolf organisierte sich Zivilkleidung und ein Boot und ruderte von Konstanz aus, begleitet von den Schüssen der Wachtposten, in die Kreuzlinger Badeanstalt, wo ihn seine Mutter glücklich und erleichtert empfing.

Er nahm zunächst eine Stelle in einem Metallbetrieb in Muralto an, die er jedoch kündigte, nachdem er erfahren hatte, dass dort Munition hergestellt wurde. Kurze Zeit später wurde er aus dem Tessin ausgewiesen, wo man keine deutschen Deserteure duldete. Franziska zu Reventlows Versuche, eine Sondererlaubnis für ihren Sohn zu erlangen, blieben erfolglos, so dass sich Rolf fortan in Zürich aufhalten musste. Währenddessen hatte seine Mutter neben dem Schreiben eine neue, originelle Erwerbstätigkeit entdeckt. Sie trat im Spielcasino von Locarno als distinguierte Dame am Roulettetisch auf und animierte die Gäste zu hohen Einsätzen. Für ihr Engagement als Lockvogel erhielt sie zehn Franken am Abend; den Gewinn, den sie beim Spiel machte, musste sie abgeben, den Verlust bekam sie erstattet. »Am Spieltisch«, heißt es im »Geldkomplex«, »gibt es keine Vergangenheit, keine Zukunft und keine Gegenwart mehr, keine Spannungen und keine Gedanken. Denn ich muß bemerken, das Jeu hat für mich nichts Aufregendes, es wirkt im Gegenteil beruhigend.«

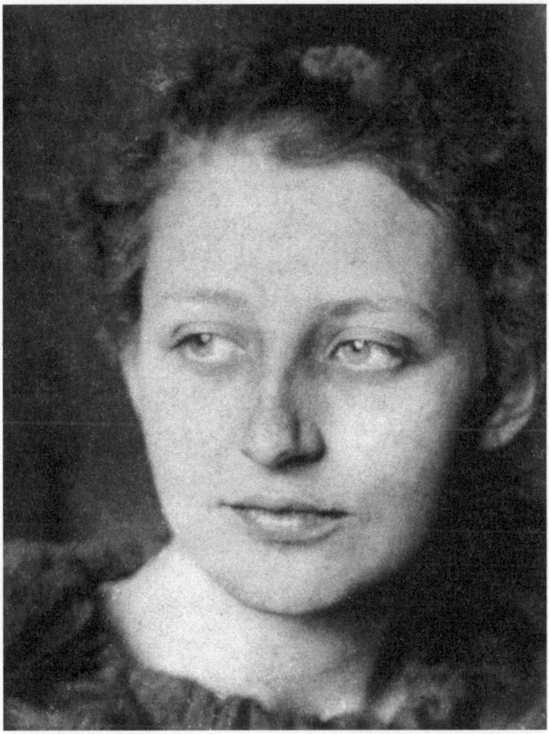

Eines der letzten Porträts
Franziska zu Reventlow, 1917

1917 erschienen Reventlows skurrile Novellen in einem Sammelband unter dem Titel »Das Logierhaus ›Zur schwankenden Weltkugel‹« bei Albert Langen in München. In den Geschichten werden alltägliche Begebenheiten so überzeichnet, dass die Dimension des Phantastischen aufscheint. Damit erinnern sie zuweilen an E. T. A. Hoffmann, Gustav Meyrinck und die Märchen der Romantik. Frappierend ist ihre Verwandtschaft mit den Werken des magischen Realismus lateinamerikanischer Autoren wie Gabriel García Márquez und Julio Cortázar, die ein halbes Jahrhundert später erschienen.

Das Absurde durchdringt den Alltag der Menschen, die Figuren haben kein Zuhause, bewegen sich in Transiträumen und »Nicht-Orten«. In dem Roman »Von Paul zu Pedro« hieß es: »Bahnhöfe und Hotelzimmer – ich bin sehr glücklich.« Erzählendes Subjekt ist ein nicht näher definiertes »Wir«, die Erzählhaltung sonderbar distanziert, unbeteiligt, unverbindlich. Vielleicht eine Reaktion darauf, dass die Welt aus den Fugen geraten war. Die Reisenden – das »Wir« – treffen in der Herberge auf unheimliche Gestalten: Hieronymus Edelmann, Protagonist der titelgebenden Erzählung, verfügt über Zauberkräfte. Jeden Ankömmling lockt er ins Logierhaus und verhext ihn zum Bleiben. Sein Gegenspieler Mouton, der dem Absinth verfallen ist, ist nicht minder unheimlich. Er hält sich einen Ameisenbären als Haustier, mit dem er zu promenieren pflegt. Auch das »polierte Männchen« aus der gleichnamigen Erzählung übt großen Einfluss auf seine Umgebung aus. Es taucht plötzlich aus dem Nichts auf, bewegt sich wie ein Automat und verschwindet ebenso schnell, wie es erschienen ist. Weil es so sehr blinkt, glänzt und phosphoresziert, lässt es sich nicht zeichnen und bleibt ohne Abbild – wie ein Vampir ohne Spiegelbild: »Es war ja immer nur vorhanden, wenn man es sah und hörte, seine Existenz erlosch mit seiner Abwesenheit.« In der Erzählung »Der Herr Fischötter« verstört schließlich der Anblick eines Wesens, das halb Mensch, halb Fischotter ist, die Gäste eines Seebads: »Ich muss auch Sie alle um Verzeihung bitten, meine lieben Freunde, aber vielleicht weiß einer oder der andere von Ihnen aus eigener Erfahrung, dass es Momente gibt, wo einem die Sache über den Kopf wächst und man seiner selbst nicht mehr Herr ist.«

Am 25. Juli 1918 stürzte Franziska zu Reventlow von ihrem Fahrrad. Bei dem schweren Unfall zog sie sich innere Verletzungen zu, die eine Operation erforderlich machten. Während des Eingriffs in der Clinica Balli in Locarno starb sie am 26. Juli 1918 um 4 Uhr morgens an Herzversagen. Sie wurde 47 Jahre alt. Rolf Reventlow wurde von Mario Respini-Orelli benachrichtigt und erhielt von der Militärbehörde die Genehmigung, zum Begräbnis ins Tessin zu reisen. Seine Mutter wurde auf dem Friedhof Santa Maria in Selva in Locarno beigesetzt. Zur Trauerfeier erschienen auch die Asconaer Freunde: Frieda Gross, Ernst Frick, Elga und Emil Ludwig, der die Trauerrede hielt. »Es verblieben Heimweh, Erinnerungen und ein Grab«, heißt es in Rolf Reventlows Erinnerungen.

Franziska zu Reventlow, die so Lebensgierige und -mutige, hatte sich immer wieder mit dem Tod beschäftigt, in ihren Romanen, ihren Briefen und Tagebüchern. »Der Tod«, sinniert die Ich-Erzählerin in der Amoureske »Von Paul zu Pedro«, »warum hat man wohl so viel Angst davor? Ich habe sie auch, aber dann denke ich wieder, es ist vielleicht ganz überflüssig, wir wissen doch noch gar nicht, ob es unangenehm sein wird. Es mag verdreht sein, aber ich ertappe mich sogar bei dem Gedanken: das Leben ist so schön, obwohl so viel dagegen eingewandt wird – am Ende ist das Sterben auch gar nicht so übel.«

ANHANG

Chronik

1871	*18. Mai:* Franziska zu Reventlow wird als fünftes von sechs Kindern in Husum geboren. Der Vater: Ludwig Graf zu Reventlow, die Mutter: Emilie Gräfin zu Reventlow, geb. Gräfin zu Rantzau.
1874	Geburt des jüngsten Bruders Karl, genannt Catty.
1878	21. Mai: Tod des ältesten Bruders Theodor.
1886	Ostern: Internatsschülerin des »Freiadeligen Magdalenenstifts« zu Altenburg, einer Privatschule für Töchter aus protestantischen adligen Familien.
1887	Frühjahr: Verweis aus dem Magdalenenstift; Rückkehr nach Husum.
1887–1889	Aufenthalte bei Verwandten in Kaltenhof, Wulfshagen und Preetz; Tante Fanny zu Rantzau fördert ihre künstlerischen Neigungen und gibt ihr die Möglichkeit, Malstunden zu nehmen.
1889	September: Umzug der Familie nach Lübeck. Heimliche Mitgliedschaft im Lübecker Ibsenclub; Beginn der Freundschaft mit Emanuel Fehling; intensive Lektüre (Ibsen, Tolstoi, Dostojewski, Turgenjew, Zola, Nietzsche).
1890	März: Beginn des Briefwechsels mit Emanuel Fehling. 1. Oktober: Eintritt in das Lübecker Privat-Lehrerinnen-Seminar.
1891	Herbst: Abkehr von Emanuel Fehling und Hinwendung zu Karl Schorer.
1892	April: Abschluss des Lehrerinnen-Seminars. Juni: Die Eltern entdecken den Briefwechsel mit Fehling und stellen die Tochter im Pfarrhaus von Adelby unter Kuratel.
1893	Januar: Erste literarische Veröffentlichung: Die Prosaskizze »Die Uniform« erscheint in den »Hu-

sumer Nachrichten«. 1. April: Flucht aus Adelby. 14. Juni: Tod des Vaters. Verlobung mit Walter Lübke. August–Dezember: Erster Aufenthalt in München; Besuch der privaten Malschule von Anton Ažbé. Liebesbeziehung mit Adolf Herstein und Schwangerschaft.

1894 22. Mai: Heirat mit Walter Lübke. 14. Juni: Fehlgeburt.

1895 18. Februar: Beginn der Tagebuchaufzeichnungen. Mai: Fortsetzung des Malstudiums in München.

1896 Trennung von Walter Lübke. Erste Publikation im »Simplicissimus«: »Vater« und »Wahnsinn«. Schwere Operation und Krankenhausaufenthalt im Josephinum. Prostituierte in einem Münchner Salon.

1897 Bekanntschaft mit Alfred Friess. »Das jüngste Gericht« und weitere Veröffentlichungen im »Simplicissimus« und in anderen Zeitschriften. April: Beginn der Übersetzungsarbeit für den Albert Langen Verlag. 14. April: Scheidung von Walter Lübke. 1. September: Geburt des Sohnes Rolf (gest. 1981).

1898 »Das Männerphantom der Frau« erscheint in den »Zürcher Diskußionen«.

1899 Schauspielunterricht. Sommer: Bekanntschaft mit Ludwig Klages. In den »Zürcher Diskußionen« erscheint der Aufsatz »Viragines oder Hetären?«.

1900 Mai–Dezember: Reise nach Samos mit Albert Hentschel und dem Sohn Rolf. Beginn der Arbeit am autobiographischen Roman »Ellen Olestjerne«.

1901 Durch Klages' Vermittlung Bekanntschaft mit dem Kreis der Kosmiker (Alfred Schuler, Karl Wolfskehl, Ludwig Derleth) und Kontakt zum Kreis um Stefan George.

1902 Längere Aufenthalte im Kloster Schäftlarn bei Ebenhausen; dort intensive Arbeit an dem Roman »Ellen Olestjerne«.

1903 22. Februar: Legendäres Maskenfest in der Wohnung von Karl Wolfskehl. Liebesbeziehung mit Karl Wolfskehl, gemeinsamer Aufenthalt in Italien. Liebesbeziehung mit Bohdan von Suchocki.

Sommer: Der Roman »Ellen Olestjerne« erscheint im Verlag Julian Marchlewski. Gründung der Wohngemeinschaft im Eckhaus Kaulbachstraße 63: mit Bohdan von Suchocki und Franz Hessel.

1904 6. Februar: Erneute Operation und Krankenhausaufenthalt im Josephinum. Frühjahr: Erscheinen des »Schwabinger Beobachters«. August: Reise nach Italien mit Rolf, Suchocki und Hessel. In Forte dei Marmi Frühgeburt von Zwillingen, die beiden Mädchen sterben. 1. November: Rückreise nach München.

1905 19. November: Tod der Mutter.

1906 22. Mai: Tod des Bruders Ludwig. Oktober: Auflösung der Wohngemeinschaft in der Kaulbachstraße. November: Reise nach Korfu mit Rolf.

1907 Frühjahr: Rückkehr nach München. Bekanntschaft mit Erich Mühsam und Otto Gross. Juli: Schwere Operation und längere Krankheitsphase. Oktober: Suchocki wandert in die USA aus; Franziska zu Reventlow setzt seine Glasmalerei fort, um Geld zu verdienen. Wachsende finanzielle Not.

1910 Oktober: Endgültiger Abschied von München; Reise über Berlin nach Paris, wo sie als Kassendame auf der Münchner Kunstgewerbeausstellung im Grand Palais arbeitet. Ende Oktober: Weiterreise nach Ascona, wo sie sich mit Rolf niederlässt.

1911 Juni: Scheinehe mit Alexander von Rechenberg-Linten, einem baltischen Baron; Erwerb der russischen Staatsbürgerschaft.

1912 Der Roman »Von Paul zu Pedro. Amouresken« erscheint im Albert Langen Verlag. Oktober–Mai 1913: Reise mit Rolf nach Mallorca auf Einladung ihres Vetters Viktor von Levetzow. Korrespondenz mit dem Philosophen Paul Stern über den geplanten Schwabing-Roman.

1913 Der Schlüsselroman über die Münchner Boheme, »Herrn Dames Aufzeichnungen«, erscheint im Albert Langen Verlag. Tod des Schwiegervaters; Erhalt des vereinbarten Erbschaftsanteils.

1914 Frühjahr: Durch den großen Tessiner Bankenkrach Verlust des in Aktien angelegten Erbes.

1915 Die Erzählung »Wir Spione« erscheint im »Simplicissimus«.

1916 »Der Geldkomplex« erscheint im Albert Langen Verlag. Umzug von Ascona nach Muralto in die Nähe ihres letzten Lebensgefährten Mario Respini-Orelli. Einberufung des Sohnes zum Kriegsdienst.

1917 Die Novellensammlung »Das Logierhaus ›Zur schwankenden Weltkugel‹« erscheint im Albert Langen Verlag. Arbeit an dem letzten Roman »Der Selbstmordkomplex«, der 1925 aus dem Nachlass veröffentlicht wird. Rolf Reventlow desertiert und flieht in die Schweiz.

1918 *26. Juli:* Franziska zu Reventlow stirbt nach einem Fahrradunfall und der sich anschließenden Operation. Sie wird auf dem Friedhof Santa Maria in Selva in Locarno beigesetzt.

Literaturverzeichnis

Franziska zu Reventlow
Werke, Briefe, Tagebücher

Der Geldkomplex. München 1916 (Neuausgabe, Berlin 2002).

Ellen Olestjerne. München 1903 (Neuausgabe in der Edition Monacensia, München 2002).

Herrn Dames Aufzeichnungen oder Begebenheiten aus einem merkwürdigen Stadtteil. München 1913.

Von Paul zu Pedro. Amouresken. München 1912 (Neuausgabe unter dem Titel »Amouresken. Von Paul zu Pedro«. München 1994).

Romane. Hg. von Else Reventlow. München/Wien 1976.

Sämtliche Werke in fünf Bänden. Hg. von Michael Schardt u. a. Oldenburg 2004.

– Band 1: Ellen Olestjerne. Von Paul zu Pedro. Mit einem Nachwort hg. von Karin Tebben.

– Band 2: Herrn Dames Aufzeichnungen oder Begebenheiten aus einem merkwürdigen Stadtteil. Der Geldkomplex. Der Selbstmordverein. Mit einem Nachwort hg. von Andreas Thomasberger.

– Band 3: Tagebücher 1886 bis 1910. Mit einem Nachwort hg. von Brigitta Kubitschek.

– Band 4: Briefe 1890 bis 1917. Mit einem Nachwort hg. von Martin-M. Langner.

– Band 5: Gedichte, Skizzen, Novellen, Kritisches, Schwabinger Beobachter, Übersetzung. Mit einem Nachwort hg. von Baal Müller.

Jugendbriefe. Hg. von Heike Gfrereis. Stuttgart 1994.

Reventlow, Franziska Gräfin zu; Suchocki, Bohdan von: Wir üben uns jetzt wie Esel schreien. Briefwechsel 1903–1909. Hg. von Irene Weiser, Detlef Seydel, Jürgen Gutsch. Passau 2004.

Briefe Franziska zu Reventlows im Nachlass Anna Magnussen-Petersen. Schleswig-Holsteinische Landesbibliothek, Kiel.

»Wir sehen uns ins Auge, das Leben und ich«. Tagebücher 1895 bis 1910. Hg. von Irene Weiser und Jürgen Gutsch. Passau 2006.

Sonstige Literatur

Ball-Hennings, Emmy: Betrunken taumeln alle Litfaßsäulen. Frühe Texte und autobiographische Schriften 1913–1922. Hg. von Bernhard Merkelbach. Hannover 1990.

Bauer, Helmut: Schwabing – Kunst und Leben um 1900. München 1998.

Bauer, Helmut; Tworek, Elisabeth (Hg.): Schwabing – Kunst und Leben um 1900. Essays. München 1998.

Beyme, Klaus von: Das Zeitalter der Avantgarden 1905–1955. München 2005.

Bromm-Krieger, Silke: Schleswigs vergessene Töchter. Eine Spurensuche. Heide 2004.

Busch, Günter; Reinken, Lieselotte (Hg.): Paula Modersohn-Becker in Briefen und Tagebüchern. Frankfurt a. M. 1973.

Doppagne, Brigitte: Ottilie Reylaender – Stationen einer Malerin. Worpswede 1994.

Du. Europäische Kunstzeitschrift. Ascona. Nr. 452, Oktober 1978.

Echte, Bernhard; Aemmer, Katharina (Hg.): Emmy Ball-Hennings 1885–1948 – »ich bin so vielfach«. Frankfurt a. M./ Basel 1999.

Egbringhoff, Ulla: Franziska zu Reventlow. Reinbek 2000.

Flügge, Manfred: Gesprungene Liebe. Die wahre Geschichte zu »Jules und Jim«. Berlin 1993.

Frank, Leonhard: Links wo das Herz ist. Berlin 1955.

Fritz, Helmut: Die erotische Rebellion. Das Leben der Franziska zu Reventlow. Frankfurt a. M. 1980.

Goldammer, Peter: Eine eigentümliche Freundschaft. Theodor Storm und Ludwig Graf zu Reventlow. Schriften der Theodor-Storm-Gesellschaft. Bd. 52. Heide 2003.

Grunsky, Konrad (Hg.): Schloss vor Husum. Husum 1990.

Hammerstein, Katharina von: Politisch ihrer selbst zum Trotz: Franziska zu Reventlow. In: Tebben, Karin (Hg.): Deutsch-

sprachige Schriftstellerinnen des Fin de siècle. Darmstadt 1999.
Hennings, Emmy: Das flüchtige Spiel. Wege und Umwege einer Frau. Einsiedeln/Köln 1940.
– Gefängnis. Berlin 1919.
Heißerer, Dirk: Wo die Geister wandern. Eine Topographie der Schwabinger Bohème um 1900. München 1993.
Hessel, Franz: Kramladen des Glücks. Frankfurt a. M. 1913.
Holm, Korfiz: ich – kleingeschrieben. Heitere Erlebnisse eines Verlegers. München 1932.
Huse, Norbert: Kleine Kunstgeschichte Münchens. München 1992.
Karlauf, Thomas: Stefan George. Die Entdeckung des Charisma. München 2007.
Kolb, Annette: Zarastro. Westliche Tage. Berlin 1921.
Kubitschek, Brigitta: Franziska zu Reventlow. Leben und Werk. München 1998.
Landmann, Robert: Ascona – Monte Verità. Auf der Suche nach dem Paradies. Frauenfeld 2000.
Magnussen, Karin: Die Bildhauerin Anna Magnussen-Petersen 1871–1940. Bremen 1992.
Mühsam, Erich: Ascona. Eine Broschüre. Locarno 1905.
– Unpolitische Erinnerungen. Berlin 2003.
Neumann-Adrian, Edda und Michael (Hg.): Literarisches München. Dichter, Literaten und Philosophen – Wohnorte, Wirken und Werke. Berlin 2001.
Reventlow, Rolf: Kaleidoskop des Lebens (Typoskript, im Institut für Zeitgeschichte in München); der München-Teil erschienen in: Literatur in Bayern 4/2006.
Sauer, Marina: Die Bildhauerin Clara Rilke-Westhoff 1878–1954. Bremen 1986.
Schmitz, Oscar A. H.: Das wilde Leben der Boheme. Tagebücher. Band 1: 1896–1906. Hg. von Wolfgang Martynkewicz. Berlin 2006.
– Ein Dandy auf Reisen. Tagebücher. Band 2: 1907–1912. Hg. von Wolfgang Martynkewicz. Berlin 2007.
– »Wenn wir Frauen erwachen ...«. Ein Sittenroman aus dem neuen Deutschland. München/Leipzig 1913; ab der 8. Aufl. 1921 unter dem Titel: Bürgerliche Bohème.

Schmitz, Walter (Hg.): Die Münchner Moderne. Die literarische Szene in der ›Kunststadt‹ um die Jahrhundertwende. Stuttgart 1990.
Seegers, Johanna (Hg.): Über Franziska zu Reventlow. Rezensionen, Porträts, Aufsätze, Nachrufe aus mehr als 100 Jahren. Oldenburg 2006.
Sperr, Franziska: Die kleinste Fessel drückt mich unerträglich. Das Leben der Franziska zu Reventlow. München 2003.
Storm, Theodor: Sämtliche Werke in vier Bänden. Hg. von Peter Goldammer. Berlin 1982.
Székely, Johannes: Franziska Gräfin zu Reventlow. Leben und Werk. Bonn 1979.
Szeemann, Harald: Monte Verità. Berg der Wahrheit. Locarno/Milano 1980.
Tworek, Elisabeth: Spaziergänge durch das Alpenvorland der Literaten und Künstler. Zürich/Hamburg 2004.
Wendt, Gunna: Clara und Paula. Das Leben von Clara Rilke-Westhoff und Paula Modersohn-Becker. München 2007.
– Emmy Hennings – Fluchtlinien einer Performance. In: Ziegler, Edda (Hg.): Der Traum vom Schreiben. Schriftstellerinnen in München 1860 bis 1960. München 2000.

Dank

Seit Liesel Rausch aus Jesteburg mir Anfang der 1980er Jahre eine Ausgabe der »Gesammelten Romane« Franziska zu Reventlows schenkte, hat mich die anmutige Rebellin auf meiner eigenen Nord-Süd-Wanderung begleitet – eine der vielen Anregungen, für die ich meiner verstorbenen Freundin sehr dankbar bin.

Bei der Recherche zu diesem Buch haben mich Dr. Elisabeth Tworek und Frank Schmitter vom Literaturarchiv Monacensia München und Dr. Kornelia Küchmeister von der Schleswig-Holsteinischen Landesbibliothek Kiel unterstützt. Ihnen gilt mein herzlicher Dank. Die Arbeit am Manuskript wurde von intensiven und inspirierenden Gesprächen mit Dr. Christina Salmen und Dr. Franz Klug begleitet, denen ich für ihr Engagement ganz besonders danke. Für Unterstützung vielfältiger Art bedanke ich mich bei Anni und Tina Wendt, Rudiger Rohrbach, Karina Matejcek, Markus Stolpmann, Dr. Andrea Waitz-Pentz, Dr. Hans-Ludwig Müller, Dr. Doris Kohz, Dr. Peter Kohz, Brigitte Doppagne und Sigrid Bubolz-Friesenhahn.

Register

Bildnachweis

Deutsches Literaturarchiv Marbach: 181, 205
Monacensia. Literaturarchiv und Bibliothek München: 8, 11, 16, 23, 31, 40, 55, 64, 105, 140, 151, 163, 221, 228, 247, 257, 262, 266, 276, 285, 299
ullstein bild: 117
Aus: Bauer, Helmut: Schwabing – Kunst und Leben um 1900. München 1998: 89